张艳华（Thereza Zhang）

笔名："江湖作家"金豆

1984年出生，祖籍湖北，现居上海，新闻学、人力资源管理学双学士，同济大学MBA工商管理学硕士，80后女性梦想实践者。现为"舞泡网"合伙人兼副总裁，全面负责母公司和下属六家分公司的日常运营与管理。

大学时便已在武汉电视台、《襄樊日报》等媒体做实习编辑、实习记者，发表新闻作品一百余篇，有十余年媒体从业经验。曾任中国最大的生活圈媒体集团——"分众传媒"集团副总裁助理、媒体事业部全国业务督导总监，主管全国近百个城市楼宇媒体开发业务的督导执行。

后跨界投行圈，在中企华资产评估公司上海分公司担任副总经理，该公司为中国资产评估界第一品牌。

热爱公益，曾因2010年上海世博会志愿者经历获得"志愿者之星"荣誉称号。

第三极/我在海拔5700遇见你

The Third Pole – I Meet You at an Altitude of 5700 Meters.

张艳华◎著

人民东方出版传媒
東方出版社

什么是第三极的召唤？

他问，你觉得一年四季中哪个季节最美？

我说，我们中国的小孩子都期盼着过年，就像你们西方的圣诞节，中国的春节在冬天，往往伴随着雪花。所以，小时候喜欢冬天，鹅毛大雪、白茫茫一片的家乡很美，纯净的天地就像这普诺岗日冰川一样。但是，长大后我似乎更喜欢春天和秋天，气候宜人，不热不冷。你呢？

他说，我一直都认为冬天最美。加拿大人喜欢冰上曲棍球、滑雪、溜冰，我们很多快乐的记忆都与冬季有关。有人说，四季之中，雪的召唤是家园的召唤，是靠近灵魂最亲切的声音。我想这是上苍的表达，更何况我们已站在一年 365 天被圣洁的冰川所覆盖的世界第三极。你想到了什么？

我说，现在大脑缺氧，头脑空空的，像一张白纸，我怕再高点我会没法呼吸死掉了。什么烦恼忧愁都不记得了，倒是想到了小时候一些美好的画面。

他说，这里海拔只有 5700 米，深呼吸，调整一下呼吸频率，我这儿有氧气，如果难受我给你拿。

我说，没事，我已经适应了高海拔环境，待一会儿没关系。据说到达珠穆朗玛最高峰 8844 米，人连一分钟都活不了，当你觉得氧气最宝贵的时候，其他都是浮云。这一刻觉得能活着下山，等会儿有热水喝、有面包或白馒头蘸老干妈酱吃就是幸福！

他说，是啊，所以在这里会让人的心特别宁静，欲望变得纯粹，想法也变得简单。世界有第三极，人也有第三极哦。

我问，人的第三极？

他说，嗯，人的南极是自我，北极是他我，第三极就是本我，可以理解为我们的灵魂，就像雪的召唤是四季之中最贴近灵魂的声音，来自我们内心第三极的召唤就是我们最真实的自己。

我被他的话打动，沉默不语，这是个奇怪的陌生人，他眼角愁思的皱纹让我想窥探他有怎样的人生。在他的眼里，纯净无瑕的世界第三极哭了，因为自然环境的恶化与雾霾，它在消融；人的第三极哭了，因为心理环境的恶化与雾霾，它在迷失。

他闭上眼睛，嘴角轻轻上扬，微笑着说，嘘，你听，灵魂深处的声音。

我虽觉得他言行怪异，但还是照做了，那是一种奇妙的感受。

爱情在你眼里是什么？

奶奶说，爱是针与线的关系，不可分，不可离。

母亲说，爱是一个萝卜一个坑。我这只萝卜这辈子是栽在你父亲这个坑里了，拔出来就会没了性命，他这个坑也会被填平，还是好好在坑里待着吧。

史蒂文说，爱就是这蒸笼格子里的香味。

我说，它会逐渐散去。

他又说，但香味已经渗透到骨肉里，熟了就会随着热气自然溢出来啊，即便菜凉了香味依然还在，你根本无法阻止。

史蒂文的话让我不由想起作家阿来的小说《尘埃落定》里，麦其土司和他的“傻瓜”儿子有一段关于“爱是什么”的对话：

“告诉我爱是什么？”

“就是骨头里满是泡泡！”

“你这个傻瓜，是泡泡就会消散。”

“它们会不断冒出来。”

你认为 21 世纪什么最贵？

他说，你怎么这么“二”，你“二”你自己知道吗？

我说，知道啊，我没觉得“二”不好。你怎么能长这么帅？你帅你自己知道吗？

他说，知道啊，从你眼睛里看出来了。

我说，不要脸，我夸你两句就行了，你怎么比我还能得瑟？真是棋逢对手，自愧不如，甘拜下风！

他说，咱俩彼此彼此，正所谓不是一家人不进一家门。

他的中文表达能力和理解能力越来越强了。

他又问我，知道 21 世纪什么最贵吗？

我说，还用问吗？都写在教科书里了，人才！

他说，答对了一半，人才是帮你创造物质财富的，越多越好。还有一个也和人有关，是帮你创造精神财富的，但这帮你创造精神财富的，一个就足矣。

我问他，那是什么最贵？

他说，soulmate！我大学的中文老师以前讲过一个古老的中国故事，叫作“高山流水觅知音”，英文里对应的有个词叫 soulmate。Angel，I'm sure you are my soulmate.

这是我听过的世间最美的情话。

你怎么称呼你的爱人？

我奶奶称呼爷爷“孩他爹”、“挨千刀的”，爷爷称呼奶奶“孩他娘”；

我母亲称呼父亲“国庆”、“老姜”，父亲称呼母亲“知音”、“老范”；

我们这辈，未婚的男女朋友也开始称呼对方“老公”、“老婆”，“亲爱的”、“宝贝、“小心肝”更是司空见惯。总之，两斤花椒炒二两肉——肉麻！人前人后秀恩爱，鸡皮疙瘩掉了一地，可谓语不惊人死不休！

情侣爱人之间的称呼越来越蜜，越来越甜，心与心的距离却越来越远，情感保质期也越来越短。

就像中国自古以来的习俗里，乡下人都会给孩子取小名，老辈的人讲究越贱越好，说是名字越贱越好养活，将来越富贵，“二狗子”、“鸭蛋”、“臭坑”、“长剩”等名字就是常见的小名。

这样看来，伴侣之间的称呼定律似乎可以同理论证，这实在是一种很有意思的现象。

什么最让人恐惧？是死亡吗？

我问，为何想在丫姑镇度过余生，只是想落叶归根吗？

父亲说，世上大多数人一辈子都在准备、准备、准备，准备长大、准备买房子、准备结婚、准备生子、准备升官发财、准备死亡，只是对下一辈子没做准备。我只想在我的余生为我下辈子、为我们姜家下辈子多积德。你能健康快乐，就是祖上几辈人积累的福报。

我问，您怕死吗？

父亲说，怎么突然这么问？刚见面就咒你老爹死啊？

我说，哪有？您借我十个胆我也不敢啊，我盼着您长命百岁呢。您刚才说准备这个、准备那个，说到准备死亡，我突然想到那年登上海拔 5700 米处的普诺岗日冰川，我和史蒂文都有个体会，海拔再高一点儿，停留时间再长一些，我们可能会缺氧窒息，死亡离我们非常近。史蒂文说，人类最恐惧的死亡其实很简单，上一秒在呼吸，下一秒大口喘气，接下来永远停止了心跳，所以珍惜生命，活着有馒头吃就是幸福。

父亲说，史蒂文说的不全对，还有一样东西更让人恐惧。

我不解，期待父亲的答案。

父亲说，死容易，活着难。最怕活着的人痛不欲生，生不如死，内心饱受煎熬与折磨，寻死觅活的那个过程。

我说，这就是史蒂文说的人生第三极。

前言

经过了一百年，爱情也好像转了一整圈，也许这也是一种轮回。

我的爷爷和奶奶相识一天就“闪婚”，但是厮守了一辈子；

我的父亲和母亲经过五个月自由恋爱结了婚，也是不离不弃、相伴了一生；

可到了我们这一辈，重现了“闪婚”，但却是“闪离”；

也有人自豪地谈了五六次恋爱，睡过100多个异性，可却落得顾影自怜，形单影只，在伴侣的选择上仍然是迷失的羔羊。

这个世界到底怎么了？

小时候，

我奶奶曾跟我说，

若一个人能安详的死去，那他的一生将是圆满的一生。

奶奶的坟墓位于村南部的墓地里，在中国乡村的墓碑中因独特而显眼。她信仰基督，墓碑上是十字架，坟墓前摆的是鲜花。

我曾问过奶奶为什么信奉基督？奶奶最直白的回答是，方圆百里找不到寺庙，却找到了上帝。

1926年，祖爷爷在军阀混战中被炮弹炸死，祖奶奶孤苦无依，牵着我4岁的奶奶的手，一路乞讨，到了离家70多里路的丫姑山拜佛，她们在那里避风避难，睡了一个好觉。那时寺庙的部分建筑已被拆，一大半区域做了民国学校。

1969 年，我 11 岁的父亲身患疾病，寻遍良医，无药可救，痛心疾首的奶奶用小车推着我病重的父亲又去了丫姑山，哭了一天一夜。那时佛堂已完全被毁，贴满了“文革”的大字报。

1993 年，父亲的工厂倒闭，失魂落魄，酗酒度日。奶奶再次独自一人踩着小脚去了丫姑山，可那里已完全成了废墟，奶奶瘫坐在废墟上。

晚年的奶奶遇到了从美国回归故里养老的张老先生，老先生在镇上开了一家孤儿院，收养附近乡镇的孤儿，并传播基督教。于是乐善好施的奶奶成了孤儿院的义工，并成了一名忠诚的基督教徒。

于是，我想写点什么，
关于沉沦与爱情，
关于迷失与信仰，
以此纪念我已逝的奶奶！

我们质疑爱情，却依然渴望被爱，抑或相爱；
我们批判宗教，却依然崇尚信仰，抑或灵魂；
只能说，
一代又一代，
我们永不停息地寻找灵魂深处的自己！

当我第一次历经千辛万苦，见到普诺岗日冰川的时候，阳光下晶莹剔透的冰川圣洁而庄严，我情不自禁地爱上了这个世界第三极，开始审视自己的懦弱与渺小。

登上海拔 5700 米处的普诺岗日冰川，俯瞰辽阔的羌塘无人区，会让人的心异常平静。在高海拔的压迫下，人类最恐惧的死亡距离我如此之近，它其实很简单，上一秒在呼吸，下一秒大口喘气，接下来永远停止了心跳，所以珍惜生命，活着有馒头吃就是幸福。

我曾在这里遇到我最爱的男人，而另一个爱我的男人也在这里向我告白。

我一个人静静地站在冰川上，似乎伸手可以触碰到高原的云朵。我这颗精疲力竭的心，在自然的抚慰中得以休息片刻。原来，一切挣扎和怨恨都来自于狭窄的心境。

我必须感谢冰川，让我变得谦卑，使我认识到自己惊人的心理力量，在匆忙的人生跑道上终于有时间停下来，重新衡量，继续前行。

我想起了童年的丫姑镇，想起了冬日里奶奶的烘笼，想起了土匪爷爷传授给我的“上大人”纸牌。

我愿，从此，不再迷惘。

我想起了44岁时破产而离开故乡的父亲，想起了武汉的590路公交车，想起了为爱痴狂的高级妓女July姐。

我愿，从此，不再哀伤。

我想起了威尼斯圣马克广场的鸽子，想起了清迈早晨寺庙里的钟声，想起了上海的静安公寓和那个菲律宾大龄女青年。

我愿，从此，不再癫狂。

我想起了曾出现在我生命里的他们。

我愿，从此，见空性，发悲心，了悟人生无常。

于是，我想为这些人、这些事写部小说，记录下我生命里无数个扣人心弦的瞬间，感谢曾给我感动的他们。

更重要的是我想写给远方的他看，让他知道，有一个女孩在海拔5700米处的普诺岗日冰川许下心愿，期待着跟他说，好久不见！

可是，我又该从哪里开始下笔？

那就开启我记忆的密码，从童年的故乡小镇说起吧，去感知百年孤独与人间冷暖变迁。

而我发现，没有恒常，一切皆无常，但有一个“我”始终还在原点。

就好比我踏遍千山万水，克服艰难险阻，从海拔只有700米的丫姑山出发，终于登上海拔5700米处的普诺岗日冰川，可最终我还是依然魂牵梦绕丫姑山。

只因，一刹那间的豁然开朗，原来那里既是原点，也是我向往的至高点。

CONTENTS

目　录

第 1 章
丫姑镇的童年往事

我叫姜墨兰，1984 年农历 10 月 25 日出生在湖北郢中市的一所乡镇医院里。我的爷爷阮天成解放前是个土匪，改革开放后的第一代鄂商小贩，十里八乡远近闻名的卖货郎。奶奶姜大英是虔诚的基督教徒，郢中县城里的名门之后。我的父亲姜国庆是第二代鄂商，保守、隐忍、小富即安，但反哺情结深入骨髓，也是 20 世纪 80 年代末依靠倒卖国库券个人财富迅速膨胀的湖北商人。母亲范知音是每逢三月三、九月九的凌晨就起床赶去郢中皇城祈福的人，被我誉为“姜国庆同志的头号铁杆粉丝”。

我在这样一个“有味”的家庭里长大，接受各种思想的冲击，感受什么是酸甜苦辣的和谐共荣。

因父母爱国，他们不仅认购了大量国库券，还积极响应国家计划生育政策，让我有幸成为家里的独女，被四个大家长宠爱。20 世纪 80 年代的街头，你问人们爱国的直接表现是什么？老百姓会斩钉截铁地告诉你：“买国库券、支持计划生育！”这两点在相当长的时间内始终位于爱国表现排行榜的前列。

小时候我调皮，爬过树、掏过鸟窝，却从没见过山。长大后我爱上了徒步旅行，翻越了世界上一座座高山，在海拔 5700 米处的普诺岗日冰川遇见了我的男友史蒂文。那时，他还是一个满头金发的加拿大人，当一年后他成为我的男友时，由于脱发严重索性剃成光头，一酷到底，可见“亚历山大”，岁月蹉跎。女人向世界宣告“重新开始”的标志性动作是从长发剪成短发，男人只能从短发变成光头。

史蒂文是上海外滩最奢华的北半球酒店的运营总监，有着迷人的笑容和精湛的厨艺，对着装和就餐礼仪相当讲究，跟我一样喜欢徒步旅行和登山，是个勇敢的北美绅士，但 30 岁的他却有“恐车症”，还很怂地怕黑，惧怕乘坐私家车的副驾驶座位，更畏惧开车，他时常惶恐不安地从车祸现场的噩梦中醒来，白天过于焦虑还会产生眼前血流成河的幻觉，患有重度“创伤后应激障碍”心理疾病。为此，我带他看了半年的心理医生才逐渐好转，并教他学会了开车。2010 年 8 月，他带着一根 CS 火山石项链来到中国西藏，为的是寻找他母亲索菲亚在普诺岗日冰川的足迹，却没想到在海拔 5700 米的地方遇见了我。

我的父母对我的历届男友都百般挑剔，审核严格，史蒂文也不例外。他们对史蒂文唯一满意的一点是他属猴，我属鼠，从八字上看比较吻合，所以才意外地催促我 2011 年底带史蒂文回郢中市丫姑镇的老家——高丰村过新年。

丑媳妇要见公婆，洋女婿也总归要见丈母娘的。

为了这段跨国恋，我的母亲范知音找算命大师看生辰八字的时候，她让大师为难了。

母亲问：“我闺女的男朋友是老外，能不能算？”

大师闭着眼睛，摸摸胡须说：“天南地北均可算。”

母亲又问：“可他不是在中国出生的，是加拿大人，怎么算？加拿大和中国有十几个小时的时差，会不会有影响？”

大师眉头微微紧锁，额头开始出汗，连摸了几下胡须说：“请先把他的生辰报给我，准不准难说。我的意见仅供你参考。”

我聪明的母亲不甘心，思考片刻，突然恍然大悟：“大师，可以把加拿大时间换算成中国的，我再报给你算算？加拿大时辰和中国时辰都帮我看看。”

大师微笑点头：“这是最好不过了。”

母亲走出大师的工作室，十万火急地给我打电话：“兰儿，把史蒂文的生辰换算成中国的时间给我。”

“妈，您又搞什么啊？我在开会呢。”当时，我正在上海的公司会议室里和客户商谈，小心翼翼地接了电话。

“哎哟，我不会换算啊，我着急，大师很难约，我花了不少钱呢，你赶紧算好短信我，我在这里等着啊。”母亲在电话那头催促，急躁不安。

估计，史蒂文是中国算命历史里，唯一测算八字准确的洋人。古代中国，有几个算命大师会去换算时差？

丫姑镇从来没有出现过洋人，也没有谁家的子女带过洋人回家。2011 年农历腊月二十九日上午，史蒂文和我们一家人走在镇上的集市添置年货，买些烟花爆竹。人山人海的集市里，史蒂文紧紧牵着我的手，四处张望，像初次进城的乡下姑娘，什么都新鲜，他被中国人乡村集市的热闹景象惊呆了。

人们停下手里的活，像看大明星一样看着蓝眼睛的帅哥史蒂文，有位骑着农用三轮车赶集的小青年主动提出要与他合影，出于北美人的礼貌和热情，他欣然答应了。

可是，他忽视了中国人的从众效应。

在一刹那间人声鼎沸，我来不及拉着史蒂文撤退，英俊帅气的他已成了集市的中心，被赶集的乡亲们包围。我的手与史蒂文渐渐松开，距离越来越远，我想挣扎着回头抓住他，在 0.1 秒的时间里，我手里的经典款香奈儿单肩包“吱”一声，包带被挤断。

“巴嘎！你大爷的！”我被无情地挤出了人群，拎着我的香奈儿欲哭无泪，痛彻心扉！

那一刻像生死离别，我的耳边神奇回荡着邓丽君的《再见，我的爱人》这首歌曲，“Good-bye，My love……从此和你分离，不知哪日能再见”。一个大婶提着几只活鸡也挤在人群中，活鸡们受了惊吓挣脱了绳子飞到人们的头顶上，搧掇在人群的脚下，鸡毛飘在空中像冬日里的鹅毛大雪。集市上的中华田园犬也来凑热闹，人群外跑来跑去“汪汪”叫个不停。

我终于理解了什么叫“鸡飞狗跳”。

人们纷纷上前掏出手机要求跟史蒂文合影，滑稽的是镇上文具店的老板拿出记号笔请他签名，随后乡亲们再次蜂拥而至，请他在衣服、帽子、硬纸板，甚至食品袋上签名，显然误传他是某个大明星。

谣言就是这么恐怖！

几个年迈的老奶奶也挤在人群里拉着他的手不放，目不转睛地端详着他，甚至有两个调皮的小姑娘拽着他，要亲吻他的脸颊。

于是，史蒂文有了诸多与卖鱼的小青年、卖菜的大妈、卖糖果的小女孩、卖鞭炮的大叔、卖衣服的大姐，还有村民甲乙丙丁们的合影照。过了几天，我的大伯到朋友家拜年，路过镇上的文具店，他惊讶地发现史蒂文在文具店门口的照片被做成一米宽、两米长的易拉宝挂在了文具店外面，成了丫姑镇文具店的代言人。

被人群围得水泄不通的史蒂文伸长了脖子东张西望，歇斯底里地呼喊我的名字，一个“help”接一个“help”。我在人群外远远望着他，耷拉着脸，心酸地抱着断了包带的香奈儿单肩包，起初有些聒噪和烦闷：“本小姐才背了一个星期，什么破包，几万块就这么不堪一‘挤’。”后来，望着人群中被捧为大明星的史蒂文时而滑稽、时而惊悚的模样，我突然事不关己一样，捧腹大笑。我的大伯大妈和父亲母亲闻声赶到，骂我没良心，只知道傻乐，他们像猛虎一样挤进人群里，东拉西扯帮史蒂文解围，杀出一条光芒万丈的缝隙。

史蒂文借着缝隙冲出人群，惊慌失措如一只小鹿。黑色大衣的一颗纽扣被挤掉了，只剩下一根线头倔强地粘在衣服上不舍得离去。巴宝莉围巾已扭曲变形，上面黏着几片鱼鳞和一些污渍，头顶的绒线帽上还飘着几根鸡毛。

当香奈儿、巴宝莉到了中国乡村，遇到中国土豪和朴实的农民，惨痛的悲剧就这么发生了。早上真应该听妈妈的话，又不是身在上海，逛个乡村集市打扮光鲜靓丽给谁看？

我笑着宽慰他说，行啊你，让我们丫姑镇都交通混乱了。没事，活着就好！回去换大伯的军大衣和棉鞋穿，绝对不会让今天的盛况重演。

原本臭美的史蒂文也没心思和我开玩笑，他顾不得个人形象，拉着我的手往停车的地方狂奔。一路用地道的湖北方言感叹道：“我滴（的）妈呀，信了你滴（的）邪，吓死劳资（老子）了，我们快回家。”

我被史蒂文的话震住了，甩开他的手，停下脚步，蹲在地上笑得眼泪都淌成了河。

我问他，我才信了你滴邪，谁教你说的这些话？

他一本正经地说，很好笑吗？昨天堂哥们打麻将时教的啊。他们说就是 My god 的意思，最常用的湖北话。我看他们一晚上都在重复这句话。

我瞬间石化，感觉被电击了，头昏眼花！

跑到集市外停车的地方，我准备开车门，史蒂文又犯病了，“不行，不行，你让我缓口气，我刚受惊吓过度，见了车腿软”。

我赶紧从他大衣内侧口袋里掏出抗焦虑的药丸给他服下，向史蒂文提议说，“要不，我们顺着家乡的小路走回去吧，车等会爸爸开回去，我好久没有走那条乡间小路了。”于是，在丫姑镇通往高丰村的那条熟悉的乡间小路上，我挽着惊魂未定的史蒂文，走走停停，讲起了在这个小镇上发生的那些童年往事。

我的故乡郢中，真是片古老而神奇的土地，有着 2700 多年历史记载的古城，但是外界少有人知道“郢中”也是楚文化的一个代名词。郢中境内文物众多，构筑了明代全国最大的单体帝陵“明显陵”和气势恢宏的明代建筑群，属于“世界文化遗产”。因明显陵为皇陵，每到农历三月三、九月九，这里都会有数以万计的各地民众纷至沓来，告慰先祖，祈福家人长寿平安，尽显孝道，数百年来香火旺盛。

我的母亲范知音就是每年跟着村里人，搭乘早班车去皇陵祈福的人，无论阴晴圆缺，几十年从未间断。后来，母亲跟随父亲姜国庆离开了郢中，只有春节才回家探亲祭祖，也是正月初三天蒙蒙亮就起床，赶去皇城烧香。

郢中最著名的还有盘龙菜，一种用鸡蛋皮裹着肉末制成的菜，肥而不腻，香味绵长。从古到今逢年过节，郢中人宴请宾客的第一道菜就是盘龙菜，被誉为“皇菜”，历来有无“龙”不成席之誉称。史蒂文在郢中过春节的日子里，每天都要吃盘龙菜，这也是他最爱的郢中菜之一。

我就是吃着盘龙菜长大的孩子，过春节若吃不上盘龙菜，就似乎新年还没有来。旧时家境贫寒，我的祖辈、父辈年幼时没吃过几次肉，但是盘龙菜在除夕夜还是会出现在餐桌上，菜式摆成圆形，以求团团圆圆。

我 15 岁前没有离开过郢中这片土地，跟随着父母不断迁移，从农村搬到乡镇，又随着父母生意的变动进了城区，后来走出了郢中。我对这片土地的爱就像大多数人对故乡的热爱一样深沉。时常会梦见童年的我奔跑在故乡的林荫小道上，跟一群淘气的小伙伴在村头捉“知了”、跳皮筋、捏泥人。

我出生的镇叫丫姑镇，它是郢中较大的一个乡镇，以广阔的平原为主，盛产水稻、小麦、油菜和棉花，还有桃子和黄花梨。丫姑镇有座海拔 700 米左右的山，叫丫姑山。听祖辈们说，山上原来有座尼姑庵，数百年来香火不断。

史蒂文问我，丫姑是什么意思？为什么要叫丫姑镇？

我说，丫姑山和山上的寺庙本没有名字，只是山脚下的村民习惯称“尼姑”为“丫姑”，这是当地的方言。故，丫姑镇因此山、此庙而得名。

每到春天，丫姑镇数百亩的果园里开满白色偏黄的梨花，娇艳中隐藏着温婉，净透中隐藏着忸怩，比日本富士山下的樱花之美有过之而无不及。这个小镇一年四季风调雨顺，土地肥沃，阳光充足，是老百姓安乐的居所。

我是在平原长大的乡村孩子。虽知故乡有座丫姑山，但家人从未带我去过。小时候曾吵着要去爬山，父亲姜国庆一脸严肃地呵斥我：“丫姑山有什么好玩的，更不准在爷爷面前提到丫姑山。”

所以，我不知道山是什么样子，更没想过有一天会去阿尔卑斯山、喜马拉雅山、瑞士铁力士雪山、冈仁波齐神山等世界上一座座高山挑战徒步旅行，最后登上海拔 5700 米的世界第三极——普诺岗日冰川，遇见我最爱的男人。

史蒂文说，这就是中国人眼里的缘分，我们的爱情宣言不是爱你一万年，而是爱的海拔 5700 米，因为我从零海拔的丫姑镇走到了海拔 5700 米处的普诺岗日冰川遇见他，中间的差距刚好是 5700 米。这是我们爱情的高度，很少有人能企及的高度。

小时候，丫姑镇在我看来就是天。

后来，我随父母进了县城，才知道天外有天。

长大后，我去武汉念大学，到上海工作，走出国门旅行在世界各地，我才体会到什么是大千世界。

原来，你的视野有多大，你的天就有多大。

未来就是这么让人充满期待，深不可测。就像我的人生30年，遇到了四个爱我的男人，谈了四场恋爱，可我没想到挥着翅膀的爱神丘比特，只是胡乱射出了他的金箭和铅箭，跟我开了几次玩笑，让我体会什么是魂牵梦绕、心如刀割，最后再送给我一次惊喜作为戏谑我的补偿。

我满世界跑了一圈，寻寻觅觅，问天问地，哪里是我的归依？

答案是，我在海拔5700米的至高点爱上他，又在丫姑镇的原点找回了他。

史蒂文说，生活的精彩在于你永远都不知道下一秒会发生什么，但是你会逐渐明白这一定与过去、现在有关。

我们每时每刻都在做人生的多项选择题，没有对错，却因果循环，永无止境，直到死去。就像你早晨睁开眼睛决定几点起床，吃什么早餐，穿什么衣服，你有无数种选择，每种选择都是“因”，它必然会产生相应的“果”，影响到下一秒的人生轨迹。

比如，如果你决定再放纵睡个懒觉，可能就错过了楼下王二家的豆浆油条；赶去公司的路上你可能错过了25分钟一趟的公交车；慌张地跑进办公室，可能你的老板正恶狠狠地等着你；也有可能就是因为这个懒觉，让你在公交车上碰见了过去五年跟你坐同样一班车，却始终没有相遇产生交集的女孩。

每个人都是自己人生的导演，我们自编自导一出戏，自弹自唱一百年。

这些人生的轨迹一旦过去就变成了记忆。

有些记忆完整而清晰，有些记忆支离而破碎；有些记忆被刻意隐藏，有些记忆被渴望呼唤；有些记忆你认为早已遗忘，却会突然在某一个夜晚出现在梦里。

总之，你记住了黑，你就会变成黑；你记住了白，你就会变成白。

我问史蒂文：“你童年的记忆是什么颜色的？”

史蒂文说："黑比较多，因为可怕的车祸，妈妈索菲亚死在了我面前。"

他又问我："你呢？"

我说："白比较多吧。"

除了烂漫无瑕的梨花和硕果累累的梨园，我对故乡的印象最深的就是春天里一望无垠的油菜花，夏天里满池塘的莲蓬和菱角，秋天里微风飘动的麦浪。那麦浪就像我长大后看到的海一样宽广，似群山一样连绵。

我最爱故乡的春天。1944 年，在丫姑山上做土匪的爷爷阮天成就是扛着我 22 岁的奶奶姜大英穿过几里地的油菜花到了土匪窝里。他们见面后的第 18 个小时就"闪婚"成了亲，但厮守了一辈子。若不是爷爷的"土匪"行径，若没有油菜花海的掩护，奶奶可能就被扫荡的日本兵抓走了。

史蒂文说，他一定要抽时间在 4 月份来看看丫姑镇的春天，特别是我提到的那块爷爷和奶奶初次相逢的油菜花地。

因为没有了他们，这个世界怎会有我？

至于故乡冬天的记忆，清晰而完整，我告诉史蒂文我不想记起，也不想回忆。就像他不愿意提起十岁那年的车祸。有些痛苦的记忆我们很想遗忘，却不知已深深镌刻在我们心里，凝结成一块不忍触及的伤疤。

我童年的大部分快乐的回忆是与高丰村这个小村庄相关的。这个村里有六排人家，每排七八户，共有 46 户，约 200 人。我们姜家的老宅在村东口，靠近两亩地大小的池塘。夏天里，孩子们在池塘里捉泥鳅、游泳嬉戏的情景时常会在我的脑海里浮现。每每想起，嘴角便不自觉地扬起，甚是怀念，甚是欣喜。

每到夕阳西下的黄昏，我的奶奶姜大英就会穿着那身藏青的粗布衣服，站在门口的土坡上对着整个村子喊："兰儿，回家吃饭咯！"那洪亮的声音比村里喇叭的传播范围还要广，以至于后来村支书要开会，戏称直接让我奶奶在村口喊两声就行。

史蒂文听我讲到这里，他突然跑到路边的一个高地上，学着我奶奶的样子喊着："兰儿，回家吃饭咯！"

他想逗我笑，却让我对高丰村有了更多的依恋。

村西口有条土路蜿蜒地通往镇上，就是我和史蒂文正在走的这条路。

路的一旁是条五米宽的小河，春天里两岸杨柳依依。我不知道这条河流的起点和终点。少年时曾经跟村里的几个孩子信誓旦旦，傻傻地沿着河道追着太阳跑，想知道小河有多长，它从哪里来，要到哪里去，颇有“夸父追日”的执着。

可是跑了很久，累到趴下，追到日落，我们也没有到达终点。夸父“与日逐走，入日；渴，欲得饮，饮于河，渭；河，渭不足，北饮大泽。未至，道渴而死。弃其杖，化为邓林”。我们这些毛孩子非夸父，不自量力，也不想渴死，所以半路折返，嘻嘻哈哈、蹦蹦跳跳地回家吃饭了。

村西口不远处还有一大片树林，里面杨树、松树偏多，杂草遍地，灌木丛生。夏天，村里的人喜欢在那里纳凉、小憩、放牛，也偶尔看到村里人在灌木丛里找野蘑菇、挖野韭菜，时不时地还能看见松鼠、野鸡、野兔子和啄木鸟。

听老人们讲，解放后那几年还有狼群在树林里出没，会进村袭击牲口，叼走孩子。到了 1959 年全国“三年困难时期”，树林里的树皮都被人扒下来吃了，树林里也没了豺狼安身、躲避的地方，这才不见了豺狼的踪迹。

有一回，奶奶姜大英带着我一岁的大伯阮国明在树林里挖野菜。突然听见大伯哇哇的哭声，奶奶回过头，瞥见狼电闪一般从身旁逃窜而过，她心急如焚地在树林里奔跑，嘶喊着大伯的名字。不远处挖野菜的村里人闻声赶过来，整个村子炸开了锅，人们拿着铁锹、棍子、镰刀、钉耙去围堵狼，才把孩子从狼口里抢回来。

后来，大伯阮国明的肩膀上就留下了深深的一道疤痕。小时候，我常见他撩起袖子给我和堂哥们看，让我们不要调皮地跑出村外玩耍，否则会被狼叼走。

这是真实版的《狼来了》的故事。

史蒂文也相信这个故事，因为在加拿大看见狼是平常不过的事情。

他边走边裹紧了大衣，握着我的手问我冷不冷。

我说，习惯了。

他说，郢中的冬天真冷，比加拿大的冬天还冷，走在路上那是一种广袤平原上没有任何物体遮挡的湿冷。

我说，温度虽不及加拿大的冬天低，但是感知上的寒冷确实超过了加拿大。

小时候的丫姑镇，腊月里的最低温度达到零下10度，但整个郢中都没有北方人的炕，也没有供暖设备和暖气。城里人穿着棉衣棉裤像裹粽子似的包了好几层，戴着手织的毛线围巾和手套去上班；晚上围着煤炉取暖，烤烤潮湿的鞋垫和袜子；睡觉前人们会用玻璃瓶装满热水扣紧瓶盖以免水露出，放进被窝里暖被窝。

那是20世纪七八十年代最简易的暖手袋。人们把医院里废弃的装葡萄糖的吊瓶捡回来，洗干净，灌满热水，就会华丽变身为郢中人最抢手的取暖利器。

农村人条件差点，很多农户家里人头多，没有足够的棉衣，也买不起毛线织围巾，更烧不起煤。年轻的姑娘们脖子上能套一个红色的毛线围巾已是非常奢侈。从我记事起就见奶奶姜大英总是穿着一件破旧的藏青色棉衣，上面缝缝补补打了五六个大补丁。

我们姜家祖辈、父辈在1982年以前是村里出了名的困难户。

史蒂文问我，为什么你们家要随奶奶姓姜，这在加拿大是不可思议的事情。

我说，这是因为爷爷阮天成早年是丫姑山的土匪，他和奶奶的亲事也是他抢来的。解放后，他因土匪的前科进了牢狱改造，但因手上没有人命案很快就被政府释放。出来后无家可归，我祖奶奶收留他做了上门女婿，奶奶姜大英留在家里“吃老米”（当地方言，意为“招上门女婿”）。

上门女婿的孩子随女方姓，延续女方的香火，自古以来在中国是司空见惯的，所以我的父亲随我奶奶姓姜。但祖奶奶也不是苛刻野蛮之人，为了让爷爷阮天成在村里也能直起腰板做人，她让我的大伯阮国明随我爷爷姓阮。

1982年以后，随着父亲姜国庆在镇上饮料厂干起了销售，每个月有一百多块人民币的收入。村里分田到户，农田责任承包制，让家里的日子好过了些，并逐渐富裕起来。我的父亲给奶奶姜大英买了新棉衣，奶奶也是像珍宝似的压在箱底，过春节走亲访友才拿出来穿穿，平时根本舍不得。

丫姑镇里白天干完农活的村里人，吃完晚饭就会一家人围坐在炭火盆旁取暖，点着煤油灯，借着微弱的灯光剥棉花。装棉花的篮子要与炭火盆保持一定的距离，以免棉花被引燃。两三岁的孩子们会在屋子里奔跑闹腾，淘气地在装满棉花的竹篮子里打滚，经常是玩累了就在软软的棉花堆里睡着了。五六岁的孩子就要开始学着帮大人们干活，比如比赛剥棉花，谁剥的多就奖励花生、大白兔奶糖之类的零食。

我那时候小，才一岁多，属于在摇篮里酣睡的孩子，没有睡过棉花堆，更没有干过农活。我隐约记得，四五岁的时候去大伯家做客，晚上一大家子人聚在炭火盆旁边聊天。哥哥们亦不再陪我玩耍，而是和大人们一起剥棉花。

我很想试试，长辈们却心疼我说，“别把墨兰的衣服弄脏了”，“棉花壳还是有点硬的，别划伤了孩子的手”。

偶尔他们会给我一个没有开花的棉花果子，叫棉桃，跟果园里没成熟的青桃一个模样。我把它当小球在屋子里踢来踢去。

“兰儿，你给大妈唱个歌、跳个舞吧。”郢中人管大伯的妻子叫大妈。

“但是跳什么呢？”我有点羞涩地问。

“幼儿园老师教你们跳什么你就跳什么呗。”大人们说。

“我想想……”孩童的我还算大方，也不拘谨。大妈说，我的伶牙俐齿在村庄里是出了名的。

“我们的祖国是花园，花园里花朵真鲜艳，和暖的阳光照耀着我们，每个人脸上都笑开颜，娃哈哈娃哈哈，每个人脸上都笑开颜……”于是，我便不假思索地又唱又跳了起来。

妈妈说，那时候我唱的永远是同样的一首歌曲《娃哈哈》，跳得永远是同样一个舞蹈。我想，《娃哈哈》应该是我们“70 后”、“80 后”小时候的神曲吧。每当我有模有样地起舞时，爷爷奶奶、还有哥哥们都会使劲地给我鼓掌。

那时，整个乡村宁静的夜晚似乎被我们姜家的笑声打破了。

屋子里还弥漫着炭火的味道，烘的室内暖暖的。偶尔有点熏，大人们会起身把门微微打开，露出一点缝隙透透气。我小时候特别喜欢这种大家庭的气息，喜欢闻炭火燃烧的味道，原始而温暖。

多年后，我去西藏徒步旅行，住在藏民家里，跟藏民一家喝着酥油茶，围着火炉取暖，不由想起童年乡村里的炭火盆。只不过藏民家里烧的是牛粪不是木炭，却一样自然，一样暖心。

第 2 章
烘笼与郢中的冬天

我们说说笑笑，史蒂文突然拉起我的手跑进了前方的菜地里。一个老农夫和他的老伴正在吃力地将一车白萝卜从田间运到水泥路上。史蒂文扶着板车的左边，我扶着右边，使出浑身力气帮老农推车。老农笑得露出两排灰黑的牙齿，从口袋里掏出烟盒，抽出一根烟递给史蒂文，史蒂文摆手说，谢谢，谢谢，我不抽烟，您抽，您抽。

老农说，你是高丰村姜家的姑娘吧？

我说，大爷您眼神真好。您怎么知道我是姜家姑娘？

老农说，你小时候还跟我打过“上大人”纸牌记得啵？

我摇摇头，似乎对老人没有什么印象。

老农说，我和你爷爷阮天成打了几十年的纸牌，我以前在丫姑镇十字路口摆水果摊，你爷爷每次到镇上都到我那里打牌，有时还带着你。

原来是爷爷的旧识，我兴奋地说，对，对，对，想起来了，爷爷您好，真是……您看我们这些年轻人，记性都不如您，罪过罪过，您别见怪。

老农说，你这丫头长得跟你爸姜国庆一个模样。

史蒂文问老农，爷爷，您今年多大了？

老农伸出手指比画了一下，说，83 岁了，老太婆 79 岁。

史蒂文夸张地睁大了眼睛，又问，你们没有孩子吗？

老农说，有啊，重孙子都上幼儿园了。

史蒂文问，怎么不让孩子们来帮忙呢？

老农说，这点活还孩子们来帮忙让人笑话，我们老两口自己种的菜，卖了给重孙子买点心吃。

老人们说得很自豪，老农拉着板车，老妇人推着车，两人默契地缓缓向村庄的方向走去。

辞别老人，我说，知道吗？我们郢中是长寿之乡，高丰村的百岁老人就有三个，老人们八十岁还干农活儿在这里是很常见的。

史蒂文盯着老人们远去的身影，说，兰，我们老了你会帮我推车吗？

我说，当然是不一定。

他说，怎么还不一定呢？

我说，我又不一定嫁给你。就算嫁给你，我又不敢保证你会不会移情别恋。就算你不移情别恋，我又不敢确定……

他说，你的“就算”怎么这么多？

我说，不怕一万，就怕万一啊。

他说，什么一万、万一的。

我说，困难面前，最不害怕的就是钱能解决的问题，最害怕的就是有其它一万种可能性的问题。

他说，可我觉得我们只有一种可能性，唯一的可能性，就是……

我说，就是什么？

还没等他回答，一辆手扶拖拉机“砰砰”的声响越来越近，停在了我们身边，开车的大叔是高丰村的村民，我家老宅前排的胡大叔，他冲我喊道，墨兰，你们在这里搞么事？

我说，从集市上走回来的。

胡大叔说，怎么不跟你大伯、爸爸一起回来？我刚才在集市上碰见他们咯。

我说，这不都是我这位嘛，集市上人太多，都把他当明星了。

我指了指史蒂文，史蒂文赶紧和大叔握手问好。

胡大叔说，上来吧！不嫌弃脏就上来。

我说，谢谢叔！

史蒂文说，哇，您这个车好帅。

我说，帅？没听错吧？大叔，我男朋友说您的车好牛气。

胡大叔说，是吗？老外见多识广，还会喜欢我这破车。你们不是都住别墅、开跑车吗？

史蒂文说，不，不，那都是电影里的，现实生活中我们大部分人骑自行车、开几万块的小汽车。

胡大叔说，哦，那你赶紧上来啊，来，坐这里。

史蒂文说，酷，太酷了，我要和您拍张合影。您可以教我吗？我想开这个车。

我说，你疯啦？这车可不能在上海开。

胡大叔停下手扶拖拉机，憨厚地笑着说，来，洋女婿，你这个人还蛮搞笑的，你坐到前面来，我教你，容易得很，"孝元"都会。

史蒂文说，孝元？

我说，没什么，大叔的意思是操作简单，小孩都能学会。

史蒂文跳到手扶拖拉机的前面，大叔坐在他旁边，手把手地教他。

我说，胡大叔，您可不能松手，左边是河，右边是沟渠，太危险了。

胡大叔说，男人嘛，丫姑镇有几个男人不会开手扶拖拉机，不会骑摩托车？要做高丰村的女婿，必须会开手扶拖拉机。

史蒂文说，媳妇，坐好了吗？咱们出发咯。

我说，谁是你媳妇？别这么叫我。

史蒂文说，大叔不是说我是高丰村的女婿吗？我不叫你媳妇，叫什么？

我说，你让胡大叔听听，你叫的是什么？太随意了，知道的是"媳妇"，不知道还以为你叫我"西服"或者"屁股"呢，你还不如叫我"礼服"呢。

哈哈哈哈，他们都笑了。

我们一路颠簸着、亢奋着不知不觉到了高丰村的村西口，我们下了胡大叔的车。路口的几个老妇人手提着烘笼在唠家常，看见蓝眼睛的史蒂文，慈祥的老人们齐刷刷把视线聚焦到史蒂文身上，窃窃私语。

史蒂文已经习惯了丫姑镇人看他的眼神，他好奇地指着老人们手里红褐色的陶制品问我，那是什么？

我的心突然有些酸楚，找老奶奶们借过来一个烘笼给他烤火，说“这是烘笼，取暖的器皿。”

烘笼，在我心里意味着郢中的冬天，奶奶姜大英的冬天。

郢中的孩子、女人、老人们很怕冷，走到哪里都会提着一种叫作“烘笼”的取暖设备，特别是上了年纪的老妇人几乎人手一个，出门的时候也不忘提着走亲访友，棉鞋里面潮湿的鞋垫、袜子也可以放在烘笼上烤烤烘干。农户要生火做饭时也不用火柴，直接用烘笼里的炭火引燃稻草即可。而小孩子们更喜欢烘笼，前一分钟在打雪仗，后一分钟小手就已经伸进了奶奶们的烘笼里烤火搓手。淘气的孩子们还会经常用烘笼里的火星去点鞭炮、抑或烤两颗花生。

我就经常跟着堂哥们抢奶奶灯笼里的花生吃。烤花生的时候，孩子们会如同卫士一样守在烘笼旁边，迫不及待地等着花生烤熟的味道。这种乐趣丝毫不比灶台里烤玉米、烤番薯来得少。

在烘笼里烤花生是个技术活，要时不时地根据烘笼里炭火的大小翻动埋在烟灰里的花生。花生往往被烘烤得半生不熟，有时候半个花生都烧焦了，还有半个是生的，但孩子们认为那是世上最别样的零食，都会抢着用小树枝翻动烘笼里的花生，分享劳动的快乐。一旦香味扑鼻而来，孩子们便会用两根像筷子一样的树枝把烘笼里的花生夹起来，到处炫耀自己奶奶烘笼里烤出的花生多么美味，而抢不到花生或者花生被烤焦的孩子就会哭着闹着奶奶们继续烤。直到我念初中的时候，每到冬天回到丫姑镇高丰村的奶奶家里，也会跟我的堂哥们抢烘笼里的烤花生吃，延续我们童年的乐趣。

烘笼是一种红褐色的陶艺品，用陶土做成，呈半个灯笼形，上面有个拱形的把手可以手提。把手非常灵活，靠烘笼两边的“耳朵”固定，长相憨厚可爱。整个烘笼的直径 20 厘米到 30 厘米不等，女人们做饭时把灶里没烧完的柴火，连同炭火一起引燃放进烘笼里取暖，我把它理解为“便携式可手提的小型炭火盆”。

我告诉史蒂文有一次我去四川出差，路过成都郊区的农村，也见过老奶奶拿着烘笼取暖。我兴奋地走到老人们的面前跟她们攀谈烘笼的故事，拿起她们的烘笼仔细端详，爱不释手。可见烘笼在湖北、四川等地的乡村使用范围很广。

我一直觉得烘笼这个发明很了不起，也对奶奶的烘笼表示好奇。年幼时我曾问奶奶，烘笼是谁发明的，什么时候发明的呢？

奶奶逗我说，肯定是个跟我们兰儿一样聪明的人发明的吧，至于出现的时间她印象里祖上好几辈人就有了。

奶奶的烘笼看起来很旧，年代久远，颜色已经十分暗沉，上面有一些小齿缺口，像是磕碰过的。烘笼的把手上面还缠着铁丝，奶奶说是担心把手断掉才绕一圈铁丝固定。她家前排李奶奶的烘笼把手半年前就不小心断掉了。对此李奶奶心疼地唠叨了很长时间。可见老人们对烘笼的依赖和情感。

奶奶告诉我，她的烘笼已经用了二十几年，我父亲的年龄有多大，烘笼就有多大，是祖奶奶在世时到集市上买的。

原来这是祖奶奶生前使用过的烘笼。所以，除了我这个孙女，奶奶不让任何人碰她的烘笼。那是她赋予了近 30 年情感的物品，在奶奶看来那已不再是普通的一个烘笼，里面承载了太多的情感与依恋。

奶奶认为，烘笼是有灵性与生命的活物。

每到春天来临，奶奶就会把烘笼洗洗干净，小心翼翼地用晒干的稻草包裹起来，放在自己的床底下保存，到了冬天再把烘笼拿出来，擦干净表面的灰尘继续使用，就这样年复一年、日复一日地用了二十几年。

我出生的季节是郢中寒冷的冬天，奶奶就是提着这个缠满铁丝的烘笼，冒着寒风走到镇上的医院接回了我和我的妈妈范知音。

1984 年农历 10 月 25 日的上午，刮着偏北风，天气似乎比前几日要冷，但还有微弱的日光在照耀着大地。我的爷爷阮天成一边耕地一边自言自语：

“恐怕今年的第一场雪要来了。”我的母亲挺着大肚子跟爷爷奶奶一起在地里劳作，帮忙扯着地里的最后几根棉花秆子。不远处，奶奶替爷爷拉着牛车在耕地，他们准备冬播种小麦。

我的父亲姜国庆出生在1958年国庆期间，所以取名为国庆，他是丫姑镇饮料厂的一名销售。1978年改革开放以后，丫姑镇因为果树众多，梨子和桃子产量丰富，又紧挨着省道，交通便利，镇里办起了饮料厂，由镇长亲自牵头跑业务。父亲因为年轻、人长得帅气，念过初中，办事活络，被誉为“穿着喇叭裤、戴着蛤蟆镜从大洋彼岸来的饮料厂第一帅哥”，所以经常被厂长委以重任，不到两年时间就负责起了整个饮料厂的销售工作。担任销售经理时，父亲才25岁。

我出生时的前不久，父亲被派到外地销售他们的汽水和梨子罐头，每隔几天会打个电话回厂里向厂长汇报业务开发情况，并询问母亲范知音的待产状态。厂长有时会通知人接母亲去镇上听电话。范知音觉得自己的男人很了不起，加上她性格大大咧咧，嘴巴甜，见到谁都主动问候两声，村里人很喜欢姜家这个媳妇。

我的父母认识5个月就结了婚。1983年5月21日结婚那天，父亲带着四个要好的哥们作为伴郎骑着破旧的“凤凰牌”自行车把母亲娶回了家。他跟老丈人许诺，不到两年他就会成为村里的“万元户”，让范知音过上好日子。倒是范家人阔气，陪嫁品里有两个烘笼、两个棉被、两个开水瓶、两个瓷盆、一台缝纫机。这件事情，母亲当笑话似的在我面前讲了好多年。

原来，母亲的陪嫁品里还有烘笼。

我出生前，父亲已出差三个月没有回过家，但母亲没有任何怨言，一边挺着大肚子帮公公婆婆收拾地里的庄稼，另一边还惦记着丈夫在外面东奔西跑是否平安，这是21世纪的年轻人无法理解的爱情。我的家人、亲戚，哪怕是长期不串门的外地亲戚都为父亲能在镇上的饮料厂上班而感到骄傲，因为那说明父亲姜国庆吃的是公家饭，是公家人，可以转城市户口。

公家人，在1984年的丫姑镇是一份异常让人羡慕的荣耀。

那天下午母亲范知音干完地里的活儿，感觉预产期似乎提前了，于是穿起厚厚的棉袄，收拾好一个小包裹，奶奶提着烘笼扶着她慢慢地向镇上步行。她们走走停停一个多小时才到了镇上的医院等待分娩。60 多岁的爷爷还在地里劳作，奶奶在医院里把母亲安顿好，又提着烘笼一个人走回村里给爷爷烧饭。

回去的路上奶奶说飘起了雪花，那是 1984 年的第一场雪。

晚上的镇医院一点也不安静。一个值夜班的医生和两个护士，要照顾二十几个病号，其中三个是待产的孕妇。母亲突感不适，幸好邻床孕妇的丈夫赶紧帮忙去叫医生。晚上 11 点 15 分我被自然分娩，来到了这个世界。

母亲在没有任何亲人的陪伴下生下了我，并代替父亲顽强地剪了脐带，然后如释重负一般，幸福地搂着我睡着了。

第二天，奶奶提着烘笼来陪母亲，才知道孩子已经出生，是个女儿。母亲骄傲地对邻床的孕妇和奶奶说："很奇怪，这是我的第一个孩子，生她的时候却不怎么痛。"

奶奶温柔地看着襁褓中的我，眼睛里闪烁着泪花，说："看来小丫头生来就是给你爸爸妈妈福气的啊，你爸爸在出差，以后千万不要怪爸爸不在身边啊，他就想要个女儿，我也想要个孙女，终于如愿了。"

奶奶安顿母亲睡下后，便火急火燎地快步小跑到镇饮料厂去找厂长，让厂长想办法给姜国庆打个电话通知他孩子出生的喜讯，母女平安。

父亲姜国庆在电话里听到奶奶的声音激动万分，他没想到预产期提前了十几天，他迫不及待地想飞回家看看他的女儿和妻子。电话里他的声音有些哽咽，"妈，跟知音说取名叫墨兰吧。希望女儿完成您和祖辈的心愿做个文化人，品行高洁如兰花。这也是范知音最喜欢的花。小名，就叫兰儿吧。"

第三天中午，母亲套着军大衣，小心翼翼地抱着我。奶奶提着她的烘笼，背着行李，将我们母女俩接回了家。母亲说，她一路上并不觉得累，虽然前几晚天空飘了点雪，但路不滑。奶奶时不时地将烘笼递到她面前给她烤烤火，捂捂手，她也不觉得冷。

没想到，我第一次回家的路就是这么在奶奶烘笼的陪伴下走过的。

25 年后，我牵着母亲的手去欧洲度假，我们住在瑞士琉森的小镇上。那晚，一轮明月照得房间里透亮，我依偎在母亲的怀抱里跟母亲聊着天。母亲看着窗外远处的瑞士雪山，再次讲起我出生那天的情节，她说："兰儿，妈妈觉得自己好幸福!"

当时听完，我泪流满面!

我人生里的第十八个冬天，奶奶姜大英去世了。那是我一生都无法忘记的郢中的冬天。我当时在外地念寄宿高中，备战高考，距离奶奶家有 5 个多小时的车程和 1 个小时的步行。奶奶去世的时候爸爸妈妈并没有通知我，怕影响我学习，更怕我情绪失控。因为奶奶去世后的第三天就是我的 18 岁生日。

我和奶奶的情感非常深厚，我一直坚定地认为我最爱的人不是我的父母，而是我的奶奶姜大英，她也是第一个将信仰的力量灌输给我的人。我的父母不希望我在花一样的年纪遭受至亲离别的痛苦，他们还没想好用怎样的方式告诉我这个噩耗。

我深刻地记得 18 岁生日发生的一切。

每逢冬天里的第一场雪，或是生日来临时，我就会情不自禁地想起我的奶奶姜大英和她的烘笼。那天，我的心里一直七上八下，有些不祥的预感，爸爸妈妈并没有像往年一样给我打电话说生日快乐。我是高三（1）班的班长，同学们在学校餐厅里订了三桌席，想给我一点惊喜，还精心布置了气球和彩带，准备了生日蛋糕，试图借这个机会缓解下大伙高考前紧张的氛围。可不管同学们怎么起哄，我却一点儿都高兴不起来，依然有些失落，因为我的父母连个电话都没有，似乎把远在异乡的我遗忘了。

我很怀念以前跟爸爸妈妈、爷爷奶奶在一起过生日的场景。于是，生日派对还没开始我就跑出学校餐厅，跑到小卖部的电话亭往家里打了四五个电话，却一直没有人接听。

我更加急躁了，直觉告诉我一定是发生了什么事情。

我再次拨通了邻居家里的电话。邻居阿姨告诉我，"兰儿，你爸爸妈妈没有电话你吗？你奶奶前天去世了。"

听到这句话，我就像是遭到五雷轰顶一样呆滞了，我的心跳似乎也停止了，周围的时间更像是凝固了，耳朵里听不见任何声音，任凭同学怎么叫我，我都没有反应。我希望自己听错了电话，但是电话那头邻居阿姨的话是真真切切。突然，我像疯了一样往校外跑，在下坡的地方不小心狠狠地摔了一跤，顾不上疼痛，爬起来继续跑。

同学焦急地跟在我后面不知道发生了什么，一个劲地问我："墨兰，你怎么了？你倒是说话呀。家里出了什么事情？"

"我奶奶去世了。"我的眼泪哗啦啦地流了下来，终于无助地停下脚步蹲在路边号啕大哭，"我要回家，我要回家见奶奶！"

那天，我不知道怎么到的长途车站。同学们将我送上长途车，往我兜里塞了100多块钱，嘱咐我路上注意安全，让司机照顾下我的情绪，务必把我送到丫姑镇。我的心像是被绞碎了一样，我不敢，也不愿相信奶奶真的离开了这个世界。我有些恨爸爸妈妈没有让我见奶奶最后一面。

五个小时的车程里，我的心慌乱如麻。窗外下起了零零星星的雪花，那是冬天里的第一场雪，就像18年前我出生时的那天一样，只是我的身边没有奶奶的烘笼。

我望着窗外，泪如雨下，车上的其他乘客也不知道这个姑娘到底怎么了。他们问我话，我也不搭理。我完全活在自己孤独的世界里，听不见别人关切的声音，也看不见别人异样的神情，只能感受到自己急切的呼吸。一路上，我的脑海里不断浮现冬天里奶奶形影不离的烘笼。这是我第一次觉得自己的心碎了，很痛很痛，我似乎成了一个没有思想、没有感知、没有血肉的木头人。我一动不动地坐在大巴车里，望着窗外的雪花，哭肿了眼睛，哭红了鼻子，哭碎了心。

我在丫姑镇下了车。

从镇里通往高丰村的奶奶家有一条小路，就是如今我和史蒂文走过的这条路。那时已将近晚上六点，天渐渐黑了，路旁的几个村里零星点点闪耀着灯光。时不时有狗儿的吠声、猪的叫声，还有孩子们的嬉闹声。天很冷，北风呼呼地刮着，从车里下来我不禁打了个喷嚏。我把围巾取下来调整了下系法，缠在头上，尽量包裹住头、脸和脖子。我知道接下来还有一个多小时的路要走，我试图想拦一步顺路的车，可天色已晚，那条不到四米宽的乡间小路上看不见任何车或行人的影子。我用纸巾搽搽脸上干枯的泪痕和鼻涕继续赶路。

我和史蒂文学着老奶奶们的样子，坐在村西口的石墩子上晒太阳，跟老人们闲聊。史蒂文帮我拿着奶奶们的烘笼，我又跑去找村西口的那户人家要了几颗生花生丢在烘笼里，烤给史蒂文吃。

奶奶们对史蒂文说："姜家丫头小时候像个假小子经常爬树，但是孝顺、乖巧啊，姜家奶奶就疼她这个孙女，你真是好福气。"史蒂文听不懂老人们的湖北乡村方言，我又给他用普通话翻译了一遍。

他故作轻蔑地说："假小子我信，说你乖巧我要打问号的。"

我斜了他一眼，轻轻拎了下他的耳朵："我哪里不乖巧了？我都给你烤花生吃了，要不要再让你见识下什么叫乡村悍妇？"

老人们看见都笑了，只当是小两口打情骂俏。

我指着村口通往镇里的蜿蜒小路对史蒂文说："知道吗，这条路是我出生后，奶奶接我和妈妈回家时走的第一条路，是曾经我牵着爸爸妈妈、爷爷奶奶的手走了十几年再熟悉不过的路，可我却从来没有一个人孤独的走过。18岁生日那天是我第一次一个人孤独地走在这条路上。所以，我才对生日恐惧，不愿意把自己的生日和奶奶的忌日画上等号，从此也不再过生日。"

我继续跟他讲18岁那天的情形。

走过半小时的石子路，还有半小时被雪覆盖的泥泞土路。奶奶曾告诉我，如果晚上有月光，走夜路就看地上的水洼，一般比较亮堂的地方就是小水洼，可以绕过，免得不小心踩到弄湿了鞋子。

路的两旁是整齐的杨树，树枝被风吹得沙沙作响。路的左侧是那条我曾追逐的河流，一直通到奶奶家的村口。河水寂静，没有了夏天里的青蛙声，也不见了浮萍，像是要冻得结冰了，如我的心一样寒冷。路的右侧是一丈来宽的小沟渠。沟渠两边长满了杂草。夏天的时候，孩子们经常在这里放牛，牛渴了就会扑腾一下跃进沟渠的水里降暑，一边泡着澡，一边吃着草。

每经过一个村庄，就会出现一大片麦田。我喜欢高丰村村西口的那片树林，因为奶奶告诉我，走过树林我们就到家了。童年的记忆中，我经常跟着堂哥们在树林里用弹弓打鸟，淘气的孩子们会比赛爬到树上掏鸟窝。有牛的家庭，孩子们放假了就在小树林里放牛，有时他们会欺负我，让我牵着牛绳，然后他们去河里洗澡、钓鱼虾。

十岁那年，我对奶奶说，“我会骑自行车了，以后我负责载您回家，您就不用走路了。”于是我大胆在这条路上载着奶奶试了试，不小心差点让后座的奶奶掉进河里。我跟奶奶摔倒在地的那一刻，我们都笑了，笑个不停。

我一路冒着风雪，一瘸一拐地走着，路很滑，摔倒了好几次，脑海里想着童年里发生在这条路上的影像，也不觉得冷了。就这么在漆黑的夜晚跌跌撞撞，连滚带爬地走过了树林，到了高丰村的村口。

我强忍着伤痛，用尽最后的力气敲响了奶奶家的大门。开门的是父亲姜国庆，“我的兰儿，你怎么回来了？”父亲看见我的那一刻吓傻了。我的嘴唇冻得发紫，脸色苍白，头发湿漉漉的，双手冰凉，裤腿、裤脚上都是泥巴，鞋子已完全被泥巴掩盖了。

“丫头，你这在路上摔了多少跤啊？”父亲心疼地边说边把他的军大衣给我披上。见到父亲的那一刻，我的声音好像不被自己控制了，腿突然软了，浑身没有力气，晕倒在爸爸怀里。

第二天我醒来时，发现自己躺在奶奶家里。屋子里依然弥漫着那熟悉的炭火味道。这是只有奶奶家才保留的味道。2002 年的人们早已有了煤炉、电热器、暖手袋，不再需要炭火盆，农村里的烘笼也只有念旧的老人们在用了。

父亲扶我起身，我踉踉跄跄地依靠着他走出了屋子，站在门口。庭院里白茫茫一片，草垛上也积了层厚厚的雪，阳光照射在白雪上晶莹剔透。我看见了厨房门口被雪覆盖半截的奶奶的旧烘笼，那个烘笼已经破旧不堪，早已不能再用了，但奶奶割舍不下，把它放在厨房外面，用它装些零碎物件。

她说：“每天看着它，有个念想。”

十二岁那年，我用自己的生日红包给奶奶买了个新烘笼，如今也孤独地立在厨房的灶台旁了。走进厨房，我拿起烘笼似乎看到奶奶在世时慈祥的笑容，搓着我的小手在烘笼上方烤火，似乎闻到了烤花生的香味，似乎听到奶奶又在跟我讲她年轻时那些已经久远的故事。我的嘴唇微微动了动，笑了笑，好想让时间停留在那一刻，可一伸手，奶奶不见了，一切终归是幻影。

我有些茫然不知所措，失魂落魄，转身抱住父亲痛哭了起来。父亲深知女儿的苦与痛，把我紧紧地搂在怀里，抚摸着我的背。父亲跟我说：“奶奶临终前不让我和妈妈告诉你实情，她是怕影响你学习。”

我的奶奶姜大英出生于郢中县城里著名的书香门第之家，却遭遇时局混乱，一生艰辛，姜家在她这一代大字不识一个，成了文盲。她努力培养我的父亲和大伯，却因“文革”和我爷爷是土匪的原因，两兄弟都没考上大学，她生前一直觉得内疚，愧对先祖，把所有希望寄托在我身上。

我一直保存着奶奶的两个烘笼，经常也会触景生情想起奶奶带给我的如诗如画般的童年。在此后很多年里我再也没有给自己过生日，也似乎惧怕郢中的冬天，直到十年后史蒂文给我的生日惊喜，我才走出了生日的心理雾霾。

史蒂文听完紧紧搂着我，一双蓝眼睛忽闪忽闪着泪光。他这样的老外或许从未见过烘笼，也无法理解普通的陶制品烘笼在湖北乡下老人们的心目中会是一个活物。一个烘笼就能缝缝补补使用几十年，人们不是舍不得用新的烘笼，而是旧烘笼里承载着人们太多的念想。

突然有一个肮脏、胡子拉碴的疯子，叼着一根香烟，穿着一件还算干净的旧军大衣出现在我们附近。他倚靠在村西口的石墩子旁傻傻地冲着我们笑，咿咿呀呀地打招呼。

晒太阳的老奶奶们亲切地向他招手：“孝元回来啦？今天又是谁家给你新衣服穿了？快过来给我们瞧瞧。”

疯子的手里也提着一个破旧的烘笼。老奶奶们告诉我和史蒂文，疯子的烘笼是村里的老人们帮他缝补过的，上面有一些裂痕被粘合起来的痕迹清晰可见。

不同的是他的烘笼不是用来烤火取暖，而是乞讨装些粮食、小物件。

史蒂文看见疯子向我们靠近，他条件反射，提高了警惕，连忙把我护在他身后，后退了好几步，担心我会被疯子误伤。我轻轻地拍拍他的肩膀，让他不要慌张。

我径直走向疯子，从口袋里掏出一些集市上刚买的糖果给他，放进了他手里的烘笼里，热情地说："孝元叔，新年快乐！你有没有想我呀？"疯子不会说话，只会不停地笑和点头。

老人们说，他是丫姑镇最会笑的人，也是最快乐的人。

史蒂文惊愕地问："他是你叔？亲叔叔？"

我说："不是，但我从小都这么叫他。丫姑镇可以没有人知道镇长的名字，却没有人不认识他。"

这个疯子叫孝元，他家在高丰村的南边第一排。他与我父亲同龄，曾是我父亲儿时的玩伴，为人非常善良和孝顺，也是村里唯一一个没有往我父亲身上丢过石子叫"小土匪"的孩子。所以，从我记事起，我爸就让我叫他叔！

据说，1973 年，孝元 15 岁时生了场大病，传言他在放学路上突然昏倒，几天几夜高烧不退，烧坏了脑子，醒来便成了神经病，整天疯疯癫癫，吃住都在家里的牛圈里，死活不进厅堂和房间，也不去油菜花地。

村里也有人说疯子孝元的家风水不好，他们家离村里南部的墓地最近，他很有可能是被鬼缠身，所以他的家人顶着"文革"封建迷信的帽子，秘密请法师去家里驱鬼，屋前屋后烧了两天两夜的纸钱也无济于事，孝元还是疯癫地满村子乱跑，只跟上小学的孩子们在一起玩。

也有人说疯子孝元是被人害了，他肯定看见了不干净的东西被人下了药或是吓傻了。

那时正值"文革"，家家户户人心惶惶，村长说也不是人命案，只是一个 15 岁的孩子突然变成了疯子，没有人去关心一个疯子的死活。

我父亲姜国庆是孝元最好的哥们和玩伴。父亲曾告诉我，孝元的疯病可能与胡大叔的妹妹胡红梅有关。胡红梅和孝元从小青梅竹马，胡红梅是当年的村花，但家庭成分不好，祖辈、父辈都是丫姑镇有名的地主、恶霸。胡红梅和我父亲一样从小被丫姑镇的人歧视，但她的性格倔强，被村民们称为"不成器的野丫头"。

有一次放学路上，孝元和我父亲看到有两个小青年在路上调戏红梅，孝元气愤地拿着砖头砸向了小青年们，后来他被小青年们海扁一顿，他的头被小青年们打破了，我父亲上去帮忙，衣服也被扯破了。两个小青年逃之夭夭的时候对他们说："今天算是倒霉碰见两个傻逼，为这个贱货竟然不要命了，你们把她送给老子，老子都不要。"

从此，孝元每天傻傻地等着红梅放学，也不再和父亲姜国庆一起回家，而是远远地走在红梅的后面，跟踪红梅，当起了护花使者，直到她安全地回到高丰村的家里。我父亲便知道孝元对红梅绝对不是单纯的乡邻之间的关心，而是喜欢她，但父亲从未对任何人提及过，因为孝元说，红梅是他内心不能说的秘密，那是一种向毛主席保证的崇高的美好。

向毛主席保证的崇高的美好，这是那个年代最美的情话！

1973 年春天，也就是他们 15 岁那年，红梅失踪了。她失踪的那几天，恰逢孝元生病高烧不退，所以当红梅的父亲和哥哥到他们家询问红梅的下落时，孝元顿时有了一种不祥的预感，他挣扎着从床上起来和村里人一起找红梅。后来，村里人在村庄附近的油菜花地里发现了红梅。她是被人强奸所杀，从此孝元的病再没有好转，高烧昏迷持续好几天，醒来后就疯了。

父亲说，孝元很可能是因为痛心疾首才疯的，他是恨自己没有保护好红梅，才导致红梅的人生悲剧。

对于"孝元如何疯了"的流言在丫姑镇有几十个版本，就其真实原因至今还是个谜。但是，从此，丫姑镇人的字典里没有"神经病"这个词，取而代之的是"孝元"。

大人们骂谁像神经病，都会说："你真是孝元！"

大人们吓唬不懂事的小孩子也会说"你再哭，孝元来了"，而不是"狼来了"、"土匪来了"。

胡大叔教史蒂文开手扶拖拉机，也是说："容易得很，孝元都会！"

父亲和我却从不相信那些关于"孝元如何疯了"的谣传，我们一直觉得孝元的疯是源于已故女孩胡红梅。

我不知道孝元和胡红梅之间的爱慕之情有多纯，有多净，有多透，有多亮，也不知道他们之间还有多少情窦初开的故事，但我每次见到脏乱的疯子孝元叔，我就会很敬仰他，敬仰曾经单薄无力的他，会有勇气和土匪的儿子姜国庆做朋友，会喜欢有坏名声的野丫头红梅，会为了她勇敢地打架，会为了她而疯掉。

史蒂文说，疯子的世界其实挺简单、挺美好的。我们可怜他们，却不知他们很快乐，或许更应该可怜我们自己。

孝元疯了以后，不再记得胡红梅这个名字，很多记忆好像都模糊了，也许那些是触痛他神经的人或事，所以他统统都忘记了。

村里人也没人提及胡红梅这个可怜的野丫头，那个短暂的美丽生命匆匆在 1973 年的春天画上了句号，如今高丰村的墓地里早已不见了胡红梅的墓碑。

我父亲曾在孝元疯了之后，试探性地问了孝元："你是不是装疯卖傻？是不是因红梅的死而自责难过？如果是，兄弟，你哭出来啊。"

但是，孝元却嘻嘻哈哈地问他："红梅是谁？"

父亲抱着孝元痛哭，说："你不记得是最好的，从此开开心心的吧。"

父亲曾对我说，疯了的孝元，生活在人间天堂，他的脑海里只有快乐，没有悲伤；只有温饱，没有他求。

孝元的母亲生前心疼他，每天以泪洗面，白天把牛圈收拾干净陪他在里面玩，做些纳鞋底、缝补衣服的农活。深夜常到牛圈给他盖被子，担心他着凉。后来，孝元的哥哥姐姐都陆续到了城里工作、生活，他母亲却不愿意搬走离开高丰村，只因疯儿子睡惯了牛圈。此后，母子两人在高丰村里相依为命。

我奶奶曾告诉我，孝元的母亲唯恐死后孝元在世上无法生存，每天都要训导他一件事情就是学会笑！只有会笑，疯子孝元才能讨到饭吃。所以，孝元成为丫姑镇最会笑的人，整天嘻嘻哈哈的，他有五十岁老男人的面孔，却是三岁小孩的智商，也是三岁小孩的天真笑容。

孝元母亲去世的那天，他破天荒地不笑了，这个疯子哭了。

他提着他母亲的烘笼跟着村里人哭哭啼啼地到了墓地，直到葬礼结束也没有离开，天黑也没有回家里的牛圈。他的哥哥姐姐拿着手电筒满村子焦急地找，才发现他在墓地里趴在母亲的坟墓上熟睡得像个婴儿，脏兮兮的脸颊上有好几条泪痕，嘴角流了很多口水。他们没有打扰他，而是悄悄跑回家给他拿来被子盖在他身上，让他睡了一个好觉。

恐怕能在墓地里睡着觉、睡好觉的，丫姑镇、乃至整个郢中市，几百年来仅此一人！

村里人说，疯子孝元那一天并不傻，知道自己的母亲死了，永远见不到了，所以很伤心很难过。

孝元的母亲死后，他独自提着烘笼开始了乞讨要饭的生活，走到哪里烘笼提到哪里，一天三百六十五天，天天如此，烘笼就像长在他身上一样，成了他身体的一个重要器官。调皮的孩子拿香气逼人的蒸肉、漂亮的新衣服、抑或玩具去诱惑他，他也不会和你换。有的孩子故意去抢他手里的烘笼，孝元会捡起地上的树枝追着孩子们打。

有一回，一个顽劣的孩子在放学路上用弹弓打中了孝元的烘笼，烘笼上出现了一个缺口。疯子孝元玩命似的追着孩子一连跑了五里地，他们穿过丫姑镇的油菜花海、田埂，再穿过麦田、小路，跨过沟渠，毛孩子吓得一路喊救命，不敢停下，不敢回头，跌跌撞撞，连滚带爬直到跑回家。疯子孝元和毛孩子两人累得气喘吁吁瘫倒在庭院里，孝元被大人们拦下，才控制住他失控的情绪。

事后，那毛孩子被家长痛打一番，训斥他不准再欺负疯子孝元，更不准抢他手里的烘笼。孝元似乎并不满意，坐在那户人家的庭院里闷闷不乐，不肯离去。后来，这户人家骑着自行车十万火急地专门到高丰村请我奶奶姜大英去他们家游说孝元。我奶奶当着孝元的面把那块烘笼的缺口补上，孝元才眉开眼笑，跟我奶奶回了村。

高丰村附近的村民都知道疯子孝元只让村里的几个老奶奶碰他的烘笼，其中包括我的奶奶姜大英。这些奶奶们都是他母亲生前常来往的朋友和乡邻，疯子孝元把她们当作亲人和最值得信赖的人。

史蒂文感叹说，若不是亲眼所见，有谁能理解，乡下母亲留下的一个破旧烘笼对一个疯子来讲却是世上最宝贵的财产，是可以拿命去守护的物品！

整个丫姑镇的人都认识孝元，他每天都会从高丰村走到镇上，在镇上闲逛溜达，碰见熟人就咿咿呀呀挥手，再从镇上走回村里，来回好几趟，风雨无阻。有时天气好，他会走得更远一些。他去过丫姑山、我母亲的村庄、还有临近的几个乡镇，这些都是他母亲生前带他多次走过的地方。

每当午饭、晚饭的时候，丫姑镇集市上的店家会给他一些饭菜，还有旧衣服、旧鞋和棉被。没有谁会认为他在自家门口站着乞讨晦气而赶他走，都是乡里乡亲，何况他那三岁孩子的笑容让人不忍责骂，无法拒绝。

我小时候，孝元叔叔每次上街遇见我上学、放学都会拦住我，找我要糖吃。有时候我口袋空空没有糖，要把口袋翻出来给他看，他才相信放我走。虽然没有糖吃，他还是会跟我笑，挥手告别。我总是哄他说："明天我多带几颗糖上学，你一半我一半。"

偶尔他走到我家门口，父亲姜国庆除了给他一两瓶饮料，还会塞给他一包烟。

我问父亲，为啥给孝元叔烟抽？

父亲说，他和孝元，还有村里其他孩子初中那会调皮，躲在田野里学大人们抽烟，那时没钱买香烟，就抽出麻秆子里白色的芯，点燃模仿抽烟的样子，70 年代初名副其实的穷屌丝。

麻秆是丫姑镇乡村里又细又长的一种植物。过去人们将麻秆在秋季时连根拔下，晒干在水中沤（泡）六七天，再剥下表皮纤维搓麻绳、纳鞋底或用作捆扎东西的绳索，十分结实耐用。麻秆中白色的芯被村里的男孩子们当烟抽，麻秆腿用来形容女人的细长腿。

史蒂文总结说，每个女人都幻想有两条麻秆腿。

可不，我做梦都想，有几个女人思想偏激，愿意有两条大象腿？

现如今条件好了，谁家也不缺吃穿，所以人们给孝元的粮食大鱼大肉也多了，粗茶淡饭少了。孝元，不仅是丫姑镇“疯子”的代名词，他也是丫姑镇唯一吃百家饭的人。

史蒂文走近疯子孝元，想和他握手，孝元警惕性地把烘笼放到身后，以为蓝眼睛的史蒂文要抢他的烘笼。史蒂文不甘心又从口袋里掏出几颗巧克力给他以示友好，孝元却笑着摆摆手，连连后退。

我走上前对史蒂文说：“孝元叔一点都不笨，他从不吃陌生人的东西，只吃他认识的人给的食物。他从不走陌生的路，只走熟悉的路，就是他母亲生前反反复复带他乞讨过的那些人、那些店家、那些乡村、那些路线。但是无论走多远，无论阴晴圆缺，他每天晚上都会回到高丰村，他知道这里是他的家。”

我接过史蒂文手里的巧克力塞给疯子孝元，他喜滋滋地从他的烘笼里取出一块饼干递给史蒂文，咿咿呀呀地让史蒂文收下。史蒂文不禁向他竖起了大拇指，笑着说：“哥们儿，你很酷！你是我见过的最酷的疯子！”

阳光照耀下，双手紧紧捧着烘笼，有着天使般笑容的疯子孝元叔，在路边的草垛依靠着晒太阳，心满意足地嚼着我和史蒂文给的几颗糖果，享受冬日里的午间暖阳，没有烦忧，只有乡愁。这是多么美的一幅油画！

可惜，我不会作画，否则我一定会画下他。

第 3 章
一种叫“上大人”的旧式纸牌

告别疯子孝元和老奶奶们，史蒂文吃着我在烘笼里烤的几颗熟花生往村东头的大伯家走去，他赞许说：“嗯，确实很香，忘了告诉你，兰，你烤花生的时候特别乖巧。你就像这花生，外刚内柔。”

大伯家的门口有口水井，嫂子们和村里的几个妇女正在水井旁洗衣服、洗菜、清洗年货。我帮史蒂文解下污渍斑斑、有着鱼腥味的巴宝莉围巾，跑到水井边去洗洗。

嫂子教史蒂文如何将水桶扔进水井里，再打满一桶水提上来。他专心致志地握着用麻绳拴住的水桶稀罕地玩得不亦乐乎，给村里的女人们当起了“打水专员”。不一会儿功夫，咕咚咕咚水桶上下二十几次，他出了一身汗。

他气喘吁吁地说，“这活儿健身好。”

“瞧你，打个水就乐成这样。”我嘲笑他，给他擦擦额头的汗。“那你在这里慢慢练，练不出八块腹肌不准回上海。”

“呀，这是什么？好恶心！”突然，他后退好几步，一惊一乍地叫唤起来。

原来是一个大姐从食品袋子里掏出几斤猪肠子在刮洗，我对史蒂文说：“猪肠子你没见过啊？你昨天吃的灌肠就是用这个做的。把猪肉剁碎，调料拌好装进猪肠子里，放在通风的地方阴干就成灌肠了，我看你昨天比谁吃得都多。嫌脏，有本事以后我吃你看着。”

“你们中国人真是太能吃了，鸭头、鸭脖子、鸡爪、鸡屁股、猪肝、猪肠子都能吃这么香。”史蒂文一脸嫌弃的样子。

所以，中国餐饮业的从业者们，绝对不能让老外们看见中国人美食制造的过程，特别是臭豆腐、腐乳等有怪味、腥味的食物，只能给他们看端在饭桌上的菜肴或盘子里的成品食材。他们只管吃就行了，否则中华美食该被多少老外无情地抨击？

大伯家的院子里，小侄子和村里的小伙伴们正在玩弹珠，小家伙们为了输赢吵吵嚷嚷，玩得热火朝天。我将洗好的巴宝莉围巾晾在庭院里的麻绳上，走进厅堂搬出两把木椅子坐在庭院里嗑瓜子、晒太阳，等着爸爸妈妈从集市上回来。

史蒂文兴致勃勃地跑过去和小侄子玩了两把弹珠，可惜技不如人，把小侄子的弹珠打进了院子外面的泥巴堆里，被四岁的侄子嘲笑了。

小侄子皱着眉头埋怨说："光头叔叔，你怎么比我还笨呀？妈妈说，你聪明才没有头发，我也想聪明剃光头，妈妈都不让我剃。"

我在一旁忍住笑，看着窘迫的史蒂文如何作答。

他用极其苍白的语言说："叔叔告诉你一个秘密，叔叔是超人，除了不会打弹珠，其他都会。"

四岁的小侄子思考片刻，凑到他面前，指了指天空飞翔的小鸟，小声问："你会飞？"

史蒂文也装腔作势地降低了声音，神秘兮兮地说："嘘，不要让别的小朋友知道，我这次来没有带超人服，所以没有超能量暂时飞不起来。"

小侄子似懂非懂地说："哦，知道了，我会替你保密的。那你会变形么？"

"你是说变形金刚？那都是我发明的，以后叔叔带你去看变形金刚。"史蒂文牛皮吹的猪圈里的几头猪都叫了几声表示反对。

"带着唢呐上飞机，你都吹上天了。超人啥时候发明了变形金刚？别夸海口，小朋友们会当真的。他明天吵着让你回去取超人服，让你飞一个，看你怎么办？……吃不吃苹果？"我扔给他一个苹果，想堵住他"上嘴皮挨着天，下嘴皮挨着地"的一张大嘴。

午间的高丰村，太阳暖洋洋地照在大地上，庭院里没有风，让人有些慵懒，我眯上了双眼小憩。

史蒂文坐到我旁边，用手指弹了下我的额头，递给我一个削好的苹果，“你有，嫂子们有，小侄子们都有，看来至少我还会削苹果。那爷爷呢？你回来的路上都在说奶奶和她的烘笼，爷爷又是怎样的一个土匪？”

在我的记忆里，我的爷爷总是在玩一种叫“上大人”的旧式纸牌。

爷爷叫阮天成，他比奶奶大六岁，生于1916年，一米八的大高个儿，年轻时体格健硕，身材魁梧。他原是地主家的长工，因偷了地主家的粮食接济家里和睦邻，被地主捉回去差点打断了腿。一气之下，他偷跑出来，一瘸一拐走到离家七八十里地外的丫姑山当了土匪。我小时候曾见过爷爷身上大大小小的疤痕，其中小腿上的疤痕最深最长，足足十厘米左右，那是地主折磨他的印记。

我和两个堂哥小时候如果哭闹要买零食吃，抑或耍赖皮，除了爸爸妈妈会拿爷爷当令牌，奶奶也会吓我们说：“你们再哭，土匪爷爷就要来打你们屁股了。”听到“土匪爷爷”几个字，我和堂哥们都会闻风丧胆，也不闹也不哭了。但是，在我4岁以后，就不再被奶奶的小伎俩吓到，我倒是很喜欢跟这个土匪爷爷一起玩。

土匪爷爷在我眼里是一个可亲可敬的老头，他是改革开放后的第一代鄂商。70岁高龄的时候，他还经常骑着三轮车，摇着铃铛到丫姑镇的乡村里，吆喝着贩卖孩子们爱吃的零食和玩具。他用的是最古老的走街串巷式的经营方式，也是丫姑镇十里八乡出名的卖货郎。20世纪80年代中期的时候，他开始贩卖水果，比如五斤小麦换一斤苹果。

到了90年代，他依然不收现金，还是粮食换货品。我的父亲姜国庆曾让他在家待着安享晚年，或者卖货收取现金，以免劳累，可这个倔强的土匪老头硬是闲不住，精神抖擞地行走在各个乡村里。

附近乡村1980后出生的孩子们都认识我爷爷，我们是吃着爷爷卖的糖果、糖葫芦长大的一代。所以，晚年的爷爷不再有人记得他曾经是土匪，提到他的名字，都会说“姜师傅”、“姜老板”或者“姜大爷”。爷爷去世时享年82岁，病危倒下的前几天还在当卖货郎。

他每天从小镇的供销社里采购货品，运到离小镇较远的乡村里销售，再将换来的粮食运到小镇上的粮站去卖掉，兑换成现金。他喜滋滋地说："乡亲们都不富裕，手上现金少，就用粮食兑换，乡亲们乐意，我也还能赚差价。"

爷爷阮天成是个保守但精明的鄂商小贩。别看他不会认字，但他开通了"预定"业务，准备了一个小本让乡亲们自己在本上写下所需要的货品和数量。下午他卖完货，骑着三轮车到镇上的粮站卖完粮食，然后就去供销社采购货品，按需购买，所以他从未亏本。但是，他从没想过要把他的业务扩大，只要有赚头他觉得已足够。同时，这个土匪老头也迷信，每天出门看黄历，非吉日从不出门经商。

每次到供销社采购完货品，若时间尚早，他会到饮料厂的小儿子家里吃晚饭，顺便看看我这个孙女。

奶奶常唠叨说，爷爷是有钱人，到底有多少钱，她也不知道。不过父亲姜国庆一点都不关心这个问题，因为他和妻子在镇上有一份稳定的工作。在我一岁多的时候，姜国庆同志就兑现了自己对岳父大人的承诺，成了万元户。他是村里第一个买电视机、录音机的人，还在家里贴了很多刘晓庆、唐国强、邓丽君等明星大腕的日历画，是个时髦的年轻人。对此，爷爷阮天成和奶奶姜大英整天笑得嘴巴都合不拢，感觉终于直起了腰杆，"文革"那些年低头做人的日子似乎也早已远去。

1985年的秋天，每到晚上六七点，我们姜家的庭院里就会坐满左邻右舍的人，全村人集合的积极性比村长开会还高，等着在我们家看19寸的黑白电视机里播放的电视节目。其实整个电视就一个频道，中央电视台。爷爷衔着他的旱烟，忙着给乡亲们搬椅子、长凳子，一边张罗着乡亲们坐下，一边还让奶奶多烧些开水给大伙喝。奶奶踩着她那双小脚屋里屋外的来回小跑，给老乡们倒茶。他们俩累得满头大汗也心甘情愿、乐在其中。

那情景比过年还热闹。

话说，每次爷爷到镇上我家等着吃晚饭的间隙，他就会去街上跟一些老头们打"上大人"的纸牌。那是一种旧时的纸牌，背面颜色是红色，牌很窄，形状呈细长，纸牌的正面最上方和最下方分别写着"上"、"大"、"人"、

“福”、“禄”、“寿”、“孔”、“乙”、“己”等不同的字，一共120张，共8句话，一句话3个字，这8句话是:“上大人”，“孔乙己”，“化三千”，“七十士（士）”，“尔小生”，“八九子”，“佳作仁”，“福禄寿”。

长大后，我去图书馆查阅“上大人”纸牌的历史，才知道它讲的是孔子的故事和做人的道理。在玩牌的同时，亦可领会儒家文化之精髓。

上大人，意为“至高无上的圣人”。邱乙己，孔子姓孔，名丘，字仲尼，排行老二。“丘”在长牌中写作“邱”，那是为了避讳，有意用另一字代替。“乙”是老二，这句是说，至高无上的圣人是孔子。在鲁迅的小说《孔乙己》里，直接写作“上大人，孔乙己。”

化三千，七十士。意思是，孔圣人弟子三千，出了七十二个贤人。“化”为教化、教育。“士”才是个人物，进了士大夫阶层。

尔小生，八九子。“尔”即你，意为你们这些小生们。八九子，虚指多个学生。

佳作仁，福禄寿。要好好地施以仁爱，懂得周礼的内涵精髓，方可得到福气、功名与长寿。

我至今也搞不清楚这个牌的真正来历，但我喜欢“上大人”纸牌背后的文化内涵，比起外来“扑克”更值得推崇。

爷爷打牌的时候会经常带着我玩，赢了钱就会给我买大白兔奶糖或者冰棍吃。所以，我在五六岁时，就像背诵唐诗宋词一样记住了纸牌上的字和句子。那些字连在一起就是“三字经”，直到今天我也无法忘怀。

爷爷们打牌的间隙常有人要上厕所，我就帮忙发牌或者替着打一局。街上时常会出现一道有趣的风景，一个六七岁的小姑娘跟两三个老头在路旁打“上大人”纸牌。路过的大人们就像遇到什么稀罕事一样驻足观看，夸我聪慧，因为很多大人面对这种古老的纸牌也是望而却步。

对“上大人”纸牌的记忆，除了用“美好”形容，我实在找不到更好的词语来替代。小伙伴们玩扑克，看小人书、连环画的时候，我时常会提议他们跟我玩“上大人”纸牌，而小伙伴们会惊讶、羡慕地瞅着我，觉得我是来自远古时代的人，或是被“花仙子”施了魔法变成了小老头。

史蒂文追问我这种牌的具体打法，我走进屋里让堂哥翻箱倒柜地找出一副“上大人”纸牌，一张张给他介绍。这些牌连成句、对子或三、四张同样的牌就可以一起打出。如“上大人”为一句话，且是最大的三字王牌。5个“上”为一条，4个“上”为一招，3个“上”为一坎，2个“上”为一对。

我费了很大劲，全情投入，讲得口干舌燥，还是没解释清楚这种牌大概怎么打，史蒂文俨然丈二和尚摸不着头脑，最后我只能用“amazing but too difficult”来形容整个牌局。

堂哥在一旁笑话我们说：“真是两个苕，对牛弹琴！牌上的几个字史蒂文都认不全，不要为难他了。他会打麻将输钱给我们，说明人品到位，已经够意思了，不要教会了‘上大人’纸牌他输得更多，我老赢他钱多不好意思。再说，这牌只有老头才玩，年轻人哪有几个人打‘上大人’?”

“啊……你的嘴太讨厌了!”我被堂哥的话打击的功亏一篑，捂着耳朵连跺了几下脚。

“没事，没事，兰，是我太笨。”史蒂文安慰我说。

“不要执着，不要强求，你这分明是‘冲着柳树要枣吃’——不可能撒……”堂哥口若悬河地继续抨击我。

“巴嘎！你惹怒我了，走不走?”我瞪着堂哥，准备用凶狠的眼神电伤他。

“冷静、冷静，我的好妹妹，急火容易攻心啊。又来这一套，小时候一生气就‘巴嘎’，然后就是跟爹爹（爷爷）告状，你这都跟谁学的，这么大人了还改不了。”堂哥说完就溜得不见了踪影。

史蒂文在一旁抚掌大笑：“你们兄妹真有意思！兰，看来不止我怕你，堂哥们都怕你。”

“啥意思?你是说我很凶咯。”我的心情就像打翻了五味瓶，酸甜苦辣咸，样样都有，却又不是滋味。

“哪敢，我们怕你、故意逗你，都是因为爱你。”史蒂文说。

堂哥走后，我继续跟史蒂文聊起爷爷的话题。

偶尔爷爷会像个孩子王似的带着我跟堂哥们满村子的跑。他会找一根竹棍子，再将细长的竹片两段插进棍子里形成一个椭圆的圈，然后缠上厚厚的蜘蛛网，像羽毛球拍似的，带着我和堂哥们浩浩荡荡地去村口捉蜻蜓，蜻蜓如果粘到蜘蛛网基本就变成猎物逃不掉了。我可怜蜻蜓，不忍看着他们在蜘蛛网上挣扎，往往堂哥们在前面抓蜻蜓，我就跟在后面捣乱，淘气地把它们全部放掉。

爷爷不骂我，反而对村里人说："我们兰儿善良！"

偶尔，爷爷也教我们这些孩子打河边树上的"知了"。爷爷说"知了"壳是药材，可以卖掉赚钱补贴家用，也可以烤了吃。我吃过一次，还挺香，不过我不喜欢黑黑的东西，尤其害怕爬行类的小动物，比如毛毛虫、蜘蛛、蜈蚣。后来，爷爷烤熟的"知了"只有哥哥们吃，我也仅仅是在一旁羡慕地看着，垂涎三尺也不敢靠前。

爷爷一直跟大伯和堂哥们生活在一起，而且去世的比奶奶要早，所以我对爷爷的印象没有奶奶深刻。爷爷去世的时候我还正在上初中。18 岁的堂哥骑着摩托车到城里的中学把我接回了老家高丰村。爷爷平日里偏心，我知道他喜欢孙子胜过孙女，逢年过节的压岁钱，哥哥们能拿到五块钱，而我只有两块钱，似乎有重男轻女的嫌疑，更因为哥哥们随他姓阮，且他平日都是大伯在赡养。

尽管如此，奶奶还是忍不住骂爷爷，他们还就"压岁钱事件"大吵过几次。不过，奶奶也是一碗水端不平，有好吃的也是悄悄给我留着。她说哥哥们太调皮，经常在老宅里像耗子进了家找零食吃。若不是她藏的好，这些水果、果仁之类早就被抢走了。

其实，我倒不介意哥哥们抢零食吃，只是被爷爷、奶奶各自可爱的举动所感动。

如果要用一句话来形容爷爷奶奶的一生，我想爷爷钟爱的那副牌"上大人"就是最好的诠释。

史蒂文若有所思，"上大人"纸牌的打法对于老外来讲，理解太难，但是意境还是能明白的。他说，就是如何做个很棒的好人吧？

我高兴地向他竖起了大拇指，给了他一个"赞"。

第 4 章

土匪爷爷抢来的亲

小汽车的鸣笛声响起，那是爸爸和大伯家的车回来了。我欢喜地拉史蒂文起身，迎接爸爸妈妈、大伯大妈从集市上凯旋。

车还未停稳，母亲范知音就摇下车窗问我和史蒂文：“你们两个小祖宗没事吧？真行啊，走回来的啊？”

史蒂文露出了他那张标志性的笑脸，以五星级酒店门童的服务意识连忙走上前帮母亲开车门，说：“我们没事，想走走家乡的小路，半路乘坐胡大叔的手扶拖拉机回来的，墨兰跟我讲了很多童年往事，很有意思。”

说完，他又跑到车尾，帮父亲提出后备箱里的年货往院子里搬。我在一旁用胳膊肘碰了他一下：“有进步啊，这也是昨晚上打麻将堂哥们教给你的？”

史蒂文朝我眨巴了下他的蓝眼睛：“堂哥还教了一句：男人的事，女人少插嘴。”

我假装生气地顺手拿起扫帚，追着史蒂文在院子里打：“巴嘎！他们还有句话没教你啊？惹上蛮妻，欠收拾！”

父亲闻声呵斥我：“我看你才欠收拾，有点女孩子样子，怎么还跟三岁小孩似的？”

史蒂文连忙跑到我身边，两只胳膊亲热地搭在我肩膀上，对父亲说：“叔叔，都是我的错，我们闹着玩的，主要是我欠收拾。”

我瞥了他一眼：“不错啊，好汉，这招‘英雄救美’用的不露痕迹啊，你这进步的速度都赶上中国火车提速了，看来我爸得给你加分了。不过，谁稀罕你来解围啊，你以为老爸真要收拾我啊？他连我掉根头发都会心疼得不得了。”

大妈和母亲走进厨房去做午饭，我对史蒂文神秘地说：“走，吃饭还得半小时呢。我带你去一个浪漫的地方，就在村东头的油菜地里，爷爷和奶奶初次相逢的地方。”

我的爷爷阮天成和奶奶姜大英是20世纪战火年代，冒着枪林弹雨结合的。他们没有风花雪月，但有深厚感情基础的婚姻。我的理解是，爷爷对奶奶是一见钟情，18个小时后他逼着我奶奶在土匪窝里“闪婚”，相濡以沫了一辈子。

在我小时候，奶奶一边在烘笼里烤花生，一边给我讲她年轻时的故事。至今我还隐约记得一些画面。

1922年，她出生在一个没落的书香门第之家，祖辈上曾有人中过进士，做过朝廷文官。姜家在郢中县城里是家喻户晓的名门。她的父亲思想开明，与郢中乃至附近县城早年留洋归国的文人墨客们交往甚密。他是当地有名的中医，喜欢吟诗诵词，家里藏书上万册。

奶奶说，她的母亲曾是父亲家里的卖身丫鬟，父亲不顾世俗的眼光、家人的百般阻挠迎娶了她的母亲。

奶奶4岁时小军阀们混战，他们一家人连夜启程准备逃到乡下避难，途中他父亲却不幸被炮弹炸死，连同炸毁的还有她父亲视为珍宝的几千册藏书。在慌乱中，年幼的她捡起了父亲每天翻阅的《圣经》，视为珍宝，一直保留到“文革”时期。

那本厚重的书是她对于父亲最深刻的记忆，寄托了她对父亲全部的情感。

后来，奶奶跟着她母亲，还有一岁的妹妹带着家里值钱的家当从县城一路逃难到了丫姑镇高丰村安身，从此隐姓埋名，改名为姜大英。

奶奶说，她的父亲还是远近闻名的大善人。有一天中午，他们正吃着午饭，家里来了一群不速之客。有三个身着军装、拿着手枪的军阀带走了她父亲。从此，父亲不苟言笑，早出晚归，筋疲力尽。他要给大量的伤员看病，不分派系，不分强弱，只要是病人，她的父亲都会尽力去医治。在奶奶看来，她父亲应该是军阀们的救命恩人，却只因思想激进而得罪了军阀，不幸丢了性命，成了政治斗争的牺牲品。

奶奶从小深受她父亲的影响，要做个乐善好施、识文弄墨之人。可惜，在战火中，由于父亲的早逝，她终生不识一个字，她的儿子们在“文革”期间也只是勉强念完了初中。所以，在她临终前，除了手握着《圣经》希望自己安详地离开这个世界去天堂见上帝，另一个愿望就是我能考上大学，做一个像她父亲一样小有名气的文化人。

奶奶的脚很小，她曾告诉我，她的脚算大的，因为她的父亲心疼她，阻止她的母亲给她裹小脚。但是受封建残余思想的影响，虽是民国时期，我的祖奶奶仍然担心她今后嫁不出去，依旧偷偷给她裹小脚，毕竟她只是贫穷的丫鬟出身，无法理解她丈夫的新思潮、新思想。

小脚的奶奶姜大英嫁给我爷爷阮天成之前还结过一次婚。

18 岁时，奶奶姜大英经村里的媒人介绍，她跟邻村的一个俊俏的小伙子素未谋面就结了婚。婚后不久，她前夫就加入了国军上了战场。那时，日寇侵华，经常扰民，甚是野蛮与凶残。村里年轻的男人们都纷纷去了战场杀敌。不到三个月，奶奶姜大英就收到了她前夫在前线牺牲的消息。奶奶痛不欲生，我的祖奶奶把她接回了家细心照顾与开导，奶奶才得以从痛苦中恢复。

在我小时候，每逢年三十，奶奶会牵着我的手去村东头的一块地里给祖奶奶烧点纸钱，她曾抹着眼泪跟我讲那是埋葬祖奶奶骨灰的地方，还会跟我提及祖奶奶曾经经历的种种艰辛与不易。我想，我的祖奶奶一定是个伟大的女人，她十岁就被卖进姜家做了丫鬟，早年丧夫，怀揣着对我祖爷爷的深厚情感，终身未再嫁，在战争中一个人拉扯着两个女儿过日子，很是艰难。没想到终于熬到大女儿出嫁，女婿还是个非常孝顺之人。可是，时运不济，命运多舛，女婿最终还是死在了战场上，大女儿跟她一样守了寡。后来，她苦口婆心帮助大女儿走出了心理阴影。不料，1944 年的春天，大女儿又被土匪阮天成抢了去，她算是一辈子操碎了心。

1944年，奶奶姜大英再婚了，嫁给了我的爷爷阮天成。与其说是再婚，不如说是被抢。她是被当时在丫姑山上做土匪的爷爷阮天成从日本人手里“抢”去成了亲。

我的奶奶跟爷爷相识的第18个小时就“闪婚”了。奶奶说，这就是她的命，那个战火纷飞的年代什么事情都有可能发生。不过，晚年信仰基督教的她却无时无刻不在感谢上帝让她遇到了阮天成这个土匪，虽然没让她过几天安宁日子，但是却给了她两个儿子还有一群可爱的孙子、孙女。她最爱最疼的就是自己的小儿子姜国庆和她的孙女姜墨兰。

1944年春天，爷爷遇到奶奶的时候恰逢他母亲生病，他回村里看望。

那天，据说国军占领了县城，正在乘胜追击溃败的日本兵，八路也在乡镇路上设了埋伏，七八个被打散的日本鬼子东躲西藏路过高丰村，他们警惕地握着枪进村找食物。那可能是鬼子们的最后一次进村扫荡，他们一家一户翻着粮食，狼吞虎咽，行动很匆忙。

村里的人们早已接到消息躲到了油菜花地里。两个15岁左右的孩子被村民们寄予厚望，安排迅速到另一个村庄给八路军通风报信，而22岁的奶奶守在靠近路旁的油菜花地里，以备接应赶过来的八路或游击队。

她惧怕日本兵，她不懂什么是国耻，但她知道什么是家仇。她时刻提醒自己勇敢一点，协助国军和八路军多杀日本人，以报“杀夫之仇”。

爷爷阮天成的家所在的村庄离高丰村十里路的距离。高丰村是爷爷阮天成从丫姑山回家的必经之路。那天，他骑着马下山，风尘仆仆地往家里赶，并不知道高丰村里进了日本鬼子。走到靠近村口的时候，突然从油菜花地里冒出一个大眼睛的年轻姑娘挡住了他。

“你不要命了？”土匪爷爷坐在马上吓慌了神，怒吼道。

姑娘行色仓皇地把他拉下马，让他隐蔽，说村里进了日本鬼子。

这个奋不顾身挡住他去路的人就是我的奶奶姜大英。

爷爷定睛看见两三个村民分散地躲在油菜花地里。奶奶姜大英跟他说其他乡亲们躲在更远的地方，等他们的好消息。百亩的油菜花就是乡亲们最好的掩护，希望八路军快点赶到，别让那几个日本鬼子逃跑了。

他按照奶奶的要求蹲在油菜花地里，看着三丈外紧张地大汗淋漓的姜大英，心里除了钦佩，还有感激。他摸了摸腰间的手枪，虽然他有枪，但是他一个人肯定干不掉七八个日本兵。何况，八路军、国军跟他们这些土匪也是井水不犯河水，除了打日本兵能有共识，其他时候也是兵戎相见。

爷爷刚蹲下，就隐约看到有两个日本兵顺着进村的小路跑来，他猜测可能是马刚才突然被拦时的叫声惊动了村东口站岗的日本兵。他准备起身，跟奶奶示意一起逃跑。奶奶让他不要动，坚持留下，她小声说："不能把日本兵引到油菜花地的深处，那里都是孩子、妇女和老人。"

日本兵手握着枪步步逼近，只看见了一匹马孤零零的在路中央，他们警惕地走进了油菜花地里，一个去巡查路左边的油菜花地，另一个向着路右边奶奶姜大英躲藏的方向谨慎地走去。奶奶吓得浑身发抖，目光呆滞。

这个日本兵发现了梳着发髻、哆哆嗦嗦的奶奶，放松了警惕，准备通知路另一边的日本兵。爷爷迅速地拔出刀，从后面扑过去一刀扎在日本兵的脖子上，两人倒在油菜花地里，奶奶吓得尖叫了一声。

这一声"啊"让另一个日本兵朝着奶奶的方向迅速放了几枪。子弹从奶奶的腿边飞过，打伤了她的腿。爷爷原本不想开枪惊动村里更多的日本兵，但千钧一发的时刻，他拔出手枪击毙了那个日本兵，又朝被他捅伤、奄奄一息的日本兵开了一枪。然后，他拉起我的奶奶姜大英弯着背，疯狂地在油菜地里穿梭。奶奶越走越慢，没几步路就撑不住晕了过去，原来奶奶的小腿受伤了在流血。他撕下衣服上的一块布绑住奶奶的小腿，二话不说便扛起她在油菜地的田埂上飞奔起来，向着丫姑山的方向跑去。

那天，天很蓝，云很轻，百亩的油菜花海，漫过田间地头。微风拂过，金黄的花蕊、素雅的绿叶在阳光下焕动绚丽的色彩，波澜而壮阔。寂静的油菜花地里只有爷爷大口喘气的急促呼吸声，他不是畏惧日本兵会杀了他，他是惧怕这个素不相识的姑娘落到日本人手里，或者受了重伤再也醒不过来。

他的身后是此起彼伏的枪声。他知道，八路来了，跟日本人交火了，那个村庄也有救了。他跑得更加快，他要带着那个姑娘远离战场。

土匪窝里的四十几个土匪见到阮天成扛回一个漂亮姑娘，都拿他开涮。他说，这姑娘从此就是他媳妇，谁都不能动她。

第二天早晨，奶奶从昏迷中醒过来。她发现自己躺在一张陌生的床上，她的腿有些痛，包裹着纱布。她坐起来，顺着土房子的窗户望出去，外面绿树成荫，远处还有放哨的小塔和持枪站岗的武装人员。爷爷阮天成正在屋外跟土匪们抽着旱烟聊天。她才意识到自己进了土匪窝。

几个土匪看见正在窗口偷窥的她，拍了拍爷爷阮天成的肩膀，他们一起走了进来。奶奶迅速躺下，盖上被子假装睡着，闭上了眼睛。

土匪们说："嫂子醒醒，别装了，我们都看见你醒了。"

奶奶生气地爬起来："别瞎喊，谁是你们嫂子？"

"哟，这娘们还挺凶。"一个土匪嬉皮笑脸地说。

"怎么说话呢？叫嫂子，娘们是你说的吗？老子抽你！"爷爷阮天成踢了那个说话的土匪一脚。

中午，四十几个土匪陆陆续续到齐了，大当家的宣布了爷爷和奶奶的婚礼。他们象征性地拜了堂、成了亲，土匪爷爷还差人给祖奶奶送去了丰厚的聘礼。

尽管奶奶感激爷爷救了她，但是对于被逼成亲这件事情还是介怀。她被人强迫，按着头拜堂的时候一直骂着："阮天成，你卑鄙，你无耻，你个挨千刀的，你不是人。"但爷爷还是乐呵呵的。

就这样，他们结婚了，从此奶奶对爷爷的昵称就是"挨千刀的"，叫了54年，直到1998年爷爷去世。

奶奶在丫姑山上和爷爷生活了好几年，解放后才下山。1946年他们有了第一个女儿，但未满月的女儿在国民党的一次剿匪行动中被炮火轰炸死亡。1955年，他们在高丰村生了我的大伯阮国明。1958年，我的父亲姜国庆也在高丰村诞生。

解放后的1950年，爷爷带着他们那群土匪自发缴械投降，向共产党坦白从宽。也许是恨透了国民党政府的剿匪行动，让他历经丧子之痛，他号召土匪们服从新政府的安排。爷爷入狱的时候，奶奶没有听祖奶奶的话另寻一门亲，而是经常一个人在监狱门口徘徊等着爷爷，打听他的消息。

1953年，由于爷爷手上没有人命案，还杀过日本士兵，很快就出狱了。土匪窝子是回不去了，爷爷的父母也早在战乱中死去，家里只剩下一个弟弟，弟弟也有了家室，家境贫寒，不可能收留他。奶奶思索之后，决定把爷爷接回祖奶奶家，求祖奶奶收留他们。从此，爷爷做了倒插门女婿，大伯随他姓阮。小儿子，也就是我父亲，跟奶奶姓姜，算是给姜家人留后。

“文革”期间，由于爷爷曾经是土匪，抢过穷人家的粮食和牲口等原因，我们姜家的日子很不好过。爷爷经常被镇里、村里的红卫兵拉出去开批斗会。有段时间，父亲姜国庆和大伯阮国明他们两兄弟很怕遭人排挤，常有小朋友在他们身上扔石子，骂他们是“小土匪”，村里的小朋友也不跟他们一起玩。两兄弟相互安慰，不予理会，偶尔也会气不过去打架。虽觉得低人一等，平日里不敢出门，但在家里还是帮着奶奶干农活儿，对被欺负、被歧视的事情不提一个字。奶奶经常在家里偷偷抹眼泪，但是当着两个儿子的面却尤为坚强。她告诉两个儿子，“一切都会过去的，自己造的孽要自己承受”。

奶奶常说，虽然那时候世道乱，爷爷是穷苦人出身，也是逼不得已才上山做土匪，但既然做了坏事就要遭到惩罚。可见人在做天在看，这一劫难也是逃不过去的。

改革开放后，大伯和父亲陆续结了婚，爷爷奶奶按照习俗分了家，爷爷归大伯赡养，奶奶归父亲赡养。虽然名义上分了家，其实爷爷奶奶大多数时间还是在老宅里生活，搭伙过日子。父亲是公家人，我出生后不久我们一家三口就搬到了丫姑镇上的饮料厂，在公家分配的员工宿舍里生活，母亲也到镇上的棉纺厂里找了份纺织女工的差事。

在我的记忆里，爷爷的眼睛很小，时常眯成一条缝，但却炯炯有神。他的脾气很粗暴，动不动就破口大骂，但骂完又笑嘻嘻的。奶奶常说：“你瞧，爷爷土匪病又犯了。每天不犯病还不正常，被骂的人千万不要往心里去。”

我最害怕的倒不是爷爷发脾气时的大嗓门，而是他背后的四道伤疤。那些疤痕相比腿上的那道长长的疤痕要恐怖。最短的一条两厘米，最长的有五六厘米左右，像蚯蚓似的，看了打哆嗦。

有一天傍晚吃过晚饭，我们一家人在庭院里纳凉吃西瓜，我好奇地看着打着赤膊的爷爷，问一旁的奶奶：“爷爷背后那些毛毛虫怎么不一样？”

奶奶捂着嘴笑得上气不接下气，冲着爷爷说：“老头子，你孙女问你的伤疤怎么回事？”

我没想到奶奶会这么直白说是我问的，那时候我才三四岁的样子，生怕土匪爷爷会生气打我屁股，因为父亲姜国庆常跟我说，他小时候调皮就是被爷爷的棍棒打到大的。我每次哭，父亲就会用土匪爷爷来吓我。

爷爷扭过头看着我，给了我一块西瓜说：“来，兰儿，吃西瓜。”

我战战兢兢地接过西瓜，睁着一双清澈的大眼睛不甘心地看着他，希望爷爷能回答我的问题。

“爷爷年轻的时候做过坏事，被别人打了，这是活该。”爷爷把我抱起坐在他腿上，帮我擦掉脸上的西瓜籽，说，“兰儿长大了不能学爷爷干坏事，不然也会被人打，打出了血，留了疤痕就不漂亮了。”

“他们为什么打你？那爷爷疼不疼？”我似乎要打破沙锅问到底了。

“因为爷爷拿了人家东西，被别人发现了，所以他们要打我呀。别人的东西你怎么能不经过别人允许随便拿呢？别人打我的时候啊，非常疼，流了很多血。跟你打针一样疼，不过，现在不疼了。”爷爷用我听得懂的语言讲述了他当土匪的故事。

第 5 章

安详的死去

我和史蒂文坐在油菜地旁的田埂上，阳光洒在绿油油的百亩油菜地里，菜地里堆着一堆堆的牛粪，虽不是油菜花开放的季节，但茁壮成长的油菜茎叶告诉我们丫姑镇的春天要来了。

我顺手掐了一根水灵灵的油菜花茎秆，拨开外面的一层皮，“吧唧”咬了一口，香脆爽口。史蒂文看我吃得挺香，问道，这也能吃？给我尝一下。

我说，好吃着呢，小时候这就是我的零食，不过吃多了肚子受不了。等到三月底、四月初这里将是一片金黄的花海。奶奶生前曾感慨，这么多年过去了，乡村的路宽了，土路变成了水泥路，房子高了，茅草屋变成了小洋楼，小河也不再清澈了，但是高丰村的油菜花海依然如初，七八十年没有变过。

仰望着蔚蓝的天空，我不由想起了爷爷去世的那天。

“天空就像今天一样很晴朗，透彻得没有一点尘埃。”我对史蒂文说。

那天奶奶没有流泪，也没有去墓地，只是一个人静静地待在狭小的房间里，闭着眼睛不断默念着《圣经》里的词句。我本想走进那间只有五平米的小房间安慰奶奶，却看见她平静地跪在地上，虔诚地祷告，一束阳光透过窗帘的缝隙洒在奶奶身上。

我听见奶奶说，请慈悲的主，允许爷爷去天堂等着她，所有的罪孽请让她在有生之年来帮爷爷承受与偿还。

我从来没有见过爷爷和奶奶之间说过情话。反之，要么是爷爷在数落奶奶，要么就是奶奶在挑剔爷爷，她时常会称呼爷爷“挨千刀的”。我们这些晚辈早已习惯了，也分得出吵架的真假，从来也是听听不往心里去。他们几乎每天都会为了些鸡毛蒜皮的事吵架。

比如，“你爷爷洗碗洗得不干净”；

比如，“你奶奶怎么没看好家，庭院里的丝瓜被谁偷了”；

比如，“我的烟呢？肯定又被你奶奶藏起来了”

……

我们这些晚辈一旦看见他们吵架就立马屏住呼吸不吭声，只当一阵风吹过，溜之大吉，或者装作没听见，事不关己，高高挂起。因为谁要是出声，谁就会中枪，爷爷就会转移矛盾骂谁。

比如，“小兔崽子，老子说话你插什么嘴”；

比如，“你反天啦，敢教训我”；

比如，“白眼狼，老子白疼你了”

……

我以为奶奶是不爱爷爷的，她骨子里有书香门第之家的傲气，当年她被土匪爷爷抢去做了“夫人”，“文革”时期因为爷爷曾经是土匪，她受了不少委屈，一直守着这个家战战兢兢、提心吊胆地过日子。家里被红卫兵抄了家，值钱的物件都被充了公，导致一贫如洗，两个儿子也没有如愿继续上学，她的“书香门第”传承之梦毁于一旦。也因为爷爷是土匪，家庭政治条件不达标，大伯想去当兵参军的梦想也破灭了。爷爷有段时间撑不住了，酗酒度日，虚度光阴。奶奶在悲痛中坚忍地活着，忙完地里的农活还要回家照顾爷爷和孩子们，她一个人支撑着全家人的生活。晚年时，村里的老人们都说她生了两个好儿子，大伯和父亲都是孝子。在我父亲心里，他的母亲大人是放在第一位的，他曾放弃了升迁和下海的机会，不愿离开郢中这片土地，为的是让奶奶安享晚年。

直到爷爷去世，听到奶奶替爷爷在祈求上帝的宽恕，我才知道在奶奶心里，他们那段战火中诞生的姻缘就是爱情。爷爷在奶奶心里的位置，并不是那个“挨千刀的”，不止是人生的伴侣，也不止是她孩子的父亲，而是相濡以沫，针与线的关系，永不可分，永不可离。

小时候，我曾问奶奶，为什么要信仰基督？因为我的印象里，我的母亲范知音总是会去遥远的县城赶庙会，一早坐几个小时的大巴去“明显皇陵”祈福。

奶奶直白地跟我说，方圆百里找不到寺庙，却找到了上帝。

1926 年，祖爷爷在军阀混战中被炮弹炸死，祖奶奶孤苦无依，牵着我 4 岁奶奶的手，一路乞讨，到了离家 70 多里路的丫姑山拜佛，她们在那里避风避难，睡了一个好觉。那时寺庙的部分建筑已被拆，一大半区域做了民国学校；

1969 年，我 11 岁的父亲身患疾病，寻遍良医，无药可救，痛心疾首的奶奶用小车推着我病重的父亲又去了丫姑山，哭了一天一夜。那时佛堂已完全被毁，贴满了“文革”的大字报。

1993 年，父亲的工厂倒闭，失魂落魄，奶奶再次独自一人踩着小脚去了丫姑山，可那里已完全成了一片废墟，奶奶瘫坐在废墟上。

20 世纪 90 年代，中国的乡村里信仰基督的人并不多见。丫姑镇村民对基督教的认知来源于一位华侨老先生。

晚年的奶奶遇到了从美国回归故里养老的张老先生。老先生的妻子死后，他卖掉了美国的房产，辞别了美国的子女，孤身回到了他阔别几十年的家乡。他说，这叫落叶归根，这里还有他的弟弟妹妹和兄长。

老先生的回归给镇上带来了很大的变化，很多年轻人是从他的嘴里知道什么是美国，什么是现代化，他们萌生了去美国奋斗的念头。90 年代中后期，镇上有几个家境殷实的年轻人，经张老先生介绍去了日本、美国务工，抑或读书。

我深刻地记得，父亲姜国庆激励年幼的我读书，说得最多的一句话就是：“好好读书，将来爸爸也送你去美国。”

我问父亲，美国有什么？

父亲指着我课本上的四个现代化说，就是什么都有的国家，就是天天吃肉的国家，就是什么都美好的国家，就是已经实现四个现代化的国家。

我嘟着小嘴说，所以这个国家就叫“美”国了？

父亲思考片刻说，对！

我皱着眉头问，那爷爷奶奶、爸爸妈妈、孝元叔叔、堂哥们都会去么？

父亲说，那没有。我们不会英语，去不了。

我有些难过地问父亲，难道我们中国不好么？我不去美国，我要和你们在一起。

父亲说，我们中国也好，但是就好像你们班的学生，中国属于成绩靠后的，美国是世界第一，班里成绩最好的，是班长。成绩不好的同学是不是常受欺负？你想不想让中国当班长？

我似懂非懂地点点头。

父亲说，那就去美国，你可以去把美国人的强大本领学回来，然后让我们的中国当班长。

“哇！”我拍起小手鼓起掌来，脑海里浮现一幅壮观的画面，那是我第一次懵懂地认知到什么是爱国，虽然完全不懂“四个现代化”。

张老先生给小镇带来的另一个巨大的变化就是他在镇上开了一家孤儿院，这是丫姑镇历史以来的第一家孤儿院，他收养了附近乡镇的二十几个孤儿，并传播基督教。这个孤儿院现在还依然在运营，孤儿院的人数达到五十人，大部分维系资金来自于丫姑镇天南地北的商人们的捐赠，我的父亲姜国庆就是捐赠者之一。张老先生死后，孤儿院被镇政府接管，但鄂商们的“反哺”情结还是促使他们源源不断地向孤儿院捐助物资。

张老先生生前是方圆百里闻名的大善人，连镇长也敬他三分。于是，乐善好施的奶奶听到这个消息，跟我的父母商量过后，申请去镇上孤儿院做了一名义工。

张老先生问奶奶：“老人家，您可以做什么？”

奶奶说：“我的身子还算硬朗，儿子们都很争气，家里条件算是不错，我在家闲着也是闲着，我可以给孩子们缝缝补补、做做饭、洗洗衣服。”

在孤儿院里，张老先生时常捧着一本厚厚的书在阅读，奶奶说书上的两个字她熟，但忘了念什么，张老先生告诉奶奶那是《圣经》。

奶奶年事已高，但是她对她父亲唯一的印象就是在她年幼时，她父亲经常捧着这样一本叫《圣经》的书，给她讲圣经里的故事，让她做个好人。“文革”时期，她父亲遗留的《圣经》被红卫兵抄家抢了去，说她走资产阶级路线，还被游街批斗过。为此，奶奶悲痛万分，那是她四岁时，在炮火炸毁的废墟里唯一拿回的一本与她父亲有关的书。那本书里寄托了她对父亲模糊而又深刻的所有记忆。

看到张老先生捧着与她父亲一样的书，奶奶像是回到了童年，有什么比在年迈时寻找到童年的记忆更让人欣喜？

她很欣慰，在古稀之年遇见了一个跟她父亲一样了解《圣经》的人，寻找到解脱之路，这或许是天意。于是，她开始让张老先生教授《圣经》里的教义，她想寻找他父亲的痕迹。每周末，奶奶会踩着那双小脚走五六公里的路到孤儿院找张老先生做礼拜，唱颂歌。从此，她成为了一名虔诚的基督教徒。

义工们也纷纷开始听张老先生说教，久而久之，小镇上信仰基督教的民众已到200多人，有花甲老人，也有花样年华的青年。这在当时中国的乡村里实属罕见。

只能说，一代又一代，我们永不停息地寻找灵魂深处的自己，探索信仰的奥妙！晚年的奶奶终于找到了心灵的归属。我知道很大的原因是她受尽了大半辈子的苦难，她想为自己的儿孙祈福，为爷爷曾经的土匪行径赎罪。

70多岁高龄的奶奶时常组织村里的老人轮流去帮助孤寡病残或是生病的老人。家里做的饭，母亲托人带回乡下给她的饼干、新鲜水果，她也是不忘给村里的孤寡老人送一份。不管家里变得多么富裕，奶奶的衣服依然是缝了又补，补了再穿。她舍不得花两块钱去镇上剪头发，只是纠缠着让我拿着剪刀替她修修剪剪，却愿意把攒了许久的十块钱给村里来的孤苦的乞讨者。

我还记得有一次，村里人来电话说奶奶受伤了，摔了一跤，扭伤了手和脚，从此中指伤残，完全不能活动。我赶紧跟父亲回村里去看她。她一瘸一拐地笑着说：“不碍事，伤筋动骨一百天，你们有这份孝心就好。”原来，奶奶的一位教友老夫人去世了，他们去老夫人家里为她祷告，见她最后一面。

老夫人闭上眼睛的时候非常安详，非常满足，没有任何挣扎与痛苦。

奶奶说，人生没有什么比安详的离开这个世界更圆满的事情。那是无怨无悔，也无欲无求了！奶奶的这句话一直铭刻在我心里。

爷爷去世那天，我跟随着家族的人们送爷爷的灵柩去了爷爷祖辈村里的墓地，他临终前用自己走街串巷卖货的钱给自己买了棺木、寿衣。这个倔强的土匪老头子连在“死后安葬”问题上都没有麻烦他的儿子们。

他生前曾跟儿子们开玩笑说，他只希望能葬在自己的家乡，坟上能种棵常青树。他说他怕夏天里的烈日，也怕冬天里的寒冷，有棵树陪着他，夏天为他遮阳，冬天为他挡风就挺好。毕竟他做了一辈子的上门女婿，那个年代，上门女婿是完全被人瞧不起的，何况他还做过土匪。就在当今中国，也没有几个男人愿意做上门女婿。

所以，死后，他想回自己的故乡。

爸爸和大伯红肿着眼睛、神情凝重地拿着铁锹掩埋着爷爷的馆木入土。我的心很痛，这是我第一次遭受亲人离别的痛苦，眼泪干了又继续流，不忍直视爷爷的墓地。

我紧紧牵着母亲的手，依靠在母亲的肩膀上，心想着再也没有人在炎热的三伏天在老宅的庭院里切西瓜给我吃，摇着蒲扇帮我赶蚊子；再也没有人抱着我、晃动着摇椅讲三国、水浒故事；也再没有人会打“上大人”纸牌，赢了钱给我买大白兔奶糖和冰棍。

我想着想着，就很难过。

爷爷大半生都在遭受苦难，这是我辈完全不能体会的痛苦，但爷爷却像土匪一样彪悍地活着。我感激土匪爷爷给了我的童年那些曾经烂漫的美好。

那天，我仰望着天空，看着大雁南飞，天空中移动的云朵让我想起小时候一家人围坐在炭火盘前剥棉花的画面：我在唱着《娃哈哈》，爷爷在爽朗地哈哈大笑，拍着手连声说：“好！唱得好！”

那情那景，早已随时间流逝，所有的美好只能停留在我们的记忆里。

我想起出门前奶奶正在家里祈祷，于是我也闭上眼睛做出了祈祷的姿势，恳求上天让曾经是土匪的爷爷去天堂吧，或许在那边爷爷就能忘记那些久远的时代带给他的苦难，从此他便可以无忧无虑、无欲无求地幸福地生活。

虽是午后的暖阳照耀下，但我的手依然有些冰凉，史蒂文哈着气帮我搓手，我们说着说着聊到了这一百年来中国人伴侣间称呼变化的现象。

我奶奶称呼爷爷“孩他爹”，“挨千刀的”，爷爷称呼奶奶“孩他娘”；

我母亲称呼父亲“国庆”、“老姜”，父亲称呼母亲“知音”、“老范”。

我们这辈，未婚的男女朋友也开始称呼对方“老公”、“老婆”，“亲爱的”、“宝贝”、“小心肝”更是司空见惯。总之，两斤花椒炒二两肉，肉麻！人前人后秀恩爱，鸡皮疙瘩掉了一地，可谓语不惊人死不休！

情侣爱人之间的称呼越来越蜜，越来越甜，心与心的距离却越来越远，情感保质期也越来越短。

就像中国自古以来的习俗里，乡下人都会给孩子取小名，老辈的人讲究越贱越好，说是名字越贱越好养活，将来越富贵，“二狗子”、“鸭蛋”、“臭坑”、“长剩”等名字就是常见的小名。

这样看来，伴侣之间的称呼定律似乎可以同理论证，这实在是一种很有意思的现象，称呼的背后折射的是一个百年、几个不同时代的思想产物。

史蒂文听完愁绪万千，补充了一句：“其实表面的称呼不重要，对方在心里的位置才重要。有些人叫得亲热，却只是华而不实地敷衍；有的人叫得野蛮、普通，确是深藏不露、实实在在的情感。但是，兰，你是我的 Angel，也是唯一的 Angel，我向上帝发誓，虽然叫得亲密，实际也表里如一。不如我们结婚吧！”

“什么？你是说结婚？开玩笑么？”我搞不懂史蒂文怎么突然扯上了结婚。

“突然萌生出来的念头，很想很想和你结婚，我是认真的。”史蒂文渴求地望着说。

“巴嘎！你在逗我玩么？结婚能随便说么？什么叫突然？不是应该精心准备、深思熟虑过的吗？”我从他的手里抽出我的一只手，重重地拍打了一下他的胳膊。

“和我结婚吧！”史蒂文继续无厘头地说。“我没有计划、没有准备、也没有思考，就是在这油菜地里一时即兴的想法，很想让你嫁给我，马上嫁给我。”

“脑子没坏掉吧？你当是即兴作诗呢？你是不是把自己想象成我土匪爷爷，说娶就娶啊。”我摸了摸他的额头看他有没有发烧。

“哎哟，你这个女人怎么回事？我在外滩边第一次吻你的时候，你说你没有准备好，骂我不要脸，现在我跟你求婚，能正经一点吗？爱本来就是不由自主的、冲动的、没有任何征兆的。等你什么都想清楚了，那就不是结婚，那是去你们丫姑山的什么尼姑庵出家啦。”史蒂文沉下脸，提高了嗓门，那双蓝色的大眼睛似乎要把我吞了。

“好，那咱们严肃点，为什么想跟我结婚，告诉我理由。别以为我带你回家过年就是非你不嫁，我都是被我家人逼婚逼的，我总不能租个男朋友回家过年吧。”我咳嗽了两声，清清嗓子。

“什么租不租的，认真点听我说……兰，遇到你之前，家只是我睡觉、看电视的地方，一天里最怕的时间就是下班回家。办公室和家比起来，我更喜欢待在办公室。认识你之后很奇怪，我每天都在期盼早点下班能回家见到你。家好像不一样了，以前是黑色的，现在是五颜六色的。你可知道，你是唯一让我不再害怕黑暗的人，你在我身边，我不用开灯就能睡得很踏实。我想你就是我的灯，照亮我灵魂的伴侣。就像爷爷奶奶那样，若你是针，我愿意做你的线，不可分、不可离，你觉得这个理由充分吗？”史蒂文静下心来，语气异常柔和，他含情脉脉地抚摸着我的长发。

“还好，只能勉强接受吧，60%满意，谈不上100%。”我不敢直视他的眼睛，我确实心动了很想答应他，但更多的是恐慌。我一点都不想这么早结婚，又不忍直接拒绝史蒂文，伤了他的心。

“兰，我想让你做我孩子的妈妈。”史蒂文急得挠了挠他的光头，声音很低。

“什么？你已经有孩子了？什么时候的事情？”我诧异地冲他嚷嚷，“你这是让我做后妈的陷阱么？”

“喂，我的姜大小姐，别激动，我是说我们的孩子。”史蒂文赶紧解释说。

“哦，那你说清楚啊，吓我一跳。这个烂理由还不如前面那个呢，最多二十分。”我松了口气：“你这有把我当作生育机器的嫌疑，为了满足你当爸爸的愿望，才琢磨着让我和你结婚生孩子吧。”

“我的上帝，我跟心爱的女人想生孩子也有错吗？这是再正常不过的事情啊，用得着左思右想啊？你肯定发烧了，病得不轻。别动，我瞧瞧。”他伸手过来摸我的额头。

“好啦，我是不想这么早当妈妈，我现在很享受和你在一起的二人世界，而且如果今年我考上 MBA，还有两年的学习期，哪里有时间和精力照顾孩子。”我决定和他摊牌，开诚布公地讲述我的真实想法。

“那我们可以先不生孩子，先结婚不妨碍你学习，也不影响你工作吧。”史蒂文依然穷追不舍。

“可……可我们家要招上门女婿，我是要留在家‘吃老米’哦，就像我奶奶一样。”我努力说服他暂时放弃结婚的念头。

“这个啊，更不是问题，我不介意，我中文名都可以跟你姓姜。”史蒂文拍着胸脯说，我忘了老外才不在乎以后孩子中文名字姓氏的问题。

“那你存够结婚的钱了吗？你能让丈母娘满意么？”我脑袋里忽闪一念，又问他。

“结婚宴席能花多少钱，在加拿大也最多一二十万人民币就搞定了，何况在上海北半球酒店我可以申请员工内部特惠价格。”史蒂文骨子里有着加拿大的那种实惠、简单，脱掉西装，换上牛仔裤的他俨然就是一个青年版的山姆大叔。

“想得美，入乡随俗！老兄啊，知道中国人结婚成本是多少么？”我拍了拍他的肩膀，在他耳边说，“你还需要多读新闻，多看报，多了解中国民情。”

“多少？”他眉头紧锁，“爷爷不是没花什么钱就把奶奶娶回家了么？”

“请用发展的眼光看问题，现在能跟过去抗战时期相提并论吗？还有，中国上下五千年文化，能跟加拿大一样吗？你眼睛蓝色的，我眼睛黑色的，能是一回事吗？北京、上海、广州、深圳的男人娶老婆的平均成本超过 200 万。高丰村里大堂哥前些年结婚还花了 25 万呢。我爸妈就我一个闺女，你觉得你花20万，他们会让我这个千金大小姐嫁给你么？Honey，你那点钱连彩礼都不够。”我给他算了本经济账，拿我爸妈这张王牌牵制他。

“我的上帝，抢银行啊，怎么花这么多钱？没钱的人还不能结婚吗？莫非让我拿出一千斤黄金兑换你不成？”史蒂文显然觉得中国人的婚俗习惯不可理喻。

“巴嘎！怎么说话呢，我是商品啊，让你兑换？”我叫嚣道。

“不，不，你说你是千金大小姐，我就顺着你的话开个玩笑。”史蒂文的中文理解力越来越好了。

“房子啊，你又不是不知道上海房子多贵啊，咱们在耀江公寓的租金一个月还一万人民币呢。男人没有房子，哪个女人愿意嫁啊。房子是安身之本，没有房子就相当于没有安全感，没有房子的男人在中国会被人瞧不起，很难讨到老婆，这是‘面子工程’。你没看新闻啊，现在很多中国男人都到越南花钱买老婆了。晓得么？买个越南老婆结婚还要六七万呢。”我装作遗憾地说，准备用房子吓唬吓唬他。

“那……那我们别在上海结婚，我也没打算在上海买房子，我们回加拿大吧，那里结婚便宜。”他笑盈盈地说。

“这……”我支支吾吾地不知如何回应，“我暂时不想去加拿大。”

他看我犹豫不决，转而问我：“姜墨兰，就那么不想嫁给我吗？哎呀，完了……伤心了，伤心了，心碎了，心碎了，糟透了，糟透了，我的焦虑症又要犯了。”

“别装了，你的心哪里碎了，赶紧去医院做个心脏全面检查，把心电图、心脏CT报告都拿来给我看看再说。”我有意摸了摸他的胸口，狡辩说，“你要娶我，不会贪图我老爹的家产吧？”

他的肺似乎都快被我气炸了，说：“你这个女人……巴嘎！脑子里胡思乱想什么呢？说正事，你怎么才能百分之百满意答应嫁给我？你提条件吧，从现在起我努力，但是别再说两百万了，我怕是不吃不喝也要攒几年。怎么能把我们的爱情和两百万人民币画等号？那个词叫什么来着？恶……恶俗！”

“好吧，容我想想……虽然你想和我结婚的想法是即兴的，但是至少求婚仪式应该是精心策划吧，没有戒指、没有玫瑰花、没有氛围，你看这光秃秃的油菜地里连朵油菜花都看不到，这场面也太随意、太寒碜了，我这样独特的女人，你都管我叫 Angel 了，怎么能随随便便就答应嫁给你呢。在我心里，求婚应该是严肃的，是能打动我的，明白么？”我故意抱怨，使出浑身解数，百般挑剔。

我见他沉默了，又问他：“Honey，如果我坚持说我还没有准备好，你还会爱我吗？”

“傻瓜，当然爱，只是……Angel，考虑考虑，嫁给我吧！”他话锋一转，还是饶了回去。

“你今天怎么回事？没完没了，烦死啦，我都说了这个求婚环境太不严肃了，换个话题……”我焦躁地低下头在地上用石子画圈圈，彻底败给他了。

第 6 章
乡恋:《小花》那部电影

手机电话铃声响起，是母亲范知音催我们回家吃饭了。

史蒂文突然站起身，拍拍身上的泥土，猛地抱起我，把我扛在肩膀上，沿着田埂跑到小路上向家里奔去。他大吼一声:“我们不去丫姑山当土匪，我们回家吃饭咯!”

我挣扎着用手捶他的后背，“你想吓死我啊？快放我下来，本小姐饶你小命!”

史蒂文停下脚步回敬我一句:“都被我扛走了，还这么嚣张，真是小土匪。”

田野里留下我们的欢笑声。

史蒂文说，因为爷爷奶奶一生一世的相守，他爱上了这片油菜地，他一定会来看看高丰村四月里的油菜花海。

后来，我问史蒂文:“你相信爷爷奶奶是一见钟情么?”

他说:“相信啊，而且我对你也是啊。我在普诺岗日冰川看见你的第一眼就觉得有股神奇的力量促使我向你靠近，不然我为何从山顶跑下去帮你?”

我又问:“那你为什么不问我姓名，也不留手机号？若没有第二次的不期而遇，我们错过了怎么办?”

他说:“一见钟情仅是缘，有情缘的人很多，但再见倾心才是缘分，是天意，是上帝眷顾的爱情。”

我父母的相识没有枪林弹雨，也没有腥风血雨，却缘于1982年末，在一个平静的乡村冬夜，稻场里搭台放映的《小花》这部革命题材老电影。

在我看来，他们也是一见钟情，再见倾心。

父亲姜国庆在丫姑镇饮料厂上班的第一年，听说母亲范知音他们村放电影，其实就是镇政府搞的电影下乡活动：同样几部电影一周走进一个村，频繁的播放。绝大多数为抗战爱国题材的影片。《红色娘子军》、《董存瑞》、《南征北战》、《小花》、《卖花姑娘》等电影播了一遍又一遍，但无论播多少遍，小镇里的年轻人还是像赶集似的，蜂拥而至。

与其说是看电影，不如说是搭台看戏，就是在村里祠堂旁边晒稻子的稻场里搭个台，支起一块三四米宽的正方形白布，再加一个放映机，露天电影院就这样构成了。丫姑镇的年轻人每逢听到村长通知附近哪个村有电影，就往哪个村里跑，往往有趣的是人们跑到现场只能看到"剧终"两个字。

父亲说，他就有两次看"剧终"的经历，满头大汗地跑过去，什么也没看到，图个热闹，再满头大汗地跑回来。在21世纪的我和史蒂文看来，这是疯狂的屌丝举动。

我告诉史蒂文，上世纪80年代初，中国绝大部分的农村家庭没有自行车，主要的交通工具就是11路公交车——两条腿，城里有自行车的人家也不算普遍，更别提电视机这样的大家电，所以电影作为一种唯一的"媒介传播工具"或"集体娱乐方式"才尤为稀罕。偶尔村里也会有戏班来唱戏，但也只是逢年过节的时候才能看到。

1982年，父亲姜国庆刚进饮料厂上班，家中几口人白米饭不够吃，大伯在家经常抱怨缺油水。奶奶叮嘱父亲，必须攒粮食接济家里。他没有那份闲钱去奢侈地买自行车，虽然他做梦都想，那种渴望程度就好比当今的年轻人想买一部跑车。所以，1982年底父亲到母亲村里看电影也是跑着去的。不过，他说母亲范知音的村子太偏僻，他跟厂里的七八个年轻人穿着军大衣走了一个半小时才到村里。幸亏是冬天，走走、跑跑倒也暖和。半道上他们还顺路搭乘了生产队的拖拉机，哼唱着李谷一老师的歌曲《乡恋》到了村子。这首曾遭社会广泛非议、红遍大江南北的靡靡之音，直到1983年春晚，才登上高雅之堂。

我笑言父亲是早期刘晓庆的铁杆粉丝，为了看场电影大冬天的追星追到了母亲的村子里。不知若看到刘晓庆本人，当时的他们会不会幸福地昏死过去？

幸运的是，电影看的次数多了，经验也丰富了，一帮人到达电影放映点的时候，两个放映师傅还在调设备、布景。

那晚放映的电影是《小花》。父亲回忆说，80 年代初的年轻人都喜欢刘晓庆、陈冲、唐国强这些影星，因此这部电影放映那几年，所到之处总是人山人海。即便是冬天，大家也披着军大衣、裹着被子在稻场里看电影。

电影讲述的是一个战火纷飞的年代，桐柏山区一户穷苦人家为生计卖掉了亲生女儿小花，之后又收养了一个转移红军留下的女婴，他们给这个女婴也取名叫小花。十几年后，小花（陈冲 饰）的哥哥赵永平（唐国强 饰）为了躲避抓丁投奔了革命队伍，在一次战斗中负伤掉队，幸被女游击队长何翠姑（刘晓庆 饰）所救，而何翠姑正是当年被父母卖掉的另一个小花。此时，赵小花在进入桐柏山区的解放军中打听哥哥下落时巧遇亲生母亲周医生（白莉 饰），母女相逢却互不相识，后来周医生同情这个可怜的小姑娘，于是收她作干女儿。就这样，十几年前失散的亲人在战火中又一次重逢，他们为实现共同的理想又聚到一起，谱写了一曲壮烈的英雄之歌。

父亲姜国庆在去母亲村里看电影之前实际已经看了四遍《小花》，对《小花》的故事情节已是烂熟于心，但还是迫不及待的想看第五遍。与其说是看母女在战火中为了革命理想重逢的感人画面，不如说他是为了看看刘晓庆、陈冲这些美女明星，然后碰碰运气是否有艳遇，凑凑热闹。

当晚，他不知道找哪家农户借了一辆牛拉的板车，推到人群边缘靠近荧幕的位置停住。电影未开始前，父亲姜国庆跟厂里的小伙们坐在牛车上瞎聊瞎侃，嗑着自带的花生、豌豆，还有晒干的南瓜子。

放眼望去，整个两亩地大小的稻场不到半小时陆陆续续站满了人。人群的外围不远处还有直接蹲在草垛上的观影人，也有人站在围墙、屋顶上，爬在树上，几乎能看到电影屏幕的地方都是人。

放映师傅拿着喇叭开始喊话:“注意了，注意了，同志们，电影马上开始。我们注意下次序。请看电影的时候不要大声喧哗，不要随意走动，不要影响其他人看电影。现在，请前三排的同志坐地上。第四排之后的同志坐板凳，要站着看电影的同志请尽量站到最后面一排去。请同志们配合下我们要开始播放啦。”

于是，人们熙熙攘攘地开始按照放映师傅的要求调整队形。那时候的乡亲们很尊重放映师傅，不仅因为他是镇上来的“干部”，更因为放映员这个职位是很多年轻人梦寐以求的公职。一旦当上放映员，既不用千辛万苦、东村西村地跑来跑去看电影，还可以吃公家饭。父亲姜国庆年轻时就很崇拜这个工作，他说:“这工作太舒服了，就是整天看电影、放电影，还能拿工资、吃公家饭，这是何等的美差啊。要我去，不给工资我都干。”

放映员的话音刚落，荧幕上的灯光就亮了。人们相互嘘嘘地小声提醒对方:“安静了，安静了，开始了，开始了。”那情景就像小学生上课一样，认真、规矩地听老师的话。

母亲范知音是家里的长女，每天晚上喂猪的活是归母亲的。她傍晚要去地里割些杂草、野菜回来剁碎，然后掺和着其他菜叶给家里的两头猪吃。为了不漏看电影片段，落一个“剧终”的悲惨结果，她叮嘱妹妹二丫一定要帮她占好位置。给猪喂完食，范知音匆忙换了身干净衣裳，披着军大衣急急忙忙地往稻场里跑，晚饭也没顾上吃，就跟父母知乎了声出门了。

她在人群里小声喊着妹妹的名字:“二丫，你在哪里?”

看电影的大部分都是村里人，给她指了指二丫的方向，她便低着头、弯着背在黑压压的人群里小心翼翼地往二丫那里移动。

“看到二丫没啊?”范知音往前挤了挤，瞅见牛车上坐着几个人，以为是村里人，便拍了拍其中一个人的肩膀问道。

“哪个?”姜国庆扭过头看着范知音。

“哦，不好意思啊。大哥，我认错人了。”范知音听着口音，感觉姜国庆不是本村人，她颇为羞涩，微微低下了头，声音更加轻柔了。

“没事，你找谁?我帮你找。”姜国庆借着屏幕的光亮，发现站在他面前的是个浓眉大眼，梳着两根麻花辫的漂亮姑娘，马上进入英雄本色模式。

“我妹妹二丫，有人说她在这一块，我让她帮我占了位置。”范知音用两只手捂着嘴说，她怕声音太大影响了周围的观影人。

“哦，前面第四五排好像有好几个坐板凳的姑娘，走，过去看看有没有你妹妹。”姜国庆热心地指了指。电影没开始前，他跟哥们几个还议论过那堆女孩里面哪个最漂亮，哪个胖，哪个瘦，所以印象深刻。

范知音还没回过神来，姜国庆就跳下牛车钻进了人群，为范知音开辟道路，范知音只好跟着他后面往前挤。姜国庆带着范知音一路披荆斩棘，终于在前几排发现了二丫。范知音不知道该怎么感谢姜国庆的帮忙，只是轻声说了声：“谢谢大哥！”

姜国庆心里乐开了花，从口袋里掏出一大把南瓜子和花生，爷们似的说：“客气什么，你们慢慢看，这部电影很精彩，我回去了。对了，这些南瓜子和花生给你们吃，很香，自家晒的。”

等他穿过人群挤回到牛车上，哥们问他：“这女孩是谁呀？”

“不知道。”姜国庆嚼着最后几颗南瓜子应和了声。

“你笨啦你，你都没问人家名字，有没有对象啊？那你热乎个什么劲？”哥们朝他翻了个白眼。

姜国庆心想：“失算了，光顾着乐呵，忘了问姑娘名字了。”

同样的话，二丫也问了姐姐：“姐，那大哥，他谁呀？”

“不认识。”范知音专心看着荧幕。

“不认识？这大哥有意思。”二丫剥着花生自言自语。

“有什么意思？”范知音好奇地看着二丫问道，不知道这古灵精怪的丫头嘴巴里又蹦出什么刁钻刻薄的话来。

“唉，我说有意思，是说他人真热心，无缘无故还给我们南瓜子和花生吃，又没说人家对你有意思，姐姐紧张什么？”二丫故意逗逗范知音。

范知音听完脸红了，拍打了二丫两下，“让你瞎说！”

“嘘，你们小点声，看电影呢。”旁边的人冲她们两姐妹使了个眼色。

提起花生，父亲姜国庆还有个难以启齿的故事。他出生在 1958 年，出生后不久全中国就进入了“三年困难时期”。从 1959 年至 1961 年，中国发生了全国性的粮食短缺和饥荒，鱼米之乡的郢中也不能幸免。家里穷的揭不开锅，顿顿喝粥，每天野菜根掺和在稀饭、红薯里一起煮。村里每家每户都一个样，有多余的粮食也都藏着，没有人愿意借出，怕是借了也还不了。这个情况在高丰村直到 1964 年才有好转。

父亲说，他能活下来是运气。有一天，我爷爷阮天成拉着父亲姜国庆的手去讨米，走了六十多里路到了远房亲戚表姨家。表姨他们村靠近现在的湖北沙洋县，土地大多为沙土，也没多少大米和小麦可以接济，但有的是花生。父亲姜国庆从出生到 1964 年从来没有见过花生，更没尝过花生的味道，加上又累又饿，于是狼吞虎咽地一口气生吃了不少花生。当天晚上，表姨还煮熟了一些花生给他和爷爷，准备让他们爷俩第二天回家路上吃。他经不起扑鼻的香味诱惑，又贪吃了些熟花生。半夜里吓坏了爷爷，父亲姜国庆上吐下泻，闹腾了一晚上。六岁的小男孩有一回肚子痛得没憋住，将屎尿拉在床上。表姨没有骂他，反而更加心疼孩子的苦。

从此，这就成了父亲姜国庆的一个不想提及的大笑话。我小时候吃花生，奶奶经常将父亲的这个故事讲给我听，告诉我吃花生不要贪多，更不能边吃边喝冷水。

电影散场后，姜国庆在人群中寻找范知音的影子。他希望范知音能回头看他一眼，比如跟他再说声“谢谢”，或者问他“你叫什么，从哪里来”。

哥们拉着他说：“国庆，你愣着干吗呢，散场了，赶紧把牛车还了，还得赶夜路回厂里，这天怪冷的，明天一早厂长要开会呢。”

“哦。”父亲姜国庆有点小遗憾，心不在焉地走在人群里跟着哥们去还牛车，不时张望着能不能看见范家姐妹。

“大哥，你怎么在这呢。巧啊，又碰见了。”姜国庆和哥们在稻场旁的一户农家门口等着农户开门，他们来还牛车。听见有姑娘叫他，拍了下他的肩膀。

“哟，是你们啊。是啊，真巧，我这车是借这户人家的，我来还车。”姜国庆转身看见范家姐妹俩，他有些慌张地摸摸头。

“二伯，有人来还车啦，快点开门咯！”二丫嗓门大，手掌用力拍了两下大门，她那尖脆的声音可以响彻云霄，院子里的狗像是受了惊吓也开始“汪汪”地叫。一瞬间，整个村庄的狗像塔罗牌效应一样都叫唤起来。

“原来是你二伯家呀。”姜国庆觉得这也许就是冥冥之中的缘分，他对范知音说。

“对，你还真会借，我二伯可小气了，怎么会把牛车借你啊？”没等范知音开口，二丫已抢着回话。

“哦，小气吗？我给了你二伯五毛钱，算租的。身份证当押金。”姜国庆说。

“你倒是会做生意。”范知音终于说话了，声音像蚊子似的，也没敢正眼看姜国庆。

“呵呵。”姜国庆一旁傻笑了两声。平常那股吹牛皮的劲好像也使不上，语塞词穷。

“大哥从哪里来的？”还是二丫聪明，直奔主题。

“他叫姜国庆，在镇饮料厂干销售。还没结婚，也没女朋友。”哥们油嘴滑舌地替姜国庆自报家门。“你们叫什么？”

“这是我姐，范知音，我叫二丫。”二丫爽快地回答道。

门开了，“哪家的丫头又在说我坏话呀？”二伯披着外套，抽着旱烟走了出来，把身份证还给了姜国庆，见二丫和范知音在门口站着。“你们认识？”

“不不不，刚认识的。二伯，你们家牛车借就借呗，咋还收人家五毛钱呢？”二丫跑上前挽起二伯的胳膊问他。

“又不是我找他要的，是这小子先说给我的。”二伯瞪着眼珠子说。二丫转身进了院子拿起扫帚去教训狗，“叫叫叫，不认识我呀，叫什么叫？我天天来看你还敢跟我叫？小点声。”狗趴在地上，像是受了委屈似的，没多大工夫又摇着尾巴跟二丫玩闹起来。

“对对对，是我们主动提出付钱的。这是应该的。谢谢二伯！”姜国庆赶紧帮二伯解了围，以免尴尬。

第二天，母亲的二伯和二伯母把这件事情告诉给了我外公和外婆。他们说："那小伙子叫姜国庆，人长得俊，很聪明，在饮料厂上班，收入肯定不错，借我的车看电影还付给我5毛钱呢。我看了身份证，年龄比知音大三岁，正当合适，属相上八字也合。可以让她二伯母去打听下，给知音说个媒。两个人先处处？"

"就不知道知音和小伙子愿意不愿意。"我外婆犹豫不定。

"哎呀，我当时看出来了，你们家知音还是看得上那小伙子的。那小伙子热心，好几次想跟知音说话，知音这丫头昨晚也不知道怎么了，结结巴巴的，不吭声，估计是害羞。所以我们俩寻思了一下告诉你。成不成看孩子们自己的缘分。"

"好吧，那麻烦她二伯母了。"外婆一块石头落地，女儿大了，总要找个好婆家的。

多年后，我跟母亲聊天，我也问她相不相信"一见钟情"。母亲跟我讲起这段她跟父亲相识的往事。

她说："我看见你爸爸的第一眼就觉得似曾相识，跟他说话总是词不达意，不敢直视，似乎忘了自己是谁。那就是一见钟情了。殊不知，这一见就是一辈子。"

现如今，母亲有六点半早起的习惯。早起晨练、早起给父亲做早餐、早起去市场买菜。时常听见父亲起床后的第一句话就是问："兰儿，你妈去了哪里？"

"还能去哪儿，买菜去了呗。对了，她说，下楼给您买油条吃。"我坐在沙发上跷着二郎腿嘟着嘴巴吃醋似的说："爸，我觉得我妈可偏心了，人家一颗红心向着党，她是一颗红心向着你。我要吃酸奶，她让我自己下楼买，好像我不是她亲闺女似的。必须开家庭会议让范知音同志检讨下。"

父亲说："这个主意好，你妈太不像话了，怎么能偏心呢？"但却掩饰不住他内心的得意。

我父母的婚姻虽有名义上的媒人，也算自由恋爱了吧。相识相恋五个月之后的 1983 年 5 月 21 日，他们就领证结了婚。这一天被我后来戏说取谐音，是“我爱你”之意，可见我父亲还是个颇有预见性的浪漫之人。21 世纪的今天，5 月 20 日、5 月 21 日已经成为情侣们必在一起过的“节日”，民政局的门口也是排满了注册结婚的人们。

我很感谢《小花》这部电影给我父母的“乡恋”牵了红线，莫名地也很喜欢刘晓庆、唐国强这些老一辈的演员。在婚后的几十年里，母亲陪着父亲，左手牵着右手，走过岁月风风雨雨，人生大起大落。

就像母亲戏称的那样：“一个萝卜一个坑。我这只萝卜这辈子是栽在姜国庆这个坑里了。拔出来就会没了性命，他这个坑也会被填平，还是好好在坑里待着吧。”

第 7 章

圣马可广场的鸽子

饭桌上，大妈和母亲做了我最爱吃的莲藕炖排骨，史蒂文足足吃了两大碗，高压锅里一半的排骨莲藕都被我和史蒂文吃掉了。他夸赞说："没放鸦片大麻吧？上瘾了。"

起初小侄子眼巴巴地盯着狼吞虎咽的我，问我："幺幺（姑姑），好七（吃）吗？"

我摸了下他的头说："好七（吃）啊，幺幺最许欢（喜欢）七（吃）婆婆们（奶奶）做的莲藕炖排骨了，当然还有米茶咯，夏天喝一口只有拢麻安逸嗒（非常舒服）。"

小侄子低下头吃了两口，转而又皱着眉头对史蒂文说："光头叔叔，奶奶说吃饭不能快，不然会吃坏肚子。"

史蒂文边啃骨头边说："谢谢，真乖，我会吃慢点。"

家人也附和着："幺幺和叔叔是大人，没事的，别担心，不会坏肚子的。""小家伙还挺体贴人。"

没过一会儿，小侄子在一旁都快急哭了，放下筷子，两只小手叉腰，连跺了几下小脚："叔叔幺幺，你们慢点吃呀，给我留点，我不跟你们玩了。"

一家人哄堂大笑，原来小家伙是怕我和史蒂文把排骨都吃光了。

我掐了下小侄子的脸蛋："你一张小嘴能吃多少？贪吃鬼！剩下的都是你的。"

大妈乐呵呵地又给史蒂文盛了一碗："在我们乡下，男人能吃是福，才有力气干活，多吃点。”

一家人其乐融融地边吃边聊天，母亲范知音突然想起什么，对我说：“兰儿，我们今天上街遇到于军爸爸了，人苍老了些，于叔叔问你好不好。我问他怎么不去瑞典跟儿子享清福。他说乡下人做惯了，进不了城，出国更是受罪。对了，于军怎么样了？你们最近有联系吗？”

“哦，挺好的啊。”我踩了下妈妈的脚，示意她不要当着史蒂文的面提我和于军的话题。

饭后，史蒂文还是问了我：“兰，于军很爱你么？”

“嗯，不过这个书呆子从来没向我表白过。”我说。

去年我去意大利出差，恰逢一个周末闲来无事，在瑞典一所知名研究所里搞科研工作的死党于军从瑞典赶过来相聚，带我去了我们向往已久的地方，意大利威尼托地区的首府——浪漫的水上之城“威尼斯”。

从小我就喜欢历史和文学，一直对古韵浓郁的历史名城情有独钟。

这个不到8平方公里的古城，恰似一座水上升起的艺术长廊。它最大的魅力在于被一百多条蜘蛛网般、星罗密布的运河分割成一百多座小岛，岛与岛之间只凭各式桥梁错落连接，如果你初来乍到很容易迷失在这座“水城”之中。

乘坐游船进入威尼斯古城之前，于军叮嘱我先上好厕所，在古城里少喝水，因为考虑到陈旧的排泄系统跟不上旅游业的发展，威尼斯的厕所是一大难题，而且费用很贵。

有趣的是，上一次厕所需2欧元，恰好等于在古城里买一瓶矿泉水的价格。

这应该是全世界最贵的厕所之一。至少现在世界各地收费的厕所不多，五星级酒店、旅游景点的厕所大多都是免费。

在小城的巷子里闲逛，各类手工艺品、服装店、首饰店、艺术品店琳琅满目，充斥着我的眼球，也稀释了我的钱包。我跟于军宛如身处迷宫一样，找不到方向。他这个高智商的人面对错综复杂的小街小巷也没了 IQ，只好投降。

索性我说："哥们，我们走到哪里算哪里，反正丢不掉。肚子饿了先找家餐厅吃饭，然后打的士回家。"

"傻瓜，这里哪里有的士？"于军笑话我。

"啊？我一下智商也为 0 了，我的意思是找贡多拉。"我尴尬地说。

威尼斯的贡多拉类似于江苏省周庄的小船，只不过做贡多拉船夫工作的均为意大利帅哥。在水城的建筑体之间撑船需要力气和平衡感，特别是拐角的地方，在狭窄的河道 90 度拐弯绝对是考验体力与技巧的活儿。而周庄的小船更倾向于让嫂子们掌舵，颇有"江南水乡"的细腻之感和古典之美。

我们乘坐"贡多拉"在小城里穿梭。四周的景色旖旎，风光独好。河道两旁的建筑体很多已陈旧不堪，墙体已破损，木桩已腐朽。我摸着沿途墙壁上的红砖也已成粉，基本失去了居住的使用价值，但历史的沉淀感却增强了我们这些游客的好奇心。

远处飘来悠扬的美声，原来是另一艘贡多拉上的船夫在唱歌。

我对我们的船夫说："您能为我们唱首歌吗？意大利人爱歌剧，您一定唱的很好。"

船夫是个国字脸、白头发、大约 50 多岁的老帅哥，身材很魁梧。他幽默地说："不，小姐，我不为你们唱，我只为美女唱，也就是说我的歌只献给您。"

可见意大利男人的多情、风流与浪漫。

"瞧，意大利男人多会哄女人开心啦，你们这些中国男人得好好学学。"我打趣于军说。

"嘴皮子功夫，你们这些女人还真是听觉型动物……中国男人是实用性。你不晓得意大利男人、法国男人都很小气么？你让他们将银行卡给你管试试？"于军冷嘲热讽地说。

下了贡多拉，我们一路步行，走走看看，经过著名的叹息桥、总督府、黄金宫，终于到了圣马可大教堂和圣马可广场，这是我们最流连忘返的地方。

圣马可广场是一个长约200米的长方形广场，宽度约50米到80米，是威尼斯的中心广场与地标。它由公爵府、圣马可大教堂、圣马可钟楼、行政官邸大楼、圣马可大教堂的四角形钟楼等建筑以及威尼斯大运河所围成，广场四周的建筑都是文艺复兴时期的杰作，一直保存到今，相对完整。我抚摸着建筑体上的一石一砖，感慨历史的变迁和人类的伟大智慧，有些伤感，有些沉重。

我跟于军喜欢坐在广场旁露天的咖啡店里晒太阳，仰视威尼斯圣马可广场的钟楼，聊着小学课本里那篇《威尼斯小艇》文章，聊着莎士比亚的《威尼斯商人》，聊着我们中国的苏州、周庄、乌镇。我们就像编剧一样设想过去的500年里在这个广场发生的关于战争、爱情、权力、宗教的奇幻故事。

广场里有数不清的鸽子，扑腾着翅膀飞来飞去，与过往的人群互动。人与鸽子和谐相处，融为一体，这是圣马可广场的特色。我拿着面包屑、鸽子食物在广场里喂鸽子。我喜欢这些鸽子围绕着我，在我身上飞起飞落。而于军什么也不干，坐在咖啡桌旁一动不动地看着我，时不时地冲着我笑，享受这午后惬意的水城阳光。

时间回到奶奶去世后的第四天，父母送我去了长途客运站。我不得不返校去完成我高三的学业，至少我需要遵照奶奶生前的嘱托，考上大学。从此，我变得有些沉闷，每天三点一线的固定式生活：教室、寝室和食堂。于军每周都会给我来信，有时会寄些参考资料给我，鼓励我走出奶奶去世的阴影，约我在清华见。

我印象里，我只给他寄过一本书，法国著名作家小仲马的《茶花女》，这个学霸、书呆子从来不看文学作品，满书柜都是数理化方面的书籍，从书柜到书桌，从床上到地上，他只需要一个容身的地方，其他都是书籍。

《茶花女》是我当时最喜欢的悲剧小说，让我看到世界上竟然还有比我更悲惨、更痛苦的女孩，却依然坚强的活着。小说的女主角玛格丽特遇到她的挚爱阿芒时曾说，“你是我在烦乱的孤寂生活中所呼唤的一个人”。

我想，在青涩的18岁，于军也许就是我呼唤的那个人，至少是一直陪在我身边的那个人。

于军是我在小学六年级暑假奥数班上认识的。清华、北大曾是我们小时候共同的梦想。其实，小学六年级的时候，我们也傻傻地只知道这两所大学的名字。他说，他粘上我了，怎么撕也撕不掉，即便用强劲的化学剂清理，我也是除不掉他的，可见这家伙会粘我一辈子。

十二岁的我们来自不同的学校，镇上为了选拔优秀的学生参加全国数学奥林匹克竞赛，经过模拟考试，从十几所小学里选拔出数学成绩前二十名的六年级学生集中在镇上的党校培训学习。集训两个月后我们就要代表镇里的小学生去市里参加全国的奥林匹克竞赛。镇政府教育部门很重视这项工作。

党校里只有我们二十个孩子，由一个班主任照顾我们的饮食起居。每个星期都会有不同的老师来授课，讲不同的数学专题。这些老师都是镇小学、中学抽调出来的优秀师资。

这是我第一次长时间的离开家完全进入到一个陌生的环境里独立生活，开始寄宿学校的日子。

那天，父亲把寝室的床帮我铺好转身要走，我忐忑不安地拽着父亲的衣角舍不得父亲离开。父亲严厉地说："好好学习，认真备考，你可是学校第一名的成绩选拔过来的，不要给爸丢脸，也不要给你学校抹黑。"

我的手抓的更牢了。"我不想让你走。我不想一个人在这里。"

"兰儿，你已经十二岁了，是大人了。别忘了你还是班长，哭哭啼啼的也不怕同学们笑话。"父亲言辞犀利地批评我。

"就你现在这个态度，初中也必须住校……"他看我不放手，更加严厉了些。

"这样，衣服不用洗，爸爸周五来看你再带些干净衣服和零食来，把脏衣服带回家给你妈洗。你安心学习就行。"父亲软硬兼施、苦口婆心说了很多话，我的情绪才平静下来。

"还要告诉奶奶我不能回村里看她了，你得回去帮奶奶去井里打水，把水缸里的水加满。还有我想吃奶奶的疙瘩汤……"奶奶的疙瘩汤是世界上最美味的佳肴。它是一种类似于野菜羹的米糊，清淡可口。除了少量的油盐，没有放入任何的调味品，里面散发着丝丝野菜的清香。奶奶每次看我狼吞虎咽的时候，都会感叹：“以前穷人吃的野菜，现在成稀罕宝贝了。时代真是变了。”

“知道了，知道了，奶奶你就别操心了。你要的东西都满足，但前提是不准哭，不准调皮，不准耍小姐脾气，听老师的话，好好备考。”父亲再三叮嘱我，好像我是个淘气的男孩子似的，只会闯祸。

那个晚上我认识了同寝室的另外 5 个女生。寝室熄灯后，借着微弱的月光，大家分享着从家里带来的特产和零食，好像也不想家了。我们聊着娱乐八卦，相互安抚着入睡。

到党校集训的 20 个学生里，有 14 个是男生，男生两个寝室在前院，女生一个寝室在后院，印证了在理工成绩上“阳盛阴衰”这个真理。

早晨六点半起床铃声响了，叮铃铃很刺耳。

我像从梦中惊醒一样，披头散发地起身，“刷”地一下从床上跳起来，想起是在奥数集训班不是在家里，立马穿好衣服进入到战斗状态。那一夜，由于木板床太硬，我辗转反侧，半夜醒了很多次，数着羊，从 1 到 100，又从 100 到 1，等到天亮。早上起来，腰酸背痛，胳膊也不利索。

班主任吹着口哨，带着迷迷糊糊的同学们在党校里晨跑，我跟在最后面，抱怨两个月的暑假就这么没了，悲惨的集训生活开始了。

跑完步，稀稀拉拉的队伍又被班主任吆喝着走到教室集合。

他站在讲台上，从兜里拿出一张纸，瞅了瞅，拿起黑板擦在讲桌上敲了两下说：“安静了，安静了。同学们跑完步就清醒了。这里就是我们今后两个月上课的教室，不要走错了。各位同学都是第一次见面，下面我宣布下我们培训期间的纪律问题。7 点 20 分我们统一吃早餐，每个人都必须吃一个鸡蛋以确保营养，不吃鸡蛋的请单独向我说明，我不准以不喜欢为由拒绝吃鸡蛋，更不准扔掉。8 点我们正式开始上课。今天上午的第一节课我们要落实几件事情，首先大家分别上讲台来自我介绍，然后按照高矮顺序安排座位。注意，每个同学选一名学习搭档，组成一个小组监督彼此的学习，原则上学习搭档晚自习时间要坐在一起方便讨论。另外，我们每周一次模拟考试，实行成绩捆绑制，看哪个组进步的快。所以，学习搭档的选择非常重要。选好搭档后，我们还有一项关键性工作，也是今天上午第一节课的最后一个任务，我们要选出班长、学习委员和生活委员，组建班委团队辅助我管理班级事务。”

听完班主任的话，教室里瞬间炸开了锅，沸腾了起来。

同学们都是各校推举来的尖子生，平时在班里或多或少都是个“干部”，面对第一次搭档学习方法，第一次陌生的民主选举，有点慌乱是自然不过的。

“报告老师，我是于军。我认为按照高矮不合理，我是近视眼，还没配眼镜，我坐后面看不见。”老师的话音刚落，一个高个子、小眼睛不修边幅的男生站了起来引起了大家的注意。

“于军同学，你情况特殊，那这样，你坐第一排靠窗的位置可以吗？”老师似乎很重视这个叫于军的男孩。

“但是我想一个人坐。我不需要学习搭档。”于军又提出了一个让大家唏嘘的条件。

“这个……”班主任支支吾吾地不知如何回答。如果他连搭档都不要，意味着学习搭档制度实施不了。

“墨兰，你知道吗，他是这次模拟考试的全镇第一名，跟我一个学校的哦。就是人很拽，心高气傲，不爱搭理我们。谁有病才跟他做搭档呢。”同寝室的女生凑过来在我耳边小声说。

“考虑到我们班人数比较少，同学们都比较优秀，大家都分开坐，给彼此独立思考的空间。”班主任终于想出了一个好主意。“但是学习搭档的事情是老师们已经研究决定的制度，是有利于提高大家的学习效率的，不能说改就改。”

“老师，我还有个要求，我不想参加班干部竞选。”于军站在座位上继续向班主任发问，丝毫没有坐下的意思。

“为什么？”班主任有些不耐烦了，走下讲台到于军面前，想听他说个所以然，本来班主任是计划于军担任班长或者学习委员。

“我不感兴趣，我是来参加奥数培训的，不是来当班干部的。我认为搞好学习是第一位的事情。”于军说得振振有词，使得班主任哑口无言，威信扫地。班里的同学们开始对这个狂妄的于军议论纷纷、嗤之以鼻。

“他是二百五啊？太踋了吧？”

“他爸是教育局局长么？这么嚣张？”

“他不是二百五，但这次模考考了100分，你要是能考满分，你也可以这么嚣张跋扈。”

“100分啊？我的天啦，果然不是一般人！”

“太没礼貌了，跟老师这样说话，也不把我们放在眼里。”

“幸亏长得不帅，要是长得又帅，岂不是更得意？无法无天咯。”

“一般天才长相都不怎么样。”

“嘻嘻，哈哈，呵呵”

……

这就是于军给我的第一印象，直言不讳，冷血孤傲，丝毫不把老师放在眼里的踋踋的书呆子，一个数学奇葩。不过，于军如此高傲确实是以“有资本”为前提的——他的模考成绩是100分！这个书呆子是我们丫姑镇名副其实的“数学天才”，有“小神童”之称，他这样的天才就是在整个郢中市也实属罕见。

不可思议的是，他还会做高中的数学题，课间休息时还神叨叨地跟我们讲地球是怎么形成的，人类是如何进化的，钢笔是怎么发明的，宇宙里发生的各种不知真假的奇幻故事。最搞笑的是有一次教室里的电视机突然坏了，黑屏没有图像，他走上前拍拍电视机见没反应，后来直接把电视机拆了检查。虽然重装过后的电视机依然看不了，但同学们都被他的举动惊呆了，真是个十足的怪人。

事实证明，这个“数学奇葩”后来考上了中国最高学府——清华大学。计划读博时，哈佛大学又向他伸来了橄榄枝。他告诉我“不准备去美国，选择去瑞典”时我一点都不惊讶。这个世界上有些人是不按常理出牌的，特别是于军这样的科学天才。

他不去哈佛的理由很简单，大学本科时，几个美国留学生嫉妒他的才学，在走廊里抨击他，故意议论他的长相被他听见了。他们开玩笑说：“于军的存在再次证明：凡是智商高的天才都很丑，怎么跟霍金有点像。”从此，于军觉得美国人太粗放，过于野蛮和霸权，没有欧洲人文明、有修养，他要去欧洲富有的国度深造、生活。

话说，在那次竞选班委的演讲上，我用一段话的演说吸引同学们纷纷将选票投给了我当了班长。那次班长竞选除了于军弃权没有投票，我以19票的成绩位居榜首。当然，我也狡猾地投了自己1票。

我像个领导一样，站在讲台上说："第一，我们班男生多，女生少，男生们都好优秀，建议由女生当班长方便开展工作，有利于化解矛盾和冲突。第二，我从一年级开始做班长，所以我有信心当一个好班长。第三，我很想跟于军同学做学习搭档，我相信在于军同学的帮助下我的成绩会突飞猛进。"

那天，我深刻地记得于军，这个没有朋友的书呆子，也许是没料到会有个漂亮女孩主动提出跟他做搭档，他抬起头不解地盯着我，那表情不知道是感激，还是挑衅。

班里的同学见到有人愿意去"跟最麻烦的同学做学习搭档"，佩服我的勇气，纷纷把票投给了我，有个男生课后还拍着我的肩膀说："姜墨兰同学，有骨气，祝你好运！"

从那天开始，我便跟于军成了学习搭档。初中时我们又进了同样一所中学，分进了同样一个班。我依然是班长，他也照旧是特力独行，我行我素，但我们总是暗地里较劲比学习成绩。我最擅长的是文政史，他最擅长的当然是数理化。

我对于军最深刻的少年记忆是我和他去游戏厅玩游戏，那是第一次我觉得这个书呆子酷毙了。他在游戏机里投进去一个币，游戏结束往往出来十几个币。他还浮夸地说："真没意思！"游戏厅的老板很想把他轰走，说："小孩不好好上学，我告诉你家长去。"

"你这里玩的不都是小孩吗？为什么不让我们玩？"于军不服气地说。

"快走快走，谁家的孩子神了，都像你这样我这店就要倒闭了。"老板拽着我们俩的胳膊，哄我们两人出门。多年后，我去澳门玩赌牌，暗想如果于军在该多好，可以帮我算算概率，分析下走势，说不定能帮我赢两把，助我一臂之力。

于军说我是一个没心没肺、无忧无虑的女人，太贪玩，伪淑女，是一个十足的妖精。

他说这话也并非无道理。

但我这一生，注定是被他这样的男人宠坏的。

在六年级暑期的奥数班里，有一天上课期间，教室外的一棵树上有几只小鸟叽叽喳喳叫个不停，像是幼雏的声音，有些凄惨，我猜想估计是饿了，抑或它们的妈妈死了没有人给它们食物了？我的注意力一直被那几只幼雏干扰，心神不宁，脑海里天马行空想象着它们可怜的命运。

“看什么呢？听讲。”于军用胳膊肘撞了下我，让我专心听讲。

“喂，你听见鸟叫没有？像是窗外那棵树上的，叫得好可怜。”我凑到于军耳边说。

“下午模考，你还有心思担心鸟的事？”于军瞪着眼珠子冷笑了两声。

“你这人真是冷血，怎么一点同情心都没有。”我用铅笔头使劲扎了一下他的胳膊。

“哎呀！”于军痛得嗷嗷大叫，憋住气，斜了我一眼。

“于军，怎么回事？”讲台上正在板书抄题的老师回过头，疑惑地看着于军问话。

“报告老师，于军的胳膊刚才不小心被桌子缝隙卡住了。”我举手站起来向老师汇报。

“哈哈哈哈”，同学们都附和着笑了起来。于军不好意思反驳我的话，更怕说出实情同学们笑话他。

终于熬到下课，我迅速打开抽屉，将一盒小饼干揣在手里冲出了教室。

我老练地顺着树杈开始攀爬，几个同学们在树下叮嘱我小心点。还有几个男同学喊着，“班长，你干吗呢？掏鸟窝吗？你真爷们儿，你下来吧，我们上去帮你掏。”

“嘘嘘，你们小点声。别把鸟儿吓着了。”我在树上冲着树下的同学做出

“请小声”的手势。

于军在教室里稳稳地坐着，透过窗户紧锁着眉头望着我，他搞不懂我疯疯癫癫地要干吗。

我稳稳地站在树杈上，掏出裤袋里的那盒饼干，碾碎撒在鸟窝里，欣喜地朝鸟窝里三只可爱的幼雏微笑。

多年后，我跟于军漫步在意大利威尼斯的圣马可广场，坐在广场的露天咖啡店里悠闲地喝着咖啡，晒着太阳，看着广场里的人来人往、无数只鸽子飞起飞落。我们闲聊着我们共同的童年、少年。

于军回忆起这段我早已遗忘的往事，唤醒了我的记忆。他笑着说：“傻瓜，给幼鸟吃饼干，只有你才想得出。”

“墨兰，你知道吗？那天你勇敢地站在树上，阳光照在你脸上，微风拂面，吹起你的长发，让我想起古装剧里的女侠站在山谷，修炼剑法，裙裾飘舞。你的笑容如阳光般灿烂，笑声若驼铃般明朗，我看着你小心翼翼地揉碎着饼干，一手抓着树干，一手怜惜地往鸟窝里放饼干屑。我当时不由得很担心你会掉下来，紧紧攥着手里的笔，冒了身冷汗。那幅画面一直在我的脑海里，有时候还会在梦里，那么唯美。”

中学时的我们一般分为两派，学习成绩优异的同学跟学习成绩差的同学基本是呼吸在同一个空间却生活在两个世界，不相往来。我却喜欢跟班里最调皮的男生、女生打成一片。下课了听他们弹吉他、谈论“随身听”（一种播放卡带音乐的小电器）里的流行歌曲，抄录歌曲的歌词，在歌词本、日记本、课本上贴“小虎队”、“四大天王”、“神雕侠侣”的照片，聊明星们的八卦。有时也会恶作剧，在于军的课本里贴两张女明星的照片。他气得要死，却也不骂我。

周末，我会约小伙伴们打羽毛球、滑旱冰，组织下象棋，偶尔也会去游戏厅打游戏，下乡钓鱼虾，抑或帮他们补习功课。我的生活里充满了冒险与乐趣。我曾质疑过我是否应该淑女点，待在家里看书练字，但我认为这些学习成绩差的学生品行并不坏，相比书呆子，他们要有趣很多，而且我琢磨着融入他们也便于我管理班级事务，树立班长的威信。这叫“从群众中来，到群众中去”。

于军有次放学后骑着自行车回家，路过街上的台球室，正好碰见我在那里学着打桌球，他气呼呼地拉着我离开了那里，说：“这是坏男孩才喜欢玩的东西，你一个女孩子打什么台球？”

对于这件事情于军还专门给我写了封信塞在我抽屉里。就在事发第二天，一节体育课的间隙我回到教室喝水，打开抽屉看到一个别致的蓝色信封，信没有署名，但我一看字迹就知道是于军，内容大致是：

“墨兰同学，最近有人在议论你跟班里某某同学走得很近。我们都知道他是个坏男生，经常旷课、打游戏，还剪郭富城发型，只知道耍帅耍酷，名声很坏，曾经还打过老师，负面影响很恶劣。我觉得你应该远离他，他会耽误你的学习。我们跟他不是一路人。”

我看完在教室里笑得上气不接下气。然后，利索地从作业本上撕下一张纸，给于军回了封信，折成纸飞机的形状，塞在他的抽屉里：

“哥们儿，谢谢关心啊，来信收到！我跟他是一路人，跟你也是一路人。我是班长，同学成了坏男生，我有义务去帮助他啊。如果我学习落后了，我不担心，你是学霸，又是我哥们儿，你有义务来给我补课。”

这张纸条，于军保存了十几年。有一天，他整理瑞典的家，看见我送他的唯一一本小说名著《茶花女》里夹着这张已经斑驳的纸条，他用手机拍了张照片发给我看，感叹：“墨兰，时间就这么溜走了，是否还记得曾经的美好？”

又到了郢中的冬天，于军依旧坐在靠前靠窗的位子，他旁边的位子除了我还是没有人敢坐。这个奇葩同学从来不午休，过分的是他会时不时地把窗户打开，此举往往会冻醒其他在教室里午休的同学。

作为班长，我过去找他谈判。

我拍拍他的肩膀，问他：“哎，于军，你不困吗？”

于军头也不抬，顶了我一句：“哪像你们，睡不醒。”

听到这话我不跟他生气，我已习惯了他的冷血和傲慢，我接着问他：“你除了教室、实验室、图书馆就不能有别的乐趣吗？"

"跟你一样去跟坏学生玩滑冰、打台球？一点女孩子的样子都没有。"于军没好气地说。

"你？"我拿起桌子上的教科书打了他两下。"于军，跩什么跩啊？能好好跟班长同志说话吗？"

我打完他，解解恨，又凑过去温柔地讲道理。"你别开窗户了行不行？春天你开窗户晒晒太阳我不说你，夏天你开开窗户透透风我还感激你，秋天开窗户，秋高气爽的我也不理会。这大冬天了，你说你开窗户同学们都冻得受不了……我跟你说啊，你今天要是不配合我的工作，同学们会说我这个班长真没用。赶明换班长，我哭给你看。你帮帮忙行不行嘛？"

"我开窗是为了清醒点啊，不然犯困。"他解释说，似乎没有给予同情的意思。

"既然犯困，你干吗不跟大家一样午休啊？你看你一旦开窗，大家书、本子、试卷都给风吹跑了。你知道吗？你这叫扰乱课堂秩序！看在我们俩多年哥们儿情义上，我都没跟老师检举你。"我知道，于军经不起我软磨硬泡，最终他会向我妥协。

十二三岁的我们在天真浪漫的年纪结下了美好的友谊，这种情感一直慢慢累积、慢慢沉淀，延续到现在。虽然今天的于军如愿成了科学家，在瑞典的一个知名研究所里工作，但是我们久别重逢后的拥抱，却依然如初，依旧自然。我一直觉得，他这样的天才是属于科学的。若他不为科学服务与献身，就太可惜了。

母亲常说，一个萝卜一个坑，我们终究会找到属于自己的那个人。但于军终究不是我的心中所爱。

2012 年夏天，我跟男友史蒂文出行去机场的路上发生了车祸。我被医生抢救醒来时才发现他消失在了我的世界里，只留下一个"forget me"的字条和我们的 CS 火山石项链。我在抑郁中失去了人生的方向，也失去了对爱情的向往。

幸运的是，我捡回一条命，得以幸存，没有重伤。

从医院康复后，家人给了我一个大惊喜：来接我的人里除了爸爸、妈妈，就是从瑞典坐了 14 个小时的飞机到上海的于军。原来，妈妈心急如焚地给远在瑞典的于军打了电话，她怕我无法接受史蒂文不辞而别的痛苦。医生嘱咐我要静养，否则会留下病根。

妈妈希望我能早点振作起来。于是，她想到了我的死党于军。

于军接到妈妈的电话，慌慌张张地脱下工作服，丢下实验室里的研究，在回家的路上匆忙地给单位领导打了请假的电话，简单收拾完行李就赶赴到机场，乘坐当天的航班回到上海，来到了我的身边。在医院见到他的那一刻，我飞奔过去给了他一个大大的拥抱，像是终于有了避风港。

那一个月最艰难的恢复过程是于军陪我度过的。

他带我去外滩散步，看着璀璨的黄浦江，他说，不知这江水见证了多少人的悲欢离合；

他带我去周庄，看着柳暗花明、小桥流水人家，他说，过去的事情就让它过去吧，有些人注定只是个过客；

他还带我去了我们湖北郢中的家乡，去了丫姑镇，看着那随风而动的碧波稻穗，他说，纵使走过千山万水，也勿忘初心。

我挽着他的胳膊漫步在小时候奶奶曾经带我走过的那条熟悉的小路。那条坎坷不平的土路已经变成了平整的柏油路。路更宽了，河边的柏杨林被砍伐了三分之二，河里的水有些浑浊，部分河段旁堆满了白色垃圾。我们还去看了曾经相识的党校，那里已经变成了养猪场，只能听见猪歇斯底里的叫声。

于军扶着我，有些凄凉，有些感伤。

我们坐在奶奶家村西口树林的树荫下，他问我：“墨兰，有个事情我埋藏在心底很多年，一直想告诉你。那个冬天你到北京出差，去清华找我参加同学聚会，你还记得吗?”

“怎么不记得？终生难忘的清华园啊，刺骨的寒冷，就像我们郢中的冬天。搞不懂大伙为什么非要去清华大学找你。不过，没考上清华，看清华一眼也是好的。”我捡起一片树叶端详着，脑海里浮现那天我在清华园的寒风中艰难行进的画面。

于军接着讲述那天的细节，眼神有些忧伤，说：“那你应该还记得晚上在簋街火锅店里的聚会吧。”

“怎么不记得？晚上我们先去包袱铺嗑瓜子听相声。后来饿了我们一行人就去了簋街吃火锅……”忆起那天，我感觉就像昨天。

于军哽咽了一下，说：“那你记得，我当着同学的面对你说，要是你30岁前嫁不出去我就收了你。你当时嗤之以鼻，有点醉意拍着我的胸脯回了我一句，‘哥们儿，开什么玩笑，你咒我嫁不出去啊，我们这死党关系，跟你结婚就像跟女人结婚一样。懂么？’”

“这个我好像不记得了，我是不是喝多了说了很多风凉话？”我拿起那片树叶放在眼前，迎着阳光想看清楚树叶的经脉。

于军一把抢过我手里的树叶，眉头紧锁，严肃地对我说：“姜墨兰，你能好好听我说话么？”

我正襟危坐，心里很想笑，从来没见于军这副生气的样子。

“当时我很伤心，追你的男人很多都比我优秀。我那时还是个研究生，一穷二白，所以我祝福你。”于军的声音有些颤抖。

“什么？”我有点摸不着头脑。

“在我心里，只要你开心比什么都重要。”于军接着说。

“后来我选择了去瑞典读博士，我想忘了你，重新开始。可现在，听到你出了意外，我还是担心地回来了，我还是放不下你。所以，墨兰，如果你30岁时还没嫁出去，我依然想收了你这个妖精。”于军的双手抓着我的肩膀好痛好痛。

听完于军的话，我忍不住哈哈大笑，使劲给了他背后一拳，“欠抽啊？你把我胳膊都弄疼了。假正经，别以为我没人要，就装好人来安慰我。我妈给了你多少好处费？从小到大都说我是妖精，你是法海啊？专收妖精么？”

于军有点哭笑不得，失望地摇了摇头，表情很木讷，停顿了几秒，突然站起来向我大吼了一声：“姜墨兰，我是认真的，没人逼我这么做，你妈都看出来了我对你的痴情，你怎么就感受不到呢？”

他缓了口气，又降低了声调，蹲下来看着我。“你知道吗，我突然想到你在圣马可广场喂鸽子的画面，我就是其中的一只鸽子。只要你愿意伸手去接纳男人的追求，那些男人就像圣马可广场的鸽子一样纷纷飞到你的身边，飞到你的掌心，飞到你的肩膀。如果你不愿意不高兴，不想施舍你的面包，你抖抖肩膀转个圈，周围的鸽子又会飞散而去。你可知道，仍然有些鸽子是不甘离去的，所以不管你怎么抖动，它们也不会受到惊吓，依然停留在你的掌心。我就是其中的一只不甘离去的鸽子。我想，不仅是不甘，我更是不舍，不愿意，也不想!”

“于军，你的口吻什么时候变得如此‘张小娴’!”我不敢相信站在自己面前的是15年前我认识的那个只懂数理化的书呆子学霸。他用了一个极其柔情诗意的比喻来形容他对我的不甘。

我的心顿时慌乱了，如果他是那只鸽子，可我却未曾想过要用爱情去喂养它。也许在我18岁煎熬的成长岁月里，我曾感激过命运让于军出现在我的生命里，可是关于爱情，我知道是无解的。

我也站了起来，非常的焦躁。

“于军，我们注定是一辈子朋友。我很感激上天让我们相知相惜。”我烦闷地向远处的稻田望去，逃避他的眼睛。

“你可知道你一直在我内心最温暖的位置。这种似亲情的疼爱和怜惜只有你才能给予。奶奶去世的时候是你一封封的信陪我度过那段艰难的岁月，让我用心迎战高考。爸爸破产的时候，我在超市打工是你陪在我身边哄我开心。跟大学男友戚鹏程分手，又失业的时候，我沮丧不堪，是你坐了十几个小时的铁皮火车从北京到武汉来看我。现在史蒂文又离开我了，你却毫不犹豫地回到了我的身边。我是多么幸运的女孩。可我们是不同的人生啊。”

于军转过身，他不想继续听下去。

“于军，我可以过平凡的日子，但却不想要因循守旧、平淡的人生。我说我想爬树看看鸟窝里的幼雏，你说我疯了；我说我想骑马，你说会摔断腿；我说我想去青藏无人区徒步冒险，你说No，No，No。于军，你知道吗？你适合找个安静、本分的女孩在家相夫教子，与你共度一生。而不是我姜墨兰。”

“为什么不可以是你？为什么你就不能给我机会？”于军像疯了一样质问我。

“你知道我爱折腾，我的生活注定是与冒险、自由、快乐密不可分的。就像麦当娜说：‘我很强势，很有野心，我知道自己想要什么。如果这在你看来是个 bitch，我丝毫不 care。’可你喜欢冒险吗？不，我太了解你，你不喜欢。于军，我就想做一个性格鲜明、活得精彩的女人，所以我们不合适。答应我，一辈子做我最好的朋友，做我的肩膀，做我的男闺蜜，好不好？”我向他发出乞求的声音。

于军用拳头使劲捶着树干，像是发泄多年内心的愤懑，然后转身快步向树林深处走去。我有些害怕，担心他的安危，紧跟着他，拉住他的胳膊，说了最后一句话：“于军，这个世界变得让我越来越恐惧，爱情会失去，婚姻会破裂，朋友会背叛。所以，我渴求我们这种胜似亲情的关系能像血液一样永远留在骨子里。我是真的不想失去你啊。”

于军突然停下了脚步，狠狠地踢了一下旁边的树干。只见他平静地依靠在那棵柏杨树上，闭上了眼睛。

看着痛苦的他，我蹲在地上号啕大哭起来。

于军静静地调整着急促的呼吸，走过来抱紧了我，像哥哥似的抚摸着我的长发，他一句话都没有说。眼前的稻田飘香，淡淡的，似有似无，细柔如丝，我们听着彼此的心跳，心照不宣。

史蒂文不辞而别之后，我一直处于崩溃的边缘。而那个午后，我在于军的怀里沉睡得像个孩子。

于军悄悄吻了吻我的额头，眼泪从这个大男孩的小眼睛里流了下来。

其实我不是一根木头，又何尝不能体会于军对我的情谊。只是这么多年的闯荡让我更珍惜与他之间最纯粹的情感，不想看到我们彼此为了迎合对方去改变自己。

我很害怕有一天，

因为功名利禄，我们会违背良知。

因为欲望浮华，我们会萎靡沉沦。

因为阴晴圆缺，我们会改变初心。

爱情会变质，抑或褪去。

婚姻会解体，抑或残喘。

工作会丢失，抑或敷衍。

友情会粉碎，抑或沉默。

世间有些东西，我宁可不要，只因害怕失去。

第 8 章
鄂商的 44 岁

下午，男人们饭后在庭院里组了场牌局，女人们整理年货。大伯让我和史蒂文开车带四岁的小侄子进城去市中心的阳春大街上吃肯德基，玩玩儿童游乐设施。半年前，郢中县城里原来的那家冒牌“啃得鸡”摇身一变成了正宗“肯德基”，乡村里的“小不点”们每天深受广告毒害，天天吵着要进城吃汉堡、奥尔良烤翅，还有薯条。这些对于我和史蒂文来说是“垃圾食品”代名词的食物，在乡村孩子们眼里却是日思夜想、垂涎三尺的美食。

史蒂文惊愕地发现肯德基真是无孔不入，排兵布阵到世界的各个角落，连郢中这个古老的小县城也没放过。老外眼里的廉价穷人快餐，在中国人眼里变成了时髦的餐饮，特别是深受孩子们追捧。

我本想鼓励他开车，一周前他在上海刚拿了驾照，他却往后缩了一步，“兰，不要逼我，小侄子在呢，安全第一。”

“你摩托车、帆船都开那么嗨，四个轮子的小汽车怕什么？”我拉住他，使劲往驾驶座上推。

“Angel，不，我的福晋，千金小姐，姜大姐，你饶了我。”史蒂文两只手死死撑在车面上，不肯往驾驶座上迈步。

“你怎么还这么㞞呢？叫女神、女王都没用，快点，进去试试。”我继续推他。

“女神，女王，哎哟，祖宗，咱们快去快回，有空我再练习练习，你看我的腿都哆嗦了，我又要吃药了。”史蒂文以迅雷不及掩耳之势，打开后车门钻了进去。

一路上，我开着车，他带着小侄子坐在后座，小侄子的“十万个为什么”像冰雹一样的噼里啪啦砸向他，让他千疮百孔。我在前面笑得肆无忌惮。

他说：“早知道，我还不如开车呢，你坐后面陪他。这小家伙实在太聪明了，石头剪刀布我都玩不过他，我们以后有了孩子会不会跟他一样聪明？”

我说：“那是，天上九头鸟，地上湖北佬，这是遗传基因好。”

他问：“天上九头鸟，地上湖北佬是什么意思？”

我说：“这句谚语将湖北人比作九头鸟，说的是湖北地域的人杰地灵，夸湖北人聪明，贬湖北人狡猾，特别是精明不吃亏的鄂商。”

他又问：“什么是鄂？”

我撇撇嘴，从后视镜里看见他正满怀期待地等着我回答。他在回答小侄子的十万个为什么，我却在回答他的十万个为什么。“一种简称，就像上海简称‘沪’，就像美国的缩写 the USA，就像你叫我兰，而不是姜墨兰。”

郢中自古以来属湖北之境，是楚文化的发祥地之一。辛亥革命以后，湖北才简称鄂，我的父亲姜国庆是一名典型的鄂商。如果说我的卖货郎爷爷是改革开放的第一代鄂商小贩，那我的父亲姜国庆就是第二代鄂商的代表。

据历史记载，鄂商的历史，要追溯到两千多年前的楚国。先秦时期的楚国，有着繁华的都市，都市里面店铺林立，楚国的富裕程度、商业发达程度超过吴越，而且商人在楚国有着很高的社会地位。一般的历史记载中，“四民”为“士、农、工、商”。而在楚国，“四民”为“商、农、工、贾”。楚人以商为“四民”之首，反映了楚国对商业的重视，以及商贾在楚国有着特殊的地位。

湖北人不服输，凡事喜欢较劲，我的父亲与我的爷爷一样，骨子里有着土匪的倔强，到了我这一代也不例外。第二代鄂商们大多都死要面子，做生意迷信，喜欢 6 和 8，建楼没有 18 层，因为父亲说，没有人想住十八层地狱。开张、远行要挑吉日，讲究的人车牌号码、电话号码都不能有 4。鄂商们还有个特点，做买卖总是以保本为前提，绝不做亏本生意，也不太会去冒险投资高风险行业，崇尚“小富即安”。另外，鄂商的反哺情节很深，有些是纯粹为了面子，荣归故里；有些则是真心做善事，支援家乡建设。他们像中国其他地区的商人一样，靠信义打天下。

走出郢中曾是父亲姜国庆年轻时的梦想，但由于他是个孝子，也是爱女之人，不忍抛下奶奶和我远走他乡。直到2002年，父亲被卷入一场突如其来的祸事，才变卖家产被迫收拾行囊，背井离乡，带着我的母亲去了西安投靠亲戚。

那年他已44岁。

用父亲的话来说，他是从44岁才开始明白人生的要义。

青少年时期的父亲因为家庭成分的关系，丧失了一些求学、参军的机会，成长之路较同龄人要坎坷许多。改革开放之后，父亲就像雨后春笋般的，满怀着斗志，走出了乡村去了县城打工。

他说，那时候呼吸的空气都比以前要新鲜了，他说话也敢大声了。

19岁那年，父亲经同乡介绍去县城的砖厂里做了一名普通工人。每天的工作就是负责去领用晾晒完成的土坯砖，推着板车搬运到砖窑里面，再进行烧制。一天连续工作十三四个小时，几乎纯体力活，为的只是一天两块钱的工钱。

那时候他年轻，有的是力气，但也费粮食，能就着酱油、咸菜吃五大碗米饭。后来，砖厂的厂长让他卷铺盖走人，只因他实在太能吃。食堂里做饭的大娘时常跟厂长投诉父亲姜国庆的饭量。“就没见过这么能吃的，像饿死鬼投胎一样。”

父亲被辞退后到县食品厂做学徒，负责腌制咸菜。起初的工作就是洗蔬菜。每天要洗好几吨的白菜萝卜，洗到手脱皮、腿抽筋。

1982年，听说丫姑镇要办饮料厂。24岁的父亲欣喜若狂回到镇上，毛遂自荐到饮料厂应聘做销售。厂长当场拍板录取他的时候，对于这份来之不易的工作，父亲兴奋不已，一连几个晚上过度亢奋没有睡着觉。父亲觉得他的春天要来了，未来充满了期待和美好。这份销售的工作最大的意义就是唤醒了父亲多年来被压抑的自信，它恰似被压制在深渊里的雄鹰，瞬间冲破了牢笼飞向了蓝天。也正是这份工作，让他获得了我母亲范知音的芳心。

20 世纪 80 年代末，饮料厂的管理日趋官僚化，行政效率低下，产品线还是 1985 年前的几款老产品：汽水、橘子汁、各类水果罐头，毫无新意。市场上此类产品的同质化严重，市场竞争日趋白热化，而且竞争对手的价格越来越低，传统饮料行业的盈利空间逐渐缩小。另外，厂里的创新能力也不足，导致效益大幅度下滑，面临改制或破产的局面。当时，厂里的 60 多号员工对饮料厂的结局不抱希望，已经做好了解散的准备，一部分人回家务农，一部分赶上"下海"的浪潮，去了南方的广州和深圳务工。只有少数两三个人愿意参与投资、买断，在饮料厂里继续干。

当时的父亲很矛盾，他迫切地希望能走出郢中南下，但是又割舍不下妻儿和年迈的父母，还有多年对饮料厂的情谊，他最终选择了留下，并执拗地认为饮料行业还是大有前途。他在家里邀请几个同事吃饭时问我："兰儿，告诉爸爸你喜欢喝可乐，还是爸爸厂里的汽水？"

我毫不犹豫地说："可乐！"

父亲对我的回答丝毫没有觉得意外。他对同事们说："可口可乐刚进入中国，为什么能受欢迎？天天广告轰炸，小朋友们都知道它。它是美国知名品牌，所以不愁卖不出去。几十年了人家一个味道打天下，名气没削弱反而越做越大，我们要学习它。只要大胆地调整经营思路，刺激我们的研发能力，打出一个品牌，发挥我们的地区销售渠道优势，用心改善经营方式，我们的厂还是有希望的。"于是，他开始了东奔西跑找合伙人的生活，强大的精神压力下，父亲每日能抽掉两包烟。

几乎所有他认为靠谱的朋友都一一拜访过了，最后郢中附近的沙市县有一个富有的客户答应跟他一起承包，因为他们之前饮料生意合作了五六年，他信得过父亲的人品和骨子里创业的冲劲。那时，父亲血气方刚，准备大展拳脚，拿出了家里前些年所有的积蓄，也找亲戚借了两万多块钱。他占 52% 的股份，是饮料厂绝对的大股东。母亲每天在家里烧香拜佛，求菩萨保佑父亲能闯出一片天。

饮料厂被父亲接盘后，选了黄道吉日开业，还在厂门口搭了戏台，请县城里的戏剧团热热闹闹唱了一天戏。此后的日子里，他每天秉烛夜读经营管理类的专业书籍，茶饭不思，张口闭口都是饮料厂的改革，吃住也都在厂宿舍里。

改制后的饮料厂只剩下 20 几个员工。他实行按劳分配制，干活多薪水也就多，不会跟以前一样吃大锅饭。有时候赶订单需要加班，父亲就让母亲、大妈、七大姑八大姨到厂里帮忙顶班，抑或让母亲下厨给工人们做夜宵，荤素搭配。他说，“吃好睡好大家才有精力干好”。员工们私下里都说，姜老板是个好老板。

晚上，我时常一个人在家。那时各大电视台播完《聪明的一休》、《蓝精灵》等动画片之后，就是热播《西游记》、《聊斋》之类的电视剧，看完这些电视剧我不敢睡觉，总是开着家里所有的灯，生怕有妖魔鬼怪跑进家里把我捉走。有时，听见外面风呼呼刮起的声音，我就吓得哇哇大哭，希望妈妈早点回来。毕竟，那时候我才六七岁。可往往是等到电视机里所有频道停台，雪花一片，也等不到父母回家。

那段时间我经常看不见父亲。我放学后会到饮料厂里瞅瞅，拿两瓶汽水喝，有时候也会到父亲的办公室写写画画，偶尔碰见父亲，他要么是在厂房里忙得不可开交，要么就是叼着烟、眉头紧锁在办公室里写什么，没空搭理我。

每次母亲看见我都会把我哄回家：“快回家写作业，不要打扰爸爸，他忙着呢。妈妈等会到食堂打饭给你送回去。”

父亲像个斗士一样带着这二十来人度过了饮料厂最艰难的岁月。用他的话说，我和妈妈也是跟他并肩作战的人，妈妈是他的贤内助，而我也牺牲了他陪伴的时间。

一年后，随着父亲帮某知名饮料品牌代加工，并替这个品牌商打开了郢中市内的销售通路，闯出了一点天地。业务订单量迅猛提升，工厂扩建，人数一度达到 200 多人。工厂不仅转危为安，能够正常运作，而且现金流相当充分，母亲按照父亲的建议尝试着购买了一批国库券，尝到了甜头，开始一扎一扎的买进卖出。她在郢中的乡镇里用95元到97元的价格买入面值100元的国库券，再到武汉等大城市用99元到100元的价格卖出，通过倒卖国库券赚了一大笔钱。

这是20世纪80年代末、90年代初内地有钱人的资本投资和升值方式。

对于20世纪80年代的人们，买国库券就是爱国的代名词，也是精明的商人们投机倒把的信号灯。如果你走在街头，有人采访你爱国的最直接方式是什么？

孩子们会回答："好好学习、天天向上"，做"四有"好青年。

大人们则会斩钉截铁地回答："买国库券吧！"

中国于1981年第一次发行国库券，主要是为了缓解国家经济建设的财政压力而发行。但80年代的人们热衷于购买国库卷起初并不是为了升值，而是为了彰显自己爱国。母亲范知音说，那时各家各户都有一批没有流通的"死钱"国库券，因为人们认为认购得越多，思想越先进，就越爱国。甚至，不少地方政府以党性为号召，要求所有党员和公务员必须购买，有的政府机构、事业单位和企业在职工的工资中强行摊派发放，扣除一部分认购国库券。在相当一段时期里，国民对于国库券的认知不足，导致流通性不够，发行并不顺畅，政府严令制止倒卖国库券的违法行为，大量的国库券在家里"闲置"。

直到1988年，国库券才被政府允许上市流通交易，但也只有大城市有交易点。渐渐地，一些有资本意识的人，比如我的母亲范知音便穿梭在大城市武汉和小城乡村之间，收购国库券再卖出去。严格来说，这种交易在当时属于法律所不允许的"黑市"行为，不过也成就了一部分"先富起来"的人。据媒体报道，上海的"杨百万"第一桶金就来自于国库券。我的父亲和母亲是湖北郢中市的"杨百万"。

父亲常跟我说："诚实守信是生意人的灵魂。"

如果不是靠人品，那些客户、合作伙伴、工人们当初不会选择信任他。可是，人品有时候是靠不住的，特别是经济高速发展的中国，人们都穷惯了，突然财富迅速积累，就会变得有些浮躁。受巨大利益驱使背叛良知、背叛仁义、背叛道德的事情层出不穷。

这是一个风云变幻的时代。

父亲的饮料厂红火的第四年，也就是1993年，那一年我9岁，父亲被骗破产了。他的财务经理和沙市县的合伙人做假账，瞒着他提走了厂里所有的钱，携家带口去了美国，包括所有客户的订单预付款也被席卷而空。

这两个人曾是父亲最信赖的朋友。

一石激起千层浪。饮料厂现金流断裂，工人的工资发不出，给镇里十几家果农的钱不能按期支付，原材料供应不足，给客户的货也断裂，母亲用一袋袋的国库券帮父亲抵债。

讨债的人陆陆续续到厂里来封门，有的还跑到高丰村里的奶奶家告状。

奶奶在清晨出门，踩着小脚，拄着拐棍瞒着爷爷和父亲去了几十里地的丫姑山。她是想问问寺庙里的佛祖，他的儿子犯了什么罪孽要遭受这些不幸。丫姑山是爷爷的噩梦，因为他早年在丫姑山当土匪的经历，让他在村里低人一等，听到丫姑山的名字他都会莫名的愤怒。然而，当奶奶到达丫姑山时，寺庙已成废墟。台阶上长满了杂草，寺庙的木门已经腐烂不堪，围墙已经被拆。路过的行人告诉奶奶，这里要改建成一处度假村。

奶奶瘫坐在废墟上，五味杂陈，老泪纵横。她想起上一次来丫姑山是在1969年，也是跟父亲有关。那一年，11岁的父亲病危，高烧不退，医生说已无药可救。奶奶不甘放弃，她曾在十几年前饱尝失去第一个孩子的痛苦，这个儿子无论如何也要救活。她推着小车载着父亲到了丫姑山的尼姑庵，寺庙的大门紧锁，贴着封条。她便爬到门前的一个小山坡上，瞅见寺庙里面已被红卫兵贴满了大字报。奶奶有些绝望，抱着昏迷的父亲不知何去何从。最终，父亲还是奇迹般的病情好转，活了下来。

在丫姑镇的家里，这是我第一次看见父亲蹲在屋外的庭院里无助地大哭，妈妈抱着他替他擦干脸上的眼泪，说：“菩萨保佑！一切都会过去的。我们也不是没穷过。我嫁给你的时候，你是一穷二白的，能跟你过这么多年的好日子，我很知足……”

我躲在墙角，偷偷地看着父亲和母亲，十分地恐慌和焦虑，我不懂大人的世界里怎么了。为什么我强大的父亲也会流这么多的眼泪？我一个人飞快地跑出了家，在街上瞎溜达，看着人来人往，不想长大。

那一年，父亲戒了他抽了十几年的烟。但是，脾气却越来越糟糕，也开始酗酒，经常莫名其妙地发脾气，怒气冲天的样子让我不敢亲近他。有一次讨债的人走后，父亲大吼一声像是发泄，摔碎了茶几上的几个玻璃杯，然后进厨房拿起一瓶白酒就开始喝，母亲过去阻拦，父亲猛地一推将母亲推倒在地，我惊慌失措地跑过去扶母亲，他们大吵了一架。母亲摔门出去骑着院子里的自行车扔下我和爸爸回了娘家。

那晚，家里就我和父亲两个人。

父亲坐在凌乱的客厅地上喝酒消愁，我躲在房间里用被子捂住头偷偷地哽咽。到了半夜，我饥肠辘辘，厨房里也没有找到吃的东西，于是战战兢兢地走到父亲面前说："爸爸，我饿了！"父亲一把搂住我，不停地重复一句话："对不起，爸爸对不起你们，爸爸对不起妈妈，对不起兰儿。"

我用稚嫩的小手抹去父亲的眼泪，搂着他的脖子摇头说："爸爸，我再也不饿了。"

凌晨一点多，父亲给我煮了一碗香喷喷的面条，看着我狼吞虎咽地吃完，然后牵着我的小手，打着手电筒去找妈妈。我深刻地记得，我们父女俩走了两个小时的乡村小路到了外公外婆家接回了母亲。

那天，父亲做了他人生里给我做的第一顿饭，也是第一次带着我在漆黑的夜晚走漫长的乡间小道，借着繁星点点，我们一路聊着小学三年级的生活，他第一次关心我的学习成绩和兴趣爱好，第一次惊讶地发现我已经 9 岁，第一次听到蓝精灵和聪明的一休，第一次知道我最爱的动画片是花仙子，第一次和我在路上嬉戏追赶玩"老鹰捉小鸡"，虽然那已是半夜两三点，我们的笑声引来远处村庄里的犬吠声阵阵。

经过一处坟场，我的小手下意识地握紧了父亲的大手，父亲问我怕不怕。

我微笑着抬头望着高大的父亲说，不怕，有爸爸在，什么也不怕。您怕不怕？

父亲坚定地回答，有兰儿在，爸爸也不怕。

所以，那一天凝结了那么多与父亲的第一次，让我至今无法忘怀。

很多年后，有人谈起香烟这个话题，向父亲求教如何戒掉十几年的烟瘾。父亲半开玩笑地说：“我是破产了实在没钱买烟了才戒掉的。戒烟前，我一口气抽了一整包，后来牙疼得受不了。不得已去看了牙医，又花掉了我闺女两三个月的零花钱。那时牙也痛，心也痛，一老火就不抽了。没想到，喝酒成瘾比抽烟更要命。这不，“三高” 就是喝酒喝出来的。”

谈起那段艰难的岁月，父亲时常轻描淡写，蜻蜓点水般省略诸多的细节，甚至带有戏谑地跟我说：“我们每个人无时无刻不在给自己交学费。很多过去看似痛苦的经历，随着时间和心智的成熟都会淡化的，不足挂齿了。”

1993 年，破产后的父亲开始跟人合伙包车跑长途运输，主要是贩卖丫姑镇里农户饲养的生猪到武汉、广州、深圳等大中城市。那时，生猪市场红火，湖北农村各家各户饲养的猪肉质感劲道，市场销量很好，父亲赚了点钱，家里的经济条件日渐好起来。

1995 年，父亲将关闭的饮料厂原址又租赁下来，改成了收猪场，那是郢中最大的生猪市场交易中心。附近乡镇的猪贩子们每天将收到的生猪往父亲的收猪场里运，母亲管收购，父亲管销售。父亲的车队马不停蹄地奔波在广深、武汉和丫姑镇之间。但是，父亲长期出差在外跑长途，我跟母亲在家看到电视里车祸之类的新闻就很担惊受怕，挂念父亲出行的安危。

但凡父亲出远门，母亲总是不忘记到皇城祈福，在父亲的车里、钱包里放上平安符，再三叮嘱父亲万万不可沾酒，在家里虔诚地念经求菩萨保佑。

不幸的是，1997 年的夏天，父亲的一辆长途卡车在去广州的路上出了严重的交通事故。他的合伙人司机王叔叔疲劳驾驶，撞上了迎面来的另外一部大型货车，司机流血过多，抢救无效死亡。父亲当时正躺在驾驶室的后面一排休息算是死里逃生。但从此，母亲死活也不让父亲再做运输生意了。

这件事情之后，父亲变得有些抑郁，长期失眠和头痛，把收猪厂转给了其他人，他没有继续酗酒却从此不爱说话了。有小半年时间，他的大脑里无法控制地回忆车祸的片段，甚至莫名其妙地出现幻觉，神经错乱，寝食难安，时常整晚梦到他的货车司机头破血流地瞪着眼睛，朝他呼喊着救命，他的内心备受煎熬。他和母亲拿了一大笔钱给司机王叔叔的家属，逢年过节也是常去看望，直到王叔叔的儿子考上大学，父亲还帮对方交了学费。

母亲有次不解问他："我们要管他们到什么时候？每次去他们家，我就感到压抑，心情非常沉重。"

父亲说："做人要有良心。我跟他共事那么多年，若没有他的帮扶我也不会有东山再起的机会，冲着这交情也要帮帮他们孤儿寡母。何况人是在我面前死掉的。我能不管不问吗？"母亲除了紧遵医嘱给父亲吃一些安神、治疗头痛的药品，确保他精神愉悦，还多次请了法师到家里作法，可以说是千方百计。

转眼到了1998年，父亲有大半年时间都无事可做，在家打牌、下棋、走亲访友消磨时光。母亲也不怨他，她知道父亲的苦。

她跟我说："让爸爸静静也好。"

为了填补家用，母亲又回到纺织厂上班做了近一年的纺织女工，卸下了她家庭主妇的外壳，变身成了家里的顶梁柱。家务活自然落到了我和父亲身上。由于我初中念的是寄宿学校，每当我周末回家，扫地、洗衣的活就归我，父亲负责买菜、做饭，而洗碗的规矩父亲也订下了：吃完饭每个人洗自己的碗，盘子归他。姜家人"饭后自己洗碗"的规矩一直遵守到今天。

那段悠闲的日子里，父亲经常带着我回老家陪爷爷奶奶。有时会到池塘里钓鱼、钓龙虾，如若钓的鱼多就会留下一些自己家里人吃，其余卖到集市上挣点零花钱。

在菜市场里，父亲经常会碰见熟人调侃他说："姜老板还卖鱼呢？您便宜点吧，您也不差这点小钱。"父亲笑而不语，客户愿给多少给多少。

后来，奶奶对他说："国庆啊，你不能再这么晃悠。你就是退一万步想，兰儿还小，一家老小还指望你呢。过去的事就让他过去吧。"

父亲深深叹了口气说："妈，我知道了。"

也许是因为父亲在家做了大半年饭的缘故，他爱上了烹饪，决定在镇上开家餐馆。为此，父亲还专门去市里的一家星级酒店里拜师学艺三个月，为的是开一家丫姑镇最有档次的餐厅。

他天生是个做厨师的料，自小就在家里帮奶奶做饭，虽然那时的菜品不多，也没什么调味料，玩不出花样，但成年后的父亲天南地北吃了不少佳肴，所以对美食有自己独特的见解。

几年后，父亲就在郢中市区和附近的几个县城里增开了六家餐厅，我们家也搬进了郢中市区里。父亲本身就是做销售出身，是推销的高手，他把饮料厂营销管理的经验运用到了餐饮业。餐厅平均三个月就做一次酬宾活动，他经常听取食客的意见调整菜谱，淘汰点菜率不高、反响平平的菜肴。但凡父亲在外吃到可口的饭菜，他会追着服务员找厨师，请教厨师菜的烧法。这种经营理念在当时的郢中餐饮业里是很少有人能做到的。

此外，父亲还在郢中城区莫愁大道上开设了一家 KTV，那是当时市区最大最高档的 KTV，生意异常火爆，达官贵人、阳春白雪纷至沓来。然而，正是这家看似生意兴隆的 KTV 给我们姜家引来了祸事，成了郢中全市范围内耗时 6 个月“严打”的导火索。

2003 年的初夏，距离我高考还有一个多月，我们一家人刚从奶奶离世的悲痛里走出来，紧接着父亲就被卷入一场官场与黑帮斗争的飓风式风波。这件事情似滚雪球一般越演越烈，涉及的人越来越多，一些黑帮主要成员纷纷锒铛入狱，也牵涉到诸多公安局警察、政府官员的贪污腐败问题。

父亲成为全城议论的中心，他度日如年，整日诚惶诚恐。母亲更是紧张兮兮，茶饭不思，在菩萨面前一跪拜就是一整天，以求内心的宁静和家人的平安。最终，被逼无奈，父亲变卖我们在郢中的家产，在 44 岁的年纪他离开了郢中。

而事情的起因却是父亲开设的那家 KTV 的墙壁隔音效果不好。

2003 年 5 月的一个晚上，一个 17 岁的官二代在我父亲的 KTV 里为女友庆祝生日。隔壁房间的几个小青年正在欢天喜地地唱歌，嘶吼声震耳欲聋。

官二代有些生气叫来服务员，质问说："去把你们经理叫来，这是什么隔音效果？隔壁房间的人鬼哭狼嚎影响心情，去让他们小声点。"

官二代是KTV的常客，歌厅经理不愿得罪，便去了隔壁的房间协调。敲门进去才发现是五个染发的小青年，茶几上摆了几十瓶啤酒，他没有讨价还价的余地，被骂了出去。

歌厅经理权衡了下，过来跟官二代说："是否可以给您换一个包厢？小混混咱就别惹了，我给您协调一个更大的包厢吧。"

"要换也是他们去换，凭什么我换？一群人渣肯定都有案底，你还不报警抓他们？"官二代气不过，觉得在女友和朋友们面前太丢面子。

于是，他便自己带着三个人到隔壁房间猛敲了对方的门，警告对方小点声。

隔壁的小青年开了门，不耐烦地说："你谁啊？这歌厅你开的啊？"

"我是谁？我让你小声点，你最好小声点。否则别后悔！"官二代借着酒劲更加嚣张跋扈。

"哥们儿，不好意思啊，我们马上小声点。"室内另一个小青年劝其他人多一事不如少一事，向官二代道歉。

"一群瘪三。唱不好歌就别出来吓人。还敢跟老子吼，也不打听打听我是谁。"官二代转身回自己房间的时候冷嘲热讽地丢下一句话。

"哎，你他妈谁啊？给你脸你不要脸是吧？"一个染黄色头发的小青年走上去拉了一下官二代的胳膊。官二代抡起手臂恶狠狠地给了小青年一拳，说："我是你大爷。说出来吓死你。"

客厅经理欲上去制止，瞬间被官二代推倒在了墙角，磕破了额头。而后，只听见啤酒瓶哐当哐当的声音，保安、服务员们闻讯赶到，结果发现来时已晚，官二代被小青年们用啤酒瓶砸破了脑袋，身上被捅了五刀，倒在包厢的血泊里，后经医院抢救无效身亡。

公安局接到KTV的报警后，迅速调集警力，但赶到现场时五个小青年已仓皇而逃，KTV的几个保安也被打伤。警察封锁了现场，发现死者是某个高官的儿子，更加高度重视，惧怕失职之罪。他们带走了官二代的女友、其他包厢里的全部客人，还有KTV所有的工作人员，公安局连夜盘问，全城戒严。

此后的半年，郢中全城笼罩在“严打”的紧张氛围里。

我的父亲那些天自然是吓傻了，头痛到压迫神经，靠吃安眠药入睡。不仅KTV的生意无法经营下去，而且死的人是市里高官的独子，父亲深知从此他在郢中及其附近的市县恐怕再也难以抬头做人了。

他这辈子最恐怖的生活就是“文革”时期夹着尾巴做人，整日躲到破柜子里，害怕被小朋友们拖出去扔石子，打骂他为“小土匪”。

他和我的爷爷阮天成一样向来畏惧权力，也不擅长跟官场的人来往。更可怕的是，小混混们的黑道背景也让父亲忧心忡忡。

那些年，郢中与天门、沙洋交接的地方黑道一直很猖獗。地下钱庄、地下赌场、敲诈勒索更是屡见不鲜。黑道上的混混们也经常在市区周边晃悠，郢中市公安局搞了几次严打都消灭不干净，公安局里还有部分警察与黑道狼狈为奸，公安局长的压力很大。

因这起凶杀案事发在父亲的KTV里，所以父亲难辞其咎。没过几天，他就收到了来自黑道的恐吓信，让父亲和他的员工管好自己的嘴巴，声称他们损失了一包海洛因，而这笔账要算在父亲头上。

父亲胆战心惊地将这一切告诉给了警察，渴望得到警察的帮助。

第二天深夜，父亲市区的一家餐厅便迎来了不速之客。一群小混混们拿着棒槌、铁棍强行入室，餐厅里的桌椅被砸得稀巴烂，他们拿走了收银台的钱和几箱名酒，还在墙上恶狠狠地写了四个字“好自为之”。

在餐厅阁楼里守夜的一名服务员吓得浑身冒汗，躲在餐厅的杂物间从门缝里偷偷看到了整个打砸的过程，等小混混们上了面包车扬长而去，这名服务员才敢从杂物间出来哆哆嗦嗦地跑出来给父亲打电话并报了警。虽然警察局严厉搜捕犯罪团伙，但是父亲在巨大的精神压力下，不得已又关了这家餐厅。

生意在郢中是做不下去了，一方面，官二代的高官爸爸给我的父亲高度施压；另一方面，黑道的敲诈、恐吓接踵而至。

父亲的酒瘾又犯了。

歌厅经理因目睹了事发当日的经过，连夜给警方录了口供，不到一个月就跳楼身亡。他的妻子说，唯有一死，不出庭作证，才能从绑匪手里换回他们8岁的儿子。

后来，父亲听公安局局长说，事发当日其中的一名小混混是黑道老大的亲弟弟，被官二代一拳打破了耳膜，有可能已经潜逃到香港。这几个人在父亲的KTV里涉嫌四次毒品交易。原来，KTV装修时就被人动了手脚，那五个小混混预订的包厢里有几幅画，其中一幅画后面有玄机，被他们用来私藏交易的毒品，却没有任何人留意到。而转移毒品的人就是父亲KTV里的一名保洁阿姨，每天几乎最晚下班的人。

父亲不敢相信自己的员工涉嫌毒品交易，一波未平一波又起。他被警局叫去做了几天的笔录，出来时已憔悴不堪、胡子拉碴。接连几个月，在小混混们落网之前，父亲都是被警局严密监视的对象。地方电视台里每天紧锣密鼓地播报着抓捕罪犯的进展和公安局全市严打的战绩。

父亲和他的KTV成了郢中城里街头巷尾热议的新闻。

父亲不放心乡下的大伯、大妈，唯恐他们受到牵连，开着车和母亲去乡下探望他们，让他们出去躲一躲。就在父亲母亲回城的路上，晚上经过一个十字路口，路口有一个小村庄。十几个貌似村民的人拦住了父亲的车，声称父亲小轿车的喇叭声惊动了他们牲口棚里母猪的胎气，还轧死了一条狗。

对于村民的无礼说辞，父亲莫名其妙，哭笑不得，只能认栽，他说："若想敲诈，何必找这些可笑的借口？"

一个村民说："说得好，那麻烦你把车留下，并留下字据是你自愿偿还的。要么明天拿十万块钱来提车，你把我们的狗轧死了，我们这么多人都看见了，猪命、狗命都是命。否则，你和你老婆今天别想离开这里。"

母亲在车里心灰意冷，她知道这是黑道的人在给他们下马威。

家里的信箱再次收到了恐吓信是歌厅经理跳楼的第二天，信里只有一句话："100万现金到小吃店有人接应，若不听话，歌厅经理的结局就是你的结局。”此外，信封里还有几张我在学校学习、生活的照片，以此要挟我的父亲。

这次父亲没有将恐吓信给到警察局，他不再相信任何人，警局里谁都有可能是奸细。他按照信里的要求小心翼翼地从保险柜里取出一百万现金放在了黑帮指定的一家小吃店。那是一笔巨额保护费和那包海洛因的钱。因为事关他远在外地念书的女儿的安危，他害怕我跟经理的儿子一样被绑架，不能拿我的生命去开玩笑。

郢中城区的人素来有外出吃早点的习惯，小城里随处可见品类繁多的小餐馆或是卖早点的小摊。父亲每天早晨都会去家附近的一家豆饼店吃豆饼、小笼包，喝稀饭。为了不引起警察的注意，有一天黑帮的人在父亲的豆饼盘里放了一张纸条，纸条上写着："小吃店已被警察盯上，剩下的一百万现金，今晚凌晨两点，你家后院见。"

父亲倒吸了一口冷气。

我家的别墅后院就是郢中市区硕大的莫愁湖，不用小船绝对不能通行。警察的车盯梢在前院，没有人会想到黑帮会选择在后院交易。父亲将一百万递给了来取钱的两个人，他们警告父亲不要声张，否则会让父亲难堪。

父亲说，他只想买个平安，求他们放过我们一家性命。

父母多年的积蓄几乎在那几个月消失殆尽。母亲悲痛欲绝到没有了眼泪，这个外表柔弱骨子里比父亲更刚强的女人，成了父亲最后的精神依靠。

父亲一直念叨，自古商人要谨记，官、匪不能得罪。这次父亲一次闪失却让他成了夹心饼干，等着两边把它夹得粉碎。

父亲是无力回天的，他对母亲说："我只求尽力保你和兰儿周全。钱财已全然不重要了。"

家里发生如此大的变故，我的父亲母亲却没有跟我透露半点风声，每隔三两天给我的电话里依然是嘘寒问暖，柔声细语，偶尔母亲还跟我说笑两句，以此掩饰她内心的惶恐不安。他们不想影响我的高考，可想"高考"两个字在他们心中的地位是何等重要。

直到我高考结束回到郢中的家里，才发现一切都变了。我从姜家大小姐——曾经被同学们戏称“无忧无虑的县城富二代”变成了“孤独的穷屌丝”。我站在十字路口，看着人潮涌动，霓虹灯闪烁，很难相信这就是我深爱的家乡。

进入 18 岁的那一年，我瞬间长大了，破茧成蝶般完成了蜕变。

高考的备战，奶奶的离世，父亲的再次破产让我开始解读人生这本书，质疑人性与良知，关注信仰与权力，反思道德与法律，也开始问自己：我的梦在哪里？人为什么活着？什么又是人性？

整个暑假我是在超市里打工做促销员度过的。

为了减轻父母的负担，我去了家附近的一所大超市打工，每天穿着促销员的衣服在烈日炎炎下发传单，卖促销产品，赚取大学的生活费。往年寒暑假，我吵着闹着要去打工体验生活，仅仅只是出于好奇与无聊，而没想到 18 岁那一年，打工却成了我谋生的手段。

死党于军几乎每隔两三天就到城里来看我，接我下班去夜市上喝啤酒、吃烤串。偶尔我会坐他的自行车到莫愁湖转转，看看郢中的夜景，回忆我们的童年。当然，他请我吃饭的时候居多。光凭他考上清华大学，他们高中奖励他的那笔钱就足够他两年的大学生活费，还不包括丫姑镇政府奖励给他的丰厚助学金。总之，他是个幸福的天才。

我没有遵守我和于军童年时的约定，我不是考清华北大的料。但我知道，他来找我不是为了炫耀，他是担心我。

父母的坚忍、乐观与豁达时常让我惊讶。他们在我进入大学后，就卖掉了郢中市区的房子去了陕西的省会城市西安投奔远房表亲，就是爸爸小时候吃花生拉肚子的那家表姨的儿子。

父亲说，他年轻气盛时一直想离开郢中，带着他的梦离开，就像 20 世纪 80 年代他的兄弟们下海寻梦一样。但是，终因牵挂太多他没有迈出那一步。如今，在 44 岁的年纪，他终于离开了郢中，这次虽不是带着梦，而是诸多无奈，但也依然憧憬。

一切从头再来。

18 岁那年，我在日记里写下这样一段话：

我很希望在我 44 岁的年纪，

不曾忘记得失，

不曾忘记情义，

如若面对人生的低谷，也能有从头再来的勇气；

如若千金散尽，也能有“还复来”的信心；

如若重新出发，也能有未来就摆在我眼前的期许；

如若，迷失，

梦归故里；

如若，痴狂，

身换霓裳；

如若，如若，

我还能是我；

不偏不离，

不恋不依，

做好自己，

心如涟漪。

第 9 章
武汉的 590 路公交车

我告诉史蒂文，如果人生可以按暂停键，我很想停留在 18 岁之前的日子里。因为 18 岁以前的记忆几乎都是白色的，而 18 岁后好像黑色的记忆渐渐多了。

可史蒂文却说，成长的路是不容我们选择的。

只要你活着，命运总是会跟你开玩笑；当然，也会给你所得，甚至惊喜。

即便上帝，也不会随意给你恩赐与施舍。

若是荆棘，你需斩断它；

若是骇浪，你需驾驭它；

若是馅饼，你不能贪吃，下口之前也得三思。

我们把车子停在肯德基附近，带着小侄子去吃薯条和奥尔良烤翅。我问史蒂文，要不要来一点？

他嫌弃地连连摆手，说："够了够了，厌了厌了！"

我牵着小侄子找了个靠近玻璃窗的位置坐下，史蒂文端来一个全家桶。

"你太豪迈了，不攒钱求婚啦？真是浪费，他吃不完。"我责怪他买多了。

"不，我还不够呢，姑姑，我就要吃这些。"四岁的小侄子嘟着小嘴，扑上去接过史蒂文手里的全家桶，跟我叫板。

"小吃货，你中午不是还跟姑姑抢莲藕排骨吗？吃不完咱们打包带回家，姑姑说得对，不能浪费食物。"史蒂文对小侄子的喜欢到了极致。

“Hello，my name is Xiaoyu！”一个穿着粉色公主裙的六七岁小姑娘跑到史蒂文旁边聚精会神地打量着他，用智能的英文和史蒂文打招呼，手里拿着一根油腻腻的鸡翅，满嘴的肉渣。

“你好，小鱼！”史蒂文朝小姑娘招招手，用中文回应她。

“哇，你会讲中文。你是哪里人？”小姑娘“吧唧吧唧”啃着鸡翅，又问史蒂文。

史蒂文抽出一张纸巾，像个慈父般擦去小姑娘嘴上的肉渣，笑着说：“我是加拿大人，你好棒，谁教你的英文？”

那一刻，我看着史蒂文和孩子们愉快地交流，突然感觉史蒂文确实很想有个孩子，而我有些害怕，因为我并没有准备好要成为一个母亲，至少暂时不想。从18岁到26岁，这段遇到他之前的青春岁月我过得有些艰难，如今与他在一起轻松自如的日子、美好的恋爱状态、互不干扰的私人空间让我贪婪地不想改变。我很难想象此后的几十年和同一个人千篇一律的婚姻生活会是多么枯燥与乏味，我就像被死死绑在一棵树上，不能奔跑，没有自由。

18岁那年，我逐渐认识到自己很渺小，很想变得强大。

我终于如愿考上武汉的大学，算是了却奶奶、父亲和自己的心愿，可是我的笑容却少了很多，生活也逐渐单一化。要么整天泡在自习室或者图书馆里，要么就是在校外做兼职赚取来年的学费。父亲的破产，让我对周围的人有了抵触和防备的心理，我似乎很难相信一个人。用男友史蒂文的话来讲，那时的我变成了一枝带刺的玫瑰。

大二下学期“五一黄金周”的晚上，我在汉口的青年路航空站挤上了590路公交车。

590路是走高校路线的公交车，乘这趟公交车的大多都是沿途大学的大学生。但凡在武汉就读的大学生们对这趟公交车都有很深的记忆，我也不例外。

那晚，本想着航空路几乎是590公交车的起始站应该有座位，可我还是动作慢了一拍。毕竟是节假日，出行的人比平常翻了好几倍。

武汉人看见公交车向来没有文明排队的习惯，“先抢先得”的思想深入骨髓。司机师傅“甩盘子”、踩油门、抢车道更是剽悍，堪比 F1 赛车。我曾戏称：“在武汉坐公交车，花 1 块钱的车费享受的是超越 taxi 车速的待遇。”

一辆 590 路公交车缓缓行驶过来，蜂拥而至的人群跟着 590 公交车的前车门奔跑着，我一次次被人群从靠近车门的位置挤到了最外围，等我调整情绪，整理好险些被扯烂的衣服，最后一个上车时，位置已被彪悍的人们抢了先。好几个没有抢到座位的人们，有些失望地又下了车，等下一趟 590 路公交车的到来。

我是太疲惫了，在商场门口做了一天的礼仪模特，踩了一天的高跟鞋，在展示台上销售手机，脚痛得快没了知觉，脸上的笑容也僵硬了。

我只希望这一天早点结束。我不想再等 15 分钟。即便等了，我也知道结局：站着回学校属于大概率事件。即便中途有人下车，590 公交车里也是会上演新一轮的抢位大战。我自愧不如，看看自己瘦小的身躯实在没多余的力气去跟众人打“肉搏战”，还是安静地站着吧。如若是换作 18 岁前的我，何止抢一个位置，我可能会直接从公交车的窗户翻进去，霸占一排的座位。

我无奈地脱下脚上的高跟鞋，找了一个靠近座椅的地方光脚站着。我用余光瞟了一眼旁边的座位，坐的是一个戴棒球帽的帅哥，他塞着耳机低着头一边听歌，一边在打游戏。

我右手扶着他座椅的靠背，左手提着我的高跟鞋，闭目养神，静静地站着。我所住的学生公寓在茶山刘，是 590 路公交车的终点站。从我上车的地方到学生公寓大约 30 站的距离，这个距离足以让疲惫不堪的我灰心与绝望。

“哎，同学？小姐？”

我迷迷糊糊地感觉到一个人拍了一下我的臂膀。睁开眼睛，是坐在座位上的那个棒球帽男孩在跟我说话。

“嗯？”我吝啬地回复了一个字，似乎多说一个字我的体力就支撑不了我的身体。

“你坐。”棒球帽男孩站了起来，把我拉到了他的位置上让我坐下。

事情发生的有些突然，我努力睁大眼睛保持清醒的状态看着他，却忘了说谢谢。

他有一张标准的国字脸，面容有些奶气，皮肤很白皙，下巴上跟我一样长了颗小痣。他站起来的个子很高，一米八左右，身材很健硕，穿着一身耐克的运动装。我估摸着他喜欢健身，是一个爱好运动的男孩。

他单手握着车内的拉环，见我没理会他，于是便尴尬地塞上耳塞，看起了 MP4 里的电影。

我邻座的大叔在中途的丁字桥路洪山路站下了车。棒球帽男孩取下耳机挂在脖子上，把 MP4 放进休闲包里，示意我靠里面移动，让我坐刚才大叔靠窗的位置，他坐我的座位。于是，我像个机器人似的换到靠窗的位置就座，心想总应该跟他说点什么吧，却不知如何开口。

“你是学生吗？你到哪里下车？”棒球帽男孩看着我，先说话了。

“对，我是学生。最后一站下车。”我的声音有些沙哑。

“太巧了，我也是最后一站。”他有些意外与兴奋。

“哦。”我很镇定，随意应和了声。只是觉得这车上最后一站下车的人多了，没什么巧不巧的。

“你看起来不高兴，声音也哑掉了，你是病了吗？”他关切地问。

我嫌他有点烦，没回答，只是侧过头看着窗外。

“你上大几了？”他似乎没有觉察到我对他的反感。

我回过头看着他说：“平时你很喜欢跟女孩子搭讪吗？”

“也不是，主要是看你面熟。我好像在图书馆遇见过你。那天我坐你对面，你的笔没墨了，我还借给你笔了呢。后来，你接了个电话，笔没还给我就急匆匆地走了。”棒球帽男孩有板有眼地跟我讲述着某天的相遇。

我努力在我的记忆库里搜寻这个人。原来，我还欠了他一支笔。

“哦……我想起来了，我前两天上课还在跟同学说，我包里怎么多了只非常精致的蓝色外壳的水性笔。那笔不便宜啊。原来是找你借的啊。瞧我这记性，对不起，真不好意思。”我瞬间清醒了。“你给我个电话号码，明天我把笔还给你。”

“没关系的，笔就送给你了。但是电话要留的，这么巧碰见。缘分来了，逃也逃不掉。”棒球帽男孩说。

"什么?"我不知道他想表达什么。

"哈哈，跟你开玩笑的。交个朋友吧，我叫戚鹏程，戚家军的戚。"他诚恳地看着我。

"确定不是外戚的'戚'吗?"我也被他阳光的性格感染了，我喜欢听他爽朗的笑声。

"哈哈。原来你会笑啊，一直见你板着脸，都不敢跟你说笑。你叫什么?"棒球帽男孩问。

"姜墨兰，姜子牙的姜，笔墨的墨，兰花的兰。"我说。

"真好听的名字，你父母一定希望你蕙质兰心。"棒球帽还算有些学问。

"是啊。父母的希望总是美好的。你的名字也好听啊。戚鹏程，你的父母一定是想让你鹏程万里，有个锦绣前程吧。"我也拿他的名字分析起来。

"很高兴正式认识你，姜墨兰同学。"戚鹏程向我伸出了他的右手。

我打了一下他的手，"握手就不必了，别想占我便宜哈。你这样的大帅哥我见得多了，这点小伎俩。哼！……"

"哈哈。你挺有意思的，你五一也没回家吗?穿这么漂亮是去干吗?"戚鹏程扫了一眼我的着装。

"做兼职赚钱啊，在商场做促销礼仪卖手机。明天还要来一天。"突然想起明天还要坐30站的590公交车到航空路，然后踩一天的高跟鞋，我顿时深深地叹了口气。"你呢，你在航空路干吗?"

"我家在航空路。寝室里几个室友是外地的，五一放假都没回家，也没去旅游，天天在寝室里打CS。今天有个室友生日，他们给我打了几个电话，想去网吧集体包夜玩'完美世界'。"提起游戏，戚鹏程眼睛都绿了。"是不是女生都不喜欢男生玩游戏?"

"也不是，主要是我五一在辛苦地卖手机，听到你们打游戏度日，太不公平了，心里落差好大啊。"我努力挤出脸上的笑容说。

就这样，我们一路说笑着，不知不觉到了茶山刘终点站。

第二天的早晨，我接到了戚鹏程的短信："姜墨兰同学，你出门了吗?"

"没有，有事?"我回复。

“太好了，我在590公交车茶山刘站等你。别忘了穿双平底鞋，高跟鞋用袋子装着，到现场再换吧。”

一早收到戚鹏程的短信，我很意外。

等我出了公寓的大门，向茶山刘公车站走去的时候，远远地看到戚鹏程穿着昨天那身白色的耐克运动服站在那里，手里像是提着什么。

“嗨，你一大早是要去哪里？”我走到他面前打了声招呼。

“回家啊，你忘了我昨天跟你讲过，我家在航空路。”戚鹏程给我眨了下眼睛，往我怀里塞了一袋东西，“没吃饭吧？里面有热奶茶、热豆浆和生煎包。想喝哪个随便挑。先把包子吃掉，不然等会上车有味道。”

“你？”我本想问他怎么知道我没吃早餐，转念又觉得这个问题好傻。低着头一声不响地开始吃起来。“谢谢！”

又一辆590路公交车来了。戚鹏程见我吃得差不多了，说：“我先上去占位置，不急，你慢慢吃，最后一个上来就行。”

说时迟那时快，戚鹏程的腿够长的，眨眼的工夫就到车上了，他将头伸出窗外，一只胳膊肘撑在窗户沿上，向我打了个响指，对我说：“墨兰，上来吧！”

“你刚才叫我什么？”我快步上车坐到他旁边。

“墨兰啊？叫墨兰亲切。”他笑嘻嘻地说。

我掩饰不住心里的喜悦，说：“好，就叫我墨兰吧。”

这棒球帽真是见人三分熟，他热情、阳光、话痨，但不讨厌。

车子启动了，武汉早晨9点的阳光已有些强烈，让人不免有点聒噪，我用手挡了挡阳光。鹏程站起来让我跟他换个位置，他摘下棒球帽扣在我头上，脱下耐克外套坐到靠窗，并用右手撑起外套罩在玻璃窗户上，为我遮住阳光。

我被他细心的举动折服，羞涩地涨红了脸。我们相视而笑，什么话也没有说。但这一幕深深印在了我的脑海里。我曾试图努力地去遗忘，但每次坐在车里，有阳光洒进来，这个记忆就会被无情地唤醒，压迫我的神经。

如果第一次相遇是缘分，那么第二天早上在590公交车的相遇就是鹏程刻意为之。

在航空路下车后，我去了商场上班，而戚鹏程回家几乎睡了一天的觉。下午 5 点戚鹏程给我打来了电话问我几点下班。我说："不会又凑巧，你要跟我乘同一班 590 公交车回学校吧？"

"不是，不是，我是想去找你，请你吃饭，喝莲藕排骨汤……然后确实也是要回学校。"戚鹏程一点也不掩饰他的用意。

"你怎么知道我一定会答应你？"我故意卖关子，可听到莲藕排骨汤的名字，我的口水都要流出来了。

"你们郢中人不是喜欢吃莲藕排骨吗？如果你不喜欢，我们也可以换一家。"戚鹏程竟然连我喜欢吃莲藕排骨都知道，印象里我从未跟他提及。

"戚鹏程，你是不是打听我了？"我越来越疑惑。

"墨兰，别浪费电话费了，行么？见面我告诉你。"戚鹏程卖了个关子。

"好吧，本来 6 点下班，今天五一最后一天活动，生意好，我想多卖几部手机。"我想了想还是决定多赚点钱。

"你不是做礼仪嘛？怎么还卖手机呢？"戚鹏程有些好奇。

"T 台展示 2 个小时一次，一天 4 次，每次一小时。一天挣 200 块钱。其它时间我都在这里干等着，我就跟经理讲让我加入促销员的队伍，卖一部手机提成至少 30 块。我今天已经卖了 11 部手机，回头我请你喝莲藕排骨汤。"我兴奋地跟他秀我的业绩。

"那你准备几点下班？"戚鹏程着急地追问着。

"争取再卖四五部吧，5 点到 7 点正是吃饭的时间，商场里的人流高峰期。你有事就先回学校吧。"我担心耽误戚鹏程的时间。

"瞧你说的，那这样吧，7 点我准时到商场去接你，我们先去司门口喝排骨莲藕汤。然后一起回学校，不见不散，路上有个伴，不然 30 站公交车多无聊。"戚鹏程坚持要跟我一起回学校。我是再找不到拒绝的理由了。

戚鹏程穿好衣服，叫上他们家的司机出门了。他到了商场门口看着我正在热心地跟来往的人群介绍手机。他让司机下车径直向我走来。

"小姐，你们这手机五一优惠活动吧？"一个穿着讲究的中年男子走到我眼前，拿着展示台上的宣传单问我。

“是的，大哥，您现在买可划算了，这是今年的最新款，买手机还另送100块话费，待机时间相当长……”我像打了鸡血似的浑身充满了能量，滔滔不绝地跟中年男子介绍手机的功能与优点。

“这样，我们公司正好要买一些员工办公用。我订20部吧，有额外优惠吗?”中年男子平静地问我。

“20部?”我没听错吧?“大哥，您要20部?好，我马上去找经理给您申请优惠。绝对有优惠，经理若不给，我都不答应……”我转身喊经理过来，心里高兴坏了。

中年男子刷卡付了款，开好发票，办好手续离开了。我送走客户后，激动地在原地蹦蹦跳跳，成就感爆棚。

我光顾着开心却不知道，这人就是戚鹏程爸爸的司机，而那20部手机也是戚鹏程让司机来买的。

那时的我对鹏程一无所知。

晚上7点，戚鹏程如约到了商场门口来接我，我们有了第一次约会。

戚鹏程带着我去武汉著名的小吃一条街“司门口”百年老字号的小店喝排骨莲藕汤。这是湖北人用特有的砂锅铫子熬制数个小时，煨制出的香醇美味的浓汤。排骨的油脂已经从铫子的小孔渗透出来，看上去砂锅铫子上面像是积了成“厚油”，所以锅里的汤才不油腻。莲藕粉粉的，藕断丝连，跟郢中丫姑镇池塘里的藕是一个味道。

我尝了一口向小店老板竖起了大拇指。戚鹏程递给我一张纸巾，笑着说：“你慢点吃，小心烫。脸上都是藕丝。”

我一个晚上都在逼问戚鹏程怎么知道我喜欢吃莲藕排骨汤，怎么知道我是郢中人，他在我的再三逼问下告诉了我实情。

“墨兰，其实很早我就认识你了。第一次见面是在大一的下学期，学校演讲比赛的决赛现场，我在台下望着你，你没有穿职业装，也没有穿正式的裙装，而是独树一帜，穿着一件黑色的T恤配白色的牛仔裤，梳着马尾，非常地自信与干练。”

我惊讶地望着他，放下了手里的碗筷，静静地听他讲述我们的故事。

“你的演讲题目是《宗教在中国何去何从》。你用你的奶奶‘安详的死去’为开头，讲述宗教与信仰问题，引起了我的注意。从来没有一个漂亮的女孩子会像你一样去深刻地关注、剖析与批判中国人的宗教信仰问题。我还以为你是哲学系的，没想到你是新闻系的大才女。”

“演讲比赛一结束，我就匆忙跑到后台参赛队伍里去找你，很想认识你，可你已经骑着自行车走了。我追你的自行车追了一段距离，可你骑的实在太快了，风一般的女子，转弯就不见了。”

“后来我们在校园里见过很多次面。有一次我跟室友 3 个哥们从篮球场出来，你骑着自行车从我面前飞驰而过。那天你穿着一条白色的连衣裙，裙摆很大，长发飘逸，我看得入迷一不留神撞倒了一排车。哥们儿笑话我，问我你是谁。我说‘你们不准打她主意。’”

“再后来，我们在食堂里碰见过好几次，只是你从来就没关注过我。即便我在食堂里吃饭，故意坐到你和你同学的旁边，你也没瞧过我。墨兰，我太失落了。我的外在条件、内在条件都不差啊，学校那么多女孩围着我转，可你都懒得看我一眼。”

“还有，怎么会有人的考勤分是 140 分？期末考试后，学校宣传栏那里有你拿一等奖学金的照片，当时我记得很清楚旁边的文字介绍里写着考勤分 140 分，你从来没有旷课、迟到、早退么？要知道你们系考勤分排名第二名的只有 115 分，我的考勤分勉强及格 90 分。”

戚鹏程讲述跟我相识的这些细节时，我的脸瞬间变成了熟透的柿子，低下头不敢看他。我从来没有过如此激烈的心跳，像是被施了魔法，不受我的头脑控制。

若这就是爱情，戚鹏程唤醒了我沉睡的心。

我想到了于军，戚鹏程跟于军是截然不同的两个人。

于军是呆板、木讷的；戚鹏程是阳光、性情的。

于军是沉闷、傲慢的；戚鹏程是风趣、随和的。

于军满脑子是数理论据和化学方程式；戚鹏程酷爱运动、音乐和游戏。

他们同样专注于自己的兴趣；

但“我喜欢你”对于于军而言，是吝啬的语句，宁可错过，也从不出口；

而戚鹏程，他似乎更懂得我需要什么。

戚鹏程接着说：“你是新闻系的大才女，又是校报的编辑，很多人都知道姜墨兰这个名字。一个月前在图书馆我坐在你对面，那也不是巧合，我承认是我看见你进了图书馆，故意坐在你面前的。”

“我有你们班的课程表，而且我打听到你在校的大部分时间都是泡在图书馆。那天，我见你的笔没了墨水，皱了下眉头。所以才自告奋勇把笔借给你，其实我当时内心挣扎很久，特别紧张，本想跟你说两句话，结果你电话来了。你拿起书和笔急匆匆地背着包就走了。我想喊你的名字，但怕耽误你的事。”

“那昨天 590 公交车也是你故意的？你跟踪我？”我有些担忧，如果戚鹏程是个跟踪狂就太可怕了。

“不不不，我发誓，昨天晚上碰见纯属巧合，就是缘分。所以我才说，缘分来了，躲也躲不掉。”戚鹏程一脸严肃地做出发誓的动作。

“墨兰，你为什么不喜欢富二代、官二代？学校女同学们巴不得倒贴找个富二代男朋友呢。”戚鹏程貌似对这个问题很想探个究竟。

我说：“坐享其成、趋炎附势、攀龙附凤之人有什么好炫耀的。你怎么提起富二代了？有点影响我食欲。”

“哎，我是看你的文章啦。去年你在校报上发表了一篇言辞犀利的文章抨击富二代、官二代，我可不想当纨绔子弟被你骂得狗血。”戚鹏程笑嘻嘻地又往我碗里夹了一块藕。“快吃，吃完了我们赶紧回学校，我还有点事情。”

喝完汤，走出小店，我们同行去乘公交车，戚鹏程突然结巴起来，像是有什么难言之隐。“墨兰，还有，这个……那个……”

“有话就说，我的心脏还算强大。你这一晚上都说了这么多让我瞠目结舌的话了，还怕继续爆料刺激到我啊？”我看他欲言又止。

“本来我是不想在司门口这地方跟你表白的，太没创意了。我是想……”戚鹏程急得吞吞吐吐。

“你想干吗?”我越发好奇了

“要不，我们回学校吧，回学校你就知道了。”戚鹏程一脸神秘的样子。

回学校的路上，我们两个人并排坐在公交车里有些尴尬。不像昨天那样自然的谈笑风生，谈论古今。为了打破略显沉闷的气氛，戚鹏程拿出他的MP4，递给了我一个耳机，我们只好选择沉默，在公车上听起了音乐。

耳机里传出张栋梁的《当你孤单你会想起谁》，我们俩相视一笑，看得出来他有些紧张。“我还是换首歌吧。”他慌慌张张地按下MP4的“下一首”。

耳机里又传来光良的《童话》，他的脸涨得通红，在我耳边说:“不好意思啊，我存的都是流行歌曲，与情啊爱啊有关。”

我想笑他傻，说:“没关系，我挺喜欢光良的，就听这个吧，别换了。”

我想继续跟他聊耳机里播放的流行金曲，或者聊聊八卦新闻，但是始终难以启齿。

好几次，他也想开口，扭头看了我几眼，又欲言又止。

我的左手握着我的包，与他的右手只有20厘米的距离。我知道，两个小时的车程里，鹏程的内心一直在挣扎一件事情，他无数次地想牵我的手，慢慢地向我的左手移动，可担心我会生气，他又缩了回去。

他时不时地还背过身给室友发短信，而我的脑子懵懵地，坐在他旁边心扑通扑通地乱跳。“刚才，这个有趣的棒球帽男孩，在司门口的藕汤店里跟我表白了吗?”

等我们在终点站下了车，戚鹏程径直带我去了学生公寓里南湖边的一处草坪。只见草坪上摆着很大的一个心形，由无数盏小彩灯组成，灯光颇有节奏感的一闪一闪，远远看去很是耀眼。走近发现，灯光中间是个“兰”字，兰字旁边放着一大束由兰花和玫瑰构成的花束，花的下方还压着一封信。

我慌乱地有些缺氧，知道戚鹏程真的是在向我表白了。

我忐忑不安地缓缓走到“兰”字那里，捡起草坪上的信封。这是戚鹏程给我写的情书，字迹工整，语言朴实，里面的内容差不多描述的就是他在司门口跟我讲述的那些遇到我的每一个瞬间。他还提到，校报上我写的每一篇文章他都会逐字逐句地看。他会把那些文章剪下来，做成简报册，珍藏在自己的抽屉里锁起来。他幻想着，有一天把简报册当作礼物送给我。

原来，这个阳光大男孩还有如此细腻的一面。

我借着心形的灯光认真地看着信里的一字一句。这些字句就像火焰似的融化了我冰封已久的心。

突然，音乐声响起。戚鹏程弹着吉他，含情脉脉地唱着《老鼠爱大米》向我走来：

我听见你的声音，有种特别的感觉，
让我不断想，不敢再忘记你，
我记得有一个人，永远留在我心中，哪怕只能够这样的想你，
如果真的有一天，
爱情理想会实现，我会加倍努力好好对你，永远不改变…
不管路有多远，一定会让它实现，
我会轻轻在你耳边，对你说，对你说，
我爱你，爱着你，就像老鼠爱大米……

不远处草坪上三三两两散步的同学们听到吉他声，也陆陆续续围了过来。

我的心跳越来越快，耳朵根也红得发烫，腿和脚似乎不属于自己，完全迈不开脚步，一动不动地站在原地看着围着我唱歌的鹏程。他在告诉我，他爱我，就像老鼠爱大米。我既紧张地不知所措，又似乎幸福地不知东西南北。

《老鼠爱大米》这首2004年发行的神曲成全了我和鹏程的爱恋。

戚鹏程唱完歌，拿起草坪上的那束花，单膝跪地在我面前，语无伦次地对我说："墨兰，做我的大米吧，不，做我的女朋友吧。我知道，你可能还不了解我。没关系，我给你足够的时间查我。祖宗十八代我都给你查，绝对政治立场坚定。你也许会认为我变态，是个跟踪狂，但是我希望你能理解成这是一个痴情的爱慕者看到心仪对象后的正常反应。我那天在台下听你演讲，见到你的第一眼就明白了什么是爱情，请你考验我！我愿意接受墨兰同志的检验。"

"谁要查你祖宗十八代啊？说得跟入党宣言一样。起来吧！"我真想瞬间

七十二变或者隐身，围观的同学像动物园看猴子似的盯着我。

“你不答应我不起来，反正这么多人都看着呢。我的痴心日月可鉴，南湖为我作证。”戚鹏程的眼神坚定而期盼，似乎不到黄河心不死。

“行啦，起来呀。我暂时同意，给你两个月的考察期吧，看你表现。合格就做我男朋友。”其实，我有些被戚鹏程的告白逗乐了，捂着嘴想笑又不敢笑出声来。这家伙连南湖都扯上关系了。我看围观的人越来越多，这么傻傻站在这里也实在难为情。答应他也是权宜之计。

“啊？还要两个月啊？我都暗恋你一年多了。暗恋你懂不懂？我都快由‘相思病’变成‘神经病’了。”戚鹏程瘫坐在地上，装作一副可怜的样子。围观的同学哈哈大笑起来，还有人在鼓掌叫好，为他打气，“哥们儿，加油啊”。

我把手伸过去，拉他起来，说：“再顶嘴，额外加两个月考察期。怎么能跟组织讨价还价？看来你的觉悟还不够高。”

“行，我接受墨兰考验。”戚鹏程见我向他伸出了友好之手，高兴得快疯了似的，利索地一跃而起，在草坪上跳起了 Hip-pop。

顿时，南湖边响起了欢快的音乐，围观的同学们也纷纷加入进来，一场告白演变成了校园舞会。戚鹏程的三个室友哥们儿还从公寓的小卖部搬过来两箱饮料，说：“大家畅饮，哥们儿请客！甭客气！”

深夜，人群渐渐散了。湖畔的杨柳随风飘动，五月的南湖风吹得人很惬意。我们坐在湖边，听着音乐，仰望着天空，浩瀚的星空里挂着一轮明月，月亮倒映在南湖里，为这浪漫的夜晚增添几分诗情画意。远处的路灯、霓虹灯、高楼大厦里的照明灯构成南湖夜景的人文景观，让这个夜不那么黑暗，倒是多了些和谐的美感。

戚鹏程拉着我的手，在我的脸颊轻轻一吻，说：“墨兰，这是我长这么大最快乐的五一节，从来没有像今天这么开心地快要窒息。暗恋一个人很痛苦，以前只是远远望着你，现在你坐在我眼前了，宛如梦境。从此，请让我好好地照顾你。”

他面对着广阔的南湖，站起来像是使出浑身的力气大声呼喊着：“墨兰，我爱你，就像老鼠爱大米，五一快乐！”

远处南湖的另一边响来回声，附近的几栋学生公寓里也瞬间传来了同学们的口哨声、欢呼声和掌声。

完了，明天我姜墨兰真的要上学校新闻头条，党支部书记要找我谈话了，这烦人的棒球帽！可知在校恋爱须低调？

鹏程骑着自行车每天载着我在校园里穿梭。为了赚更多的钱，我说服商场的经理让我做了手机的小代理商，在学校里卖手机。

一天晚上我在鹏程寝室里帮他写英文作业，他从书包里掏出一个盒子给我。打开盒子，是两部一模一样的摩托罗拉手机。

“这手机哪里来的？是让我卖？”我颇为不解。

“小财奴，净想着卖，我买来送给你的。我们俩一人一部。你销售手机的人还用‘小灵通’，岂不让人笑话？”鹏程说得有几分道理。

“你也不跟我商量一下，乱花钱，这新款摩托罗拉要好几千呢。你哪里来这么多钱？”我追问他。

“打游戏赚的啊。我卖些游戏装备就行了。”他自豪地说，“这可是我人生赚的第一笔钱，打了好几个月的游戏，卖了一万多。买了两部手机五千块，省下的七千你存着做学费吧。”

“一万多，玩网络游戏能挣这么多钱？那你教教我？”看来我对自己的男友要刮目相看了。

“那得看谁玩。我从小玩到大的，属于战神级别。你就算了，好好学习，帮我写作业就行。”鹏程取笑我说。

“那这钱我不要，我有奖学金，爸爸今年生意有起色，能帮我承担些的。”我不好意思拿鹏程的钱。

“傻瓜，我怎么说你好，你是不是我女朋友？还是准备另外找男人？”鹏程故意刺激我说。

“你瞎说什么呢？”我瞥了他一眼。

“如果你把我当男朋友，你就拿着。除非你心里有别人，是不是那个清华大学的于军啊？”他得寸进尺地调侃起我来。

“又在胡说八道啦，你明知道于军是我死党。”我跟鹏程多次提到过于军的名字，讲述我跟于军的童年往事。

“总之呢，你拿着我开心，有那种男人的成就感。你不拿就是羞辱我，说明没认可我这个男朋友。”鹏程用真诚的目光注视着我，期待我的回应

“好，不过，下次别买这么贵的礼物了。五千是我半年生活费呢。”我噘着嘴巴有些心疼，但还是幸福地给了他一个大大的拥抱。

每年的六月第一周是学校一年一度的“寝室文明风采大赛”，这一周被男生们称为“黑色七日”。每年的“黑色七日”都会在男生寝室和女生寝室分别评出最佳风采寝室十名和最脏乱差寝室十名。最佳寝室除了获得校方的物质奖励，寝室图片还会被制作成精美的海报，张贴在学校的宣传栏，甚至刊登在学校报纸和杂志上。除此，他们还享有一项特权，就是惩罚“最脏乱差寝室”为“最佳风采寝室”所在楼层打扫卫生、拖地一周。

大赛进行的那一周，学生公寓里每个寝室的卫生分数会公布在学校的宣传栏里，对于男生们来说，这是场噩梦，因为最脏乱差的寝室图片也会被公示；但对于女生们来说，确是争相显摆自己寝室、成为学校名人的机会，很多女生都会想方设法精心装扮自己的寝室，她们并不甘心只是保持单纯的卫生整洁，她们会为自己的寝室设计主题，贴满装饰墙纸，挂满千纸鹤，摆上装饰品，例如，地中海、hello kitty 风格、粉红梦幻风格都是女生们在寝室文明风采大赛中常出现的格调。

女生们认为，自己的寝室如果上了学校“脏乱差光荣黑榜”，那就注定她们从此在校园里要臭名昭著，低着头走路了，恐怕连男朋友也要离自己远去。

我没想到第一次去鹏程的男生宿舍是以“大赛评委”身份进去检查寝室卫生。2005 年 6 月 1 号，我作为校学生会宣传部部长和其他评委一起走进了男生宿舍楼，突击检查男生们的生活环境。用鹏程的话来讲，这是我打着检查员的旗号，利用特权之便视察他的个人卫生。他说他不会让我失望，他要给我这个“当官”的女友部长争光，要拿“寝室文明风采大赛”的男生组冠军。

我说，你吹牛不打草稿，我等着看你的好戏，别到时候臭袜子、臭鞋子到处都是，让我难堪，或者全都塞到一个袋子里敷衍评委。

虽然是六月的第一天，但是大部分的男生们人心惶惶，他们摸不准评审团队会什么时候进行突击检查，所以每天必须时刻警惕穿好衣服，铺好床，不能像以往一样在寝室里裸奔，或者打牌、看色情影像。

几天过去了，我还是没有去鹏程他们寝室。他约了我一起上晚自习，可是当我姗姗来迟却见他在教学楼下坐着发呆。

我说，你不是去占位置了吗？

他说，甭提了，我今天为了找一个安静的教室，把整栋楼都跑了一遍，有些同学真是脑筋里缺根弦，两个小情侣在里面卿卿我我把门反锁，占用了整个教室，我敲门都不理我。

我说，你还不是一样，上次咱俩上自习的时候你还不是霸占了一个教室。

他说，我那怎么叫霸占呢？我是正当的“说服”，我是一个个“说服”亲爱的同学们我要和我的女朋友在教室里讨论一个关键问题。

我说，什么关键问题，你分明是骗人家说你要告白，我都听见了，当时笑笑没吭声而已。

他说，这都被你知道了，嘿嘿，我还不是希望能和你单独相处一会儿。

我说，所以呢，你也不要怪那对把门反锁的情侣了，将心比心。走吧，还是想想我们去哪里呢？

他说，去你们校报编辑部怎么样？你的办公室我还没去过呢。

我说，你还真是会资源利用，行，不过，我不敢保证那里没有人哦。

他说，总不会也是反锁吧。不过反锁也没事，咱们硬闯，你有钥匙怕什么。

我说，戚鹏程，你知道我最佩服你的是什么么？

他说，最欣赏我什么？

我说，拜托，我说的是佩服，不是欣赏。

他说，在我看来都是一个意思。快说啊，欣赏我什么。

我说，头脑太灵活了，诸葛亮都敌不过你。

他说，那三个臭皮匠呢？

我说，哇噻，你脸皮真的太厚了，比长城的城墙还厚。

他说，你好无聊哦，还量过长城的厚度？

我说，我问了李彦宏，找了“百度”姐姐。

他说，那是多少？我提醒你哦，上次我和你去上课，你们新闻学教授说什么来着，念新闻专业的人一定要注意数据的真实性，真实、客观是你们新闻工作者的职业操守。

我说，你？胡搅蛮缠！反正城墙没你的脸皮厚。

他说，那真不幸！怪不得孟姜女几滴眼泪就把长城哭倒了，也怪不得外敌入侵攻破长城易如反掌，原来是城墙太薄了。

我气得在校园里追逐着打他。

远远地我们看见编辑部的办公室里没有灯光，他拉着我的手走得更快了，说，运气不错，编辑部没人，快走墨兰！

我说，等会我在编辑部处理下几个稿件，你在旁边老实做英文习题，不会的题就和上次一样划圈，我最后统一给你答疑。为了英文四级，你一定要用功奋斗。

他说，恩，墨兰放心吧，我与英文四级誓死同归。

我说，什么死不死的？

他说，我是说有了墨兰的帮助，我一定会战胜四级，鹏程必胜！鹏程必胜！

我说，说得跟战胜非典一样，四级有那么恐怖吗？

他说，你也知道，我除了认识游戏上的英文单词，此外就是会几句 I love you，your are beautiful，什么也不会说啊，最近确实辛苦姜老师了。

我说，少贫嘴，对了，你们寝室卫生打扫了吗？

他说，兰，说到这个话题，我不得不说你这分明是折磨我，长痛不如短痛，你就不能痛快点，建议你们检查团先去我们那一层楼么？这都四天过去了，还没轮到我们寝室。

我说，不行，谁让你五一节告白的时候那么嚣张，现在几乎全校的同学都传闻你是我男朋友，我可不能偏袒你。

他说，那我把寝室照片给你看看，你给我提提意见，其他男生寝室有没有我们这么有创意。

我说，不行，我不看，我不看。我不能徇私舞弊跟你透露半点风声，那可都是机密。

他说，这不行，那不行，你肯定故意的。

我说，我对你要求又不高，只要干净整洁就行，是你自己要争什么第一。

他说，咦，我不都是为了给你这个宣传部长争面子吗？况且你第一次去我寝室，不管怎么样，我都希望你能记忆深刻。

我说，打住，我怎么听到“记忆深刻”这个词就浑身冒汗呢，有种心跳加快的感觉。

他说，哈哈，我是说我的才华，我的创意能力。

我说，少臭美吧你，回头看了我再评价。

他说，那你给我指点指点，女朋友总得担负点女朋友的责任吧。

我说，什么叫女朋友的责任？

他说，就是温柔娴熟的伴君侧，替君分忧。

那晚，校报编辑部里果然没有人。我打开门和办公室里的灯，让鹏程坐在其它办公桌上做英文四级的习题，我敲打着键盘开始工作。

他时不时地偷瞄我两眼，每次他刚张开口，我就说，想聊天就打住，想喝水那有饮水机，想上厕所出门左转。

他说，我只是觉得你安静的样子很美。

我听完朝他扔过去一个纸团，说，看来战胜英文四级的前提是战胜美色，这样吧，你留在这里做题，我回寝室。

他说，别啊，我认真，我一定认真对待。你可知道，战胜美色和战胜英文四级一样难，你这是要我的命。

我说，鹏程，你要是今晚能在八点前完成这一套英文习题，我们就可以一起去吃麻辣烫，你觉得这个主意怎么样？

他说，好啊，一个半小时呗，还要写英文作文吗？

我说，当然咯。

他自言自语地说，反正写不写都一样，我也只会那么几句模板的固定格式，随着社会的发展……有的人认为……有的人认为……而我认为……首先、其次、然后、最后……

我尽力憋住没有笑，说，还有一个要求，选择题不准抓阄。

他说，知道啦，我的姜老师，大四毕业之前我一定能过英文四级！

他终于安静了，撑着腮帮子开始做题，一分钟、两分钟、十分钟、一个小时过去了，办公室里的时钟滴滴答答地走着，他的笔尖在试卷上沙沙作响，我知道他开始写作文了。我伸了个懒腰，活动了下脖子，其实，看着他皱着眉头的样子，我莫名的有些骄傲感。除了玩游戏，这个大男孩很少这么安静，我夜里梦见他也是他在叽里呱啦地说个不停，活蹦乱跳地打篮球、跳街舞。他每天都出现在我的生活里，公寓楼下、食堂、教室、图书馆、公车站，渐渐地我习惯了他陪伴在我身边，渐渐地我发现我爱他，胜过爱我自己。

鹏程把习题试卷递给我的时候，我恍惚了几秒。

他说，兰，怎么了？盯着我看什么？

我说，看帅哥啊，第一次发现你挺帅。

他说，那是，迷住你了吧，你绝对赚到了。学校多少红颜为了我黄河绝恋，穷追不舍，独爱我一人……

我说，行了，行了，我夸你几句就行了，你还真是无耻得坦荡荡、皮厚得惨戚戚。

他说，嘻嘻，这个评价中肯。你的稿子修改得怎么样了？

我说，正好你过来帮我看看这个排版行不行？

他说，排版我觉得挺好，这期的第三版“校园论坛”选题是“以博客为代表的新媒体崛起”？

我说，对啊，这周学校广播站联合校报编辑部讨论“博客在中国的发展问题”，包括博客的商业模式、企业博客的运用、门户博客竞争等话题。新媒体竞争日趋激烈，伴随互联网的发展，有人预计报纸、杂志等纸媒会在不久的将来消亡，你说博客现在这么火，它的生命周期会不会昙花一现？MSN、

QQ 会不会哪天就没了？

他说，难讲，但我觉得它会被更适合用户需求的社交媒体形式所取代，毕竟要用发展的眼光看问题，没有什么是永远一成不变、一统江湖的。就像我手里的游戏机，款式越来越多，功能越来越强，内存越来越足，游戏的内容性和故事性也越来越丰富。所以，我认为，无论是个人还是企业，革新意识和危机意识一定是头脑里最重要的思维。

我说，哟，有见地哦，你们计算机系的男生都这么有内涵么？

他说，切，小瞧我啊？

我噗哧一笑，他是个有想法的青年，若他内心的小宇宙一旦爆发，一定会发挥出惊人的力量。

他说，走起，麻辣烫咯！墨兰，今天你必须请客，让我吃一次软饭吧，犒劳下我完成了一张英文试卷。

我说，行，小意思。你收拾下，我去隔壁广播站打声招呼，好像里面有人在加班。

他说，宣传部长要去慰问一线工作人员啊？那我这个家属可不可以随行，顺便到广播站给你点首歌？

我说，拜托，你想给我点歌能不能神秘一点，你都告诉我了，就没惊喜了。

他说，OK，OK，下次给你惊喜，这次引荐我认识一下。

我说，不行，如果是女主持人、女记者，就免谈；如果是站长、男主持人在里面，我倒是可以介绍你认识。

他说，女主播妮妮是我初中同学，还用你介绍啊？

我说，你同学？怎么从来没听你说起妮妮？

他说，怎么？生气了？我发誓我和她只是认识而已，当然还存了她的电话号码。

我说，你？岂有此理！

他说，哈哈，逗你玩的，不过我喜欢看你为我吃醋的样子。

我说，谁吃醋了？

他说，你闻闻，闻到什么没？办公室的空气里醋味浓浓，但是这里只有两个人，我没吃醋，当然是另外一位咯。

我说，你？出去，出去，不吃麻辣烫了。

他说，哈哈，她是我室友肖冲的女朋友，准确点说追求对象，嘘，不要告诉别人，我介绍他们认识的，肖冲追妮妮都一年了，但是妮妮有些傲慢，所以两个人还没走到一起。

我敲响了广播站办公室的门，里面果然是妮妮和另外一个值班的编导。

鹏程突然搭着我的肩膀搂着我和妮妮打招呼，他说，老同学，这下好，不用我介绍了，你和墨兰认识。

妮妮好奇地看着我和鹏程，说，你们是？

鹏程说，对，在一起了，我追到墨兰了。

妮妮说，恭喜你啊，看来传闻是真的啊。你终于把我们姜部长、姜主编追到手了，墨兰，以后我们是不是亲上加亲？我是鹏程的老同学啊，以后学生会活动有什么需要主持的，一定要先想到我哦。

我不知如何回答，嫣然一笑，说，你的主持能力众人皆知，还用我推荐啊？8 点了，你们怎么还不下班呢？

妮妮说，明天早上的广播是我主持，所以提前练习一下，核对下稿件。

我说，那你们先忙，不打扰了，我们先走咯。

妮妮说，再见，墨兰，再见，鹏程。

走出广播站，我问鹏程，你和妮妮好像不止同学关系那么简单吧？

他说，我的女王大人，还真是瞒不住你的眼睛。

我说，你的演技太差了，还不坦白从宽？

他说，她一直暗恋我，但我不喜欢她，什么也没发生，你相信么？

我停顿了下，说，信！所以，你刚才刻意楼我的肩是在让她死心？

他说，对！

我说，那什么也别说了，快走，麻辣烫，我饿了。

他说，你不想问问细节么？

我说，你不喜欢她就是最重要的细节，其他都不重要，我又何必徒增烦恼？每个人都有过去，我不能阻止别人来喜欢你吧。相反，我倒觉得有这么多女孩喜欢你，更加证明你是有魅力的一个人，更加证明我的选择是正确的。

他愣了一下，骑上自行车载着我向校门口的麻辣烫小摊奔去，微风在夜色的路灯里吹起了我的裙摆，还有他身上的汗臭味。

他说，墨兰，这就是为什么我会爱上你的原因，跟你在一起一点都不累，我可以像风一样自由。

寝室风采大赛的第五天晚上 7 点，我和检查团走进了鹏程的寝室，他打开门欢迎我们的那一瞬间，我想我和其他五名评委都惊呆了，“哇，你们太有才”！

那是一个游戏里才有的“完美世界”，所有的床单被褥都是绿色系，寝室里被设计成一个缩小版的森林，床铺被装饰成大树上的树屋，墙壁上贴的是藤蔓和绿树成荫的墙纸。房间里一尘不染，干净整洁，还有淡淡绿叶的清香。

检查团的评委老师问，这是谁的创意？

三个大男孩推出了戚鹏程，说，他！

老师说，创意确实不错，但是费了不少钱吧？

鹏程紧张地回答，不，不，都是汉正街批发的。不贵、不贵。

老师说，创意确实不错，也干净，说明你们的态度端正，也花了心思，这点要特别表扬。这是冲着寝室大赛冠军去的么？

四个大男孩问，老师，您看我们这能得冠军么？

老师说，那得所有寝室都检查完，评比了才知道。不过，目前你们寝室最干净、最有创意，墨兰可以考虑下把寝室照片冲洗出来挂到宣传栏里表扬，但是学校不提倡你们花这么多钱来装饰寝室，所以也会扣点分。

四个大男孩说，别啊，老师，我们都是为了响应学校的寝室文明活动啊，就冲我们的认真和精心准备，怎么也能拿个奖吧。

老师说，好啦，还是要特别表扬你们的，但是不鼓励花这么多钱，得奖应该没问题，冠军难说。

我把鹏程拉到一边，问他，谁让你花这么多钱装饰寝室的？你哪里来这么多闲钱？

他说，四人平摊的，没多少，一人才一千。

我说，一千？四个人就是四千咯？我半年生活费都被你花掉了。

他说，不好意思啊，墨兰，我是不是惹你不高兴了？我只是……你知道我只是想让你引以为傲，怎么也不能让你这个宣传部长丢脸啊。

我说，你啊……算了，下次别这样乱花钱了。但是，寝室确实很漂亮，是我见过最干净、最漂亮的男生寝室。

他说，这叫投资回报率。

我说，切，又开始自夸了。

他说，你也回报奖励一下我呗？

我说，你要干吗？

他说，亲我一下，这边脸。

我一把推开他，说，别闹了，这么多同学呢，你怎么不知道羞涩？我继续检查寝室去啦，等会食堂门口见。

第 10 章
如若，寻爱，星星竹海

鹏程觉得我的大学生活有些乏味，大学不得不做的四件事情“逃课、挂科、重修、谈恋爱”里我只落实了一件事情就是谈恋爱。

他说，墨兰，你肯定是神，是外星人，140 分的考勤分，我的天，这是满分啦！你让我情何以堪啊？你的大学生活一点都不完整，挂科和重修好像对你有些残忍，不能因此没了奖学金，但是至少应该逃一次课吧。你的考勤分全新闻系最高，逃一次课、缺勤一次不会影响你第一的名次。你看你，除了上课、学生会的工作，就是去实习、兼职，但从来没有旅行过，我要带你逃课去旅行。

我说，打死我也不逃课。

他说，听你这么说，我更要带你去逃课。

一个周五的下午是两节政治课，他陪我去阶梯大教室上课，每节课一个半小时，课堂里的女孩子们在吃零食、看小说，更有甚者在编制手工艺品；男孩子们睡觉、玩游戏，更有甚者在偷偷下棋。

鹏程托着腮帮子说，墨兰，太没劲了，你确定你听进去了么？

我说，当然，教授在讲西方哲学史，政治与哲学是分不开的，多有意思。

他说，我真想看看你脑袋里都装的什么，怎么连政治课都这么感兴趣。

我说，听老师讲课啦，你尊重下老师好吧，要睡觉回去睡，你坐在我旁边睡觉影响我学习效率。

他说，好吧，我认真点。舍命陪女子。

我说，我可没让你舍命。

一节课过后他假装说他肚子痛，痛得脸都涨红了，我着急地陪他去校园医务室，不得已和老师请了假。半路上，他拉着我就往 590 路公交车站跑，他说，墨兰终于逃课咯！逃课万岁！

我说，受不了你了，你疯了吗？

他说，对，让你记忆深刻啊，大学里唯一一次的逃课是因为我，这样你就不会忘记我。

我说，我怎么会忘记你。

他说，我知道你不会，但不怕一万，就怕万一嘛。哦，解放咯，快点，要赶不上火车了。

我说，原来你早就算计好了。

那是我跟戚鹏程第一次出游远行，目的地是湖北咸宁的星星竹海。

戚鹏程说，夏天的竹海是避暑观景的好地方，枝叶婆娑，婀娜多姿，青翠欲滴。我一定会喜欢那里。戚鹏程掏出两张火车票，牵着我的手和另外一对要好的情侣，在武昌火车站坐上了去咸宁的火车。

我们到达咸宁旅店的时候已是晚上 8 点。四个人找了个饭馆随便吃了点盖浇饭，又去超市买点零食，就返回旅馆休息了。跟我住一个房间的室友莉莉是戚鹏程的高中同学，大学跟他又分到一个系，所以莉莉算是很了解他。晚上，我跟莉莉嗑着瓜子聊着天，问到戚鹏程的过去。

莉莉说："你别看鹏程行事低调，他可是典型的富二代。高中时，他过生日我们去他家里玩。哇，他们家厕所比我们家客厅都大。他还有个房间专门收集汽车模型的。他现在跟你在一起坐公交车，那是为了你改变的。他自己名下的跑车都有两辆，他爸给他买的，不过很少见他开出来炫耀。他高中的时候有段时间很调皮，天天不上课，整天泡网吧，还在网吧里跟同学打架，把人打残都住院了，学校差点把他开除。估计他老爹给学校送了不少银子。"

莉莉的话像是给了我当头一棒，整个人晕乎乎的，这是我认识的鹏程么？

我很难把富二代跟鹏程联系到一起。

“后来，我们才知道，他初三的时候父母离婚了。他妈妈有外遇，改嫁出国了，好像是高二的时候去了美国。你不知道吗？他可恨他妈妈了。”一晚上，莉莉都在跟我念叨鹏程的过去和家境。

我有些惊讶，戚鹏程从未跟我提起他的父母。我都怀疑莉莉言语里的那个鹏程是不是杜撰。

我印象里，他跟他妈妈的关系相当不错。他妈妈经常来学校给他送煲的汤、做的点心。虽然每次我都是远远地看着，但是我能感受的到他妈妈很爱他。没有几个母亲会隔三差五地往学校给儿子送饭菜。而且，每次他妈妈来坐的都是出租车，我也从未见他妈妈开专车来学校。我今天才知道，原来那是他后妈。

“墨兰，有句话我不知道当讲不当讲？我们都看得出来，戚鹏程对你是认真的，估计非你不娶了。知道这次出游为什么他要叫上我么？”莉莉知道我很恐慌，她直白地问我。

我摇摇头，越来越搞不懂戚鹏程为什么要瞒我，他对我来说就像一个谜，一个陌生人。

“因为，他希望你能进一步了解他，他在学校里不想炫富，但亲口跟你说他的家庭情况，又怕你误会。他妈妈走后，他跟他爸爸关系也闹得很僵。他妈妈出国后，他爸一个月内就娶了他后妈，当时同学们还八卦呢。从此，他就不太稀罕他爸爸给他买的东西。他很想把真实的他彻底地暴露在你面前，但又很矛盾，担心你这么优秀的女孩会在意他的家庭和过去的叛逆。你那么聪明，他安排我跟你住一起是有用意的，他料到你怎么会放过问我的机会？好啦，我睡觉了，我给你们坦诚相待开了头，算是完成任务了，剩下的你们自己把握吧。”

室友莉莉关灯躺下了，我却怎么也睡不着。

原来，鹏程并不是像我看到的那么阳光快乐。我突然有了一种不祥的预感，我跟他的感情不会风平浪静。

手机滴滴地连续响了好几声，是鹏程发来的短信。他说：

兰，是我拜托莉莉跟你讲的实情。你一定很惊讶吧。我是不想你可怜我来自于单亲家庭。

兰，我不是炫富，但我想向你坦白。我知道你瞧不起富二代，也讨厌官二代。虽然我不知道为何你如此厌恶。所以，过去跟你相处的四个月里我没有敢跟你开诚布公，非常对不起。但送你的手机确实是我打游戏卖装备买的。

兰，我是爱你的。我想带你去见我爸。每个周末能跟我一起回家吃妈妈做的饭菜。她虽是我的后妈，但很疼我。她曾经是我爸的助理，跟我爸做事20多年，看着我长大，所以，我很难开口叫她妈妈。因为我不知道到底是妈妈先有了外遇背叛了爸爸，还是爸爸先背叛了妈妈。

兰，不要认为我是孤独的，那是曾经。遇到你以后，我觉得每天都很快乐。

兰，睡个好觉吧。明天我带你去星星竹海看楠竹。一定要原谅我！

我看着鹏程给我的短信，心如刀割。我并没有对鹏程的隐瞒生气，因为我也未曾对鹏程彻底地坦白过。

我突然觉得在这茫茫人海，有一颗心跟我如此靠近，我能体会到鹏程在那个叛逆的年纪所遭受的打击，正如我当年的自我挣扎与救赎一样。他心灵上的创伤可能要留下一辈子的伤疤。那伤疤，深入到他的皮肤、渗透到他的六腑、穿入到他的骨髓，已然成为他性格、思维、价值观塑造的一部分，那伤痛是无论如何也无法弥补的。

我想了想，跟鹏程回了条短信："晚安，my boy，早点休息吧，明天一定是个更美好的开始。"

也许我和鹏程，对于彼此而言，正是在烦乱的孤寂生活中所呼唤的一个人。

第二天，我们四个人从咸宁市区包车出发去了汀泗桥镇星星竹海所在地。起初，天空中零零星星地下起了小雨，路有点滑，鹏程牵着我的手一步一步地往上爬。幸好是夏末，雨很快就停了。

我们一口气爬上了山顶，竹山的海拔并不高，只有700多米，与丫姑山的高度差不多。正如宣传上所说：登上氤氲蒙蒙的花纹山，居高临下，竹乡风光尽收眼前，远看“茫茫竹海，碧波排空，铺向天边，近看粗壮楠竹，苍翠挺拔，指云擎日”，每当山间微风吹起，那竹尾向空中扬去，像孔雀的尾巴，像翡翠的喷泉。

鹏程在山顶上搂着我，扭开瓶盖喂我喝水，他说：“我没想到你爬得比我还快！累不累？”

“你没想到的多了。小时候啊，我就是个名副其实的假小子，经常跟堂哥们爬树、钓鱼虾、放鞭炮。”想起童年，甚是美好。

“哦？你平时把心锁得太紧，像只刺猬似的。不过没关系，也怨我做得不够好。兰，以后无论发生什么事情我都陪着你。你的过去我不能参与，你的现在和未来可不能丢下我。”鹏程煞有介事地说，他指着万亩竹海，若有所思的模样，“墨兰，我觉得相比兰花，你更像竹子，外表看起来纤细柔美，素雅自然。其实骨子里外直中空，坚韧挺拔，内涵深邃，难以捉摸。”

我笑笑：“是吗？要不我改名字叫墨竹？”

“也行啊。墨竹，墨竹，不过墨竹没有墨兰好听。要么这样吧，以后写文章可以用墨竹做笔名。”鹏程闻着我头发，撩起我的发丝说，“瞧，连你的头发都是竹子的清香。”

“墨兰，你为什么如此反感富二代？每次看到有关富二代、官二代的新闻你也是嗤之以鼻。”下山的路上，我们去看了溶洞、奇石、古寺，在古寺休息时，鹏程终于还是问了我。

我心情沉重地坐在古寺门外的台阶上，拉着鹏程的手示意他休息。我靠在他的肩膀上，说：“我 18 岁生日那天，收到了奶奶去世的消息，她是我最爱的人，小时候爸爸妈妈工作忙一直奶奶陪我。那段时间我几乎崩溃，度日如年，高三的学习成绩也是一落千丈。好不容易熬到高考，回到家，知道发生什么了么？我爸破产了，因为一个官二代死在了我爸的 KTV 里，我爸的餐厅也被砸了。他被黑社会、官二代的爸爸，还有警察局逼得差点跳楼，我妈都昏过去两次。每天，看着爸爸酗酒消愁，妈妈在家念经，战战兢兢，如履薄冰，我就很难过。后来，爸爸被逼到了绝境，他变卖了我们所有的家产，遣散了员工，去了西安。爸爸年轻的时候曾经无数次想过离开郢中出去闯荡，可没想最终离开家乡确是因为那里容不下他，让他伤透了心。这就是为什么节假日，包括周末我都在做兼职打工的原因。我爸跟我说，世事难料，我得学会在这个社会上独立生存。我以前就是个富二代，过惯了娇宠的日子，吃穿住行用伸手找父母要就行。有一天，你发现什么都没了，家里债台高筑，连爸爸妈妈也可能会失去的时候，你就会无比痛恨那件事情给我的家庭带来的伤害。我时常想，如果不是那个官二代，事情会不会不一样？”

鹏程听完，紧紧地握着我的手在颤抖，说：“对不起，兰，我不该问你的。”

“不。说出来舒畅多了。几年过去了，也没什么想不开的了。爸爸说，他在44的年纪虚怀若谷，从头再来，钱财丢了但赚钱的本事还在脑子里，财富是可以再造的。一个人千万不能长时间的消沉。爸爸能做个好表率，我还年轻，又怕什么呢？只是，这件事情之后，我不再像以前那么快乐了。有了烦恼，有了忧愁，知道了什么是疾苦。性格较从前也稳重内向了些。”我看着面前的竹海，说得很平静。

时间已经冲淡了我对世俗的仇恨。

“所以，你就写了《18岁的日记》这篇文章？”鹏程问我。

“你看过我写的《18岁的日记》？那是大一的作品啊。”我对鹏程更加依赖了。

“怎么能不看，你校报上的每篇文章我都看，除了每期看你写的，其他人写的我瞧都不瞧一眼……不过，不跟你贫嘴，我坦白从宽。我是有次吃外卖，用校报垫桌子，无聊扫了几眼报纸，就瞅到你的《18岁的日记》了，那是我第一次知道姜墨兰这个名字。我特别喜欢文章里那几句诗：如若，迷失，梦归故里；如若，痴狂，身换霓裳；如若，如若，我还能是我；不偏不离，不恋不依，做好自己，心如涟漪。”

那一刻，我像是有了除于军外的另一个蓝颜知己，跟着鹏程不由自主地背诵起了我写的那首诗。

空旷的竹海里留下了我们嬉戏的笑声。“墨兰，我们也俗套一回，到此一游吧。”他说。这里的竹子会逐年地按照规划被砍伐，种植新的竹子。于是，他选择了竹林深处的一块岩石，在岩石的背面刻上了他和我的名字。刻完后，他用相机拍下了我们跟石头的合影。石头上面写着，“如若，寻爱，星星竹海。这是我给墨兰的 21 岁日记”。

我在竹林里奔跑，鹏程在后面追。那个年纪的我们过着阳光灿烂的日子，很容易陷入爱情，忽视脚下的疲惫，卸下肩上的负累，忘了曾经的不幸。

我们爱得盲目，爱得无畏，爱得没了眼泪。

可我却忘了一个人，于军，很久没有他的消息。人总要学会长大，长大后的我们不再像以前那般亲密。自从他有次电话寝室来找我，室友告诉他我去约会了，于军的电话从每周两次，变成了一周一次，一个月一次，现在我们已快两个月没联系了吧。也许，他在清华校园里也有了爱慕的另一半。

爬了一天的山，我们四个人都已疲惫不堪。

莉莉提出要去泡温泉。咸宁的温泉被誉为“华中第一泉”，就在星星竹海风景区内。我跟鹏程觉得大热天不太适合去泡温泉，商量后决定去洗浴中心洗脚、做按摩。

这是我第一次去洗浴中心洗脚。

我换好衣服，被经理带到一个两张床的房间。房间装修考究，有一台液晶电视，两张床中间的小桌子上放着一盘水果，一盘瓜子和果仁，还有两杯红茶。鹏程进来了。

我说：“鹏程，这些都可以吃么？付费还是免费的？”

“免费啦，都包括在洗脚费里面了。”鹏程肯定地回答。于是，我开吃起来。鹏程帮我把瓜子壳剥掉，把瓜子仁递给了我。

两个年轻的女孩子进来了，是负责我们房间的洗脚妹。我一见是女孩子，提出“有男服务员吗？”

“怎么？你想换男的给你洗？我不同意啊。”鹏程大惊小怪地坐到我旁边拍了下我胳膊。

“瞎吃醋，为了平等，我是让男服务员给你洗，还有，等会你的按摩师也必须是男的。”我辩解说。

鹏程听完乐了，“哎呀，早说嘛。我同意，维护墨兰同志的主张。”

“可是，我们这里洗脚的师傅都是女孩，没有男的。姐姐，你要是不让我洗，我今天要被老板骂的。给你洗了脚我才有工资拿啊。”其中一个洗脚妹急了，冲着我叫姐姐。

“好吧，好吧。就她们两个吧。”我是个心软的人，也不为难洗脚妹了，跟鹏程使了个眼色，说：“今天，放你一马。”

鹏程说，昨晚他一夜未眠，担心今天我会从此不再理他。于是，刚把脚放在木盆里，他就呼呼地在床上睡着了。

我不太习惯让人帮我洗脚，便跟洗脚妹雪琴聊着天，分散我的思绪。

她是一个面容姣好的女孩，皮肤白皙，画着淡妆，头发盘起，梳着清爽的发髻，跟我差不多年纪。女孩说她念过初中，来自大别山地区的一个贫困家庭，还有两个弟妹。她当洗脚妹已三年，只是为了供弟妹读书才走出了大山。

她说：“姐姐，你是大学生吧？我以前念书时学习成绩也很好，初中时也是排名前三，还是班长。我最喜欢画画，我爸用木板给我做了块画板，班里的黑板报就是我最好的作品。学校教师墙壁上的宣传画也是我帮老师们画的。今年春节我回家，经过学校的时候，我当年画的油漆画都还在。”

我努力想象着一个山村女孩在学校里画画时的场景。她的眼睛是如此的明亮，包藏着对未来无限的想象，在画中寻找自己少年时的梦想。她在寂静的山谷里画着家乡的春天、溪流、树木、耕牛，还有漫山遍野的杜鹃花。

雪琴说着说着，指着我们房间里的一幅油画说，瞧，姐姐，那就是我三年前画的，我故乡的小镇。我们经理还夸我画的美呢，允许我挂在客房里，这样我就可以工作的时候看见自己的故乡，不那么想家。

我顺着她手指的方向看过去，那幅油画里寄托着一个少女对落后的、原生态的家乡的热爱。画里的山上隐隐约约有个破败的房子，应该是她的家，但太阳的色彩绚烂而抽象。她是一个在洗脚城里为了谋生计、供弟妹念书而放弃自己梦想的女孩，画里的语言告诉我，她有不甘、不舍、不情、不愿，但却无能为力。

“雪琴，那你现在还画吗？”我问她。

“偶尔也画，还给自己买了专业的画笔、书册自学，但却没了灵感了。画着画着就很想哭，还是一门心思把钱攒下来给弟弟妹妹吧。”她说。

听完女孩的话，我潜意识地把脚抽了回来。

“怎么了姐姐，弄疼你了吗？”女孩有些紧张。这些洗脚妹们最担心的就是服务不到位，客户向经理投诉，从而扣罚她们的工资，严重地会丢了营生的饭碗。

“没有，没有，我只是想上厕所啦。”我起身整理下衣服，穿上拖鞋往外面走，我需要换个不那么闭塞的空间去呼吸。

“怎么了，兰？”鹏程被我开门、关门的声音惊醒，他也穿好拖鞋跟我走了出来。

“没事，我只是想上厕所。”我不知如何描述我当时的复杂心情。

“我都累得睡着了。洗脚舒服吧？若不舒服可以换一个洗脚妹。”鹏程说。

“不，很舒服。只是，鹏程，我们以后别来这种洗浴中心了吧。”我挽着鹏程的胳膊说。

“为什么？你怎么了？”鹏程停下了脚步，疑惑地看着我。

“我也不知道，我只是觉得同样的年纪，她们给我洗脚我很不自然，我没觉得是享受，我都不敢看她们的眼睛。你知道吗，刚才那个女孩的梦想是画家，现在却放弃了自己的学业，在这里当洗脚妹赚钱供弟弟妹妹念书。”在他面前，我的眼神是不会撒谎的。

“我还以为你身体哪里不舒服呢。兰，你多虑了。我知道你多愁善感，菩萨心肠。但是，人生不如意十有八九。你要这样想，如果你不来消费，她们怎么能赚到钱？又怎么在养活自己的同时还能供弟妹读书？你不是也断了人家的经济来源吗？”鹏程的话总是那么有道理。

他抱着我，摸着我的头，哄着我说：“好啦，我们回去吧，你不回去，人家女孩子会多想，误以为自己技能差，会挨经理骂的。这才是真的不尊重她们。你若为她们好，等会洗完脚、做完按摩，给点小费，然后别忘了在经理面前夸赞她们一翻，这比什么都强。”

我顿时茅塞顿开，眉开眼笑地牵着鹏程的手回到了房间，他总是能在我烦闷的时候解开我的心结。

我说，鹏程，我们应该帮帮雪琴，她是个有梦想和画画天赋的女孩，至少应该努力一次。

他说，你太善良了，人家说什么你都信啊？做服务业的女孩子都是见人说人话，见鬼说鬼话的。

我说，雪琴不一样，她的眼神很清澈，眼睛是骗不了人的，何况我真的觉得那幅画不错。

他说，好，听你的，走之前我给她留两万块钱。

我说，我担心她自尊心太强，不要我们的钱怎么办？

他说，那就说我女朋友喜欢她的画，让她开价，我要买下她的那幅油画，鼓励她继续画画，怎么样？

我说，嗯，谢谢，我还想给她写封信。

他说，你决定吧，开心啊，笑一下咯。

我说，第一次觉得有一个有钱的男朋友真好。

圣诞节到了，学校里文艺部组织了大型的圣诞到元旦的七天校园舞会。但是，我和鹏程的圣诞节和元旦节却是他陪着我在寒风中度过。我从汉正街批发来一些化装舞会的面具、圣诞帽和各种小饰品，在校园公寓门口销售。

他的宝马跑车每天停在路旁，起初我拒绝他帮忙，让他去参加学校的派对和活动，或者让他待在车里玩游戏，所以他只能焦急地坐在车里远远地看着寒风中的我。后来，他忍不住了对我说，墨兰，我们别卖了行吗？陪我去参加舞会吧？

我说，不行，这么好的赚钱机会，我就靠这些赚零用钱了。

他说，那我全买了行吗？

我说，不行，你买这么多干吗？你又戴不完，买了送人吗？那是浪费和奢侈，明显对我们这种劳动人民的歧视。

他说，那我帮你卖。

我说，不用啦，这么冷，你去玩吧，等会儿一起吃夜宵。

他说，你还知道冷啊？

他把羽绒服脱了给我搭上。

我说，你这样会着凉的，把羽绒服穿好，围巾给我就行。

他说，我不穿，除非你必须、坚决、百分之一百同意我帮你卖。

我说，戚大少爷，你跟我撒娇啊？你行不行啊？

他瞥了我一眼，从纸箱里拿起几个面具朝几个女学生走去。我听见他说，几位美女，买下面具吧，我女朋友说必须卖完才能陪我去参加化装舞会啊。

他指了指学生公寓大门口寒风中的我。

女孩们被他的深情所感动，问他，多少钱啊？

他扭头大声问我，墨兰，多少钱一个？

我说，5 块！

女孩们准备掏钱，他说，多给点吧，你们看我女朋友脸都冻红了，大冬天的也怪冷的，哎，我这都是为了爱情。

女孩们相视而笑，问他，那你说多少？

他说，9 块吧，爱情万岁，爱情长长久久，9 这个数字图个吉利。

女孩们说，你还真是会赚钱。

他说，美女们，爱情今晚肯定会眷顾你们的，不仅漂亮，心肠这么好，我要是没女朋友我就去追你们了，你们今天一定会在舞会上碰见大帅哥。

女孩们毫不犹豫地掏了钱走到我面前装货的纸箱里挑选面具。他把 30 块钱递给我得意地说，找三块钱给她们！

我说，你卖了 6 个？

他说，什么 6 个，一个 9 块钱。

我惊讶地、崇拜地看着他。

他说，没吃过猪肉，还没见过猪跑吗？我从小看我爸做生意，怎么也遗传了一些他的经商基因吧。你的客户都是女孩子，我这个大帅哥出马肯定比你卖得好啊，这是异性相吸定律。从现在开始我们分工，你找男生卖，我找女生卖。卖完你必须跟我去化装舞会，我们还可以赶最后一场。

我点点头，那一刻这个大男孩好像不再是一个纨绔子弟，而是守护我的那个人。

大三上学期开始，父亲的公司略微有了起色，终于熬过了艰苦的创业前两年，但他却不再看重名利，一副悠然自得的小富心态，反而是母亲在管理公司的日常事务。

父亲刚到西安的时候，为了节省开支跟母亲范知音租住在西安郊区的民房里。父亲说，由俭入奢易，由奢入俭难。他很担心母亲会过不了穷日子，可是母亲硬是连洗衣机都没买，更不去干洗店。她每天手洗衣服，洗完再熨烫。她说，这样省电，洗得也干净。

父母把变卖郢中房子、车子的钱投进了承接的地产工程项目。

2003 年，中国的房地产事业热火朝天。远房亲戚表叔在西安拥有一家较大规模的地产公司。父亲去投奔他的时候，没有接受表叔的任何资助，而是提出跟着表叔旗下公司的工程队学习三个月。父亲认为，无论从事任何行业，都要做一行懂一行。他说，这是做生意最基本的判断，不懂的业务不要轻易触碰，也不要随意发言。

父亲每天挤着公交车、有时也会大汗淋漓地骑着自行车到表叔的公司上班，要么跟着业务经理跑客户，要么就是跟项目经理去工地上看现场实操。每晚回家能吃到母亲做的热饭热菜他就觉得很幸福。

坐惯了小轿车的父亲没觉得有什么难为情。倒是跟我说："了解一个城市最快的方式就是骑自行车。"所以，起初到西安的半年里，父亲几乎骑着那辆 60 块钱买来的二手自行车走遍了西安市区的每条大街小巷，成了一个名副其实的"西安通"。即便现在，父亲驾车出行也从不用导航，他的脑子里有一幅比西安的出租车司机都还精准的活地图。

我戏言："爸爸就是西安超强版的高德地图。"

半年后，父亲接到了自己的第一个工程项目。由于资金量小，父亲从小承包商做起。那是西安未央区的一所大厦的改建工程。大承包商的角色父亲给了表叔，答谢他在危难之际伸出了援助之手。父亲负责工程加固的部分。

有段时间工期紧张，工人数量不够，父亲心急地亲自到工地上去帮忙，跟工人们同吃同住在临时搭建的板房宿舍里。母亲每天做好饭菜，荤素搭配，偶尔炖上排骨莲藕汤送到工地上给父亲和工人们吃。

父亲说，做事之前先做人，你诚心对人好，别人才会跟着你长久干下去，首先第一条必须让工人们吃好。就像十几年前，他带着丫姑镇饮料厂的职工们创业一样。

转眼我也快大学毕业了，父亲公司承接的地产工程项目也趋于稳定。虽然工程款拖欠问题严重，但是资金周转还算畅通。可他却准备“解甲归田”了，大部分时间都是在家读书看报，遛狗下棋，抑或打打麻将，练练太极，跟母亲出去旅行。反倒是母亲打理公司事务的时间比较多。

他笑称，我们姜家一切范知音董事长说了算。

我知道这是父亲对母亲一生荣辱与共、不离不弃的感恩。

父亲说，赚的钱够用就行，不要太贪心，一家人身体健康、平安开心最重要。我们姜家什么没吃过，什么没住过，又什么罪没遭过？房子也不用换更大的别墅，车子也不要买百万豪车，穿衣不必是名牌，吃饭就爱在家里吃母亲做的湖北菜。

由于深受父亲为人处世之道的影响，我心里淤积的伤疤也慢慢消失了。大四的时候，我仿佛又找回了曾经快乐疯狂的自己，就像一个没心没肺的孩子享受着甜蜜的爱情与亲情。

可是，大四的那个元旦却成了我人生的一个分水岭。我跟鹏程的关系出现了裂痕。

元旦那天，鹏程的爸爸妈妈邀请我一起到家里吃饭，共度佳节。这不是我第一次去鹏程家，也没有觉得跟往日有何不同。

鹏程的爸爸是武汉知名企业戚式集团的董事长，在湖北商界有很强的影响力。戚式集团的业务主要集中在城市商业综合体的打造、水利、能源开发与利用，还延伸到出版、报业和商业银行。

鹏程的爸爸是个成功的企业家，但在我眼里还算随和。他身高 1 米 78，戴着一副眼镜，微微发福，穿着考究，声音洪亮。每次见到我都会说：“墨兰来啦，让阿姨给你们做点拿手菜。你让鹏程那小子少在房间里玩游戏，下来跟我和他妈妈多聊聊天。你说话比我们管用。”

但是，元旦那天的戚叔叔却像变了一个人。

吃完饭后，鹏程的妈妈拉着我的手说：“墨兰你到书房来一下，我跟戚叔叔找你有事。”

虽然我有些忐忑不安，但也无外乎还是鹏程沉迷于游戏的事情吧？

进书房的时候，鹏程妈妈拍拍我的肩，叹息了两声，走出了房间，轻轻关上门，嘱咐我说：“都是为了鹏程好。戚叔叔先跟你谈，等会儿先别上楼找鹏程，阿姨也有话跟你说。”

我拘谨地站在戚叔叔的面前。

“墨兰，你坐。”戚叔叔点上一根烟，犹豫许久，他终于开口了，“墨兰，你是个好姑娘，在学校的优良表现我都了解，所以从来没反对过你跟鹏程交往。我也看得出鹏程是真心喜欢你。叔叔想请你帮个忙。”

“什么忙？叔叔您说，只要我能做到的我都答应您。”我的心吊在了嗓子眼儿。

“你别怪叔叔无情。我自己的儿子我知道，还是纨绔子弟，扶不起的阿斗。”戚叔叔皱着眉头说。

“叔叔，您别这样说鹏程，他有自己的专长和梦想。”我说的也是事实。

“什么梦想？天天打游戏叫梦想？成天跟老爹作对是本事？”戚叔叔有些生气。

我屏住了呼吸，不知如何作答，我从未见戚叔叔愤怒的表情，那强烈的气场就如火焰一样可以烧毁我。

“墨兰，跟我儿子分手吧。”戚叔叔猛抽了一口烟，顺手提起他脚下的密码箱放在我面前。“这里有一百万现金，你收下吧。”

“您这是什么意思？”我惊讶地从椅子上站起来。

“你不要急，你若嫌少，你开个价。”戚叔叔露出了他的商人本色。

“您是在羞辱我吗？”我气愤地问他。

“墨兰，都是为了鹏程好。我跟他妈妈商量过了，想按计划送他去美国学管理，收敛下玩性，回来帮我做事。”戚叔叔的语气缓和了些。

“那也不影响我跟他相处啊？”我急了，不明白他为什么非要让我跟鹏程分手。

“这是鹏程大一我就跟他说好的，本来按计划大三要去美国。自从跟你在一起他就断了这个念头。你阿姨也跟我建议，要不让你们两个一起去美国深造。但我不想瞒你，你去也只是陪他几年，对你不公平。我不会答应你们结婚的。”

“您瞧不起我对吗？还是我配不上您儿子？”我的心如刀绞，扶着桌子支撑着整个身体。

“叔叔从来没有瞧不起你，你这样自食其力念完大学的女孩子很少见，叔叔敬佩你的为人，所以才跟你讲道理。只是，鹏程不是你一个人的，他也是我的儿子，是戚氏集团的唯一继承人。如果他还像现在这样不务正业，那我分文不会留给他。你了解我的儿子吗？他高一时酗酒打架把人差点打残了，我从拘留所把他领出来……”

“我知道这件事情。”我不耐烦地打断了他。

“那你知道，他高二鬼混，把小姑娘肚子搞大了，吓得要死问我怎么办，自己跑到香港去躲避了一个月吗？你知道，他有段时间天天泡夜店，沾了毒品，气得我住院，后来逼着他去了戒毒所吗？你知道，他十六七岁玩赛车，一个晚上花了老子几百万，还跟高利贷打欠条，‘找我老爹还钱’……”戚叔叔的话像机枪里的子弹迸发出来。

“别说了，求你别说了。”我瞬间崩溃了，瘫坐在椅子上。这是鹏程吗？到底哪个才是真正的他？“你怎么能这么说你的儿子？我认识的鹏程不是这样的。”我抱着头痛哭起来。

无论如何，我更伤心的是鹏程还是骗了我，对我隐瞒了他的过去。

戚叔叔走过来递给了我一盒纸巾，又点燃了一支烟，或许他还有点怜悯之心，不忍看见我伤心欲绝的表情，他走出书房叫来了鹏程的妈妈。

阿姨走进来抱着我，等我哭个够。

她说：“兰儿，以后千万不要碰戚氏的男人。其实，阿姨认识戚叔叔比鹏程她妈妈还要早，鹏程的妈妈跟我一个村里的，进城来找我才认识了戚叔叔。

当时我跟戚叔叔是恋爱关系都见过双方父母计划结婚了，后来造化弄人。鹏程妈妈年轻漂亮，伶牙俐齿，爱打扮，她的出现打乱了我们的生活。我 19 岁就跟着戚叔叔创业，那时他只是个卖煤小商贩，他做煤，我帮他卖煤，结果将我的一辈子搭了进来。也许是对我多年服务戚氏集团的亏欠，戚叔叔六年前跟我结了婚。毕竟又有谁比我还了解他呢。”

“那你为什么不离开他？”我擦干眼泪看着这个一辈子都给了戚氏集团的女人。

“怎么甘心离开？你爱一个人，就要为对方好。姻缘天注定，他选择了鹏程妈妈，我也强求不得。有段时间，我也煎熬离开过他，去了北京，结果他跑到北京把我找了回来，他的生意需要我帮忙。他也不放心我一个人在北京闯荡。他对我的情感还是有的。”

“所以，你甘心做他背后的女人吗？”我追问着。

“不甘心又怎样？我等了 17 年，他才娶了我。可那 17 年，我每天都在情感与现实矛盾的炼狱中挣扎。所以，阿姨不想看到你跟我一样。戚叔叔不会让你和鹏程结婚的，你们无论怎么反抗也走不到一起。先暂不谈门当户对的问题，鹏程他父亲身体不好，医生说也活不了几年了，他所有的希望都寄托在他儿子身上。但鹏程的性格你知道，跟他父亲的关系僵硬，现在还像个孩子，完全没认识到自己肩上的重担。”

“鹏程没有你们想的那么懦弱。”我可怜阿姨，但却认为他们不懂鹏程。

“那你让他独立生活看看？以后你来养他吗？惨痛的现实面前你们还是会分手。如果他父亲万一不在了，他怎么办？公司的几千号人怎么办？另外，鹏程的婚事戚叔叔已经有了决定，他毕业后就要跟一个厅长的千金一起去美国，留学、结婚。其中缘由我不多说，千丝万缕的联系、错综复杂的权益关系不是鹏程能左右的，但你是个聪明姑娘应该懂。”阿姨的话像刀子一样一块一块地割着我的肉。

“兰儿，你若真爱我们家鹏程，听阿姨的话，劝他去美国吧。然后忘了他，好好去追求自己的梦想与幸福。”阿姨丢下这句话，抹着眼泪走出了书房。

我一个人静静地待在书房里，蜷缩着腿，耳朵里一遍遍回响叔叔阿姨的那些话。那些尖刻的话语就像魔咒一样禁锢了我的神经。

为何现实是如此的残酷？

我失魂落魄地走出书房，把那一百万扔给了阿姨，请她和戚叔叔不要继续羞辱我，我会和鹏程分手。在戚家的别墅前，我难过地回头看了眼楼上鹏程的房间，他一定还在全神贯注地打游戏，等着我一起去看电影，可我的心好乱，只怕见他会彻底崩溃。

我没有和他告别就独自离开了他们家，像只迷失的羔羊走在霓虹灯闪烁的街头，拨通了父亲的电话，哭着告诉了父亲这一切。

父亲说，兰儿，爸爸希望你做个骄傲的人。你跟鹏程谈恋爱爸爸不反对，但是若要结婚我们也不同意。豪门深似海，爸爸妈妈不希望你受委屈。神仙眷侣的生活只有电影、小说里才有。离开他们戚家的人，越远越好。明天我让妈妈去武汉看你。

第二天，我去机场接了妈妈。而鹏程对我跟他父母的谈话一无所知。

妈妈陪伴了我好几天，她一直劝我做个坚强的孩子，再苦也要像早几年那样熬过去。人生路很漫长，会面对各种各样意想不到的困难，必须先学会承受，而不是逃避。她说："兰儿，先说服鹏程去美国吧。凡事有爸爸妈妈在，我们商量着办，不要想不开。"

过了几天，在鹏程的寝室里，我借用他的电脑整理申报《湖北省优秀大学毕业生评比》的个人资料。鹏程在一旁聚精会神地玩着游戏。

我若无其事地随口问他："戚大少，想过去美国么？"

"是不是我爸跟你说什么了？"鹏程停下手中的游戏，紧锁着眉头看着我，"你别听我爸胡说八道。"

"瞧你，这么敏感，你爸也让你去美国啊？"我装作一无所知的样子。

"他就是想，我也不去。我走了你要是找了别的男人怎么办？就算去我也要拉着你一起。莫非你想去？你去我就考虑下。"鹏程一边打着游戏，一边言辞坚定地对我说。

“戚大少，我感动得都快哭了。”我抬着鹏程的下巴让他看着我的眼睛，两只手捏着他的脸。“我就是随便问问，来，给亲爱的笑一个。别绷着脸嘛。”

鹏程放下游戏机，一把抱起了我，他一脸严肃地说：“墨兰，无论我去哪里，也要带着你。除非你不要我了，不然你休想甩掉我。”

“嗯！”我紧紧地搂着鹏程的脖子，靠在他的肩上，有他这份爱，我已足够。

第 11 章
富人的游戏

大学的最后一个寒假过得飞快。正月初八的下午，鹏程在火车站接我。远远地看着他焦急地向我跑来，在拥挤的人群里，他丝毫不掩饰对我的思念，抱起我转了好几个圈，似乎永远也吻不够似的。

而我却答应父母要坚定地跟他说分手。

开学后不久，同学们开始关注毕业论文答辩、毕业实习、求职这三件事情。而我多了一样，就是“湖北省优秀大学毕业生”的评选。学校只有两个名额，系主任说我是最有希望的，等着好消息吧。

有一天，我躺在床上看书。玩电脑的室友叫唤起来：“墨兰，你快过来看看，你们家戚鹏程评上“省级优秀大学毕业生”啦!”

“什么?”我不敢相信自己的耳朵，扔下书去看室友电脑的屏幕，学校官网上清楚地写着获此殊荣的两个学生的名字，其中一个是戚鹏程，而另一个却不是我。

我的肺当时都快气炸了。不仅是因为这个荣誉是我想用四年苦读、全优的成绩去争取的，而是鹏程竟然欺骗了我。

我打印出获奖名单这个网页，一气之下跑到鹏程的寝室里，将纸拍在他桌子上，“你能给我个合理的解释吗？”他的几个室友尴尬地逃出了寝室。

他知道我内心的愤怒，任由我发脾气，一声不吭地站在原地。

“你说话啊？戚鹏程，你到底要瞒我多少事情？过去的事情你不愿意告诉我，我可以理解为你在乎我，担心我瞧不起你。可这件事算什么？你在乎这个荣誉吗？你不在乎。你有你爸的戚氏集团呢，我有什么？我年前问你要不要跟我一起申请？你说我在拿你开涮。那现在算哪门子事情？你在涮我吗？你明知道这个荣誉是我在意，过五关斩六将，实至名归的。请问你什么时候参加过系里、院里的 PK 评选？”我气得血管都要爆裂了，谁占了我的名额我都能接受，可为什么偏偏是我的男朋友？

“墨兰，你听我说，我也是今天才知道的。这都是我爸安排的……”鹏程欲言又止，他背过身强忍着失控的情绪。空气刹那间凝结了五六分钟，我们都在努力控制自己的情绪。这是我第一次向鹏程愤怒地吼叫。

我撕心裂肺的是我的男友是个名副其实的富二代，戚氏大财团的唯一继承人，他不费吹灰之力就夺走了我用大学四年苦读去力争的荣誉。

其实，想想他父亲 1 月份为学校的贫困生基金会又捐了 200 万，我就应该明白我们的爱情，如果他父亲说了要散，我垂死挣扎是没有意义的。越挣扎，只会越痛。

我感受到他父亲已经向我无情地攻击了。

我从后面抱住鹏程，脸贴在他的背上，眼泪情不自禁地掉下来。对他说：“你不用讲，我都明白。对不起。”

虽然失去了大学期间的终极荣誉，但是凭借在武汉电视台三年暑期实习记者、实习编辑的实践经历，我收到了武汉电视台的橄榄枝，成了一名实习编导，等 7 月拿到大学毕业证后就可以正式成为一名媒体人了。这个好消息让我似乎已经忘记了跟鹏程的第一次争吵。

但鹏程的实习却没有那么顺利，他投出很多简历给互联网公司，但是对方见面后总是没有了下文。

整个 3 月，鹏程都很沮丧，除了玩游戏，就是在篮球场上酣畅淋漓地打着篮球，他一个月都没有回过家。我知道，他父亲是逼着他投降，他是非去美国不可了。

我不忍他消沉下去。

有一天，我提前下班牵着鹏程的手去了大学后门的小巷子里吃麻辣烫，那是我们常去吃夜宵的一家小店。吃完我们去了南湖边散步，那是我们常约会的地方。

我对鹏程说："要不去美国吧。"

"我不去。你去我就去。"鹏程紧紧地拉着我的手。

我哽咽了一下，还是说出了那句难以启齿的话："我们分手吧？"

鹏程把我的手握得更紧了，"墨兰，分手两个字不要轻易出口。你想都别想。我说过，除非你不爱我了，否则别想撵我走。"

"我不爱了……"我说得毫无底气。

鹏程没有等我说完，突然吻上了我的嘴唇，然后用双臂搂住了我。"给我点时间，好吗？离开戚家我也能过得很好，我会证明给你看，我不是一无是处，我能给我的墨兰幸福。就像当初在这南湖边我对你许下的诺言一样，一定要相信我。"

鹏程的话再次让我无法抗拒。

若真爱一个人，怎么忍心说分手？

若说出离别，那又是怎样的痛心疾首？

4 月初，我搬出了学校，与鹏程一起在武汉电视台附近的台北路租了间两室一厅的公寓，开始了实习编导的日子。鹏程每天在家里做游戏设计与编程，不再发简历出去，他知道他被父亲全城封杀了，没有哪个公司会要戚家大少爷，我们都知道他父亲在武汉积累的 20 多年的人脉与能量。

鹏程跟我说，他从大三开始一直在设计一款武侠游戏，里面有神仙眷侣、武侠义士、妖魔鬼怪、古堡王府，讲述一个武侠要战胜无数的魔兽去寻找一个叫"墨竹"的公主，这个公主手里有拯救国家和世界的法宝，而她就隐居在星星竹海。在这个过程中他们相爱了，还有一段男耕女织的惬意生活。

我听听笑笑，不以为然，只当他在哄我开心罢了。

有一天，《晚间新闻》主持人临时有事迟到了，栏目组的人很焦急。好不容易等到主持人出现录完新闻，他为了表示歉意，请栏目组的所有成员吃夜宵。

这是第一次，我回家很晚。

鹏程担心我独自半夜回家的安危，让我在吃烧烤的地方等他，他马上来接我。

人渐渐散了，我焦急地等着鹏程。主持人大帅哥拍拍我的肩说："墨兰，你怎么不走？我送你回家？"

"不，不，谢谢，我男朋友一会儿就到啦，我再等等。"我摆摆手说。

主持人帅哥看看周围，"那我陪你等一会儿，你一个人在这儿我也不放心。今天真不好意思让你们等我。不过，你的表现好专业，不愧是新闻系的高才生。"于是，我们愉快地在路边聊起天来。

鹏程开着车在我面前缓缓停下，我跟主持人说了声："谢谢你的夜宵，明天见！"便上了车。回家的路上鹏程一句话也没跟我说。

"你怎么了？"到家后，我一边换鞋一边问他。

鹏程一屁股坐到沙发上，也不看我，打开电视开始玩游戏机。

"你不会因为刚才我在路边跟人家聊天吃醋吧？"我故意逗他。十有八九戚大少是吃醋了。

鹏程转过身看着我，说："那男的谁啊？他看你的眼神都不对。我都想揍他。"

"果然吃醋了，我就知道你会胡思乱想。那是我们台里《晚间新闻》的主持人。人家有女朋友的，好多女生围着他转呢，怎么有空惦记我？再说，我有你就够了。"我从冰箱里拿出一个苹果吃起来，也给鹏程咬了一口。坐在他旁边看他玩游戏。

"那不一定，这种男人，你越是不稀罕他，他反而越想征服你。懂么？"看来鹏程对刚才那一幕是从脑海里挥之不去了。

果然，第二天一早，那主持人给我发来了短信，主要是昨晚我们谈到一则新闻，他想让我策划做一个专题报道。

鹏程的醋意又犯了，侧身看着我，说："兰，他一早上跟你发短信讨论工作就有问题。不是我没提醒你，注意跟他保持距离。"

"小题大做，是不是要开政治扩大会议，让我写检讨啊？"我给了他一个早安拥抱，就穿衣起床上班去了。

但，男人的直觉有时候是非常精准的。

由于工作关系，我作为栏目编导，不可能不去理会主持人。所以，每天大部分时间都是跟主持人在一起度过的。采集新闻、讨论新闻稿子、修改稿件、再演练，反反复复。于是台里的新人中间开始传出我跟主持人的绯闻。而这些绯闻又传到了鹏程的耳朵里。

"五一"节，本是我们爱情的纪念日。

可，2007年的"五一"节却直接导致了我跟鹏程的分手。

4月30日晚上，同事的孩子发高烧。我是新人，也不忍看她着急，主动提出了替她上晚班，却忘了鹏程订了家高档的西餐厅一起过"相爱纪念日"。他在餐厅等到晚上9点我都没有出现，期间给我打了好几次电话，而我因为录制节目的原因将手机扔在包里，设置成了静音。

鹏程一个人在餐厅里喝完了整瓶红酒，还有三四瓶啤酒，烂醉如泥，不省人事。厅长的女儿芊芊闻讯去餐厅把他接走。那是鹏程的爸爸给芊芊打的电话，每天我跟鹏程的身边都有好几个跟踪我们的人，我们知道那是戚氏集团的人。

凌晨，我迷迷糊糊地带着疲惫回到家，才发现家里空荡荡的。打开手机看见七八个未接来电，都来自鹏程。我回电话给他，接电话的却是厅长的女儿芊芊。

"你们在哪里？"我生气地问道。

"姜墨兰，我们在哪里不重要，关键是鹏程今晚上不回家了，住我这里。放心，我会照顾他的。你们相爱纪念日你都忘了，还好意思问他在哪里。"芊芊把我羞辱了一番。

我拨通了戚叔叔的电话，问："戚叔叔，您到底想怎样？鹏程在哪里？"

"墨兰，恕我直言，你的表现让我非常不满意，现在已经5月份了，我元旦跟你说的事情，你拖到现在。你不能自己和平分手，那只好我来帮你们了断。"戚总生气地挂了我的电话。

我一夜未眠。

第二天我向电视台请假没去上班，在家里等着鹏程回来。可他的手机却一直处于关机状态。到了下午，门铃响了，我急切地去开门，芊芊出现在了我家的门口，我伸出头去张望，试图去寻找鹏程的影子。

“别看了，就我一个人。他没事。”芊芊绕过我走进了客厅。

“这就是你们的爱巢啊。我小看鹏程了，能跟你过这种苦日子。简易的家具，洗手间浴缸都没有。”芊芊把我的公寓打量了一番。

“你有事就快说。”我尽量按捺住自己的脾气。

“墨兰，你不要以为我是第三者。你才是第三者。”她高傲地说。

我疑惑地看着她，问她什么意思。

芊芊故作坚强地告诉我：“他有跟你讲过高二时他让一个女孩怀孕的事情么？那个女孩就是我。”说完，芊芊的眼神里有些湿润，看得出她内心的煎熬。

“我把我的青春都给了他，还有了他的孩子，可他却让我打掉我们的孩子，甚至害怕得，躲到了香港，连我的电话都不接。你可知道，我爸跟他爸是十几年的交情，两人亲如兄弟，若没有我爸相助，他爸在湖北能有这么大势力？这件事情发生后，我爸极为愤怒，跟戚叔叔的关系恶化，是我哭着闹着求爸爸不要怪戚叔叔，不要怪鹏程，因为我爱鹏程。我不是贪他们戚家的家业，我的条件这么好，有必要没了自尊、作贱自己么？戚叔叔最后跟我爸达成一致意见，我跟鹏程大学毕业后结婚，我这辈子就是他戚家名正言顺的媳妇。此后，我爸送我去了美国念书，戚叔叔说让我和鹏程都冷静冷静，大三时鹏程就会去美国陪我的。他要在美国完成 MBA 学位，学成归来帮他打理戚氏集团的生意。”

听着芊芊的话，我才明白，我就像个傻子被鹏程瞒了两三年。

那我又是谁？鹏程是为了与他爸爸对抗而选择跟我在一起，还是真的跟芊芊有过一段爱恋？

芊芊拿出几张照片放在茶几上，是他们年少时出游的亲密合影照，还有她跟鹏程睡在一起的自拍照。她说：“鹏程昨晚跟我在一起，三四点醒来还吵着要去泡吧，这就是真实顽劣的他，本性难移，他怎么会真爱一个人？他始终是我的，你又何必不自量力，两败俱伤？”

芊芊走后，我一个人瘫坐在客厅里，脑海里浮现我跟鹏程一起的无数个瞬间：

我们欢快地骑着自行车，行驶在校园里，他载着我去图书馆自习；

他没有课的时候经常偷偷溜进我们班的教室里坐到我旁边，跟我一起听他听不懂的传播学概论；

临考前，我在寝室里帮他补习英语，他在一旁撑着腮帮傻傻看着我，他说永远也看不够；

鹏程打篮球时，我会在一旁替他呐喊加油，替他擦汗；

情人节的时候，他会在江滩边上包下一家餐厅与我共进晚餐，然后扔下他的车，我们一起坐 590 路公交车回学校，他说 590 才是他的爱车；

我们一起去学校的洗衣店洗衣服，他总是把一堆不能机洗的衣服揉成一团扔进洗衣机里，而我得手忙脚乱地去抢救那些可怜的衣服，拿回寝室替他手洗；

他用卖游戏装备的钱买了两个情侣手机，他说那是他人生中赚的第一笔钱；

公交车上有男人盯着我看，下车时趁机摸了一下我，还没等我缓过神来开骂，他就跟下车给了人家一拳，把人打得满地找牙，他说“你这种色狼就欠揍，敢动我女朋友，见一次打一次”；

每天傍晚，他会到开水房打好两瓶开水，送到女生寝室的楼下，留给我一瓶；

食堂里，他总是跑得很快，“兰，你找个位置坐下，我去排队打饭”；

周五学校固定的舞会，昏暗的灯光下，他拉着我的手甜蜜地跳着华尔兹；

看见新款的游戏我会推荐给他，鼓励他开发一款属于自己的游戏，他说我是第一个支持他把游戏当事业的人；

数不尽的夜晚我们漫步在南湖边诉说着我们的童年和梦想，相互解忧，互为依靠；

大学那几年，我们是学校里尽人皆知的天造地设的一对。

可是，他却忘了告诉我，他与芊芊不堪回首的过往与那个恶魔般的约定。

他却在酒后再次乱了性，又投到了芊芊的怀抱。

他在逃避和掩饰他的过去。

他明知我害怕欺骗，可还是对我隐瞒了他年少轻狂犯下的错事。

我曾想过，也许这是他父亲给我们设置的另一个分手陷阱。

但我累了，我的一生是否要像鹏程的后妈一样度过？

不，我怎么甘心默默做戚氏身后的女人，而每天痛苦地看着他和芊芊大秀恩爱？

那一年我逐渐明白，富人的游戏里，我注定是个失败者。

我心神不宁地工作，节目录制环节频繁地出错，五天了，鹏程还是没有回来，甚至也没有给我回一个电话，电话仍然是关机的状态。

我去戚家的豪宅找他，管家在门外对我说："姜小姐，你以后不要来了，芊芊小姐在这里呢。我们家戚大少要去美国结婚了。"

我想，也许鹏程正在楼上的房间里透过窗帘看着我。我大声冲着他的房间喊了他的名字，恳切地希望他能下来跟我说几句话。但是，我在门口徘徊了一个多小时，他也没有下楼来见我。

回到电视台，制片人跟我说："墨兰，你最近已经出过好几次错误了，今晚的节目还是换别人来录制吧。你这样太不敬业了，让我很失望。"

那一刻，我遍体鳞伤，在情感的迷失中丢了这份得来不易的媒体工作。

武汉是我的伤心地，我在抑郁中拨通了于军的电话。我告诉了他最近发生的一切。于军火急火燎地从北京坐着铁皮火车到了武汉，出现在台北路我公寓的门口。他见到我的第一面就是焦急地问说："你没事吧？怎么说走就走，要去上海么？"

"你怎么来了？也不跟我提前说一声。"我喜出望外地看着连行李都没带的他。

我递给于军一瓶水。他猛喝了几口，说："墨兰，我就料到是这个结局。当初因为你说喜欢他，我也不拦着你。大学里的爱情有几对是最终在一起的？毕业后劳燕分飞、各奔东西是很正常的。你那位戚大少更不靠谱。你说你天生丽质、挺聪明的大才女，怎么也找个跟自己学识、修养、价值观、家庭观念对等的吧？以后这样的阔少爷你少招惹，官二代更不要碰，你又不可能做家庭主妇。我们就是平常人家的孩子，有自己的梦想和追求，活得自在快乐些，也不稀罕进入他们的生活。散了也好，算是解脱。”

“哥们儿，我怎么觉得你不像是来安慰我的，倒像是大老远跑来看笑话的？”我习惯性地给了于军一拳。

“还笑得出来？上海的那份工作你怎么想的？”于军坐在沙发上问我。

“还能怎么想，只要离开武汉就行。我没去过上海，倒是很想去看看。武汉电视台的工作制片人一反常态说我没有能力胜任，犯了几个小错误没有道理解雇我的，让我挺有挫败感。我认为像是鹏程爸爸搞的鬼。上海那家日资服装企业的老板我熟，他在武汉参加服装企业交流会时，我曾做过他的专访。他们已经为我安排好了住宿的公寓。我又不像你是学霸，硕博连读，名校抢着要。”我端着热茶闻着茶包里散发的清香，于军在身边的时候，我就会有一种莫名的安全感，就像手里的热红茶一样暖心。

“那就去上海吧，以后我也想去上海发展。北京经济环境没有上海活跃，你去散散心、长些见识也好。放下包袱，重新出发吧。什么时候走？”于军问。

“明天晚上的火车。”我用低沉的声音回答他。

“行，我也买明天的火车票，我回北京。墨兰，一定要相信自己，再苦的日子你都挺过去了，不要沦为戚大少感情的奴隶。”于军拍了拍我的肩膀。

第二天下午，于军和我乘出租车到鹏程的家门口停下。我下车给鹏程留下一封信，拜托他们管家一定交给他。从此，我在上海独立打拼的生活开始了。信中我是这样写的：

My Boy，

你不是老鼠，我也不是大米，我们都是爱情的傻瓜。一切的不幸只怪我们太年轻吧。

我知道你认为我在生气，不敢面对我；我知道你害怕再伤害我，所以故意疏远我。我只想告诉你，你的兰儿什么都明白。

听说你要去美国了，祝你幸福啊，一定要学成归来，替戚叔叔分忧，他始终是你的爸爸，不要恨他。

我走了，不要来找我。我想离开武汉这个地方，我们租住的房子我也退了，你的行李我也整理好了，哪天有空去拿一下吧。

亲爱的，你给我做的简报册我带走了，很抱歉，没有经得你的同意。

我从未怀疑过你对我的爱情，即便现在我知道了你所有的过去，我也不生气，还是认为你是爱我的。但我不想再爱了。

鹏程，我很累，从来没有这么累过。你知道，我不想做你们戚家的傀儡，我要去追寻自己的梦想，做一个自由快乐的墨兰。但我希望你能善待芊芊，我能感受到，她比我更爱你，因此我才甘愿离开。还有她能给你的资源、权力、人脉，我永远给不了你。不要瞧不起那些，你是戚家的儿子，你不能为爱自私，你应该懂得去承担责任，做一个成熟的男人。那样才配得上我跟芊芊如此爱你。

做一个让我骄傲的男人吧！再见了，My boy！

你的墨兰

2007年5月12日

第 12 章
上海女人的资本

终于到了向往已久的上海。

来上海的火车上父亲在电话里再三叮嘱我说，趁着年轻出去闯闯也好，不要像他总是顾虑太多，错失了一些机会。

站在上海火车站的出站口，稚嫩的我拖着一只行李箱，穿着白 T 恤、牛仔裤和帆布鞋，背着在武汉的汉正街淘来的廉价包包，像一只彷徨不知所措的小鸟，站在拥挤的人群中没有方向。

我从包里翻出手机，打给了渡边服装株式会社上海分公司来接我的人。

一个瓜子脸，身材高挑，身着灰色职业装的咖啡色卷发女人举着 A4 纸张大小的牌子款款向我走来，牌子上面写着“姜墨兰”。

她叫 Ann，是公司的人力资源部负责人，这个职位在日资企业称为部长，她是一个典型的上海女人。后来同事们告诉我，Ann 今年 35 岁，已婚，有个 6 岁的儿子，平时很注重保养，所以外表看上去顶多 30 岁。同事们从未见过她的丈夫，据说只是一个普通的国企职员。但 Ann 总是炫耀她的丈夫出国给她买各式各样的衣服和化妆品。

Ann 用异样的眼神从头到脚把我打量了一翻。她的声音很温柔，“墨兰，你晓得波啦？以往外地招聘的员工第一次到上海都是普通的人事职员来接待，你是社长嘱咐入职的员工，所以我一定要亲自来。”Ann 朝我眨了下眼睛。

“你这个小姑娘真漂亮，皮肤好好哦，身材也好。”Ann 的话让我有些拘谨，特别是她那双犀利的眼神。

我心想：姐姐，我才 22 岁，正当青春年华，皮肤能不好吗？

“我看了你的简历，大学发表了 200 多篇文章啊，在电视台、报社做过记者、编辑，高材生啊，怪不得我们社长邀请你加入我们。你跟我们社长怎么认识的？”醉翁之意不在酒，早已听闻上海女人的八卦，Ann 夸了我半天，又亲自到火车站来接我，无非是想搞清楚我跟社长是什么关系。

我冲她笑笑，灵机一动，转移了话题：“谢谢您夸奖，我以前采访过社长，仅此而已。对了，您这发型在哪里做的？我喜欢您的发型，还有您的高跟鞋……”

我不想在入职的第一天就成为公司八卦文化的焦点。

Ann 开车带我去了新闸路的静安公寓，这是我在上海的第一个公寓。它位于苏州河边，新闸路与石门二路的交叉口，属于静安区。

Ann 说静安是上海最繁华、最黄金的区域之一，房租很贵，可见公司对我的重视。顺着公寓门口的石门二路往南走就是上海知名的南京西路，那条路往东一直通向南京东路步行街，顺着南京东路继续往前走，尽头便是上海百年的象征地——外滩。

一路上 Ann 叽叽喳喳地说个不停，这是我第一次见识了 HR 的健谈。我一直在想，Ann 适合去做销售或者市场，不，她这样的“白骨精”放在哪个部门都应该可以适应。

我不讨厌她，但也说不上喜欢。

公司给我安排的公寓位于 15 楼，一个三室一厅的房子，跟两个女孩合租。

Ann 说，她已经向房东详细了解两个合租女生的情况，我可以放心入住。一个是菲律宾华侨，在建筑设计公司工作，32 岁；一个是高级白领，精通日语，英文也很好，28 岁，可以跟她学习日语，毕竟我们株式会社崇尚的是日本公司文化，有三分之一的员工都来自日本。

Ann 按响门铃，开门的是房东，一个胖乎乎的中年女人，珠光宝气，但很和蔼。我拖着行李箱进了客厅，从房间里面出来两个女孩，我想这就是刚才 Ann 介绍的菲律宾女孩和高级白领了。

女孩们热情地跟我打招呼说："嗨，欢迎你。你就是姜墨兰吧，你的英文名字叫什么？"

我愣了三秒，除了大学英文老师问过我的英文名字，长这么大还没有谁问过。

我在脑海里努力搜索着我对自己英文名字的记忆，无奈之下随便说了句，"Nice to meet you，My name is Lan！"

"OK，你好，我叫 July。"高级白领伸出手要跟我握手。

July 穿着很讲究，一身黑色的包臀连衣裙，配着香奈儿的长款项链。腿看上去修长而白皙，头发高高盘起，妆化得并不艳丽但却有些妩媚。厚厚的红唇是她五官里最性感的部分。眼睛上方的眼线有点长，透出东方女人的魅惑。她的长相不属于天生丽质型，但却很有女人味。她虽然外形妖娆，但是她的眼神很真诚。我见到她的第一眼就喜欢上了这个姐姐。

"你好，我叫 Melody，我希望你跟我讲中文，做我的老师。July 天天跟我讲英文，烦都烦死啦。因为我到中国来就是学中文的。"Melody 手舞足蹈地用蹩脚的中文跟我说。

她是个可爱的菲律宾华侨，跟我一样穿着 T 恤和牛仔裤。她的笑容很纯，有一对浅浅的酒窝，是一个笑点很低的人，只要她醒着，三分之二的时间都在笑。她的个子不高，但人很胖，皮肤却异常白嫩，与"菲律宾人"、"32 岁"这些"身份标签"一点都不匹配，她说但凡她外出，人们都会误认为她是日本人。她有洁癖，房间里一尘不染，公寓里总是看见她忙前忙后打扫卫生的身影。此外，她还是虔诚的天主教徒，每个周末都要去教堂做礼拜。她到中国已经 6 年了，她很想找个中国男人结婚，特别是上海男人。

就这样，我们友好地认识了。晚上，Melody 做了丰盛的晚餐欢迎我加入静安公寓，而 July 帮我铺被子、整理房间，让我在上海的第一个夜晚不孤单。

到现在，我也依然爱她们。

上班的第一天，我按照 Ann 部长的要求 8 点 30 分到公司报到，办理入职手续。还没进门，就被勒令要求换鞋。

原来，公司有统一的鞋柜和拖鞋安置在办公区域外的入口处，每个员工必须换鞋才能进入办公区域内，以保证办公室里干净、整洁。习惯穿高跟鞋的女士也可以在办公室里放一双干净的高跟鞋更换。这是我第一次亲身体会到日本公司文化的严谨。

渡边社长在日本，给我发来消息让我受宠若惊。他说："姜记者，欢迎你加入本公司，我一周后到上海给你开欢迎会。"

渡边先生是一位年近 60 岁的老绅士，头发斑白，戴着一副无边框的眼镜，西装革履。他是中国通，中文相当流利。

我当时作为电视台实习记者采访他时，他非但没有推诿，没有瞧不起我这样年轻的小记者，而是给予了包容和机会。采访结束后，我们谈到日本服装史、中日古典文化，聊的很投机，还相互交换了名片。当他得知我只是一个大四的学生时，向我竖起了大拇指，希望我毕业后考虑到他的公司工作。

Ann 说，渡边集团上海分公司里共有 7 个部门，50 几个职员，我属于品牌推广部。部门的职能主要是负责品牌策划、宣传册设计、媒体广告投放、时装发布会、代言艺人的关系维护等工作。我的顶头上司是部长 Catherine，一个 40 多岁的未婚女人，在公司已工作了 10 年，算是老前辈。此外，我们在浙江还有一家中日合资的高端服装加工工厂，主要代加工日本、韩国、意大利的中高端服装，厂里有一千多名员工。

为了适应上海的国际化大都市背景，每个员工都有一个英文名字，人事部给我一个工牌，上面名字是 Lan，我当时觉得有些土，但也凑合吧。

Ann 带着我参观公司，同事们看起来都很忙碌，男士们西装革履，女士们时尚优雅。

在公司里，可以听到英文、日文、中文三种语言混杂，日本的员工说话很轻柔，中国的员工说话像吵架。我欣喜地跟着 Ann，听着此起彼伏的电话铃声，笑而不语地穿过办公区。

没有人留意我，即便同事们看到了我，也是一眼瞟过，我连说声“嗨”的机会也没有。

Ann 说公司的职员 30% 来自日本，70% 都是中国人。这里的大部分日本员工都会简单的中文和英文，所以不用担心语言上的沟通。

最后，Ann 带我去了品牌推广部的办公室，里面有五六个职员，其中一个是课长，就是“经理”之意，玻璃窗独立办公室里坐着的应该就是部长 Catherine。

Ann 礼貌性地敲了下玻璃门，妖娆地走进 Catherine 的办公室，说：“亲爱的，忙什么呢？渡边社长推荐的那个小姑娘来报到啦。交给你啦，改天我们一起喝下午茶。”

Ann 向我使了个眼色，拍拍我的肩便离开了。我挺胸收腹，自信地走进了部长的办公室。可这种自信只持续了 0.1 秒，不，准确点说，0.1 秒都没有，瞬间瓦解，宛如世界末日。

我的 boss 是一个标准的时尚女魔头，坐在我面前俨然像一个女王。

我认为她把所有能穿在身上的奢侈品都堆在了她身上。她黑色真丝衬衣的领口开得很低，事业线一览无余，我作为一个有正常性取向的女人都忍不住快要流鼻血。站在她办公桌前，香奈儿 5 号扑鼻而来，这是她身上唯一我喜欢的味道。她有一头深棕色短发，干练而霸道。耳朵上的带钻耳坠在办公室灯光的照射下有些刺眼。手腕上戴着一块闪耀的浪琴表与晃动的耳坠遥相呼应。她的指甲是紫红色的，不可思议，怎么会有 40 多岁的女人染这种颜色的指甲？

我不禁打了个寒颤，貌似看见了我在职场上被她用皮鞭蹂躏的悲惨生活。她就像烈日下，非洲大草原上的一头饥肠辘辘的母狮子，而我就是一只迷失的小鹿，唯一的命运就是等待她来捕食。

Catherine 用她那化着烟熏妆的眼睛瞟了我一眼，我的意思是她吝啬地都没有给我眼神交汇的机会。那一刹那，她的眼神里有股杀气。

她跟我说的第一句话像是抽了我一耳光似的，耳朵里“嗡嗡”作响。我灰溜溜地从她办公室出来，心情指数从“零上 25 度的暖春”突然降至“零下 25 度的寒冬”。

她说：“我不管你是谁，在我的部门工作就得听我的。我们是时装公司，请注意你的个人形象。每天都有可能出去见客户，你无时无刻不是公司的名片。老实说，你的衣服实在很土，太影响我的视觉了。你确定你是新闻系毕业的么？请回去换一套时装。另外，还有你的球鞋，请务必穿高跟鞋上班。你会化妆吗？如果你没有合适的衣服和化妆品，那请你去买，这就是你第一天的工作，记住：穿到我满意为止。好了，你可以出去了！”

“穿到我满意为止！”她一字一顿，吓得我毛骨悚然。

我悲催地哭丧着脸，审视部门其他几个同事的穿着打扮，还真是像模特走秀一样。唯一一名瘦高苗条的男同事，一边耳朵上打着三个耳钉，穿着粉红色的衬衣和白色的细腿裤，端着咖啡走到我身边热情地伸出手，“你好啊，你是新同事 Lan？我是 Jason。”他拿起他的工牌给我看，继续说：“被骂了吧？刚才我们还在议论，你肯定惨了，敢穿 T 恤牛仔裤来上班。My dear，你在我们浙江的工厂做女工可以这么穿，这里可不行。”他嗲声嗲气的声音充分显示他是一个 gay。

我的世界崩塌了，让我从“文艺女青年”一天之内变成“白骨精”，怎么可能？不，准确点说，离下班还剩六个小时，六个小时内穿到女魔头满意为止，怎么可能？我连一条像样的裙子都没有，仅仅拖了一个行李箱就匆匆来到了上海，除了休闲装就是几本书，其他衣服、物品通过邮局平邮，还在路上呢。

我闷闷不乐地乘公交车回到家，打开门发现 July 竟然还没去公司，只见她塞着耳机听着歌，吃着水果，两腿伸在茶几上，悠闲地翻着一本时尚杂志。

我像遇到救星一样，跑过去跟她诉苦。把 Ann 私底下告诉我的关于 Catherine 所有八卦托盘而出讲给了 July 听。

“哇噢，这么变态的老大啊，你以后得小心了。她是嫉妒你们小姑娘年轻漂亮。所以，不管你怎么打扮，她都会挑你毛病。若如你所说，一个没结婚、没男朋友、40多岁的女人，那明显就是荷尔蒙失衡，需要男人关爱。”July的嘴巴是很毒的。

“July姐，可我又不是男人，怎么办？你给我出出主意啊。我第一天上班，不能就这么放弃吧？我在上海的生活刚开始就悄无声息地结束啦？”我像泄了气的气球一样无精打采。

“兰，衣服你先别买了，我待会儿有事要出去，今天没时间陪你去逛街。咱俩身材差不多，我借你穿几天。周末我再陪你去七浦路买衣服，那里东西便宜，能淘到很多漂亮衣服。放心，你的形象改造包在我身上。遇到姐，你得救了，永生！”July拍了拍胸脯跟我保证。

July是一个直爽善良的姑娘。别看她华丽、妖娆、强势的外表，内心却极为细腻、温柔、善解人意。

她打开巨大的衣橱和鞋柜，仔细端详着我，给我挑了一件“V”字领、下摆呈鱼尾状的宝石蓝的连衣短裙，还有一双后跟10厘米的“恨天高”。

“这个领口太大了，不行，不行，我穿不出去。”我瞪着眼睛，噘着嘴，连连摆手。

她摇摇头，叹口气，又给我挑了一件紧身的黑色裙子，我说：“NO，太性感了。”

我们反反复复折腾了半小时，她累得坐在床上盯着我，说：“姜墨兰，我被你打败了。你要突破自己，这些裙子哪里不适合你？你的接受尺度需要放大一点，这里是时尚之都上海，不是乡村僻壤，你好意思说你在时装公司上班么？这些衣服又不暴露，只是衬托你的身材而已。你那40多岁的Boss还露事业线呢。听我的，先试试。然后我再给你画个淡妆，保证压倒群芳。”

July塞给我那件宝蓝色的连衣裙，还有一双我能勉强接受的后跟6厘米的白色高跟鞋。

我半信半疑地跑到自己的房间里换装，迟迟不敢出去，因为我不敢相信镜子里的那个性感俏皮的女孩是我。

“墨兰，你好了没有啊？快出来给我看看？”July“砰砰”敲响了我的门，拧开门栓进来，“哇噻，真是佛靠金装、人靠衣装啊，你看你这小身材，还有你这细胳膊细腿。你本来就是个美人胚子，再这样打扮打扮，走在街上要引起交通混乱的吧？”July左瞧瞧、右瞅瞅变装后的我，故意挠我痒痒，打趣地说。

“等着哈！”她突然想起什么，转过身，唱着歌，一摇一摆地去她房间拿来化妆箱。

“这么大一个箱子，全是化妆品？”我瞠目结舌。

July的化妆箱像柜式保险箱似的，一层又一层，仅各类大小、长短、粗细不同的毛刷子，我数了下就有30余把。

“你不让我化妆，就等于让我死。女人一生的工作就是负责貌美如花，不化妆绝对不能出门。一个女人连美都不爱，还能有什么追求？”July大大咧咧地跟我讲着她的“女人哲学”。

她耐心地告诉我化妆的基本步骤，每一步先化什么部位，配合什么工具使用。虽然我大学的时候做礼仪小姐也化妆，但都是专业的化妆师匆匆忙忙地在我的脸上刷来刷去，就似乎我的脸是一面静默的毛坯墙，从没有人耐心地教过我。

化完妆，July把我的头发绳解开，让我的头发自然地披散在肩上，拿出吹风机把头发吹蓬松。我像个木偶似的被她摆弄了大半个小时。

最后，她在我的食指上套了一枚卡地亚的戒指。她说，什么首饰也不要戴，否则就会显得过度修饰，一枚戒指恰到好处。

“我认识这个品牌，鹏程有一块卡地亚的手表。好几万吧？我不戴，弄坏了怎么办？”我连忙摘掉了这枚戒指。

“弄坏了也不要你赔，东西买了不用就失去了价值，我又不可能每天全戴身上。”July姐爽快地又拿起戒指帮我戴上。“你刚才嘀咕的那个人是谁？”

“我男朋友……我们已经分手了。”我支支吾吾地说，眼神里却透着悲切的目光。

“你很爱他是不是？是因为大学毕业工作的事情才分手的么？还是父母的

阻挠？”July 姐坐到我身边挽着我胳膊问。

“嗯，也差不多吧。一言难尽，很痛苦，走不到一块儿。”我的心如刀绞。

“那就忘了吧，时间会让你忘了那些痛苦的。换个造型、换个环境也能换个心情，每天把自己打扮得美美的，重新开始，女人一定要爱自己。”July 扶着我站起来，“来，我们到镜子那里去，看看重生的姜墨兰。”

“哇噢，我太佩服自己了。墨兰，你真美。”July 开心地鼓掌，炫耀她的杰作。

我就像被 July 施了魔法，镜子里的那个人俨然就是一个典型的知性女子，自信而优雅，高贵而又不失活泼，时尚而又不失沉静。

原来，外在形象设计有如此大的魔力，能彻底改变一个人，让人改头换面，从容自信。

July 出门的时候，还拉着我到楼下的指甲店做了法式指甲。她说，法式指甲低调不娇艳，适合我的穿着和个性。

那天，我从一个灰姑娘变成了白天鹅。

换装后，我似乎也暂时忘记了一个叫戚鹏程的大男孩。

走在公司的走廊里，男士和女士们惊讶地纷纷回头，议论我这个横空出世的漂亮女孩。

从此，我和时尚女魔头 PK 的日子开始了。

July 告诉我，在上海，女人的外形与气质胜过一切资本，若你还能有才学和头脑，那你就可以赢得一切。她常对我说：“千万别糟蹋了父母给你的好脸蛋。”

周末，July、Melody 和我三人会骑着自行车到泰兴路、巨鹿路、衡山路喝咖啡；也会骑到新乐路、长乐路去闲逛，原则是只看不买。Melody 和 July 再三告诫我说，购买衣服，要么去“恒隆商场”买奢侈品，要么就去“七浦路”淘货。这些路边小店里很多衣服也来自七浦路。不会淘货的姑娘穿的是地摊货，会淘的姑娘买的是外贸尾单。

我在日本服装公司工作有一项内部员工福利，可以三折购买公司的品牌服装，但每个人根据职位级别不同，消费额度也不同。即便三折，对于我这个刚毕业的大学生而言，也是个不菲的开销。倒是July很热衷，我便把员工福利送给了她。

July的工作一直是个谜，她从来不告诉我们职场上的逸闻趣事，倒是我和Melody每天晚上跟她唠叨个不停。

July还是个有钱人，地下车库里有辆保时捷SUV是她的，可我们很少看她开车出行。

我问她，为什么这么有钱还跟我们合租房子？她说，她在这里住了7年习惯了。

我又问她，为什么还跟我们去七浦路淘衣服？她说，我怕你们俩一个老外、一个菜鸟被宰，买堆垃圾衣服回来，看了糟心。我去帮你们杀价，也可以当参谋帮你们挑选。

July出差频率是我们三人中最高的，平均每周只有两三个晚上能看到她，偶尔一两个星期也不见她踪影。即便在上海，有时她也住在男朋友家里。

我第一次去上海大舞台看歌剧是July带我去的。在我眼里，July是个神通广大、交友广泛的女人，总是会送给我和Melody各种各样的票，比如电影票、话剧票、歌剧票、演唱会的票，还有各类代金券。

我第一次去上海的金茂大厦也是July带我去的。那天，她拿着三张票跟我和Melody说有一个企业家交流活动，我们可以去享受免费的美食，听一下企业家们的精彩演讲，还可以看到一些影视圈明星。于是，July开着她的保时捷SUV载着我和Melody盛装出席去了金茂大厦。

到了现场后，July让会议上的工作人员在豪华的宴会厅找了两个合适的席位让我和Melody坐下，她有事先离开一会儿。

她去干嘛，我们不知道。

直到活动结束，我给她打电话问她是否跟我们一起回家，她才再次出现在我们面前，但我看出酒店经理，还有那些企业老总似乎跟July都很熟，而且对她十分客气。

她的确是个神秘的女人。

接触的时间越长，我就越感受到 July 一定有巨大的能量和不为人所知的故事。她把自己隐藏得很深，捉摸不透，但我想不管她是谁，我们三个女生之间的感情是真实的。我曾怀疑过她可能是某个超级富豪的女儿，叛逆地退隐于我们这个小公寓里。抑或，她有个富豪男友，维持她奢侈的生活。

第 13 章

女魔头的职场独裁统治

我在渡边公司上班的第一天就被同事们当作了赌注，无聊的人们纷纷下注，据说最高的赌资是五百元人民币。

在洗手间里，公司的清洁工阿姨拉住我的胳膊，神经兮兮地跟我说："你是品牌推广部的新人吧？恭喜你，苦日子来咯，我们在打赌看你能撑多久？"

我尴尬地笑笑，不知何意。

对于 Catherine 而言，我是渡边社长安插在她那里的定时炸弹，我的出现让她缺乏职业安全感。入职的第一年，她是想方设法把我排挤出局的。

2007 年是可怕的一年。

初到渡边公司时，品牌推广部除了我的女魔头上司 Catherine 之外，还有她的助理 Sally 和其他六个同事。她们都是修炼到家的"白骨精"，有着漂亮的脸蛋和骄人的身材。她们道行深厚，没有千年功力，也有几百年，不仅能鞍前马后地替 Catherine 分忧，而且对她唯命是从。时间长了，我才知道这些女孩大多来自外地，魔都上海巨大的生存压力、渡边公司的诱人薪水和福利让她们再苦再累也愿意忍受 Catherine 变态的管理统治。

我坐在办公室里，痴呆地望着她们忙碌的身影，眼前突然出现幻觉，就像看着一群戴着面具的妖精，有白骨精、蜘蛛精、蛇精、狐狸精、兔精。她们妖娆地在我身边搔首弄姿，伸出魔爪，对我垂涎三尺，觊觎撕碎我、吃掉我，一根骨头也不剩。只有唯一的男同事 Jason 似乎友好一些，他皮肤白皙，留着鸡公山一样的发型，十根手指上戴了六个戒指，也是一个妖精，具体什么妖，我挤破脑袋也没对号入座，暂且可以算作“人妖”。他是公司的摄影师，负责服装拍摄。他从法国留洋回来多年，才华横溢，深得 Catherine 欣赏。

Jason 整天跟公司外聘的模特们混在一起，徘徊在上海的名利场和夜店，但英俊的他除了是 gay，还是十足的八卦婆，比公司洗手间的清洁工阿姨有过之而无不及。

每次办公室饮水机要换桶装水，我们都要请其他部门的男同事来帮忙，或者我们这些女汉子两两合作换水。只因 Jason 对换水一事视而不见，颇为认真地对我们说：“瞧我的手多娇嫩，你们舍得让我干粗活吗？我的手是为摄影艺术而生。我宁愿请你们喝咖啡，也绝不干粗活。”

“神啦，请赐予我无穷的力量吧，消灭这些妖孽！我真想敲晕我自己，睡醒后拥抱璀璨星空。”我这只菜鸟，初来乍到，渡边服装公司弱肉强食、千奇百怪的职场规则让我心惊胆战。

我熬过了与女魔头共事的第一个星期，但这一周似噩梦。我的主要工作是替 Catherine 和各部门的同事们买咖啡、参加新员工培训、认识各种色卡、面料和服装品牌。

Catherine 有一个“作”到极致、让人恼怒到想休克的嗜好：她只喝陆家嘴一家小咖啡店的现磨咖啡，她说那家店的咖啡会给她带来无限的创意灵感。于是，为了买到 Catherine 心仪的咖啡，激发她的创作思维，我每天要步行 600 多米到地铁站，从浦西乘几站地铁到浦东的陆家嘴，然后再步行 400 多米到咖啡店去买咖啡，这是一段异常艰难的旅程。

第一次去买咖啡的时候，我好奇先尝了尝那家店的咖啡，仔细品味，却感觉与星巴克的咖啡没什么区别，于是我一口气连喝了两杯，除了想上厕所，也没给我带来什么灵感。也许，这只是 Catherine 考验我承受力的一个借口而已。

“巴嘎！那就放马过来吧！”我给自己打气。

人民广场、南京东路地铁站一直是我的噩梦，人潮涌动，人流拥挤。毫不夸张地讲，饼干上去，面粉下来，何况我还要踩着 6 厘米的高跟鞋。我每次都像举起圣杯一样紧握着手里的那杯给 Catherine 带来无限灵感的热咖啡，以防杯子被挤破。耳朵里莫名其妙回响着那首著名的英文歌“we are the champion”。

我买完咖啡小心翼翼地捧着，慢步走到陆家嘴地铁站，过往人群不知情地还以为我是空姐服务训练。地铁站里上下楼梯咖啡很容易泼洒出来，我用纸巾擦了又擦杯口溢出的咖啡汁。还没等我回过神来，地铁门开的瞬间拥挤的人群将我推进了地铁里，咖啡杯泼洒了一地。我目瞪口呆，慌忙往回退，可是已经来不及。我不得已在下一站人民广场站下车，再往回乘坐地铁重新买咖啡，反复五杯咖啡才顺利完成任务。

等我如释重负般到达渡边公司，将咖啡完整地送到 Catherine 的办公室，她头也没抬，只冷冷地说了一句：“买个咖啡都去这么久，你还能干点正事么？”

还有一次，我忘了拿咖啡奶包，Catherine 板着脸把咖啡又递给我说，“没有他们家的奶包，这咖啡就失去了独特的味道，我会不习惯，还是留着你自己喝吧。”

我被女魔头的矫情折磨得想飙泪，立马又转身，暗示自己一定要镇定，忍一时风平浪静。最后，我又乘着地铁到陆家嘴，自掏腰包给她买了一杯现磨的热咖啡。这一次，我多了个心眼，找老板要了二十几包奶备用，以防悲剧再次发生。

那天，我的脚磨出了血泡，不在咖啡馆，就在买咖啡的路上。在渡边公司上班的第一周，为了给 Catherine 买到完好无损、让她满意的咖啡，我绞尽脑汁，费了心，伤了身，也废了不少银子。

晚上 July 帮我挑血泡的时候，我鬼哭狼嚎。Melody 鼓励我加油，战胜 Catherine 的独裁统治。她们嘱咐我包包里一定要放创可贴、平跟鞋，穿高跟鞋外出走路容易磨脚。

在上海的前几年，July 姐和 Melody 是我最好的朋友。幸好有她们紧紧的拥抱，让我不那么孤单。

Catherine 每天都要吃水果，每天中午都在公司吃工作餐，每周五晚上都要去美容院，买水果、订餐、预约美容院是她助理的主要工作。她对饮食极其讲究，讲究到极端苛刻，她只吃应季的时令水果，而且绝对不吃猪肉。她说，猪吃饲料长大，生猪市场注水是司空见惯的，肉质太不健康，牛和羊至少是吃草长大的，吃起来放心一点。

我准备敲门进办公室给她送咖啡的时候，隔着玻璃门看见她的助理 Sally 正在里面哭鼻子，Catherine 把一果盘的葡萄扔在 Sally 身上，办公室的地毯上葡萄撒了一地。

我听见 Catherine 让她"立刻"、"马上"、"迅速"滚出去。

可怜的 Sally 因为买错了葡萄而被 Catherine 骂，"你是第一天跟我做事吗？这么点小事情都办不好，你不知道我不吃绿色的葡萄吗？最后一次警告你，我只吃红色的葡萄，而且不要给我买大个儿的。我看见绿葡萄就恶心。"

我在门外听见暗笑，我不知道红葡萄和绿葡萄有什么区别，大个儿的葡萄吃了会中毒么？那些种植绿葡萄的果农要是知道有人这么嫉恨绿葡萄，肯定会气得喷血吧。

Sally 出门抬头碰见我，慌忙擦掉泪水，掩饰她的委屈。Sally 是 Catherine 的第八个助理，比我先进公司一年。公司内部称 Catherine 是助理杀手，Sally 是唯一坚持一年以上的助理，顿时我汗毛都竖起来了，不由敬佩 Sally 的承受力和容忍度。

我深呼吸一口气，推开 Catherine 办公室的门，小心翼翼地把咖啡给她送进去。那一刻，我更加深刻地理解了中学政治课本里的一句话："发展"才是硬道理！社会如此，企业如此，个人亦如此。

社会的聚光灯太小，璀璨的地方容不下平凡的人。牛人的困难叫"挫折"，庸人的困难叫"哦耶"。要和流氓讲规则，我们得练就一番特种兵的体格；要和对手讲规则，我们得掌握话语权，成为规则的制定者。要想在上海顽强的骄傲的存活、生活、并且生活地美好，我就必须让自己强大起来。

Catherine 真是天生的好演员，看见我立马换了副和蔼的面孔，说了声"谢谢"。她的情绪是阴晴不定的，喜怒哀乐变化无常，上一分钟在夸你，下一分钟就会骂你，堪比国家一级演员的实力。我们整个品牌推广部的心情指数不是工作量决定的，而是 Catherine 的情绪决定的，但我知道对付女魔头最好的办法，就是投其所好，服从里带点倔强。

狮子并不喜欢绝对服从、跑不快的小鹿，只因猎杀温驯的小鹿让狮子感到乏味，缺乏成就感。

我放下咖啡，拿起 Catherine 办公桌下的垃圾桶，弯下身子去帮她捡地上的葡萄。

没想到 Catherine 竟然冲我吼道："谁让你捡的，你给我出去，公司请你来不是来做清洁工的。别让渡边社长认为我把你当助理使唤。"

我愣了一下，没有抬头，继续捡地上角落里的最后几颗葡萄，再恶毒的语言和打击我都经历过，Catherine 显然小瞧我了。要知道我姜墨兰可是一只越挫越勇、打不死的"小强"。我说："部长，我捡完就出去。没人让我捡，但是您是我的 Boss，您办公室乱了我作为下属帮忙收拾是应该的，这跟是不是助理无关。我想渡边社长也不会责怪您，尊敬上司和前辈也是渡边社长常教导我们的。"

Catherine 靠在椅背上，转着手里的水性笔，目不转睛地盯着正在低头捡葡萄的我，猜测我是怎样的一个女孩，那表情似笑非笑，皮笑肉不笑，但她隐约觉得我是不会被她的折磨逼走的。

一周后，渡边社长来公司了，他让秘书找我去他的办公室。

社长的办公室简易得让我无法相信，白色的墙壁上连一副装饰画都没有。办公室的面积只有约 5 平方米，远不及我的上司 Catherine 的办公场地大。办公室的一面是窗户，便于透气通风；三面是墙，确保隔音效果。办公室里只放着一张薄薄的木制桌子，一把电动的皮椅，桌子上干净得只有一部电话，一张家人的合影照，还有他的笔记本电脑。

社长洞察到我的诧异。"我长时间在外出差，日本待的时间较多，上海办公室的利用率很低。一切从简吧，不要浪费资源。我脊柱不太好，只要椅子舒适就行。"

顿时，我对我的这位老板更加肃然起敬。

渡边社长说，希望我在品牌推广部学习一年，再到销售部工作一年，如果考验合格，业绩达标，考虑让我给他做中国事务的助理。他说："姜墨兰，你的综合素养远高于同龄人。文学造诣和应变能力很强，沟通能力和协调性也没有问题，唯一欠缺的就是对公司业务的了解，对服装行业的洞察力和敏锐度，所以你需要加强学习，我很看好你。公司未来中国区业务的发展需要你这样优秀的年轻人，你要加油。"

对于社长的工作安排，我有些喜出望外，他已经帮我想好了未来三年我的职业发展规划，但年轻的我却不知那只是鹏程的爸爸给我设下的一个大陷阱，让我如同猎物一般活在他的掌控之中。

"谢谢社长！我一定会努力。"我热血沸腾地走出了社长办公室。那天，我冥冥之中相信渡边先生就是我职业生涯的贵人。不管 Catherine 如何折磨我，为了渡边先生对我的信任，我都要咬牙挺过去。

晚上，社长叫上我们品牌推广部的七名同事，以及其他部门的几个部长一起去新天地的"天家"吃日本料理。这家高级日本料理餐厅是公司里的日本员工聚餐常去的地方。

Sally 说，但凡有新人入职，无论职位高低，只要社长在上海都会请吃饭，目的是让新人更快融入我们的公司文化，在聚餐中增进同事之间的了解，增强新人的归属感。

确实，这位日本企业家老前辈，仅凭他的为人风范就值得我去追随，但是这顿饭起初让多疑的 Catherine 很不高兴。

她坐在渡边先生旁边，优雅贤淑，面带微笑，又是帮渡边先生斟酒，又是帮渡边先生拿纸巾，对老板的照顾可谓无微不至，一点都不像一头母狮子。当听渡边先生说道"我们老了，未来是属于你们年轻人"时，她的表情开始扭曲，突然凶狠地瞪了我一眼，让我冒了身冷汗。

还是 Jason 聪明，拍马屁炉火纯青，也让 Catherine 倍儿有面子。他站起来举杯让我们这些年轻人一起敬敬社长和几位部长。他说："未来虽然属于年轻人，但过去、现在的江山是渡边社长您带着前辈们打下来的。没有前辈们的辛勤付出，哪里谈得上明天和未来。我们这些晚辈必须好好敬敬各位前辈。"

“说得好！不愧是 Catherine 培养出的兵。”同事们都站起来举杯，一饮而尽。Catherine 的脸上笑开了花。

原来，职场的社交场合，特别是大老板在的场合，一定要想方设法让自己 Boss 大放异彩。

饭后，我们送走渡边社长。Catherine 在餐厅门口对我说：“别以为你是渡边社长亲自招聘的人就自鸣得意，多向 Jason 好好学习，做事之前先学会做人。”

我在渡边公司工作的第二周就被 Catherine 派到浙江平湖县的工厂出差，她说这叫下基层锻炼两周。

我忐忑地问 Catherine：“出差任务是什么？”

她吝啬地回答我两个字：“学习！”

我又问：“您要求我学习什么？我去了工厂联系谁呢？”

Catherine 瞥了我一眼，没有正面回答，呵斥了一声：“出去！”

我灰溜溜地走出 Catherine 的办公室，好奇地问 Jason：“我一个写广告文案的，到工厂学习什么？”

Jason 说：“老大让你去学习，你就得硬着头皮去，而且要学成归来。”

我又问：“关键我是学什么啊？缝制衣服么？”

Jason 说：“My dear，学什么不重要，你的态度最重要，具体工作 Sally 应该会为你安排的。别忘了回来做个报告，要 PPT 形式的。”

我不可思议地问：“我去……还要写报告？还要 PPT？太作了吧？”

Jason 搭着我的肩说：“别怪姐没提醒你，以后给老大汇报工作尽量做成简洁美观的 PPT。”

我战战兢兢地周一一早出发，乘坐大巴去了浙江平湖县，被分到工厂的样衣制作室，跟着打版师傅熟悉服装制作流程。

打版师傅们像是和 Catherine 串通好的，安排给我一堆苦力活。起先，让我到仓库来来回回五六趟取辅料，大大小小、红红绿绿的纽扣、拉链被我取了个遍，从 AKK 到 YKK。后来，实在没有 ZKK 拉链给我取了，又安排我取面料。

面料都是一卷一卷的，几十斤分量不等，我找不到推车，师傅在电话里一个劲催我快点。于是，我任性地像个大力士一样扛着、拖着、再扛着、再拖着一卷面料从仓库搬到样衣制作室，那两地的距离是五六百米。

师傅说："小姜辛苦，不过拿错了，唉，还得辛苦你跑一趟。"

"啊？"我还没缓口气，又快速跑到仓库，有着豁出去的韧劲。

这次我没扛也没拖，在仓库里正好看见两个年轻的小伙子，必要时候一定要使出"美人计"。我整理下仪表，主动上前搭讪，学着部门狐狸精、兔精的样子发嗲说："两位帅哥，真不好意思，能不能帮我一个小忙呢？我实在是搬不动了。"

这招真管用，两个小伙子想都没想就答应了，一口气帮我把一卷布料轻松地抬到了样衣工作室的门口，我拦住他们说："就放这里吧，我自己拖进去就行，太感谢两位了。"

小伙子们说："你新来的吧？以后需要帮忙招呼一声，别客气。"

晚上，工厂的下班时间是 9 点。如果样衣工作室的师傅们不下班，我也不能下班。师傅们派我去"后整理车间"帮女工们剪线头，这活听起来简单，我也欣然答应了。谁知道，我刚坐稳板凳，几个女工就推了一大箱堆得比我人还高的 T 恤放在我面前，叮嘱我务必要剪完线头才能下班，这批衣服明天要出货。

我随手拿起一件线头数也数不清的 T 恤，手在颤抖，说："这、这、这有多少件？"

女工们说："两百件左右吧。"

我说："什么？两百件？姐姐们开玩笑吧？"

女工们说："我们都是两三百件，你这算少的，别废话了，赶紧剪。剪完你搭档还要检查，再折衣服装袋呢，她的工作比你这剪线头更麻烦。"

那天，剪完两百件衣服的线头已到晚上十二点，由于视力高度集中，我的眼前在冒金星，总觉得眼前都是线头，走路摇摇晃晃，拖着疲惫的身子回到宿舍，我澡也没洗就扑倒在床上睡着了，梦里 Catherine 像只饥饿的狮子一样向我扑来。

直到现在，有两件事让我不能忍受：一个是地铁里喝咖啡，一个就是衣服上有线头。我很担心人们的咖啡会端不稳洒在地铁里，也对人们衣服上的线头焦虑不安，若身边有剪刀，我会千方百计地帮忙剪掉。

可见，Catherine 对我影响之深远。

从浙江工厂基层锻炼回到上海后，我才正式负责媒体广告和企业宣传工作，定期在时尚媒体上发布硬文和软文广告，平日里打交道最多的是《瑞丽》、《时尚芭莎》等时尚杂志，还有电视台和时尚网站的编辑。我本身记者、编辑出身，对媒体的工作流程驾轻就熟，还算轻松。但是，Catherine 还是能鸡蛋里挑骨头，指出我的毛病："这季度的广告预算高得离谱，你的媒体关系怎么维护的？你不会打人情牌送人家几件衣服，帮咱免费做几个广告吗？"

"免费啊？这……" 我心想天下哪有免费的午餐，何况杂志社都靠广告费用维持运营。

"这什么这？你不试试怎么知道不行？搞定免费这件事情，不然明天不用来上班了，在家反省。" Catherine 怒气冲天地把我的广告投放方案扔到了她的垃圾桶。我不理解这个女魔头怎么这么容易发脾气，好好说话指导工作不行吗？

每周五是我的黑色星期五，也是同事们看我笑话的日子。因为下午部门例会上 Catherine 要求每个员工上台汇报本周工作进展和下周计划，而且要以 PPT 形式讲演。

Catherine 总是在会上毫不留情地唾弃我的文案，说得最多的是"重做"、"重做"、"重做"，其实往往她满意的最后一个方案就是我做的第一个方案。时间长了，我脸皮也厚了，对"重做"两个字已经绝缘。

Jason 说："你胆真大，敢敷衍 Catherine。"

我说："我也是被逼无奈、黔驴技穷，她只说重做，又不说哪里不好，我怀疑她是否认真看过我写的文案，事实证明她只是为了显示她是我的女王。"

每年 3 月和 9 月的新品时装发布会和订货会筹备期是我们部门最忙的，

部门全体人员的工作重心也都围绕发布会来开展，Catherine 是总负责人，助理 Sally 是协调人。我们每个人身兼多职，找 T 台场地、布景设计、挑选模特、试镜、拍片、制作产品手册、邀请上海各大时尚界媒体和名媛等等工作让我觉得新鲜刺激。

我除了媒体邀请外，还要负责协助 Jason 到影棚拍摄产品图册、挑选走秀的模特。Jason 是个完美主义者，他对照片不满意会不停的重拍，所以我和他一起熬通宵、吃泡面是家常便饭。这段时间也培养了我和 Jason 的同盟关系，俗称小群体。

部门的妖精们熟了以后也不再排斥我，大家表面上相安无事。我深知，我是 Catherine 的出气筒和妖精们的炮灰，我的出现让部门妖精们轻松了许多。我没进公司之前，Catherine 骂她们。我来到公司之后，Catherine 骂得最多的是我和 Sally。所以出于同病相怜的缘故，Sally 和我逐渐成为同事里的闺蜜，每天中午的工作餐基本都是在一起吃，也时常相邀一起逛街、看电影。

发布会那天，我负责媒体接待，给媒体记者的 30 份礼品袋是我精心准备的，每份礼品袋里都放有新闻通稿、产品图册、一件限量版羊绒衫和一条新品围巾，但现场清点时，我发现少了五份。虽然事先我向 Catherine 额外申请有十份的备份，但丢了物品还是要追究责任，我一直等到时装发布会结束才向 Catherine 汇报。

Catherine 很生气，让我严查，否则月底扣我的工资赔偿公司的损失。

Sally 说："你真傻，往年时装发布会礼品都作假发完了，就今年你如实发放留了几份。最傻的是，礼品丢了你不会说'给媒体同行的几个朋友了'，还跑去和女魔头汇报丢失，真是没事找事。"

我虽对于礼品丢失事件有些愤懑，但是"工作失职就要承担责任"这一点我是坚定地认为不能投机取巧、耍小聪明的。

回到家，我和 July、Melody 商量该怎么办。

我仔细回顾了发布会之前的筹备情况，40 份礼品袋是我一个个摆放整理，反复检查、清点过的，负责接待工作的其他部门的五个同事，都始终和我在一起，不可能当着我的面去拿我的礼品。只有发布会开始前我要上厕所，让

Sally 帮我替岗我才离开了五分钟。

Melody 说："难道是你的闺蜜 Sally？"

我说："不可能，她比那些妖精们单纯多了，一个山村出来的姑娘怎么会害我？而且渡边社长给每个参与筹备发布会的员工都奖励了一件纪念版羊绒衫，她要另外的五件干吗？应该是其他我没留意到的人。"

July 说："怎么不可能？你见过狼嫌肉多啊，她不会送人啊？按你的逻辑，你的这些同事每人都有一件羊绒衫，那都不可能偷。"

第二天，我到公司观察 Sally，也没觉得她与平日有什么不同。Jason 说："查不出来算了，吃一堑长一智，以后多个心眼。若真是同事偷的，你好意思检举别人啊？"

我无助地摇摇头。

周五的例会上，Catherine 让每个人做发布会工作的总结，当我汇报完毕后，她有褒有贬，在会上宣布扣除我五千块工资作为五份礼品丢失的补偿。

"额滴神啦，那可是我一个月的薪水！"我低着头，虽然满腹委屈，但也认了。"该死的贼，挖地三尺我也要把你找出来。"

会后，Sally 安慰我说："该吃饭吃饭，该睡觉睡觉，别不开心了。你也是笨，谁让你自讨苦吃跟女魔头去汇报？"

两个月之后，冬天来了，Sally 和其他同事一样也会穿着漂亮的羊绒衫来公司上班。有一天，下班后我们一起去吃火锅，餐厅里很热，她脱了羊绒衫放在一边，趁她上厕所的间隙，我还是鬼使神差翻看了羊绒衫里的洗唛。因为我从浙江工厂样板工作室的师傅那里知道，赠送媒体和贵宾的羊绒衫有规范的中、日、英文标准洗唛，而奖励员工的羊绒衫里洗唛缝制的相对简单，只有中文和日文。

Sally 的羊绒衫洗唛果然是中、日、英文的标准洗唛。

那一刻，我锥心碎骨的痛，知道什么叫被职场上的闺蜜陷害与出卖！我强忍着愤怒与失望吃完了那顿饭，此后刻意与 Sally 保持一定的距离，她清纯的面孔背后实在邪恶得让我毛骨悚然，我们的友情价值在她眼里竟然还不如五件羊毛衫。

第 14 章
高级妓女 July 姐

一年后，我被渡边社长调到了销售部，远离了 Catherine 和 Sally，负责华东区加盟商客户的关系维护和订单协调。那是最繁忙的一年，加班、饭局、出差开始高频率地进入我的生活。

深夜，当我一个人拖着疲惫的身体，乘着公交车行在回家的路上，望着窗外灯红酒绿的上海，也会想起武汉的 590 路公交车，想起挽着鹏程的胳膊在南湖边散步，不知他在美国的哪个城市深造，是否还是爱打网络游戏，是否已经跟芊芊结婚？

我签约的第一个单是来自于一个 40 来岁的建筑材料分销商，他想帮他太太在上海开一家高档服装店，代理我们公司旗下的一个服装品牌。我对自己的第一个客户尤为重视，生怕有疏漏，如约与客户在公司会客室见面，安排同事们详细跟他介绍了店铺选址、装修、陈列、开业筹备、店员招募与培训、进货量、加盟保证金、总公司支持等各项加盟店开店细节。我并没有把我们的服装品牌优势夸得天花乱坠。反而是站在他的立场叮嘱他说，一个中高端的服装店铺开起来至少要投入一百多万，多则三四百万，视店铺规模、装修费用，以及店铺地段、店铺租金而定。投资不菲，一定要好好考虑和权衡。

两个月后，临近签约之际，这位先生突然提出请我单独吃晚餐，想多了解些开店细节，以便于他和他太太做决策。

平时我们日本公司的习惯都是两三个人的专业团队一起跟客户吃饭，答疑解惑，从未跟客户单独聊过。虽然我有些诧异，但毕竟这是我洽谈了两个月的客户，仅是带着店铺设计师去现场测量都去了四五次，眼看要签单了也不能轻言放弃，于是就答应了他的要求。

餐厅里的灯光有些昏暗，温州男人订了个小包厢。他起初还很绅士，临近晚餐结束时，他突然坐在我旁边，握住了我的手，直白地对我说："合同的事看你的表现。姜小姐，实话跟你说，有好几个品牌都在找我，但我对你爱慕已久，晚上可否陪陪我？"

我第一次在职场上遇到这种"潜规则"事件，我气愤地站起来，骂了句"无耻"，拿起包就往餐厅外面跑。

如果鹏程在，看到他对我动手动脚，肯定又会打得他满地找牙吧。

回到家里，我跟July、melody讲述这件事情，哭得稀里哗啦。

Melody逗我说："我还想被潜呢，可没人要啊？放轻松，职场上这种事很常见。你到我们公司去工作一段时间就习惯了，办公室里直接暧昧不清。"

July倒是劝我冷静，她说："这种男人我见多了，他不会把你怎么样。努力了两个月不要放弃，他个人信息有登记吧？我去帮你搞定他，你把合同给我。"

第二天一早，July根据我提供的地址去了温州男人在上海所居住的高档社区，等到那男人出门，她跟踪了他。

在一个大厦的门口，July假装高跟鞋崴脚，撞到温州男人的怀里。

温州男人瞅到是一个美貌性感的女子，马上关切地问她伤的是否严重。

July娇滴滴地说："很痛啊。"

男人扶着她到一旁的椅子上坐着休息。July给他出示了一张名片，某公司高级公关。男人想接住名片，July又抽了回去。

男人心领神会似的问她："在哪里？"

"走，我带你去。保证你舒服，不过价格有点贵，想刺激点两万块一次。你最好带的现金足够。"July叫了一辆出租车把男人带到了浦东的一处小别墅里。一路上，温州男人也担心July会骗他，但他敌不过July的性感与魅惑。

小别墅里果然有三个漂亮的妓女。

妓女们把温州男人哄骗到一间房间里脱光了他的衣服，先戏弄他抽走了包里的现金，再拿出POS机让他刷卡付小费。

等男人从房间里穿好衣服出来，坐在客厅沙发上抽烟的July指着桌子上的合同，换了张严肃的面孔说："先生，我有个朋友的合同你最好过来签约，你别想着趁机占小姑娘便宜。有需求就来这里找我，我帮你安排。如果，你再动歪脑筋，我可知道你家的地址，也有你太太的电话，甚至你的儿子在哪所小学我都知道。并且，今天发生的一切我都有影像和照片。"

"你是谁？"温州男人大怒，从刚才陶醉的世界里惊醒过来。

"我是谁不重要，只是不要惹我，特别是我关心的人。"July说得很平静。

"你这是敲诈！"温州男人指着July说。

"敲诈？你玩女人，你付我钱，我没给你安排小姐吗？你本来就答应渡边公司的小姑娘要签约，你为什么要对人家动手动脚，还以合同要挟她？你算男人吗？另外，我警告你，今天发生的事情你要装作完全不知道，以后好好跟她合作。如果不老实的话，我不能保证你找妓女的这些裸照会不会到你老婆那里，还有你的客户、你的朋友。说得难听点，你不顾及你老婆，也想想会不会影响到你儿子对你的感情。"July说得掷地有声。

温州男人"呸"了一声准备往外走，门口出现两个戴墨镜的大汉拦住了他的去路。

"你最好想清楚，我没这么多时间陪你，只给你两分钟时间考虑，过了两分钟，第一张照片就会传到你老婆手机里。你是愿意送你老婆一家200万的服装店，让她念你的好，还是想我告诉她，你只是借开店的幌子去诱骗那些姑娘，谁跟你上床你就跟谁签单？"July敲打了两下茶几上的合同，掐掉烟，站起身准备出门。

"我签，但是照片请你给我。"温州男人知道自己被暗算，他无可奈何地拿起桌子上的合同，又小心翼翼地仔细看了一遍。

"照片可以给你。不过要等五年合同期结束之后，我不能确保五年内你不骚扰人家小姑娘。另外，以后的开店工作让你老婆跟小姑娘联系吧。"July没有回头看温州男人，在她看来这个男人跟人渣没什么区别。

温州男人咬牙切齿地签了合同，并当着July的面给我极为客气地打了电话，让我着手帮他老婆设计店面和装修。

发生的这一切我都被蒙在鼓里。July将合同放在我面前的时候，我高兴坏了，抱着她感激不尽。

我问她："July姐，你太牛了，那温州男人我都觉得恶心，我最怕这种无赖，你到底怎么搞定的?"

她说："过程你别问，我的经验岂能传给你?只是对付坏人不要心软。你初来乍到走路别老低着头，害人之心不可有，防人之心不可无，社会上形形色色的人都有，警察也管不来。生意场上一定要留神，我们女孩子要懂得保护自己。"

July是我的女神，我们怎么也没想到，会因一个叫"川仁"的日本老男人在"樱花会所"尴尬的碰面。

川仁先生五十多岁，是渡边社长的老朋友，也是我们公司最大的高端面料供应商，日本中高端服装品牌的50%以上都或多或少跟他合作过。我们销售部是公司最核心的部门，25个业务员，除了卖衣服，还要卖面料。

每次川仁到上海时，社长和部长总是会盛情款待他。川仁有个众人皆知的嗜好，就是晚饭后，他喜欢去沪上一家高级夜总会"樱花会所"喝酒、找小姐唱歌，像是那里有他的红颜知己。

"樱花会所"装修奢华，环境堪比五星级酒店，由十五个包厢和一个清酒吧构成，每个包厢的最低消费两万到五万元不等，小姐们的个人小费更是高得离谱，1500元起价。那里是以日本高端人士为主要客户的顶级会所，里面的小姐无论来自哪个国家，都会讲一口流利的日语，每天出台的小姐有八十多人。

一个周六的深夜，部长十万火急地给同事们打电话。他家里临时有事，让我替他去"樱花会所"接川仁先生回酒店。他说，他打了一圈电话，同事们要么约会，要么出差还没回来，要么一家出游，要么"不在服务区"，最后他才联系上我。他像抓住救命稻草一样，命令我和公司的司机去"樱花会所"

接送川仁先生，再三叮嘱我一定要把他安全送回酒店休息。

我是一百个不乐意，但却无可奈何，谁叫我是单身呢？不是“要么要么”里的一员呢？

到达“樱花会所”的门口，我用蹩脚的日语给川仁先生打电话说：“我们到了，就在门口。”过了十来分钟，川仁才跌跌撞撞地从会所里出来，搀扶着他的两个性感的女人格外醒目。我心里在暗骂这个日本老色鬼，当他们三人越走越近时我才发现其中一个女人是我熟悉的July。

我揉了下眼睛，以为是自己犯困眼花没看清楚。我敲了几下自己的头，告诉自己保持清醒，然后推开车门急急忙忙地从车里下来，想把人看清楚，瞬间我整个人石化了。

July等于妓女？她不是出差了吗？

July也惊讶地看见了我，眼神有些躲闪，她知道我脑袋里肯定有100个问号。

司机师傅从妓女手里接过川仁，扶他上车，给他扣上安全带，问我：“姜小姐，下面我们是不是送川仁先生去四季酒店？”

我“嗯”了一声，像丢了魂似的慢悠悠地上了车。

July始终没有跟我说一句话，装作不认识我，她还在热情地跟川仁用日语寒暄。另一个女人握着川仁的手，温婉地说了句我听得懂的日语：“欢迎您下次再来。”然后，转身对July笑眯眯地说：“陈姐，今天真是谢谢你教我的那些日语。真不知道怎么报答你。”

“陈姐？我看过July的身份证，她姓李，叫李雯，怎么会是陈姐？”我用疑惑的眼神看着窗外July逐渐消失的背影，一路上处于游离状态。

我很想问川仁先生：“你怎么认识July的？July是不是妓女？”但是我的日语太可悲了，只会简单的十几句。况且川仁先生已经在车上呼呼睡着了。

突然，一条短信进来，来自于July。“墨兰，你别多想，明天我回去再跟你解释。先替我保密，好吗？”

我没有跟July回短信，我不是害怕被自己的好友欺骗，而是不想接受我曾崇拜的July姐姐是个高级妓女。

第二天，July 带了一箱新鲜荔枝回家，让我和 Melody 尝尝。还没等她开口，我嘲讽她说：“又是出差带回的礼物么？”

July 尴尬地笑笑，一言不发，进她的房间换了身舒适的运动服出来，把我叫到了她的房间。我当时在想，“终于要揭开你的真实面目，跟这么多秘密的女人住在一起太可怕了，一个 Sally 已经让我伤心不已。我实在接受不了我的 July 姐是第二个 Sally。”可是，那个周日下午的谈话非但没让我瞧不起她，反而让我对 July 多了几分怜悯和钦佩。

July 说，她确实是叫李雯，但是对外她有很多个名字。只有在静安公寓里她感觉自己才是最真实的。

2000 年，July22 岁，她和她的初恋男友阿辉私奔到了上海，当时就租住在这所公寓里，一住就是 7 年。他们来自安徽的一个小城市，在同样一所高中相识，又考入同样一所名牌大学，July 的专业是日语，阿辉学的是计算机。

July 的父母是市委里的公职人员，家庭条件算不上殷实，但注重家教和颜面。阿辉的父母是农民，还有个弟弟，阿辉念完大学已让家里一贫如洗。阿辉是博学、勤奋的男生，本来可以留在学校继续读研，但是不忍家里再为学费的事情烦恼，也不忍 July 在外打拼挣钱供他，所以放弃了读研的机会，跟 July 来了上海工作。

July 的父母极力反对他们的婚事，曾经再三阻挠要拆散他们。后来，July 说她怀了阿辉的孩子，父母得知消息后骂她不要脸，硬是把她锁在了房间里反省。阿辉在家门口跪了两天两夜，请求见 July 一面也未能如愿。阿辉伤心地走后，他们拉着她去医院堕了胎。

这件事情直接导致了 July 与父母关系的决裂。她伤心至极，跟着阿辉私奔了。

在上海的第一年，July 没有去工作，她每天活在幻想的世界里，经常把布娃娃当他们的孩子。阿辉心痛不已，细心的像照顾孩子似的照顾 July，鼓励她走出失去孩子的痛苦。每天出门前，他要为 July 做好饭菜，安排好一天的饮食，才安心到公司里上班。作为新人，他的职场压力也很大，可他知道，都是他害了July，他发誓要一辈子对这个女人好。

半年后，July驱走了心里的雾霾，恢复了原有的阳光与自信，她凭借良好的外形，流利的日语和英语很快就在一家外资企业里找到了销售的工作。那一年，她和阿辉粗茶淡饭但很快乐。周末，他们会骑着自行车到公园里放风筝，打羽毛球，看看书，未来似乎渐渐美好。

春节时，公寓里只留下他们两个人，其他两个房间的室友都回了家乡。虽有些冷清，但他们拉着彼此的手到上海周边的城市走走看看，也不怎么想念家乡了。

2001年5月，他们去了云南丽江旅行，这是他们第一次远游。阿辉很喜欢那里，他的梦想就是等有了钱要在丽江买个小房子，开一家咖啡店，与July悠闲地晒太阳。

后来，阿辉的弟弟考上了大学，阿辉更加努力地工作，但每个月可怜的工资只能勉强维持在上海的生活开销。倒是July的薪水有了变化，随着客户数量的积累和业务熟悉程度的提高，她的销售业绩突飞猛进，销售提成也越发丰厚。

当然，July的交际活动也越来越多，她跟阿辉开始有了矛盾。阿辉为了证明自己的价值，在公司熬夜加班通宵做网页。

一个大客户喜欢上了July，不断地跟July发暧昧短信。为了维护客户关系，July并没有拒绝客户平日的邀请，他们经常一起出去吃饭、喝咖啡、唱卡拉OK。July觉得对方举止文明，不会对她有过分的骚扰。

有一天深夜，阿辉加班回到家没有看到July，他生气地给July打电话，BB机呼叫十多遍都没有任何回应。

阿辉开始担心July是否回来的路上出了意外，疯狂地一条街、一条街的找她，终于在公寓附近一个改建大厦的楼下他们相遇了。

July是和那个大客户散步回来的，两人一路聊得正投机，客户看到阿辉有些尴尬，便匆忙打出租车离开了。

送走客户，阿辉等着July给他一个解释，他还没来得及质问July，就在那一刹那，他们头顶上的一处施工架突然断裂了，钢筋、木板纷纷散落，重重砸在地上。

July被突发情况吓傻了，捂着头一动不动，眼看着钢铁架要砸到她身上，阿辉飞奔过去用身体护住了July，而阿辉却从此成了植物人。

阿辉被120急救车送进医院的时候，July绝望地给大客户打了电话，大客户赶到医院里帮她支付了手术费和住院费。经过连夜抢救，医生告诉他们，阿辉脱离了生命危险，但是下半身瘫痪，而且可能永远醒不过来了。

从此，July每天都活在自责中。她恨透了地狱一般的人生，她活着的唯一目的就是等着阿辉醒来。

为了阿辉的医疗费，她给大客户断断续续做了两年的情妇。后来大客户又把她介绍给了一个政府高官王局长。一年后，王局长又把她送给了金融大鳄向木公。这就样，她活得像个商品，出售自己的年轻貌美和肉体。

July说，在遇到金融大鳄向木公之前，她睡过一百多个男人，只有向先生没把她当婊子看。她在几个高级夜总会兼职做三陪小姐只为了支付阿辉高昂的医疗费，她对每个男人都说得很直接，“你想跟我上床吗？我要钱”。

她早已变成了行尸走肉，只要阿辉还有康复的希望，无论做什么她都愿意。

她第一次认识向木公是在上海黄埔区的一个高级会所里。那天上午，她穿着一身休闲装、扎着马尾去郊外的疗养院看阿辉。每次看望阿辉，她都会褪去浮华，卸下面具，青春洋溢地出现在阿辉面前，她怕阿辉醒来时不再认得她。她给阿辉剪指甲、洗脸、换衣服，还给他读报纸、念新闻。走之前，她会让护士拍一张她与阿辉的合影。

王局长突然给她打来电话，让她速到一家会所碰面，那里有一个重要饭局。

那天的午宴，金融大鳄向木公就是饭局的主持人。

July 火急火燎地往会所赶，她来不及回家换衣服，没有梳妆打扮就打出租车去了现场。她推开包厢，王局长还没有到，她松了一口气，“谢天谢地”。若王局长到了，July 还没到，她会被骂得体无完肤，也拿不到小费。王局长有性虐待倾向，他喜欢 July 在床上苦楚的表情，他说就像在强奸她，很刺激。每次看她越痛苦挣扎，他越要狠狠地强行进入她的身体，找到满足感。July 一直想离开他，但她需要钱，况且王局长很大方，给她的小费是所有客人里最多的。

她一边翻看手机里她与病床上阿辉的合影照，一边起身去开门，准备去洗手间补个妆。这时金融大鳄向木公推开包厢的门突然进来了，撞见了开门的 July，撞掉了她手里的手机。向先生连忙说“对不起”，并低下头去帮 July 捡起手机递给她。他瞟到手机屏幕上是 July 在亲吻一个病床上昏迷的男孩。身着白色 T 恤、牛仔裤的 July 笑得热情洋溢、快乐自信。

向先生说：“不好意思，撞掉了你的手机，这是你男朋友？”

July 支支吾吾地不知如何回答向先生，只说了句“是王局长让我来作陪的”。

向先生有些意外地“哦”了声，朝里厢走去。

与向先生同行的还有三位日本商人，他们寒暄着陆陆续续进了包厢。July 从洗手间补妆回来，靓丽了许多，她一个人默默地坐在包厢角落的沙发里玩弄她的手机。一般这种男人的饭局场合，July 只需要静静地坐在一旁陪酒陪笑，不需要说话。

王局长还没有来，向先生和日本人点了几根雪茄，用日语聊天。他的日语并不流利，双方鸡同鸭讲，都在那用肢体语言比画，July 在一旁“咯咯”笑出了声。

向先生注意到角落里的她，让她坐到饭桌上来，问她有什么开心的事，与大家分享一下。

July 说：“日本客人的意思是问您喜不喜欢喝日本的清酒，不是能喝多少酒。”

向先生听完笑得很豪爽："我助理回公司帮我找手机去了，我记性不好，开完会又把手机丢办公室了。看来，没助理跟日本人聊天都不行。你会日语?"

July微笑着点了点头。

向先生有一副洪亮的嗓音："太好了，劳烦你今天帮我当下翻译。"

那是July时隔三年后第一次觉得日语有用，她只是一个妓女，除了学习在床上取悦男人，谨记不能跟那些男人产生感情，其他都似乎无用。

饭局后，向先生握着王局长的手不停地夸July漂亮、聪明，多亏了她帮他解围，还助他和日本人又谈了一个大单，一定要重谢王局长。

王局长借着酒劲说："老弟若喜欢，拿去好了，一个妓女而已。"

July站在旁边，一脸无法逃脱的自卑感从骨子里渗透出来，她那高傲的灵魂被王局长的话亵渎了。她想哭，她想躲，她想遮掩，但她深知没有人会去怜惜一个妓女，她早已习惯被男人们当作衣服来穿。

向先生留意到July的无助表情，他说："谢谢老哥割爱，我就不客气了。"

那天下午，向先生用他的豪车送July回家。July说："我从来不带客人回家的，您要是有需求我们去酒店开房。"

向先生放下手里的雪茄，对July说："你想多了，我只是送你回家而已。你今天帮了我一个大忙，现在你唯一需要做的就是回家休息。你看起来很疲惫。"

车子在静安公寓的楼下停住，向先生先下车为July开门，并将手掌贴在门框的顶方，以防July下车时磕碰头。他的确很绅士，这个小小的举动让July找回了失去的自尊。从来没有一个男人会为妓女这样做，以往都是她下车帮客户开门，哄客户开心。

向先生说："明天你会收到一份大礼，我的助理会联系你，那是你应得的。以后不要去夜总会上班了，从今天起做我的女人吧。"

July迷糊了，眼前这个男人她才认识了四个小时，但已经看透她的心。这是她当妓女以来第一个尊重她的男人。

“你是瞧不起妓女么？我不需要你可怜我。”July不想被向先生看轻，她虽需要钱，但并不贪图功名利禄。

“哟，你还挺傲气，你做妓女是为了手机照片里的那个男孩子么？”向先生问她。

“不关你的事，你是客户，我不打听你的隐私，也请你不要打听我的。这是我们这行的规矩。”July有些生气，阿辉是她活着的唯一目的，她不容任何人去亵渎他们的爱情。

“行，我不打听。不过，我刚才的话你不要忘了，从今天起，你是我的女人了，好好考虑考虑吧。收入肯定比你在夜总会高出许多倍。”向先生说完进了他的豪车，挥手离开了。

第二天早上，睡梦中的July果真接到了向先生助理的电话，让她带上身份证下楼，这位助理已经在公寓楼下等她。原来，向先生买了一辆保时捷SUV给July，助理带着她去车行办理相关手续。

July彻底蒙了，但从此她心甘情愿地做了向先生的情妇。

他们相处的第一晚是在向先生浦东的一处别墅里。向先生对July很温柔，两人缠绵了一晚上，July第一次跟一个男人讲他和阿辉的故事。

向先生早晨醒来，July已在厨房里忙碌为他做好早餐。他在餐桌前一边吃煎好的鸡蛋，一边对July说：“你实在不适合做妓女，不称职。妓女们大多都是浪女淫叫，声音时而高亢时而喑哑，伪装得激情而缠绵，让男人们神魂颠倒。但你在床上总是咬着唇，宁可嘴唇咬破也忍住不发出任何声响……”

July听完脸绿了，把向先生的盘子和碗统统抢过来，扔进了垃圾桶，倒掉了她为他精心做的早餐。

向先生苦笑：“我只是跟你开玩笑，怎么就生气了？我话还没说完呢，我的意思是你只适合做我的女人，不仅日语好，饭菜也做得合我的胃口。”

金融大鳄向先生是新加坡华侨，他有五个情妇，但很善待July，他经常全世界飞，但在上海的时候都是July陪着他。他知道阿辉的存在，还派人送阿辉进了上海最好的私人医院，24 小时专业护士陪同护理。仅仅凭这一点，July 已对向先生感激不尽。

向先生主要做私募基金，也在亚洲地区投资了一些商业地产项目，在上海政商两界人脉很广。上海有几家顶级会所的幕后大老板也是他，“樱花会所”是他专门为 July 所开设。他认为 July 是世间少有的痴情女子，有头脑也够聪明，是他的得力助手，而不只是他的情妇。

平日里 July 出面经营樱花会所，有重量级客户到访时，向先生偶尔也在会所里出现。会所里的客人大多都是日本的政要和商人，或是跟日本有业务往来的中国人，他们把这里视为私密信息交流的地方。

陈熙是 July 对外的名字，会所里出入的人称她为“陈老板”或者“陈姐”。

July 说，那些做小姐的女孩子没有一个人自愿去赔笑、陪酒，甚至卖身，要么就是少不经事误入歧途，攀附权贵，妄想进入豪门做二奶一劳永逸。要么就是背后有一段悲惨的故事，迫不得已进了夜总会上班。只是社会不能抛弃她们，她们没有去偷，也没有去抢，更没有贩毒或杀人。相比世间那些丑陋的灵魂，这些妓女要高尚很多。

为了让妓女们多赚点，July 白天会教她们日语，让她们多接待日本客人。她也会劝她们挣到钱赶紧从良回家，或找一份正经工作。风尘女子最懂男人的心思，所以自古以来，花街柳巷才会让男人们流连忘返。

July 说，红颜多薄命，大部分的妓女都是昙花一现，抑或浮华一世，虚度一生。除了被包养，没有几个男人会娶妓女做老婆，仅是世俗的唾沫就可以把人淹死，即便赚到钱回到家乡找了一个好男人结婚，也是内心饱受折磨，怕有朝一日被揭穿曾是小姐的身份。但“樱花会所”里去年有个小姐跟客户去了日本，还结了婚生了孩子，在家里相夫教子，算是少见的一段佳话。也有一个心机颇重的女孩不但不感恩她平日的照顾，反而背着她屡次勾引向先生，想取而代之，被她发现后扫地出门。

我问 July：“为什么把你的秘密都告诉我？”

她说：“因为我知道你所有的秘密，包括你提到的鹏程，他是戚氏集团的大少爷，还有你父亲破产，你出身的丫姑镇……”

“你查我？”我突然又开始恐惧眼前的这个人。

“放轻松，别沉不住气，这里有我最美好的回忆。我只是想生活在这个公寓里的人简单一些。你和 Melody 都很善良、正义，不然我不会让你们两个在这里长住。”July 点燃了一支烟，从抽屉里拿出一个相册给我看。

“这就是阿辉吧？”我指着相册里一个浓眉大眼的男孩子问她。

“恩……墨兰，女人啊，很容易陷入感情的泥潭爬不出来。我们俩很像，都是重情重义、性格刚烈的女子。如果你决定去爱，就像我一样轰轰烈烈地爱一场。如果决定不爱了，那就放下吧。不要再想他，你们今生是有缘无分。”July 说完，头靠在我的肩膀上，哼起来《月亮代表我的心》。

我回忆起以前跟鹏程在一起的那三年，除了快乐，似乎什么也不记得了。

两年后，也就是 2010 年的春天，32 岁的 July 辞别了金融大鳄向先生，离开了我们的静安公寓。她说，她要带阿辉去一个浪漫的地方，有利于他身体的康复，那是他们梦想的天堂。

她在云南的丽江新城买了栋别墅，又在丽江古城里租了间民房开了一家颇具上海风情的咖啡店，她说那是阿辉的梦想之所。她盼着阿辉有一天能醒过来，她推着轮椅，跟阿辉边走边看丽江的日出和夕阳。

男友史蒂文跟我分手后，我曾到丽江去看过 July，还到她的咖啡馆去品尝现磨咖啡。咖啡馆的名字叫“一生一世”，就在丽江古城西边狮子山的脚下，远离四方街，闹中取静。坐在咖啡厅的二楼，透过落地的玻璃窗可以看见狮子山的绿树成荫、古树苍天，还有傲立的万古楼。

咖啡馆的装修很别致，很复古，属于老上海的格调。室内有一面墙壁贴满了世界各地游客贴上去的便签纸，纸上写的大多为恋人之间的期许。另一面墙上挂着一些照片，有早年 July 和阿辉在丽江游玩时的合影，有现如今 July 与瘫痪的阿辉的合影，还有 July 与光顾咖啡馆的影视明星们的合影。

咖啡馆里的招牌咖啡是“一生一世”，有些摩卡的味道，由 July 亲自调制，每天只卖给 11 对恋人，一共 22 杯。

几年过去，阿辉依然瘫在床上，始终没有醒过来，而 July 苍老了好多，却依然掩饰不住她优雅的气场。

我说，他一定每天都在梦里遇见你。

她说，金融大鳄向先生来过丽江几次，劝她放下阿辉，跟他一起回上海，经营他们的事业。

她却婉拒了，回复向先生，你能爱上我这样的风尘女子就是因为我是个重情重义之人。如若，我抛弃他，你又怎会爱上我？

走之前，我在咖啡馆的墙壁上写下这样几句话：

风总是会静的，
雨总是会停的，
而她爱的他会醒过来吗？
世间多情的女子，
恰似这玉河水般清净，
宛如纳西古乐般悠长。
玉龙雪山，寂静孤独，
一生一世，连理相依，
只是她不见了红妆。

第 15 章

静安公寓的最后一晚

July 带着阿辉去了丽江后，从此很少回上海。她静安公寓的房间一直锁着，房间里面的陈列从未动过。

金融大鳄向先生偶尔会到公寓来，拧开门到她的房间里坐一会儿，拍拍桌子上的灰尘，紧锁着眉头抽一根雪茄再离开。我与 Melody 坐在客厅里大气都不敢喘一声，轻手轻脚，生怕打扰到他。

每次向先生来，我都会跟 July 打电话说："他又来了，应该是很想念你。"

2010 年的春节前，我正要收拾行李回湖北的丫姑镇过年。向先生又来了，他跟我和 Melody 说，他已经高价买下了这套公寓，我们是 July 的朋友，想住多久住多久，就当帮他看房子。

没有了 July 的日子，静安公寓里少了很多欢笑声。没过半年，Melody 的签证也到期了。她的公司拒绝了与她续劳务合同，Melody 是一个太保守的天主教徒，无法融入他们公司的跨国文化。

Melody 原先所在的建筑设计公司是一个缩小版的联合国，老板是以色列人，员工来自美国、英国、德国、新加坡、马来西亚、韩国、中国等国家，他们公司是典型的中西文化在上海碰撞、融合、再碰撞、再融合的代表性企业。

经常听见她在家里向我和 July 抱怨说："My god！我要辞职。我不能忍受一个人没有宗教信仰；那个美国男人怎么可以跟韩国女人在办公室里亲热，又不是他们的卧室；德国男人太直接了，我受够了，他今天又在公司全体会议上指出我的创意很烂；还有我的老板，那个以色列男人跟好多女同事关系都很暧昧，竟然跟马来西亚女人有过一夜情，他老婆不伤心吗？英国男人，我也不喜欢，太傲慢了，从来都不正眼看我。我想嫁给上海男人，最好跟我一样是华侨。”

我跟July笑着安慰她，不要对男人绝望。

失业后的Melody开始每天早出晚归找工作，我也帮她把英文简历翻译成中文投放在各大求职网站上。可是，几乎所有的外资企业都不愿意聘用36岁的她。我建议她请July和向先生帮忙，但是自尊心很强的她拒绝了他们的帮助。

她极为失落，说身体累了，心也倦了，还是回菲律宾吧，也许那里才是她的家。

回国的前一天晚上，这也是她在静安公寓里的最后一晚，我陪着她坐在客厅的地毯上喝了很多酒，她抱着我号啕大哭，发泄心中的积怨。静安公寓的客厅里第一次一片狼藉，与她“洁癖女生”的标签大相径庭。

一个三十五六岁的菲律宾大龄未婚女青年在上海奋斗了八年，她带着梦想来到中国，把自己的青春留在了这里，只想有一份稳定的工作，找一个中国男人结婚，可终因140斤的体重和文化差异没有如愿。

她对这个城市有很深的眷恋和不舍。

我和Melody相处的日子里，印象里她只谈过一次恋爱，还是姐弟恋。那一年，32岁的她爱上了公司里一个叫Dan的24岁华裔男生。

这次轮到我和July对她说：“My god!”

Dan年幼时随父母从上海移民美国，不算帅哥，但是身材很好，有好几块腹肌，性格阳光，他喜欢Melody的简单、善良与直率，还有烧得一手好菜。Melody经常帮他解决工作中的麻烦，所以，他们算是日久生情吧。

我和July觉得这段感情不靠谱，于是对Melody说：“不要太认真，更不要以结婚为目的，否则会让对方很有压力，毕竟他比你小了8岁。”

Dan从不跟她白天一起出游。他说她太胖了，需要减肥。如果能从140

斤减到 100 斤，他会考虑在白天跟她一起出去。

单纯的 Melody 当真了，她开始在公寓的一楼小花园里跳绳、跑步，每天坚持爬一个小时的楼梯。从 1 楼爬到 15 楼，再从 15 楼坐电梯下去，继续往上爬。

有一次她爬到 6 楼时扭伤了脚，坐在楼梯上喊救命，过了许久 6 楼的住户老奶奶才听见她凄惨的声音。老奶奶误以为楼道里有凶案不敢接近，慌慌张张地叫来保安去楼梯里查看。

两个保安把她抬进了电梯，送回了 15 楼，又抬进了我们家，还跟我和 July 说："她确实要减肥，挺沉的。"我和 July 无言以对。

Melody 在家里休养了半个月才康复。期间，Dan 来探望过她两三次，我们告诉他："都是为你减肥才扭伤了脚。"

无论来自世界哪个角落，女人为了爱，都会犯傻。最终，这段姐弟恋只持续了三个月就告终，Dan 有了新欢。Melody 黯然神伤地说，只怪自己没有减肥到 100 斤。

失恋的日子里，她暴饮暴食，体重愈发反弹的厉害，过去半年减肥瘦掉的十几斤肉又长了回来。

这个故事告诉我们，三位数的体重和两位数的体重是截然不同的两种命运，女人要想嫁得好，第一步就是严格控制自己的体重在两位数。

后来，July 给 Melody 介绍了一个 40 多岁离异的上海男人，英文很好，也有共同话题，但她认为对方是一个唯物论者，不能接受天主教的宗教信仰而作罢。

再后来，July 在朋友圈里终于搜罗出一个年近 50 岁的马来西亚华侨符合 Melody 的各项要求，对方年纪虽然大点，但是温文尔雅，经济条件也是相当不错。与 Melody 相处不到一个月也是失败告终，这次 Melody 伤心地把自己关在房间里睡了三天三夜。因为男方劈腿，与她的一个 20 多岁菲律宾闺蜜有染。

这个故事告诉我们，男人都是感官性动物，绝大多数男人还是喜欢年轻漂亮的女人，哪怕是你的闺蜜，他们也不会放过。

July 和我都为 Melody 相亲的事情焦头烂额。她的要求极为苛刻，信仰天主教的华侨和上海男人优先，一定要会讲流利的英文便于沟通，长相太寒碜的不行，没有幽默感的不行，没有品位和事业心的也不行。

Melody 说，她最痛苦的不是没有找到人愿意娶她，而是她不知道自己的根在哪里。她的爷爷是福建人，抗战年代被日本兵抓到菲律宾去做了华工。她父亲五岁时就跟着爷爷漂洋过海离开了福建。

她爷爷死后很多年，她父母才有机会亲自送骨灰到福建的故乡安葬，算是落叶归根。这也是他父亲阔别故土 50 年后第一次回到出生的地方。

Melody 还说，因为她皮肤白皙的长相关系，又不会讲中文普通话，初到中国的时候，很多中国人都会把她误认为是日本人，甚至，中日关系紧张时期有些卖菜的老阿姨都不愿意搭理她。为了这事，她委屈地躲在被子里哭了一晚上。

她一度非常懊恼，因为即便说她是中国人，也没有人会相信她。这是源于出生在菲律宾华人圈的她，拿着中国护照，却没有中国人的居民身份证，也不会讲流利的普通话，她的身份是模糊的。再加上她的中文口语的口音极为不纯正，中国人看她的眼光难免会有质疑的成分。

每次我们一起去香港的时候，即便她有中国护照，边境海关也仍然要特别审问她。她已经对解释感到疲惫与麻木。好不容易折腾一圈入住香港的酒店，酒店的老板质疑她的身份差点报警，还喊来其他的酒店客人问："你们看她是日本人还是中国人？怎么会有中国人长这么白，还不会普通话？这个护照肯定是假的。"

诸如上述尴尬窘迫的情景经常打乱她的生活。

Melody 从小在菲律宾的福建人圈子里长大，倒是福建话比菲律宾语说得更利索。在静安公寓的时候，每天晚上下班回来我会抽时间教她中文。偶尔我也会使坏逗她，教她唐诗三百首，解析《论语》、《道德经》。

July 听到就会在客厅里哈哈大笑，骂我："这招绝，真是个恶毒的小女人”。Melody痛苦万分地跟我朗读，知道自己被戏弄，想用中文反击我，却词不达意，就会听见她蹦出一堆我听不懂的福建话。

她研究生毕业后告诉父母，她要来中国，融入到中国社会，寻找她的根。但是，终究待了八年的中国还是伤了她的心。

我送走了Melody，静安公寓更加冷清了。

我时常在想，也许这就是归国华侨年轻一代的尴尬。

渡边公司在2008年金融海啸之后有了裂变。

前些年，因为传统服装行业深受金融危机的打击，公司经营状况每况愈下。渡边社长不得不关闭日本和中国市场上三分之一的品牌直营店。他顺势而为，做了两个重大的转型决定。一个是市场重心从日本调整到中国；一个是主打“天猫”等网络销售渠道，让线上购物与线下体验相结合。这两个明智的果断决定让公司杀出了一条血路。

公司的职员和企业文化也发生了微妙的变化。

网络销售部独立成一个部门，人数越来越多，年龄也日趋年轻化，我也被划到了网络销售部担任经理，如今它已成为公司最重要的部门。这个部门以80后的年轻人为主，他们个性张扬，有想法，有创意，每天穿着也很休闲，甚至嘻哈。让我的老上司Catherine只呼“看不懂！”

网络销售部产品拍照的工作是属于品牌推广部的，工作量非常大。Catherine和Jason都是完美主义者，每张照片都要求精美。从模特造型、摄影师拍照、美工修片，她都在现场盯着亲自把关，她从时尚女魔头变成了不修边幅的女魔头。因为她根本没有时间去打理她的仪表，她干脆也穿着简单的T恤、牛仔裤来上班了。

她还笑言：“其实我平时在家都这么穿。”

所以，当女魔头Catherine都换装的时候，标志渡边公司T恤、牛仔裤的时代真的来临了，未来是属于年轻人的。

公司虽然扛过了金融危机，但是渡边社长每天都对我们说，必须居安思危，否则企业明天就会垮掉。他用毛笔书写的“一生悬命”也挂在了公司进门的一块区域，赫然醒目。我们每天进出公司都会看到那块巨大的匾，就像脑袋上方悬了把剑。

自从2009年我成为渡边社长的助理后，每天跟着他飞来飞去，除了开会、见客户，就是拨电话、接电话。Catherine也对我客气了很多，总是碰见我就叫“亲爱的、亲爱的”，这是公司内部身份对等的标志。我虽然浑身起鸡皮疙瘩，但为了塑造融洽的工作氛围也释怀了。

我到北京出差的间隙，也会去见于军，但2010年之后我就再也没在北京见过他，他如愿去了瑞典皇家工学院读博士，在斯德哥尔摩的一所研究所里工作。

2010年，我突然发现，我的世界已成了真空，我爱的那些人都逐渐离我远去。丫姑镇的爷爷奶奶、武汉的戚鹏程、清华的于军、静安公寓的July姐、还有菲律宾大龄女青年Melody都消失在了我的生活里。我很期望把他们都挽留在我身边，可个人的力量是那么渺小，以至于微不足惜。

我们无法阻止地球转动，无法阻止时间流逝，无法阻止命运的安排，更无法阻止上海魔都的人流涌动与人口迁移。

9月份，我向渡边社长请了长假，这是我入职以来第一次请假。

渡边社长问我，你打算去哪里？

我说，您是否曾经感到无比的彷徨、迷失与孤独？我就想离开这里，找一个和这里截然不同的地方去旅行。

他说，那你应该去西藏看看。

第 16 章
普诺岗日冰川上的合影照

普诺岗日冰川，是除了南极、北极以外，世界上第三大冰川，也是纬度地区最大的冰川，被誉为“世界第三极”。这里是很多中外冒险者向往的地方，也是摄影爱好者的天堂。

如果你有机会去西藏旅行，阿里大北线上有一个非常赞的地方就是普诺岗日冰川。世界上除南极北极外，最大的冰源、冰川、湖泊和沙漠相互伴生、三位一体的画面只有这里才有。冰源周围有许多湖泊，靠冰川融水补给，最大的是冰源西侧的令戈错，静静地陪伴着普诺岗日冰川，就像一对厮守终生的恋人一样，不知它已守候了冰川多少年。

站在冰川上，你可俯瞰到羌塘自然保护区成群的野牦牛、野驴、藏羚羊等野生动物。当你的车行驶在冰川山脚的高原上，幸运的话，你会见到成群的藏羚羊从你车前跑过。

这里是名副其实的雪域天堂，无人之境。

每年 11 月至翌年 4 月前后，高原湖泊令戈错的冬冰墙、冰洞等奇景更是让人惊叹不已，很多爱好摄影的朋友都是不远千里万里来到冰川，扎起帐篷等待这里的日出与日落，拍摄这里璀璨的星辰，还有蓝天下的冰川与动物世界交融的和谐画面。

但是去往冰川的道路非常糟糕，除了经受高海拔的缺氧考验，忍受百里土路、石子路的颠簸，还要取决于时节和天气因素。5 月至 10 月是冰雪融化的季节，河道里的水流湍急，越野车大多数情况下难以趟过河，只有 11 月河流干涸了，安全系数才会提高，车子才能从不深的河道里开进去。除此，确实还要拼人品才能到达冰川，因为很有可能 11 月过后景区会下雪封路。

我和男友史蒂文的故事就是从普诺岗日冰川开始。

2010 年 9 月初，我向渡边社长请好假，交代好工作，跟驴友们一起去了西藏，计划痛快地来次冒险之旅。我想，那时的我是需要受点虐才能体会到自己是幸福的。

我们的行程路线是“大北线”，普诺岗日冰川是这条线路上的经典景观之一，绝对不容错过。我小时候没见过山，家乡唯一一座海拔 700 米的丫姑山也是父亲忌讳的名词，所以高山在我眼里意味着神秘与向往。长大后，我爱上了登山与徒步旅行，征服海拔 5700 米处的普诺岗日冰川让我兴奋至极。

史蒂文也是 2010 年 9 月跟随加拿大一个旅行团去的西藏。

那时候普诺岗日冰川的名字并没有现在这么火热，沿海、内地去西藏那曲地区的双湖县旅游团很少见。有趣的是，到那里旅行的游客中，白人老外要比中国人多。

双湖县没有公路，去普诺岗日冰川的路坑洼不平。即便现在，从周围临县去双湖县的公路依然还在修建中，双湖县城到普诺岗日冰川也没有成型的公路可以行使。如果不是当地经验丰富的向导带路，越野车在羌塘自然保护区内很容易迷失方向。

我和驴友们在当地藏民向导的帮助下，提前一天找到双湖县政府有关部门办好进冰川的手续。第二天早上 7 点我们一行人在小旅馆门口集合，开着三部越野车出发了。到达冰川外围的时候，将近 11 点。路边已停了两部越野车，开车的司机是藏族人，正坐在驾驶座上跷起二郎腿晒着太阳、打着盹儿，车子的音箱里传出轻快的藏语民歌。

我们敲了敲车窗，热情地跟对方打招呼：“扎西德勒!” 这是当时我唯一会讲的藏语，只要见到藏民，无论男女老少，我就像复读机一样说“扎西德勒”。它被我誉为藏语的“万能钥匙”。

藏民司机憨态可掬，走下车来跟我们的向导拥抱。藏民司机介绍说，他今天服务的客户是八个加拿大人，导游已经带他们上冰川深处拍照去了。

据向导介绍，普诺岗日冰原面积 422 平方公里，冰原表面平坦，呈西北东南方向条形分布。冰原向四周的山谷放射溢出 50 多条长短不等的冰舌，最低处海拔高达 5350 米。经钻探和雷达测量，冰温为−10℃；在冰层底部，冰温为−5℃~−3℃。冰原海拔 6000 米处，2000 年到 2001 年极端最低气温达到−60℃。

我们听完向导繁冗的介绍，开始自由活动三小时。向导严格地给我们划了一个活动区域，叮嘱我们不要走远，更不允许走进黑漆漆的冰洞里面，否则后果自负。

我轻装上阵，放下背包，只带了一部手机和傻瓜相机。高海拔地区行走、徒步，你会觉得背包是负累。若有背夫，宁愿花钱请背夫帮忙背着，否则我们这些平原长大的孩子在高原上行走缺氧、疲乏、头晕是再平常不过的事情，那些户外装备只会是多余。虽然中国移动、中国联通的手机在这无人区没有任何信号，但带着它总归心里踏实些。

我怀着对冰川的敬畏之心一步一步向冰川靠近。在圣洁而庄严的冰川面前，我深呼吸一口气，情不自禁地开始审视自己的懦弱和渺小。每往前艰难地前行十几步，我就会停下来调整一次呼吸。

在高原上行走，这是个人意志力和耐力的挑战。

顺着刚才藏民司机手指的方向，我看到了几个加拿大人的身影，也听见了他们欢快的叫声。他们在爬一个小山坡，似乎冰面很滑，有人摔倒，又溜了下来，男人们在起哄，吹着口哨，喊着加油。

眼前一望无垠的冰川让我不禁打了喷嚏，“千万别感冒了”，我自言自语告诫自己。在高海拔地区如果感冒会很遭罪，同行的一个驴友感冒严重，留在沿途的一个县城医院挂吊瓶，然后提前回了拉萨，错过了普诺岗日冰川的奇妙旅行。

尽管大口喘着气，身体在出汗，我依然决定拉上“三合一”防风衣的拉链，戴好绒线帽、手套和墨镜，再披上防风衣的帽子挡风，全面武装好自己，不让冷风有可乘之机，侵袭我的皮肤。

我小心翼翼地盯着脚下的路，一步步跨过已融化掉的冰川外围那些黑乎乎像煤炭的石头。那些石头坚硬无比，有的一堆堆像煤渣一样立着；有的巨大无比，约十米长宽。这一定是温室效应引起的全球气候变暖导致的恶果，大自然已开始惩罚我们。不知多少年后，普诺岗日冰川就会全部融化，演变为一座黑石山，彻底消失在地球上吧。

走到一个高度一米四左右、将近70度斜坡的地方，我才焦虑地发现自己忘了带登山杖。冰面太滑，这斜坡像一堵墙阻碍了我的道路。

我有些愤懑，没有工具辅助登山，我也不敢鲁莽地前行。

我有些犹豫不决，想改变路线但又似乎看不到还有其它的路可以选择。这个斜坡一直延伸到我看不见的远方，而我面前的这个坡面目测最矮。

我想是必须从这里爬上去不可了。

我回头四处张望，驴友们也各自不知去向，三三两两的几个人影拍照的拍照，寻宝的寻宝。

我有些沮丧，在海拔5700米的高原上艰难步行20多分钟才到这里，实在不情愿走回头路去取登山杖，一则太浪费时间，二则也消耗体力。

试试能不能爬上这个斜坡？

谁知登山鞋刚踩上坡面就滑了下来，我的头险些撞上坡面。

反复试了几次，失败告终，我逐渐失去了耐心。

“嗨，需要帮忙吗？”这时，一个陌生的男低音在我头顶响起，他说的是英文。

我抬头，取下墨镜，眯着眼睛瞅见一个白人小伙子正蹲在斜坡的上方看着我，向我递过来一根登山杖。阳光太强烈，我看不清他的脸。我猜，他应该是刚才那个藏族司机带队的加拿大人。

“你是加拿大人？”我拍拍手套上的冰碴儿。

“是的，你怎么知道?”他好奇地望着我。

我指了指远处停靠的车微笑着示意他：“我听你们司机说的，欢迎来到中国。”

“原来是这样，你好，我叫史蒂文，我会讲一点中文。”白人小伙自豪地用中文回答介绍自己。

“哇！太棒了，你是留学生?”我喜欢懂中文的老外，就像我的菲律宾女友 Melody 一样。

“不，我是在加拿大学的中文，加拿大华人很多，中文很常用。不过，这是我第一次来中国。我们两周前还去了上海和北京呢。”史蒂文高高在上，蹲在冰川坡上，他的肢体语言很丰富。

“感觉如何?喜欢上海还是北京?”我在原地仰视他，想努力看清楚这个老外的面孔，可阳光直射我的眼睛，我又慌忙戴上了墨镜。那高原烈日的威慑力，足以灼伤我娇嫩的皮肤和双眼。

“都喜欢，城市风格不同，但是都相当棒。我去了长城、故宫，还有上海的外滩，非常喜欢你们的文化，特别是美食，还有这里的自然风光。”史蒂文越说越兴奋，叉着腰站起来遥望远方，沉浸在这天堂般的美景之中。

“你的中文说得真好。我说，那什么，我叫姜墨兰，你叫我 Lan 就行。你是要用登山杖拉我上去，对吗?好汉，你能不能先把我拉上去，我们再聊天?”我很直白地请求史蒂文的帮助，再聊下去我怕没上山坡，就得回程，空欢喜一场。

“好汉?”史蒂文疑惑地纠正我，“我叫史蒂文，不叫好汉。”

“你不是爬长城了吗?中国有句俗语，不到长城非好汉。就是 good man，也可以理解为 hero，superman。”我跟他解释说。

“哇噢，我喜欢‘好汉’这个词，长见识了，实在不好意思，我都差点忘了要拉你上来。你拉着它，我使劲一拽，你一只脚迅速踏在斜坡上，速度一定要快，就可以上来了。”史蒂文连忙把登山杖递给我。

“不，不……冰面太滑，我刚才差点滑倒毁容，不能拿我的脸蛋冒险，我就剩这点姿色了。你必须先固定好你的脚，不然我担心你没把我拉上去，我反倒把你拉下来。”我否定了他的提议。

“姿色是什么意思？”史蒂文又开启了提问模式。

“就是形容女人的外表，长得漂亮、身材好。”我真是嘴欠，早上盐吃多了，闲（咸）得慌，跟一个老外说这么多复杂的词。

“哈哈，你真有意思。我这个位置很好，刚才我们其他人也是这么拉上来的。你看，一点不滑，没问题的，我不会伤害你的姿色。”史蒂文在冰面上跺了两下脚，秀给我看，他的登山鞋很防滑。

我拉住史蒂文的登山杖。他紧握着登山杖的另一头，将登山杖的绳子套在手腕上以便更好地用力。

我深呼吸一口气，跟他一起喊一二三，大跨两三步跳了上去。我们成功了，他把我拉上了冰川的陡坡，可我却不小心扑倒在他身上。

在这10秒尴尬的对视里，我想我们双方都看清了彼此的脸。

那是一张英俊的脸，深棕色、浓郁粗厚的眉毛下有一双深蓝色眼睛，眼神柔和而深邃，睫毛上沾着几颗芝麻大小的冰碴，精瘦的脸颊上留着短短的胡须，胡须似乎已被冰雪冻住，上面有微小的白色冰屑。他的眼角有几丝皱纹，那不是干纹，是岁月累计的皱纹。他的鼻梁高挺，嘴唇很薄，我趴在他身上，能感受到他急促的鼻息和强烈的心跳，还有他身上散发的淡淡古龙水的味道。

我鬼使神差地替他抹去睫毛上的几颗冰碴儿，他的眼珠子突然瞪得很大，紧张地望着我，说：“嗨，兰，你没事吧？你压得我很痛。”

“对不起、对不起……”我慌张地从他身上爬起来，脸颊到耳根处羞涩得通红。幸亏戴了绒线帽子，把半个头都遮得严严实实，他看不见我的耳朵。

我故作镇定地低着双眸拍拍身上的冰碴儿，捡起掉在冰面上的墨镜，掩饰我的慌乱。

“要不要上山顶看看？”史蒂文也爬了起来，活动下筋骨对我说。他的提议打破了我们刚才窘迫的十秒对视，但他却腼腆地不再正面看我。

“跟着我走，登山杖给你用吧。”史蒂文的语气很温柔。我来不及说“不”，他已将登山杖递给到了我手上。我立马忽略了刚才的那一幕尴尬，喜悦之情溢于言表，有人在前面带路到冰川山顶是再好不过了。

我低着头，踩着史蒂文的脚印上了山顶。虽然冰面光滑而坚硬，根本留不下他的印记，但我还是执拗地跟着他的步伐前行，耳边只有我们两人大口大口的呼吸声，有节奏地一上一下。遇到陡峭的地方，他会把手伸给我，叮嘱我小心，拉我并行。

他说，洁白的冰川让他不忍去踩，他觉得自己的鞋有些肮脏。

我笑而不语。

他又说，人类对大自然要有敬畏之心，政府应该多花钱保护这些生灵，而不是建设高楼大厦，研发核武器。

我还是笑而不语，心想他一定是个“80后”愤青。

他还说，上帝赐给了每个人如同普诺岗日冰川一般洁净的心灵，可我们大部分人却让它蒙上了灰。

我像被雷击一样愣在那里，有一种深沉而光明的笃定在我心中涌起。我停下了脚步，凝视着阳光下他高大的背影。猜测这是怎样的一个男人？他背后有怎样的故事？他那双年轻俊朗的面孔里，眼角为何已长满了愁思的皱纹？

他转身望着我，误以为我累了，举起胳膊，握起拳头，向我做出“加油”的手势。

我们终于到了山顶，可以俯瞰到我们的越野车，远处的湖泊，一望无垠的羌塘草原，宛如在白色的童话世界里做梦。身临其境，人的眼泪会情不自禁地流下来。

我欣喜若狂地使出浑身力气呐喊：“啊……啊……我来了！”，像是发泄我多年的孤独、愤慨与迷茫。

“哇，你的嗓门还真大。”史蒂文塞着耳朵笑着说，我们并肩站在海拔5700米的冰川上，静静地遥望远方。

他突然问我，你觉得一年四季中哪个季节最美？

我说，我们中国的小孩子都期盼着过年，就像你们西方的圣诞节，中国的春节在冬天，往往伴随着雪花。所以，小时候喜欢冬天，鹅毛大雪、白茫茫一片的家乡很美，纯净的天地就像这普诺岗日冰川一样。但是，长大后我似乎更喜欢春天和秋天，气候宜人，不热不冷。你呢？

他说，我一直都认为冬天最美。加拿大人喜欢冰上曲棍球、滑雪、溜冰，我们很多快乐的记忆都与冬季有关。有人说，四季之中，雪的召唤是家园的召唤，是靠近灵魂最亲切的声音。我想这是上苍的表达，更何况我们已站在一年 365 天被圣洁的冰川所覆盖的世界第三极。你想到了什么？

我说，现在大脑缺氧，头脑空空的，像一张白纸，我怕再高点我会没法呼吸死掉了。什么烦恼忧愁都不记得了，倒是想到了小时候一些美好的画面。

他说，这里海拔只有 5700 米，深呼吸，调整下呼吸频率，我这有氧气，如果难受我给你拿。

我说，没事，我已经适应了高海拔环境，待一会儿没关系。据说到达珠穆朗玛最高峰 8844 米，人连一分钟都活不了，当你觉得氧气最宝贵的时候，其它都是浮云。这一刻觉得能活着下山，等会有热水喝、有面包或白馒头蘸老干妈酱吃就是幸福！

他说，是啊，所以在这里会让人的心特别宁静，欲望变得纯粹，想法也变得简单。世界有第三极，人也有第三极哦。

我问，人的第三极？

他说，嗯，人的南极是自我，北极是他我，第三极就是本我，可以理解为我们的灵魂，就像雪的召唤是四季之中最贴近灵魂的声音，来自我们内心第三极的召唤就是我们最真实的自己。

我被他的话打动，沉默不语，这是个奇怪的陌生人，他眼角愁思的皱纹让我想窥探他有怎样的人生。在他的眼里，纯净无瑕的世界第三极哭了，因为自然环境的恶化与雾霾，它在消融；人的第三极哭了，因为心理环境的恶化与雾霾，它在迷失。

他闭上眼睛，嘴角轻轻上扬，微笑着说，嘘，你听，灵魂深处的声音。

我虽觉得他言行怪异，但还是照做了，那是一种奇妙的感受。

他继续说，在人的一生里，若生是南极，死是北极，那么好好活着、做对人就是幸福的第三极。

我看着这个奇怪的老外，他正闭着眼睛在感受冰川的能量。

这个人不简单，他一定有不为人知的心路历程，促使他的思维高度跟这普诺岗日冰川的海拔一样高，让他的双眼透露深邃的光芒。他一直都这样怪异的说话吗？他一直都这样思考问题吗？他一直都这样和陌生人攀谈吗？还是只是在这里有感而发？

我问，是不是所有事物在你心里都有第三极？

他说，也许吧，我随便说说的。事物都是相对的，平衡的中介点、至高点或许就是第三极，南极、北极、第三极构成了一个三角形，稳固而祥和。就像冬天寒冷、夏天炎热，秋天和春天就是四季里的第三极，让四季自然的过渡，不会让人对冷暖的极端变化感到突兀。就像你们中国人的太极，刚柔并济之间找到一个核心点，那是最高的境界。

我说，有点道理，是不是就像一个企业从初步创立的南极，走向消亡的北极，中间的发展期就是第三极？就像一对夫妇，丈夫是南极，妻子是北极，他们的爱情结晶——孩子，就是第三极？

他说，差不多吧，你比我还会想象。就像上帝对每一个人都是公平的，有美满，就会有不幸，有健康，就会有疾病，我们每个人都生活在旦夕祸福之中，平常心就是心态的第三极，不要过于乐观，也不要极度悲观，这样才能冷静地处理问题。

我说，你知道吗？若给每个英文字母一个分数，A 是 1 分，B 是 2 分，你知道你刚才提到的“心态”对应的英文单词 attitude 是英文里唯一获得 100 分的单词么？

他说，哦？真有意思，所以心态很重要，完美的 100 分，难怪哲人们说，态度决定命运。

我说，你是学哲学的么？

他说，不是，学了一年心理学，后来辍学了，有些丢人，不提了。是不是我说得有些沉重？我保证我不是疯子，请不要用惊讶的表情看我，好吗？

我说，坦率讲你有一点怪，不过你的话倒是给了我新的启发和思考，你是个很有意思的人。

他说，谢谢，很高兴认识你，这里这么美，需要我帮你拍照留影吗？

我迫不及待地选了几个壮丽的背景，朝他摆起俏皮的 pose，他拿着我的傻瓜相机“咔咔”地拍了几张。后来，他调侃说：“这几张与你的‘姿色’不符。”于是，又举起了他的专业单反相机。

这老外时而深邃，时而幽默，让人难以捉摸。我笑着问他：“你是说我没照片上漂亮，还是我本人比照片上漂亮？”

“当然是本人漂亮，你的姿色就像这冰川一样美。”他说。

“好汉，你太有前途了，真会说话！要不要我们拍个合影？谢谢你带我上来。”我陶醉在冰川的绝美景色之中，不想离去。虽是陌生人萍水相逢，也拍个合影留作纪念吧。

“好，太棒了！”史蒂文叫来他的一个同伴，用他的专业相机留下了我们俩在冰川初次相逢的永久记忆，谁也没想到那会是我们缘分的开始。

第 17 章
花马天堂是迷失的天堂

徐志摩说:“一生至少该有一次，为了某个人而忘了自己，不求有结果，不求同行，不求曾经拥有，甚至不求你，爱我，只求在我最美的年华里，遇到你。”

史蒂文告诉我，对应的英文里有句名言也很好地诠释了这个观点：A man has to be crazy for once，for a journey，a love story，or a dream!

一年后，2011 年的 8 月 13 日，我跟金融大鳄向木公说，静安公寓让我感到太孤独，我想搬家。于是，我告别了向先生，依依不舍地关上了静安公寓的门，准备开始新的人生。

那天是我生命里最美妙的一天，让我相信什么是缘分。

佛说:“万发缘生，皆系缘分!”偶然的相遇，蓦然回首，注定了彼此的一生，只为了眼神交会的刹那。

我从静安公寓的合租房搬到了北外滩的耀江国际公寓，那是一个站在阳台上就可以清晰远眺黄浦江的地方，东方明珠塔、外滩万国建筑博览群一览无余。

从普诺岗日冰川回来后的这一年，我被贴上工作狂的标签，没有约会，也鲜有假期，甚至感冒发烧也照常飞在世界各地，像一个打满鸡血的战士一样饱含激情地跟随渡边先生在商场“杀敌”抢单，不懈地追逐着我的上海梦。

我渐渐成为渡边社长的左膀右臂，除了担任渡边社长的中国事务助理，

2012 年 1 月起我还兼任公司品牌推广部的部长。老上司女魔头 Catherine 辞职去了美国保胎。她终于找到了归宿，在 45 岁的年纪嫁给了陆家嘴那家小咖啡店的老板。她计划提前退休，专注于她的小家庭，守着那家咖啡馆将幸福进行到底。

原来，再刚强的女人在遇到懂你的那个男人时，也会卸下盔甲，期盼男耕女织。

男方虽然不能给 Catherine 买奢侈品，更买不起洋房豪车，但是却能温暖她的心和胃，为她磨制最心仪的咖啡。参加她婚礼的时候，我看见她向全世界展示的最美笑脸。职场上的她从来没有笑得那么饱满、那么真切、那么彻底。她在她老公的怀抱里，温顺如一只小猫。

原来，女人变成女魔头是被男人所逼，而从女魔头变成女人也拜男人所赐。

Catherine 离开公司之前，渡边社长问她，谁最合适接替她的职位。Catherine 想也没想就说了我的名字。

渡边社长故意又问她，为什么觉得我合适？说我还年轻，公司一向讲资历，担心我控制不住局面。

Catherine 说，"您心中其实已有答案。墨兰虽年轻，但公司的现在和未来就靠这些年轻人了，您若提拔她，让管理层融入新的血液，能有效刺激我们其他几个疲软的部门。她的综合能力毋庸置疑，本身就思维活跃，管理潜能和学习能力强，这几年也磨炼得越发沉稳、沉着，用她再好不过了。至于她与其他部长的关系更不用担心，给您做助理这几年她处理得非常好。"

当我从渡边社长口中得知 Catherine 对我的褒奖时，我对这位女魔头前辈感激不尽。

想起四年前我刚进公司，还是个菜鸟，每天最提心吊胆的事情就是 Catherine 批评我的形象、穿着太土、品位太差，影响她心情；最诚惶诚恐的时刻就是每周一次的例会，她让我上台发言，然后在所有同事们面前把我通宵完成的企划方案批得体无完肤；最心惊胆战的工作就是挤几站地铁给 Catherine

到浦东陆家嘴的指定咖啡馆去买杯现磨咖啡，只因那杯咖啡会激发她的创意灵感。

四年后，我的女魔头老上司向社长建议提拔我，那些痛苦和悲催的记忆看起来那么甜美，没觉得疼和伤。就像父亲曾告诉我的，那些看起来痛苦的记忆随着时间的流逝，你就会看淡看轻，不值得一提了。

Catherine 之于我，恰是一味苦口良药，其实就是我的所得，她对我的折磨促进了我的成长。凡事换个角度看，或是换个时间点去看，原来心境是如此不同。

功夫不负有心人，那些年渡边社长给我升职加薪，从品牌推广部的媒体投放专员调任到销售部的加盟商销售专员锻炼，随着网络销售渠道的热销，我又被安排到网络销售经理一职，再荣升给渡边先生做总经理助理，等着 Catherine 离职后担任品牌推广部的部长，我似乎比大多数人在职场上走得要顺风顺水许多。从此，我也告别了空荡荡的合租屋，住进了梦寐以求的江景公寓，未来逐渐明朗。

搬家公司的师傅们在耀江公寓的楼下熙熙攘攘地卸货、搬家具，这是我在上海四年辛苦奋斗的所有家当，我心疼地叮嘱他们轻拿轻放。

物业的两个工作人员在楼下指挥协调，公寓的两部电梯里塞满了我的东西，我挤进去后电梯便响起“滴滴”的声音，“超重!”我尴尬地从电梯里退出来，把手里的大包小包扔进电梯让师傅们先把家具搬上 20 楼等着我。我又跑出公寓外搬其他的零碎物件。

走到公寓楼下的玻璃大门前，我准备用肩膀和腿的力量把门推开，这时一个男中音在我耳后响起：“我来帮你!”一名西装革履帅气的光头白人男子站在了我身后，伸出胳膊帮我推开了沉重的玻璃门。

“进来吧!”他拉住玻璃自动门，以防门自动关上卡住我，微笑着对我说。

我说，谢谢，谢谢!

他说，需要我帮你拿么？挺重的吧？

我说，不用，不用，马上就到电梯了，几步路我可以拿。

我看着身旁的他，有种特别的感觉，让我的心跳有些急促。

他想帮我按下楼层按钮，问我，你是几楼？

我说，20 楼。

他说，哇，你住我上面？我是 19 楼。

我说，你好，我是今天新搬进来的住户。我叫 Lan。刚才真谢谢你。

他说，举手之劳，你好，我是史蒂文。你可以跟我讲一点中文。

他开始用中文跟我对话，微微皱眉打量着我，说，我好像在哪里见过你。你真是第一天搬来么？

“对啊，第一天。不过，前几天看房子来过一次，也许我们见过。”我心想，这老外真有意思，不会是老套的搭讪方式吧？“你的中文很棒，你来中国很久了吗？”

“谢谢夸奖。我到这里快半年了吧，你是上海人？”史蒂文动动手指数着他到中国来的时间，他的笑容里有少有的真挚。

“不是，我来自湖北，不过我到上海的时间比你久一些，四年了。你到咯，有时间我们再聊。”电梯在 19 楼停下，我朝他挥手告别。

搬家公司的师傅们按照我的要求安置沙发、衣柜和书柜等大件家具，但锯木似摩擦声着实让我崩溃。我生怕打扰到我对门和楼下的邻居，毕竟初来乍到，确保邻里关系和谐还是很重要。

师傅们走后，我看着十五六箱东西发懵，不知从哪里收拾起。那一刻，我在想中国的搬家公司何时才有日本人的服务水准。我曾看过日本同事播放的一段视频，关于一家知名的日本搬家公司的优质服务。他们的工人从一处公寓搬到另一处公寓，就似原样复制粘贴一样，连书本、碗碟都会帮客户摆放整齐。客户要做的唯一事情就是出门去喝杯咖啡，然后到新公寓验收。

我一边抱怨，一边整理衣服，不知不觉到了晚上 9 点。

书房里的一个书柜摆放地让我感觉压抑和头痛，我试着挪动它换个位置，笨重的书柜像只大象一样杵在房间的角落里，我使出浑身力气，每吸一口气只移动 8 到 10 厘米，十分钟过去了，书柜只移动了 1 米距离。我气得连跳了几下，瘫倒在书房的椅子上。

这时门铃响了，我好奇这么晚了还会有谁找我，我从门上的猫眼里看出去，是楼下的邻居光头男子史蒂文，他穿着 T 恤、牛仔裤，插着腰焦急地站在门口。

他说，兰，你没事吧？

我说，没事啊，怎么了？

他说，不好意思这么晚打扰你，是这样的，我们这栋公寓的房屋结构是一样的。我是说，你的书房对着楼下我的书房。

我摇摇头，还是不明白，问他，所以呢？怎么了？

他说，我在书房里办公，听见楼上你书房地面发出的声音很奇怪，“吱吱”地响，很让人揪心。隔一会儿就有一声，持续很长时间，你是不是在搬什么东西？还是发生了什么意外？

我说，哦，对不起，对不起，实在抱歉啊，我打扰到你工作了。我在搬一个笨重的书柜，实在太重了，你来得正好，要不帮我搬一下？我正犯愁没人帮忙呢。

他说，那……好吧。

他走进我的家，看着客厅里乱七八糟、东倒西歪的箱子，勉强说了声，挺温馨的啊，你们女人东西都好多，你要收拾完才休息吗？

我笑笑说，不，不，明天再整理，今天收拾完估计得通宵了，我明天还要上班呢。我主要是把书房、卧室收拾好了。睡觉是第一位的。

他说，那你晚上挪书柜干吗呢？

我说，我在书房里处理工作邮件啊，那书柜在书桌的旁边，我感觉好压抑，我要把它放到另外一边。

他说，这位置挺好啊，你可以挪动书桌啊，岂不是更简单？

我说，不行不行，书桌不能动，我喜欢面对窗户，看外滩的风景。不然，我干吗住江景公寓呢，花了钱就要享受相应的待遇。这就好比你去住酒店，景观房和普通房是绝对价格不同的，价值决定价格。你看这美丽的黄浦江夜景，多么璀璨，让人陶醉。

他说，你天天看就会厌烦的。

我说，怎么会呢？你已经厌烦了？

他说，我在家一般都关上窗帘。

我说，老兄，你太奢侈了，你太随意了，那你住这里干吗？只能说明你是有钱人。

他说，离公司近啊，主要是我天天看，白天看，晚上也看，所以审美疲劳。

我说，如果是你老婆，你天天看夜夜看，你也会审美疲劳么？

他说，坦白讲，也会！你不会吗？距离产生美，人们离婚就是因为厌烦啊。

我嗤之以鼻，又是一个喜新厌旧的家伙，说，我喜欢的人，越看越喜欢，全是优点，连缺点都是优点。

他说，好吧，强迫症小姐，不闲聊了，我们来搬吧。

史蒂文走后，我累得趴倒在床上睡着了，痛苦的一天画上了句号。

第二天一早醒来，我伸了个懒腰，打开窗帘，美妙的外滩风景尽收眼底，我闭上眼睛享受早晨的阳光，对自己说，早安上海，早安墨兰！

走进客厅，打开音响播放几首明快的音乐，我哼着歌，冲了个热水澡。然后，换上漂亮的时装，打开化妆盒开始装扮，再佩戴相称的首饰，纠结该搭配哪双高跟鞋去上班，最后亲了下镜子里的自己，带着好心情出门了。

电梯在 19 楼停下，他走了进来，但似乎没有认出我。我摆摆手，先开口跟他打招呼说，史蒂文？嗨，早上好！这么巧。

他停顿了 3 秒才反应过来，表情很惊愕地说，哇噢，是你，我楼上的新邻居？你实在太漂亮了，我差点没有认出你。

我说，之前我没见过你，你却说你好像在哪儿见过我。今天呢，明明昨天见过，还帮我搬过书柜，却不认识了。

他说，真是对不起，昨天你扎着马尾，穿得很休闲，跟今天完全是两个人。我是说，女人化妆后和化妆前是不同的人。

史蒂文比画着我昨天的打扮，感叹我的变化。

我说，你这话我怎么听起来有些别扭，难道我昨天很难看吗？

他说，不，不，你千万别误会，我的意思是昨天和今天的着装风格不同。

我抿嘴大笑。

他问，昨天你忙到很晚吧？

我说，没有啊，你走了，我就睡觉了。

他说，所以，你把书柜搬完九点半就睡觉了？

我说，对啊。不搬我睡不着，搬了我心里就踏实了，倒床就睡。

他说，你还真是个任性的女孩。

他在一楼出了电梯，我去了地下停车库取车。

车子驶出地库，转弯我看见史蒂文正在大门口等出租车，我在他身旁停下车，伸出头问他去哪里，我可以捎他一段路。他怕耽误我的上班时间，礼貌地谢绝。

我爽快地说："come on，上来吧，没关系。"我经常出差，现在一个人住在耀江公寓，人生地不熟，邻里关系很重要，偶尔签收快递之类的琐事还是要劳烦邻居的。

史蒂文工作的地方就在公寓附近的北半球酒店。离公寓只有五六分钟的车程，四个红绿灯的距离，那是上海外滩最奢华的五星级酒店。

"你喝不喝咖啡？我去给你买一杯？"史蒂文指了指小区门口的小美咖啡店。

"OK，成交！"我捉摸着这老外是不好意思搭顺风车了。

史蒂文端来两杯咖啡，却意外坐到我车子的后排座位上："要让你笑话了，我有点恐车症，特别不习惯坐在副驾驶座位上。"

我回头接过他手里的一杯咖啡，问他："怎么会这样？"

他说："之前出过车祸留下点后遗症。你不要认为我很厌，我除了怕小汽车，基本上天不怕地不怕，我可是'好汉'。"

我说："哈哈，好汉，第一次听见有人这么自夸自己。没事，正常，我爸爸以前也出过车祸，有段时间头痛失眠，精神恍惚，老梦见车祸画面，也有很长一段时间连车都不碰。"

他说："对对对，我也偶尔会做噩梦，偶尔会失眠，不敢碰小汽车。对了，你尝一下咖啡，小美咖啡店的咖啡很香醇，老板名字就叫小美，也是耀江公寓的业主，住在我们那栋的15楼，她老公有家大型的物流公司。不过，他们结婚很多年了，却没有孩子，她在家闲着没事今年就在小区门口租了商铺，开了这家咖啡店。"

"你真八卦，怎么知道这么多？"我不可思议地打量着他，发动了车子，他成熟挺拔的外形确实像来自北美的"好汉"，但与"恐车症"难以匹配，与"八卦gay"更加大相径庭。

"我每天都买她的咖啡，小美很健谈，你不问她，她也会主动跟你讲，滔滔不绝，说个没完没了。"他喝了口咖啡，接着说："兰，你什么时候有空？我想请你吃饭。"

"怎么，你是想约我么？我可没时间和你们老外玩一夜情，我建议你去淮海路或者新天地那边的夜店找。"我开玩笑打趣他，道："你长得不赖，那里一定会有很多女孩子喜欢你，跟你说'我爱你'。"

史蒂文听完差点呛到，说："你说话一点不像中国女孩，挺直爽。"

"那说明你见的中国女孩还不够多，样本基数不够大，所以判断失真。不过，男人看见美女想约吃饭是正常反应，若不想约要么说明你脑子有问题，要么说明我很差劲，长得不咋的。"我继续调侃他说。

史蒂文的脸红了，欲言又止，思索了一会儿，笑着说："换句话讲，我见过的中国女孩子很少有人像你笑得这么干净的。"

我说："笑得'干净'？谢谢，你这是在夸我么？不过，无论是夸我损我，这个评价我很喜欢。"

坦率说，我这辈子最学不会的就是上海女人的娇嗲。

"你去过阿里？"史蒂文指着我车里的照片问，那是我去年西藏行的照片。

"哟，你还知道这是阿里啊？"在我的思维模式里，一个老外认识布达拉宫不足为奇，但能一眼认出我这张照片背景是阿里的古格王朝，实属罕见。

"我见过这片土林，古格王朝的土林。"史蒂文的语气很淡定。

"哦？你去过？"做记者出身的我，凡事都很好奇，喜欢打破沙锅问到底。

"不是，我妈妈留给我的老照片上有土林。我去年想去，时间不够没去成。”史蒂文眉头紧锁扭头面向窗外。

那天路况很好，车子行驶了几分钟就到了北半球酒店，史蒂文下车时从包里掏出一张名片递给我：“兰，有空打给我，我请你吃饭，绝对不和你玩一夜情。还有，我不喜欢吵闹的环境，所以新天地的夜店不适合我，谢谢你推荐！”

原来史蒂文是北半球酒店餐饮部的运营总监，这老外真是半夜三更放大炮，一鸣惊人，竟然用我的话现学现卖还击了我，是一个聪明有趣的男人。我也礼貌性地递给他一张我的名片，跟他说保持联络。

往后的日子里，我的生活因为史蒂文而精彩了很多，从此不再孤单。在他的鼓励下，我报名参加全国 MBA 研究生联考，史蒂文便多了个身份——我的英文补习老师。每天晚上无论工作多晚，他都会帮我修改一份英文模拟试卷，对于做错的题不厌其烦地讲解。

史蒂文是我认识的人里最有耐心的一个人，可能是长时间从事高级酒店管理的原因，他的“极致服务”意识融入到了我们日常生活的琐事之中。他的表情里很少有愤怒，除了笑容就是平静，或者紧锁着眉头思考问题。他喜欢我爽朗的性格，犀利的言语。我喜欢他的简单、沉稳、机智与幽默。他的笑容里似乎包藏着一种神奇的魔力，跟他在一起，我会忘记那些埋藏在内心的烦恼与忧愁。

小美的咖啡店从此也多了我这位老主顾。八卦的小美因为老公太有钱，所以她不差钱，任性地开着赔本的咖啡店消遣时间，知道史蒂文和我的情侣关系后，每天早上卖给我们的咖啡都是“买一送一”。

我和史蒂文第一次的晚餐约会发生在相识后的第五天，就在外滩的“Lost Heaven 花马天堂”。虽然我们楼上楼下住着，但时间上总有分歧，要么他工作到凌晨，要么我就在外地出差。

史蒂文跟我说，无论多忙，饭总是要吃的，他有重要的事情要问我。

“花马天堂”餐厅有道特色菜叫野菜薄饼，那是近似于奶奶的厨艺。我一口气吃掉了整盘的薄饼，满嘴幸福的味道。

史蒂文放下筷子摸着下巴，目不转睛地盯着我吃。他说："兰，我不跟你抢，你平时吃饭都这样吗？"

这老外说话怎么也不拐弯含蓄点。我故作生气地瞥了他一眼，转而又笑着说："实在抱歉，我平时很淑女的，这次纯属例外。这个饼特别像我奶奶做的，很久没吃到这种味道了。我再让服务员上一盘，你尝尝？"

"不，不，我以前吃过，看你吃那么香，我都让给你。"史蒂文还是不动筷子。

"你吃东西啊，别老盯着我看，我脸上又没菜又没饭，你能看饱？"我逗他。

"我越看你越像我似乎认识的一个人，特别是眼睛。"史蒂文的眼神告诉我，我肯定是他认识的某个人。

但，我是从来不认识像他这样光头的老外。

我用纸巾擦擦嘴巴上的汤汁，随意地说了一句："别告诉我在梦里。"

史蒂文挠挠他的光头，一脸窘迫，喝了口杯中的水，找不到还击的言语。

饭后，我们一起从外滩散步回家，那个夜晚的外滩天空清澈得没有尘埃，浦东的高楼夜景清晰绚烂。

我问史蒂文，为什么来上海。

他说，为了一个梦。

我又问他，有女朋友吗？

他说，他只有一个前妻，叫詹妮弗，比他大 9 岁，长得非常像他妈妈。后来，性格不合，詹妮弗有了外遇，他们分手了。

我的好奇心促使我想窥探这个西方男人身上更多的秘密。一个在 20 岁辍学，只为迎娶比自己年长 9 岁的女子为妻，这是怎样一个神经质男子？

他告诉我，他来自北美浪漫之都"蒙特利尔"，那是一座浪漫、世故甚至奢侈的法语城市，俗称"小巴黎"。18 岁时他爱上了一个比自己大 9 岁的金发女人詹妮弗，他们同是法裔。大一的时候，他迫切要找一份兼职，恰逢詹妮弗工作的酒店要招服务生。詹妮弗是酒店的人事经理，他拿着简历走进詹妮弗的办公室面试时惊呆了，因为詹妮弗长得很像他去世的妈妈，特别是迷人的笑容上那两个浅浅的酒窝。

除了长相，詹妮弗的性格与他妈妈索菲亚也极为相似，都很随性、大胆和张扬。他们的面试谈话很愉快，詹妮弗觉得他很坦诚，又精通英语和法语，于是给了他一份酒店服务生的工作。从此，史蒂文开始了对詹妮弗的疯狂追求。

四个月后，史蒂文毅然决定从加拿大的蒙特利尔大学的心理学专业休学，因为他们相恋一个月就闪婚了，史蒂文打算全身心地投入工作和他的小家庭。婚礼上，他们只邀请了双方的至亲。

在教堂里，当史蒂文的家人第一次看到詹妮弗本人时，才勉强接受了这段让他们百般阻挠的婚姻。因为众人都一致认为詹妮弗确实太像他妈妈了。可是，激情过后的婚姻总是归于平淡的，史蒂文毕竟太年轻。两年后，詹妮弗有了外遇，对方是一个银行工作的高管，也是他们酒店的客户。史蒂文竭力挽救这段婚姻，但还是失败了。他伤心绝望，不得不重返学校去完成大学学业，主修酒店管理。过去的六七年，他奔波在世界各地，把主要精力放在事业上，从一名普通的酒店职员做到跨国奢侈酒店集团的高管，只能说明他是一个十足的工作狂人。偶尔他也会有一些雾水情缘，但再也没有过爱情。

在外滩边走着走着，史蒂文又提起了“似曾相识”的话题：“兰，你真的不觉得我眼熟吗？”

这个神秘的男人真是没完没了，看来史蒂文在过去的五天一直在纠结这个问题。“哎哟，真不记得了，要不你提醒下？”

“你去年是不是去过普诺岗日冰川？有个女孩曾跟我说，不到长城非‘好汉’，还很在意自己的‘姿色’。”史蒂文停下了脚步，期待着我的答案。

我瞬间愣住了，借着外滩边明亮的路灯，我审视着眼前的光头史蒂文，莫非我们在羌塘无人区见过？我走近他，拿开他的帽子，在记忆库里输入时间密码，努力地搜寻在西藏遇见的那些人们。他那双深邃的蓝眼睛，眼角的皱纹，薄薄的嘴唇……

是啊，这么立体俊朗的一张脸，我怎么就忘了去年在普诺岗日冰山上的一面之缘？我惊讶地大叫起来，给了史蒂文一拳，说：“嗨，哥们儿，缘分啊！你去年去过普诺岗日冰川？你是拉我上山顶的那个加拿大人，你早认出我了对不对？可是，你的变化太大了，我是说，那会你满头金发啊。”

“想起来了？我来中国工作前剃光了，没办法压力大脱发严重，哈哈，光头简单，不用打理，还省下摩斯和洗发水了。前几天在电梯里遇到你时，我怎么也想不起在哪里见过你。后来在你家的书房里，我瞥见你书桌上的一张照片，是我帮你拍的普诺岗日冰川上的照片，我就百分百确定是你了。所以，我才说一定要请你吃饭。真是太巧了，对不对？不可思议！”史蒂文也激动万分。

“老兄，你太能装了，你帮我搬书柜的时候就知道了，干吗不告诉我？你这人，那什么，真能沉得住气，要是我当时就惊喜若狂了。”我说。

整个外滩的嘈杂似乎都被我们两个神经质的笑声所覆盖，我们笑得很嚣张，很忘我，很无畏。

世间还有什么东西比缘分更奇妙？生活在同一磁场的人们总是会莫名其妙的重逢。

“买花吧，先生？买枝花送给这位漂亮的姐姐。”一个卖花的小姑娘拉住史蒂文的衣角让他买花。

“小姑娘别捣乱，我们只是普通朋友，去那边找情侣买。”我像女保镖一样替史蒂文挡着，这一刻我认定他是我命中注定的好友了，兴奋之情溢于言表。

“不，我要三枝红玫瑰。”史蒂文掏出皮夹子冲我眨了下眼睛。

“你是要送给我吗？好久没人送我花，谢谢！你真是好汉！”我右手拉起我裙子的大裙摆，低头、屈膝像他做了一个西方淑女的“谢谢”姿势，我的脸皮这几年在渡边公司也磨炼得厚出茧子了，确实有些期待这位帅气的西方绅士给我买束花。

我的上次约会像是一个世纪前的“曾经”。过去四年，我每天不是在机场，就是在去机场的路上，繁重的工作和日本企业严谨的工作氛围让我窒息，做梦都会梦见渡边社长亲笔书写的“一生悬命”几个大字，也没有时间去忆起那段与鹏程的痛苦爱恋，只求在魔都上海寻找到存在感。

“兰，做我女朋友吧，我喜欢你，在电梯里遇见你的时候我就开始喜欢你，准确地说是去年在普诺岗日冰川遇见你的时候我就喜欢你。如今上帝安排我们在上海再次相遇，我不能违背上帝的旨意，也不能违背我的心。就算……就算你有男朋友，我也要去抢。”史蒂文拿着三朵玫瑰，在外滩边直白地对我说。

也许是我单身得太久，已经忘了什么是爱情。

也许是曾经过度伤心，已经对爱情麻木。

也许是July姐对于爱情的执着，让我相信爱情依然存在。

如今，当爱神突然降临的时候，我弱小得像只猴子，慌张得像只被困的幼雏，不知所措。

“可是，跟我这样的女神经交往的话，我怕你吃不消……”我的话还没有说完，史蒂文已经吻上了我的红唇。

他突如其来的亲吻让我瞬间停止了思考，头脑里一片空白，浑身开始燃烧起来。我顺从地闭上眼睛，整个身体酥软得动弹不了，我只能感受到他急促的心跳、柔和的舌尖。他搂着我，越来越紧，让我几乎窒息，似乎我和他悬在半空中，飞到一个百花齐放的花丛。我们的身边是无数个萤火虫在起舞，那些精灵围绕着我们挥动着闪亮的翅膀，它们会唱歌还会奏乐，耳边回荡着浪漫的音乐，天空中繁星点点，月亮害羞得躲了起来，空气中弥漫白玫瑰的芳香，那是如同少女的初恋一样美好的一吻定情。

“我忘了回答你，我还是个吃货，消化功能很好，你是骨头我也能咽下去。”他放开我，带着迷人的笑容自信满满地对我说。

“啪”的一声，我突然举起右手打了他一耳光，让他从浪漫的幻境里猛然惊醒过来，“巴嘎！不要脸，我同意你吻我了吗？”

史蒂文摸了摸挨打的左脸，莫名其妙地看着我：“这个……这个还要征求你同意么？”

我说："当然！"

他说："你不是接受我的花了吗？我吻你，难道还要口头申请，然后数一二三才开始，是吗？"

我说："总之，接受花不等于你就可以吻我，还有……我……我没有准备。"

"你跟谁接吻是精心准备的？兰，我的上帝啊，我要被你弄疯了。接吻……我吻你，这是由心而发，不受大脑控制，冲动的，随时随地都有可能发生的。"他委屈地揉了揉脸颊说。"你这一巴掌够狠的，我第一次被女人打……"

"很疼吗？我不是故意的，我的手怎么不疼呢。"我说。

"是你打的我，手上的骨头打脸上的肉，哪个更疼啊？我的任性小姐。"他说。

"你叫唤什么呢？那也是你活该。"我说。

"我……我活该？你真是……你这个女人怎么连'对不起'都不跟我说呢？"他说。

"因为你活该啊，我打你是应该的。谁让你一路上盯着过往的美女瞎看的？你最起码回头看了九次，口水都快流出来了，有那么好看吗？你这种色狼还好意思和我告白。"我说。

"什么？哦，你说那些女人啊，脸蛋、三围确实不错，我发现有些上海女人真敢穿，比纽约女人还开放，大晚上也不怕遇到暴徒……所以……所以你是吃醋了吗？"史蒂文讲得津津有味，他试探性地问我。

"贱男！"我看他得意的样子就想抽他，脱口而出又是骂他的话。

"我的上帝，如果看了几眼路上的美女就是贱男，那我保证这路上的男人没有一个不贱的，不看美女的男人要么是瞎子，要么性取向有问题。再说，我又没调戏她们。"史蒂文指着外滩上的男人、女人们，故意激将我。

"岂有此理，莫非你还想上去搭讪？"我把花扔给他，准备转身离开。

"你这女人，理解力怎么这么让人意外呢？我说……任性小姐，对不起，对不起，你想多了。"他拉住我的胳膊。

"那也是你自己咎由自取。"我说。

“你能不能理智一点，别走这么快，高跟鞋也不怕摔着。”他说。

“理智一点是几点？”我停下脚步问他。

“什么几点，现在晚上八点。”他指了指外滩的钟楼。

“你故意的吧你，跟你说话费劲，没法理智。”我脱了高跟鞋继续快步往前走。

“你还是把鞋穿着吧，小心石子、玻璃碴儿扎伤脚，我还得背你回去。”他说。

“你怎么这么欠抽呢。别跟着我……哎哟！”我穿上高跟鞋，不小心扭到了脚。

“我没跟着你，我们是同路人啊。你看，我说吧……扭到脚了，痛不痛？”他俯下身子看我的脚。

“痛死也不要你管，气死我了。保持距离，不要碰我，否则我喊‘非礼’。”我一瘸一拐地往前走。

“我说……任性小姐，喂，你的花。别生气了，行不行？”他依然不依不饶地跟着我。

“咦，你没听见我说话啊，保持距离。”我回头跟他说。

“那你说，保持多少距离？你这样走回去能坚持多久？”他说。

“起码两米，不要跟我说话，不要让我看见你，气死我了。”我说。

“你怎么这么爱生气呢？你们中国人不是讲相由心生吗？生气还长这么漂亮，长得不科学。”他说。

“长得不科学？我看你满脑子都是色念，脑袋结构也不科学。”我“噗哧”笑了，第一次听见有人这么夸赞别人。

“喂，兰，你等等，我刚才是看美女了，就像看这外滩的风景一样，看了就忘了呀，但你在我脑子里，在我心里……”他上前再次拉住我，还没等我回过神，他把我背在他身上。“从现在起，我闭嘴。但两米的距离，抱歉，我做不到，我送你回家。”

“说得好听，还不是顺路吗，什么叫送我回家。我要是住松江，我看你会不会送。”我说。

“我的任性小姐，这正好说明我们是同路人啊。你若住松江，我们怎么同路呢?”他说。

“你放我下来，我发现你这人怎么特爱调侃我呢?故意气我是吧?”我说。

“别闹了……好了，好了，我闭嘴。”他说，“其实，你若住松江，我更会送你回去。否则，怎么安心让一个脚受伤的女孩子独自回家?何况还是我走遍整个地球才再次遇到的姜墨兰!”

那一路，我们没有再说话。他的身上散发着淡淡的菲拉格慕古龙香水的味道，时近时远，透出成熟男人的稳健。他的肩膀很宽很结实，搭在上面有种莫名的安全感。我听着他急促的鼻息声，很想问他累不累，但是欲言又止，内心有股暖流涌起。

我跟他认识才五天，不包括普诺岗日冰川的初次相逢，我们也只见过四次面，但望着眼前这个光头男人，我像是认识了一千年。

我从来不相信一见钟情。当妈妈告诉我，她和爸爸在村里的稻场里看电影《小花》一见钟情时，我很难想象那是怎样的一种情愫。

我想起去年在普诺岗日冰川，我摔倒在史蒂文身上，那对视的几秒我曾有过心动的感觉，可瞬间就消失了。理智告诉我必须面对现实，怎么能爱上一个在旅途中萍水相逢的加拿大男人?想想就觉得自己很可笑。但是，我不得不承认，正是那一瞬间的对视注定了我们今生的情缘。

在史蒂文跟我告白的时刻，直觉告诉我，这就是爱情。

它来了，挡也挡不住。

第 18 章
怪咖老外的 CS 火山石项链

史蒂文跟我告白的第二天早晨，按响了我家的门铃。我穿着睡衣，睡眼惺忪地给他开门，只见他穿着灰色 T 恤、牛仔裤，脖子里挂着一根黑色的石头项链，手里端着一盘煎蛋、热狗三明治和蔬菜，还有一杯热牛奶站在我家门前，他吞吞吐吐地说："兰，这是……给你的早餐，我多做了一份。"他的眼睛有些血丝，黑眼圈很重，像是昨天一晚上没有休息好。

"哟，你还会做早餐啊。不错，还挺香，谢谢哈！不送！"我接过他手里的盘子闻了闻，准备关门转身离开。

"等等，你穿睡衣很性感……"他扫视了一下我，话音刚落，我生气地回头"啪"的一声给了他一巴掌。

他憋住气问我："你这个奇怪的女人，这次我没吻你，夸你性感你也打我？"

"你才奇怪呢，谁让你瞎看？性感能随便放在嘴边上说吗？你怎么这么随意呢？眼睛闭上！贱男！"我"砰"的一声关上了门，把早餐盘放在餐桌上，去洗手间刷牙洗脸。

"你开口一个贱男，闭口一个贱男，随便你怎么叫。你穿什么我才看到什么，难道我以后跟你说话都要把眼睛闭上吗？"他在门外喊道。

没过一会儿，门铃又响了。

"你还挺执着，还想被打啊？"我开门看见他依然守在门口没有离开，其实暗自有些欢喜。

“不，不，你的脚没事了吧？”他关切地问我。

“没事啊。我本来是想和你说谢谢，但是，我脚扭伤不都是因为你气我吗？你不气我，我就不会受伤，我不受伤，你就不会背我，是这个道理吧？”我说。

“对，对，你说得没错，是应该我向你道歉。”他说。

“那我不送咯，你可以走了。”我准备关上门。

“等会儿，等会儿，先别关门，你昨天还没回答我呢，我已经挨了你两巴掌，贱男反正豁出去了，今天贱到底吧，也不介意多挨你一巴掌。我……我只想问你，你现在是不是我女朋友？”他摸了摸脖子里的火山石项链，深呼吸一口气，插着腰紧张而严肃地问我。

我沉默片刻，正想伸右手去搂他的脖子，他下意识地防范性抓住了我的手腕。“你还真打？”

“笨！”我踮起脚，在他的脸颊轻轻一吻，转身“砰”的一声又关上了门。

他幸福地傻愣在原地一动不动。

原来再剽悍的东方女人表达爱情的方式都是这么含蓄。

接下来的日子里，史蒂文嘘寒问暖地给我发了好几天的短信，那是我们爱情甜蜜期的开始，但是人有失手，马有失蹄。他给我的一条短信里误写了我的中文名字，作为惩罚，他自告奋勇地说，他要显摆下他精湛的厨艺，为我做顿大餐，并且愿意把我的名字抄写一百遍，只求我不要生气，更不能再动手打他，不能再骂他是贱男。

我下班后如约去了史蒂文家吃晚餐，史蒂文在厨房里忙活，听见门铃声，手忙脚乱地来给我开门，“兰，你先喝果汁看看电视，饭菜马上就好。”史蒂文围着围裙一副家庭主妇的模样。

这是他第一次为自己心爱的女人做晚餐。

我仔细端详着客厅里的一花一草，一物一件，轻轻摸了摸茶几和书柜，一尘不染。这是个非常干净、整洁、简单的家，没有奢华的家具，没有夸张的装饰品，但是每件物品都很精致。茶几上放着一张A4纸，字迹工整地写满了我的中文名字：姜墨兰。我暗自窃喜，这个32岁的大男人挺有心，我随口的一句惩罚他的小把戏，他也认真了。

史蒂文收养了两只猫，是他的同乡回国时留给他照顾的，没有遇见我之前，这两只猫算是他在中国最好的朋友。它们的名字很有趣，一个叫左拐，一个叫右拐。

我好奇地问他："为什么你给猫取这么奇怪的名字？"

史蒂文说，他刚到中国的时候，要乘出租车从酒店回家，跟司机讲得最多的中文词语就是"左拐"和"右拐"。后来朋友送过来两只猫，就随意给它们取了这两个名字。

"左拐"已年迈，总是懒懒地躺在阳台上晒太阳，除了吃饭时动一动，绝大部分时间都是悠闲的躺着。"右拐"很活泼，顽皮地在家里跳来跳去，史蒂文出门的时候要把门窗紧锁，以免它贪玩跑出家门。这只猫有一次顽劣地从19楼掉下去，掉在17层的阳台上，把当时在阳台上晒太阳的老奶奶吓得一声尖叫，惊动了小区的保安。这小样"喵"了一声，竟然安然无恙，大摇大摆地走进了老奶奶的公寓。这两只奇怪的猫有着怪咖名字，性格也跟它们的主人一样怪咖！

"右拐"看见我，轻盈地走到我面前，跳到柜子上朝我"喵"了两声。我轻轻地抱它在怀里，摸摸它的头说："你就是右拐吧？小淘气鬼！"

我搂着"右拐"继续参观史蒂文的家。

电视机是笨重的老式32寸，DVD影碟机旁整齐地堆放着上百张碟片，看来他是个很宅的男人，晚上和休假的时间都消磨在电视机前了。

旁边的小酒柜里摆满只喝了小半瓶的各类白酒和整瓶的洋酒，有五粮液、茅台、陕西西凤酒、山西汾酒、湖北白云边、水井坊等等，品类繁多，让人目不暇接。"哇噻，这老外能喝白酒，这么多白酒怎么都不喝完？剩一半啥意思？真是个怪咖，奢侈！"

书柜里放着史蒂文在迪拜、伦敦、梵蒂冈的照片，还有一张史蒂文跟兄弟姐妹在家庭聚会上合影，照片上他标志性的史蒂文式笑容足够迷到“外貌协会”的女孩子。我承认我对史蒂文的好感也来自他迷人的笑脸。我们第一次在普诺岗日冰川上见面时，他就是站在山坡上朝我微笑，吸引我放下胆怯，勇敢地向他靠近。

柜子里还有一张5英寸的照片很耀眼。那是一个漂亮的金发姑娘站在冰川上举着冰柱，颇有胜利女神的味道。女孩的脸颊有点高原红，但笑得十分灿烂，有两个浅浅的酒窝。我从柜子里拿出照片，仔细看着那冰川，那不是南极，也不是北极，而是我熟悉的普诺岗日冰川。

难道这个女孩也是史蒂文去年西藏旅行团的一员？我似乎没有什么印象。因为我记得，那个旅行团八个加拿大人，只有两个女生，其中一个是黑人女孩，另外一个女孩的头发是短发。

“这是谁？”我暗生醋意，难不成是史蒂文的前女友？

我朝厨房喊道：“嗨，史蒂文，你能过来一下吗？这个女孩子是谁呀？这是普诺岗日冰川吗？”

史蒂文听见我叫他，匆忙地跑到客厅，从背后抱着我，下巴搭在我肩膀上。他从我手里接过照片，对我说，“这是我妈妈，很美对吗？”

“你妈妈看起来好年轻，这照片有段时间了吧？她也去过普诺岗日冰川吗？”我问。

“妈妈已经去了天堂。她的梦想是当个科学家，这是她1990年在西藏考察时拍的，也是她留给我的最后一张照片。”说完，史蒂文轻轻吻了下我的额头，“傻瓜，吃醋了？”

空气瞬间凝结了五秒，我不知道该说什么，鼻子酸酸的。我知道自己显得过于小气，却无意中可能伤到了他。“没关系，兰，我今天本来就想跟你讲讲我的妈妈。”史蒂文牵着我的手，拿着照片坐到了沙发上，从脖子里取出那根黑石项链，给我讲了照片和项链背后的故事。

这条项链的石头来自于普诺岗日冰川下的火山石，是他妈妈索菲亚的遗物。从西藏回加拿大之后就一直随身带着，索菲亚告诉他，这条项链虽然不漂亮，但能给她带来无限的勇气和希望。我接过那根项链仔细端详着，黑乎乎的一块普通的石头，除了刻有CS字母，没有任何特别之处。

“它是我的幸运石。每次焦虑、紧张的时候，我都会带着它，就像妈妈在我身边，让我拥有信心。”他说。

“所以，前两天在我家门口送早餐的时候你很紧张？我看你也戴着它。”我说。

“当然紧张，我怕你说NO，我十年没主动追过女生了，基本都是女人来找我。”他说。

“你臭美吧你，看把你得瑟的。”我说。

“我以为我说完，你会更得瑟。让一个十年没追过女人的男人来追你，你多有魅力啊，还不得瑟么？”他说。

哈哈哈哈，我们都笑了。

史蒂文的妈妈索菲亚生前从事冰川研究工作，准确点说是科学家助理。多年来，他很少跟旁人提起他的妈妈。他说，普诺岗日冰川是一个容易让人产生情愫的地方。他与我对视的那几秒，也许就是曾在那里工作的妈妈从天堂给他发出的暗示信号，让他在世上最圣洁的地方找到了爱情。

1990年，索菲亚随北美考察团在西藏考察，主要的研究对象是羌塘无人区和普诺岗日冰川。加拿大、美国的冰川研究一直走在世界的前沿，所以经常会有一些欧美的科学家受到官方、大学或民间基金学术上的邀请到中国来协助研发与学术交流。索菲亚在普诺岗日拍了很多关于冰川的地貌、自然风光、日月星辰、野生动植物，还有藏民牧羊、种植青稞、拜佛磕长头的照片寄给史蒂文。

那年史蒂文才十岁，正在加拿大蒙特利尔郊区的一所法语小学上三年级。那时候的西藏他听妈妈说既落后、粗犷，又很原生态。那里的风土人情跟加拿大、乃至中国的绝大部分地方相比都截然不同，让小小年纪的他向往。冰川所在的地区叫羌塘，距离双湖县城有半天的车程。那里荒无人烟，属于无人之境。1990年的西藏很多地方都没有高速公路，去普诺岗日冰川的路异常艰难，连一条成型的石子路都没有。他们一路上车子经常抛锚，主要靠牦牛运送物资，成群的藏羚羊、野毛驴从他们身旁飞驰而过。夜晚的星空纯净而透彻，朝阳和晚霞最美，她最喜欢看冰川日月交替的奇幻美景。

我想，去年我们去冰川的时候还是非常艰苦，不敢想象20年前的冰川是什么样子，但一定是比现在雄壮，冰原面积也比现在大。索菲亚应该是开拓那条冰川之路的人之一，也是提出保护冰川的人之一。

后来，史蒂文收到一封信，索菲亚告诉他，加拿大考察队终于快要回国了，信里还夹着一张索菲亚的照片。照片上的索菲亚有点黑，鼻子被晒伤了，但仍然掩饰不住她美丽外表下的自信与骄傲。照片以蓝天白云为背景，她站在冰川上，举着像玉米棒子一样粗的冰柱，笑得很灿烂，就像握着奥斯卡奖杯一样耀眼夺目。照片背后写着："这是没有北极熊、没有企鹅，但可以看见野牦牛、藏羚羊、豹子的陆地冰川。我的史蒂文，这里太棒了，独一无二！你为妈妈骄傲吗？"

"收到照片的第二天，我跑到学校跟同学们炫耀那个神奇的西藏。告诉他们，我的妈妈要从那里回国了。"史蒂文跟我说，他在课间得意地告诉同学们，世界除了南极北极外，还有第三极，就在中国的西藏，名字叫普诺岗日冰川，他妈妈就是研究那个冰川的科学家。

史蒂文的妈妈在中国待了将近一年的时间才回到加拿大，大部分时间都在西藏的双湖地区工作，只因她怀揣一个科学家的梦想。长期的户外作业和高原生活让她看起来比实际年龄苍老许多。

史蒂文说，他在机场见到索菲亚时，差点被这个有着高原红的女人吓到，不敢相认，但就是索菲亚给了他对中国西藏神秘世界的向往，对普诺岗日冰川的崇拜，对梦想与快乐的追求，这些在他幼年就深深扎下了根。他说，妈妈一直是他的骄傲！

这张照片也是索菲亚留给他的最后影像。

索菲亚回到加拿大的第二个月去世了，死于一场车祸。车祸的瞬间，她用自己的身体守护了副驾驶的史蒂文，手里紧紧握着一根刻有CS的火山石项链，在死亡的那一刻递给了史蒂文，让他好好保存。若不是为了保护年幼的史蒂文，她还有生还的可能。

车祸导致史蒂文的大腿、骨盆、胸骨多处骨折，大脑也受到一些损害，但在随后的治疗中均得到及时诊治，得以康复。这场车祸最残酷的不是病痛的折磨，而是给年幼的史蒂文带来了生不如死、挥洒不去的心理阴影。

小时候的他会无缘无故地反复回想车祸当时的画面和妈妈呻吟的微弱之声，他变得怕黑，即使他睡着了，稍微一点动静，就会被惊醒，仿佛听见妈妈在房子里叫唤他。他的脾气也变得孤僻、暴躁，经常莫名的躲起来拿着索菲亚的照片和 CS 火山石项链哭泣，他的父亲带他去看了一年的心理医生才让他安静下来。

医生说，这是车祸导致的精神障碍，准确点说叫“创伤后应激障碍”。一般人在遭遇无法预测、大脑无法应对的事件后出现的精神恐惧和无助感，病情严重的可能患上抑郁症，有自杀倾向。

“站在普诺刚日冰川上的这张笑容灿烂的照片，成为了妈妈在我心里的永恒。”史蒂文讲得很动容，我听得很酸楚，眼眶渐渐湿润，反复地说：“对不起、对不起、对不起。”

史蒂文被我的哭声吓到，说：“怎么了，兰？我只是想跟你分享我内心最深处的秘密。”

“谢谢你，谢谢你，史蒂文。不，对不起，对不起！”我还是继续哭，有些语无伦次。

史蒂文给我抽了几张纸巾替我擦去眼泪，笑着说：“上帝啊，我最怕女人在我面前哭，你真是个爱哭鬼！”

“我哭，你还笑？你这个人的心肯定黑得像煤炭。”我见到他如此乐观，更觉得抱歉。

“那你得把我的心挖出来看看才知道，你忍心吗？”他说。

“你还有心思开玩笑，刚才真心对不起，我不是故意追问照片的来历。不过，史蒂文，真的很谢谢你如此信任我，跟我分享你最珍贵的记忆。”我满脸真诚的歉意与懊悔。

“兰，你温柔起来的样子像个天使，让我很不习惯。”史蒂文似笑非笑地说。

“巴嘎！欠削啊你，要不要给你换一张魔鬼的面孔？还能不能好好说话？”我开始张牙舞爪起来。

“不闹了，我好好说话……我只是觉得彼此之间最重要的是信任，我是认真的，我不想对你有秘密。你啊就是一枝带刺的玫瑰，把自己武装得像刺猬，不过我不怕你扎我。如果有时间，你愿不愿意陪我再去看看普诺岗日冰川？就我们两个人。”史蒂文望着我，眼神里充满了期待。

“嗯，我求之不得。”我说。

我似乎明白了为什么史蒂文会来中国，为什么去年的 9 月我们会相识在普诺岗日冰川，这个男人内心里有忧伤的往事，他注定跟普诺岗日冰川是结缘的。原来为了开发西藏，不仅好几辈中国的年轻人在那里付出了青春，还有像史蒂文的妈妈一样热爱西藏的外籍友人。

虽然我和史蒂文的公寓一个楼上一个楼下，但相处的几年日子里，我们依旧保持着独立的私人空间。史蒂文每天的工作时间长达 12 个小时，有七年没有回过加拿大过圣诞节，他是事业心很重、自我要求很严格的男人。他说酒店业没有真正意义上的下班时间。偶尔他加班到凌晨，为了不打扰我休息，他会回到楼下的卧室去睡觉。偶尔我在他的书房里做项目方案、复习 MBA 联考试题，他就到楼上我的公寓里乒乒乓乓地做饭。偶尔我们也会抢电视和 DVD 看，但却不会分开，遥控器在谁手里谁说了算。

我们曾戏言，我们这对情侣住着室内没有楼梯的复式公寓。

有段时间我霸占了 DVD 的遥控器，史蒂文晚上不得不陪着我啃着鸭脖子、看穿越古装剧《宫锁心玉》，我利诱他可以趁机学习中国古代文化和清朝历史。虽然他十分不理解为什么我把没有肉的鸭脖子啃得那么香，他也只是闻闻，舔舔，并不下肚。

看电视剧的时候，往往我为女主角晴川和男主角四阿哥、八阿哥的感情纠葛哭得稀里哗啦，他在一旁无动于衷，拿着几张白纸若无其事地记下无数个中文短语，正儿八经地问我什么意思。我真是啼笑皆非，自找苦吃！

比如，有一次他冷不防地掐了下我的胳膊，痛得我“哇哇”叫。因为电视剧第一集结尾的部分晴川对八阿哥说：“很疼对不对？因为我没有告诉你就打你了，你连躲都没得躲。”

比如，他指着白纸上的笔记问我“什么是福晋”，“什么是奴婢”，“什么是非分之想”？因为有一集晴川说：“四福晋，奴婢出身卑微，不敢有非分之想，还请福晋不要开这种玩笑。”

我耐着性子回答他：“你若是伯爵，我们清朝叫王爷，那么我就是你的福晋、夫人，奴婢就是侍女、女仆人，你要是和侍女或别的女人有一腿，或者她们要是勾引你，就叫非分之想。”

史蒂文拍了拍胸脯说：“哦，这几个词有意思，我要记住。我的福晋，你大可放心，我向上帝发誓我对我们酒店的那些女同事没有非分之想，还请福晋不要开这种玩笑。”

“哟，学以致用，造句造得挺利索，我谅你也不敢，不然……不然我就变成悍妇。”我冲他眨了下眼睛，有意可怜兮兮地说。

“什么叫悍妇？”他放下手里的笔，闪过一丝不安，穷追不舍。“兰，你不会回郢中的丫姑山当尼姑吧？”

“当你个头，悍妇和尼姑有什么关系？悍妇就是野蛮女友、凶悍的女人、女魔鬼。”我大声嚷嚷。

“哦，原来如此，那我不用担心，你本色出演就是了。”史蒂文说完迅速起身，逃到了书房里关上了门。

“你出来，是你逼我的，我必须给你点颜色看看。”这老外把我的肺都气炸了。

“兰，你不用给我看你的颜色，反正你的‘姿色’我都看遍了。”他在房间里应和了一声。

“我可是成全你，以身示范，跟你现场演绎下什么叫野蛮女友、中国悍妇。”我在书房门口敲了两下门，左右徘徊着。“史蒂文，你不当好汉，要当狗熊啊？有本事今天躲在里面不出来。”

他躲在里面还是不吱声，我又敲了两下门，哄骗他：“亲爱的，给你两个选择，我数三下，你若不出来，我今天晚上回楼上我家睡觉，一周之内你别想见到我；你若出来，我今天新买的内衣很性感哦。”

我话没说完，门刷的一下开了，他站在我面前：“福晋，我错了，我totally错了，我出来了！”

“好汉，你连数一二三的机会都不给我，你怎么能在权色的利诱下这么快就投降呢？唉，太让我失望了，罚写‘福晋、奴婢、非分之想、悍妇’几个词各十遍，写完才能睡觉。”我趾高气扬地对他说。

“又是罚写汉字？咱换个别的惩罚行不行？”史蒂文痛苦地哀求我。

“你怎么这么随意呢？我这都是为了你好，让你更加深刻地理解‘悍妇’这个词语。放心，回头作为奖励再让你深刻地理解下什么叫‘娇妻’！”我妩媚地回答他。

由于十岁那年的车祸影响，年过30岁的史蒂文经常梦见自己满身是血在黑暗的地狱里游走，寻找他的母亲索菲亚，所以他很怕漆黑一片的环境，患有焦虑症。晚上睡觉前，房间里的落地灯他是从来不会关的，公寓里稍有风吹草动，他都会惊醒。尽管落地灯的灯光很昏暗，但我还是不习惯，总是戴着眼罩，背对着灯睡觉。我试了几次在他睡熟后悄悄把灯关上，他却从床上一跃而起，恐慌地叫唤着让我开灯，像是做了场噩梦，浑身冒汗。

我无奈地打开灯，将他搂在怀里，安抚他躺下。

他问我，兰，你会不会认为我很𡲢？

我说，我连毛毛虫都怕，但我可以高原徒步五六十公里，你能说我𡲢么？没事的，很多人都怕黑，害怕黑暗中孤立无援的无助感，害怕潜在的危险，极度缺乏安全感。别担心，只是你要对自己有信心，总有一天你会克服的。

他说，詹妮弗就是受不了我这些怪癖，觉得我有病，说我是个胆小如鼠的“怪物”，所以跟别的男人在一起。

我说，我不是詹妮弗，所以不要拿我和她比较，如果有一天我离开你只会因为你不再爱我，或者你劈腿，而不是因为你这些怪癖。你在我心里是个好汉，superman，所以我才会在海拔5700米处的普诺岗日冰川遇见你。

他说，谢谢你，Angel！你知道你是我见过的最“二”，但是最有“爱”的女人吗？

我说，那你知道你是我见过的最怕黑，但是最会笑的“怪咖”男人吗？

他问，怪咖是什么？

我说，台湾人眼里的二货。

哈哈哈哈，我们都笑了。

我问他，你出去旅行野外住帐篷，黑乎乎的哪里有条件整晚开着灯呢？

他说，野外有浩瀚星空，况且我的手表是夜光的，我的背包上都有夜光的装置，到了晚上天越黑越亮。

我问他，万一阴天没有星空呢？万一夜光失灵了呢？万一背包也丢了呢？

他说，目前还没碰见过，应该不会有那么多万一吧。

我问他，一切皆有可能。你想过么？

他说，暂时没有想到解决办法。也许我不会死，但是会失眠恐惧到天明吧。

我说，有个一劳永逸的办法，用意念战胜它，用心里的灯代替那些实际的灯。

他说，谈何容易，我试过上百次都不行。

我说，那就再试一千次，爱迪生做实验不是失败了上千次才成功吗？我陪着你，满打满算，也才三年。你的心灯点燃了，就不会再害怕黑暗了，也省电，你瞧你浪费了多少电啦，非洲很多地方条件艰苦还没通电呢，就被你这么整晚整晚的挥霍了。其实你的光头就挺亮的，根本不用点灯。

他说，你怎么这么“二”，你“二”你自己知道吗？

我说，知道啊，我没觉得“二”不好。你怎么能长这么帅？你帅你自己知道吗？

他说，知道啊，从你眼睛里看出来了。

我说，不要脸，我夸你两句就行了，你怎么比我还能得瑟？真是棋逢对手，自愧不如，甘拜下风！

他说，咱俩彼此彼此，不是一家人不进一家门。

哈哈哈哈，我们又笑了。

他问我，兰，知道21世纪什么最贵吗？

我说，还用问吗？都写在教科书里了，人才！

他说，答对了一半，人才是帮你创造物质财富的，越多越好。还有一个也和人有关，是帮你创造精神财富的，但是帮你创造精神财富的，一个就足以。

我问他，那是什么最贵？

他说，soulmate！我大学的中文老师以前讲过一个古老的中国故事，叫作“高山流水觅知音”，英文里对应的有个词叫 soulmate。Angel，I'm sure you are my soulmate。

我说，你挺有才的，这是我听过的最美的情话。

他说，I love you once，I love you twice，I love you more than beans and rice.（我对你一见钟情、再见倾心，我爱你至死不渝。）

我听完，感动的泪水往心里流，又似站在高岗上如沐春风，看见湛蓝湛蓝的天空。这个眼角布满皱纹、写满忧思，却有迷人笑容的男人不仅爱我，他还懂我，身上有我无法抗拒的诱惑。

我问他，如果我真是你的知音，可否为我做一个尝试？

他问我，什么尝试？

我说，为了我战胜黑暗的尝试。

他问我，好吧，怎么做呢？

我说，闭上眼睛，想象我们都在洁白的普诺岗日冰川，那里没有黑暗，夜晚圣洁的冰川上也是亮如白昼。只有我和你在那里嘻笑奔跑，头顶是湛蓝的天空，你伸手就可以触及到云朵，甚至你可以发挥你天马行空的想象力，带着我乘坐云朵去自由飞翔。如果害怕天黑，就闭上眼睛想象白雪皑皑的透亮，牵着我的手作为依靠，你不是一个人在孤独地行走。即便黑暗来临，我的手也和你的手十指相扣，并肩同行。相信我，跟着我走，你不会有任何危险。

我趁他闭上眼睛跟着我想象的时候再次悄悄关上了灯。

说着说着，史蒂文搂着我平静地睡着了，听着他舒缓的鼻息，我的心踏实了许多。

这是他二十余年来第一次关灯睡觉。直到第二天醒来，他的胳膊也一直搂着我，酸痛不已，但是口水弄湿了枕巾，我笑他睡得得意忘形。

后来，我从我的美容师那里学了一套简单的按摩手法，主要是头部和肩颈部位的按摩。我尝试着每天睡觉前把灯关上，先替史蒂文做一次头部按摩运动，让他放松，缓解他在关灯后的紧张神经和压力。往往我会躺在他的怀里，握着他的手，和他安静的聊天，分散他对黑暗的注意力，直到他入睡。

渐渐地他能接受只要我在身边，他可以关灯睡觉。但是，他还有一个怪癖我实在不能忍受，也无能为力，就是恐车症，他拒绝坐在车子的驾驶座和副驾驶位置。我们一起出行时，他像我的领导一样总坐在车子的后排，似乎我是他的司机，而不是他的女朋友。

一个周末，我经朋友介绍拉着他去见上海知名的一位心理医生李教授，下决心对他进行车祸后的心理疏导，帮他治愈“恐车症”，还有创伤后应激障碍的其他后遗症。我相信我父亲能赶走车祸后的心理雾霾，史蒂文也应该可以。

心理医生李教授告诉我们，一般在遭受强烈的或灾难性精神创伤事件之后，数月或半年内会出现史蒂文这种精神障碍，但如果及时心理修复，应该半年到一年就可以康复。少数人持续多年不愈，成为持久的精神病态，史蒂文就是少数重度心理障碍患者之一。史蒂文年少时排斥与心理医生的沟通，可能隐藏了一些症状和心理真实的想法，所以医生并没有彻底根治他的精神障碍。

李教授采用了一种暴露疗法，她告诉我车祸就像伤疤，要揭开才能痊愈。史蒂文的情绪现在很稳定，可以慢慢尝试着揭开他隐藏的心理伤疤，收集他尽可能多的关于车祸的零碎记忆，然后转变成整体的逻辑记忆进行分析，她还给史蒂文开了一些抗焦虑的药品，缓解他坐在小汽车里的焦虑和恐慌情绪。

在我的鼓励和陪伴下，史蒂文终于破天荒地向李教授说出了实情，撕开了那道隐藏在内心最底层的伤疤。

原来，他十岁车祸那天，他父亲打了母亲索菲亚一巴掌，才导致索菲亚气急败坏开车离开。他内心深处不仅恐惧车祸现场妈妈死在她面前的流血画面，恨他的父亲是造成这次车祸的直接原因，而且更让他痛苦的是他的哥哥曾经在妈妈的葬礼上埋怨他害死了妈妈。

“若不是妈妈为了保护你，妈妈根本不会死。”他哥哥的这句话像刀子一样捅进了他的心，总是在他的脑袋里浮想，像魔咒一样出现在梦里。

从此，他变得极度缺乏安全感，仿佛是个被家人遗弃的孩子，尽管哥哥和他多次道歉说那是气话，他也难以释怀，无法原谅自己，这也是为什么他会怕黑。

李教授说，史蒂文的病情如果在创伤发生的早期家人能给予足够的关心，营造和谐美好温暖的氛围，慢慢地让他接受当时的车祸只是一个意外，他的心理伤疤就不会淤积这么深，也不会对车辆环境、黑暗产生恐惧。他的治疗除了需要时间和耐心，还需要我的理解和关心，美满的爱恋关系有利于史蒂文的心理疏导。

偶尔周末，在空旷的乡村小路上，我也慢慢让史蒂文开始接触驾驶座，让他学着开车。他的摩托骑得很好，也能驾驭帆船，小汽车自然不在话下。我还给他报了驾校，每周陪着他去驾校练习两到三个小时的车，慢慢地他不仅敢坐在副驾驶的位置上，他还在上海考取了驾照。

拿到驾照的那天，史蒂文抱着我幸福地哭了，久久没有说话。

相爱的日子里，我们尝遍了上海各个角落的美食，却只进电影院看过三次电影，其中一次还是午夜场的《失恋 33 天》，整个电影院里只有我们两个人，他说：“花 100 块就可以包场请女朋友看电影，占大便宜了。”

我们从第一排坐到最后一排，又从最后一排移到了最中间的位置，在放映厅里“吧唧吧唧”嚼着爆米花，大声模仿电影里女主角、男主角的台词也没人指责，热吻也没有人打扰。

看完《失恋 33 天》史蒂文问我，Jason 是你的男闺蜜，他会不会变成你的王小贱？

我敲了一下他的头，说，王小贱喜欢女人，Jason 喜欢的是男人，这是本质区别。Jason 绝对不会喜欢我。

他说，可你性格上很爷们儿，有时候像个男人，所以……

我说，那你喜欢我是因为我是女人，还是性格像男人。

他说，这个嘛，很难讲，我是说，我爱你，当然是因为你是女人，不，我也喜欢你男人的一面。

我说，你这么纠结，你是说我不男不女么？

他说，我可没这么说，你怎么老是曲解我对你的赞美之词呢？明明我热心地给你做了块巧克力蛋糕捧到你面前让你尝尝，你却连声谢谢都不说，先问我手洗干净了没有，面粉有没有过期，糖精是不是廉价的？你知道我的内心世界有多挣扎，多凄凉，多想拥抱你吗？哎呀，你怎么这么可爱呢，有心灵感应，能预知我给你下药啊……

我说，哎哟，错了，我不会问你那么多问题，我会直接说，你存心的吧，不知道我不吃巧克力蛋糕啊。

他说，你这女人太怀了，别的女人是口蜜腹剑，你是口剑、腹也剑，小心妙龄女青年变成库存商品。

我说，那也要跟你们北半球酒店仓库里珍藏的百年陈酿似的，金贵，稀罕。我问你，同样是库存，是酒庄新出的红酒值钱啦，还是放在地下酒窖里封存好几年的红酒值钱？

他说，你还想成古董啊？人要是被珍藏，要么标本，要么木乃伊，你告诉我谁敢娶标本、娶木乃伊啊？

我说，能好好聊天吗？咱别这么随意的打比方好吗？我要是当标本，也拖着你当标本，当标本也要在一起。爱就是这么简单，在一起就行。

他说，总之，你以后和Jason注意保持适度的男女距离，以防他变成王小贱，男人都不可信，他告诉你喜欢男人，你就信啦？David喜欢女人吧，怎么还跑到泰国芭提亚找人妖陪着度假呢？巨星迈克尔·杰克逊还喜欢男童呢，什么都会变，人的性取向也是会变的。

我说，即便Jason是王小贱，我也不是黄小仙啊。你几个意思啊？怎么滴，想跟我分手，让我体验下失恋33天？

他说，喂，我的姜大小姐，那也是我自讨苦吃体验失恋33天吧，你把角色搞反了吧。女主角黄小仙对那男人的爱肯定不深，否则不会33天就缓解，然后和男闺蜜王小贱相爱了，肯定不深，绝对不深。我跟你分手，估计你得失恋33个月，三年才能缓口气。

我说，你怎么自信的不知天高地厚呢？谁给你的自信啊？

他说，还用问吗，你给的啊？

我说，天啦，天啦，我快不行了，无法呼吸了。

他说，怎么了？兰，你没事吧？

我说，被你的自恋刺激得受了内伤，急火攻心，五脏六腑都在冒烟啦。

他说，那赶紧人工呼吸。

我说，美的你，得瑟之王，你恶心得我真想当古董了。

史蒂文说我高傲的外表下倔强得像个孩子，虽没有上海本土女人的娇嗲，但多了几分湖北女人的癫痴、妩媚与任性。他说，我是他的天使，他就是我的骑士，一个想一辈子保护天使的骑士。所以，私下里他叫我 Angel。

每天早上出门，史蒂文总会给我一个大大的拥抱；每天晚上回家，史蒂文总会给我一个热吻；每次逛街，史蒂文总会与我十指相扣，生怕我不见了踪影，丢失在人群中。我每天的着装都是史蒂文帮我挑选，他不是中国男人的那种敷衍，他是认真地给我建议，告诉我哪套衣服更适合我，哪里需要修饰，哪里需要熨烫。

他总是毫不吝啬他的赞美之词，每天都会夸我："Angel，你比昨天更漂亮。我爱你！一天好心情！"

当然，他也会心生醋意，禁止我穿暴露的衣服出门，特别是男人多的场合，他是个保守的西方男人。

最有意思的是，圣诞节的晚上我们在长乐路上的一家意大利高档餐厅共进晚餐。有一位帅气的外籍男士坐在我斜对面，瞟了我两眼，史蒂文竟然敏感地意识到了这一幕。他醋意大发，站起来强烈要求跟我换座位，这样邻座的男士就无法再像他想象的那样对我"眉目传情"。此后，我们再外出用餐，史蒂文会刻意让我坐在背对男士的位置。

偶尔，我参加他的外籍朋友派对，他也是搂着我不放，上洗手间也陪着我。他的总经理上司 David 夸我"正点"，他开玩笑说："你若是打她主意，我会辞职的。"

他对我说，我们虽然同住在一个公寓里，但我频繁出差，他经常加班，单独相处的时间其实非常少，他更加珍惜与我在一起的一分一秒，所以连别的男人多看我两眼，他都会不舍得，他都会妒忌，他都会心神不宁。

我想，热恋中的我是注定会被他宠坏的女人。男人管女人管得太紧，那叫爱，女人很享受这种爱。但女人管男人管得太紧，那叫不信任，男人很反感这种猜疑。

David 不仅是上海北半球酒店的总经理，而且也是史蒂文在加拿大工作时的老上司，所以经常去我们家蹭饭、看球赛。他在酒店管理方面颇有建树，之前也在迪拜待过两年，史蒂文前几年在迪拜工作时也是承蒙 David 写的推荐信，同样的职场经历，让他们有说不完的共同话题，他们算是非常有缘。北美老外的职场规则里上级下级是可以做朋友的，理应相互尊重，平等对待，所以史蒂文不能理解为何 Catherline 作威作福、无理由责骂我也能忍受，他认为不是 Catherline 有问题，而是我们这些下属变态。

David 常去我们家的原因，除了信任史蒂文，主要是他在上海没有家庭。这个离异的 45 岁加拿大老帅哥，他的女朋友很多，但是情感生命周期都很短暂，最长的不超过两个月，最短的三分钟。三分钟前他在酒吧里遇见一个寂寞的上海女人，他一见钟情，请对方喝酒，他们聊得很投机，上海女人还主动献殷勤吻了他。就在对方上洗手间前的空隙，酒保告诉他那个女人是有夫之妇，是他老板的老婆。David 吓得冒了身冷汗，赶紧付完钱逃出了酒吧，他可不想惹祸上身。

他说，我没有出现时史蒂文是他的“挚爱”，我出现后史蒂文就无情地抛弃他了，我是他们的第三者。

他知道我“二”，也学着史蒂文的样子叫我 Angel，时常当着史蒂文的面有意对我说些肉麻的话，属于没事找抽型的极品贱男。

Angel，你也帮我按按头吧，我头痛得不得了。

Angel，你今天美得一塌糊涂。

Angel，你给我也削个苹果吧。

Angel，你还有没有姐姐或妹妹，给我介绍一下？

往往我会飞腿过去踢他一脚，笑着骂他：“巴嘎！你得祸害多少女人啦？我村里的老姨都不会介绍给你！”

David 到上海工作已有四五年，半个中国通，熟谙中国文化和人情世故，是我少见的能喝白酒的北美男人，对五粮液、茅台的品鉴很有心得。每次这个老外来我们公寓蹭饭，带的不是红酒而是一瓶白酒，可惜我和史蒂文都不喝白酒，只能他独饮，还好他不酗酒，每次都是小酌怡情。史蒂文公寓酒柜里的水井坊、山西汾酒、陕西西凤酒、贵州茅台、五粮液等白酒酒瓶摆了好几排，都是 David“到此一游”的痕迹，均是奢侈地剩下了大半瓶。史蒂文扔了觉得可惜，喝也咽不下口，只能指望 David 下次再过来喝。

David 说，他喜欢待在上海过着随意自在的生活，酒店集团给他的高额补贴就足够他挥霍。他的高尔夫打得很好，所以经常陪上海的政要和跨国公司高管们出去打球，几乎打遍了长三角所有的高尔夫球场。他自诩为“北半球酒店的老虎伍兹”，可惜这个伍兹的羽毛球打得稀烂。偶尔吃晚饭前，若天气好没有风，我和史蒂文喜欢在耀江公寓楼下打羽毛球出出汗，David 属于打酱油的凑热闹型，球拍握法极不规范，也没有扣球的动作，怎么看都像在打高尔夫。

作为单身贵族，他的风流倜傥也是出名的，酒店的女员工 ABCD 常常溜进他办公室露胸、露大腿勾引他，但是他从不碰她们，实在经受不起诱惑时他会说：“那你先去人事部辞职吧，然后跟我回家！”我很佩服这个男人能把工作和生活分得很开，他好色，但是绝对不会为了女人影响他的事业野心，所以他老婆和他离婚了。

他喜欢上海除了高额的薪金和奢靡的生活，另一个主要原因就是这里美女如云，他这个帅气的加拿大黄金单身汉深受上海美女们的欢迎，所以女人们投怀送抱在他眼里习以为常。史蒂文生日时，我在家办了一个小型生日派对，他邀请了几个上海的朋友和 David 来参加。那天除了我，全是白人男子，我觉得像八国联军进了我的家。

David 半斤白酒下肚，口若悬河地跟男人们说了番对中国女人的评价，男人们拍手叫好，口无遮拦，丝毫没有顾及现场我的感受，我生气地悄悄进了房间。

男人 A 说，我最近爱上了一个上海女人，她是我的老板，一个非常自信、独立、强势的离异女性，但是超性感，很有个性，经常让我去她办公室私聊一些工作，我以为她也喜欢我，可惜我们上了几次床之后，她拒绝继续和我交往。

David 说，老兄，放弃吧，要娶王后，你自己就必须是国王，否则都是她的玩物。

男人 B 说，我太太是重庆人，我在上海复旦大学做交流生时认识的，她是高材生，想当记者。后来她嫁给我去了法国，不习惯巴黎的生活，她的朋友们羡慕她嫁了法国老外，以为她在浪漫之都很快乐，但是她连一份超市的工作都找不到，法语也不会，更别提做记者了。我说，我工作她在家带小孩就可以，可是她觉得整天在家很烦闷，也没有什么朋友，还是与中国的同学和朋友们上网聊 QQ。我们把跨国婚姻想得太简单了，以为相爱就可以，可是她不开心啊。所以，我前些年就和她回到上海了。

David 说，很多女人嫁到西方，都是因为语言不通，文化差异导致婚姻失败。中国人似乎都喜欢扎堆，只和中国人在一起玩，到了我们北美也一样，所以很难融入当地西方人的生活，特别是上流阶层，我见到的中国人很少。

男人 C 说，上海的女人中拜金女太多，我们公司的中国女人拿那么点工资，却总是让我们欧洲的分支机构代购奢侈品，我在想她们怎么那么有钱。有个女孩攒了四个月的薪水只为了一个 LV 包包，不可思议，她们是疯了吗？

David 说，大部分年轻的中国女人都爱钱，攀比、炫耀谁会花钱，而我们加拿大女人虽然也爱钱，但大部分女人是比谁会省钱，比谁更热爱生活。很多中国女人认为我们老外神秘、有钱，所以主动来接近，见了两次面就跟我说我爱你，睡了几次就要跟我结婚、生孩子、移民，把我吓得屁滚尿流，所以跟她们谈恋爱绝对不能超过两个月。吃饭买单男人付钱，看中包包让男人付钱，嘴巴里喊着男女平等，行动上却拒绝 AA 制，经济重担让男人扛。这个国家的性观念起码落后了加拿大二十年，有的小女孩早熟，三两天就换一个男朋友，有的到了三十岁都还是处女。上个月我去夜总会认识一个十七岁的小姑娘，最近天天在北半球酒店门口等我，说爱我，我都怀疑她成年没有……

史蒂文见我不安地进了卧室，进来安慰我："兰，你怎么了？对不起，David 今天喝多了，他的话只是片面之词，他认识的女人要么夜总会、要么酒吧、要么酒店供应商的销售……我向上帝发誓，他从来没那么看过你，他说你与众不同，你很棒，让我珍惜。”

我说：“没事，他对我的评价不重要，只要你对我好就行。”

总的来说，对于史蒂文的这个哥们儿，我还算喜欢，他虽然好色，心直口快，属于女人眼里的贱男型，但是本性不坏，很坦诚，虽然坦诚得让人想用大炮轰了他，把他轰回加拿大。

有一段时间，史蒂文失眠很厉害，整晚睡不好觉，在我身边翻来覆去，我担心是不是车祸后遗症又复发了。他说只是因为工作，我才缓了口气。他烦躁的原因不是北半球酒店的经营指标压力，而是被中国人的“潜规则”折磨。他是吃着汉堡长大的加拿大人，骨子里遵守的是“公平、公正、实事求是”的职场游戏规则，对于中国人的“迂回”、“礼尚往来”、“人情世故”很头疼。

他的下属中有一个四十多岁的上海男人，是酒店一位亚太区中国籍高层的表亲。当这个上海男人被上级安排到他的餐饮部工作时，他很压抑。因为这个人并不具备采购经理的综合素质，对洋酒的品类区分是个门外汉，总是出错，还爱推卸责任，贪小便宜。上班时间除了在办公室里斗地主，就是到仓库、客服中心去调戏女职员。

总经理 David 却和史蒂文说：“你还是费心教教他吧，多把把关，让他的助理多担待，再过一段时间看看是否有进步。”

三个月后，餐饮部出事了。仓库里发现订错了 5 箱洋酒，一共 50 瓶，成本价大概六万元左右，那是第二天某公司在北半球酒店举行宴会指定的酒水。公司采购系统的订货信息里明明写着该品类酒库存充足，但史蒂文餐前检查时才发现有人偷梁换柱，红酒的外包装、口感极其相似，但仔细品鉴就会发现是假酒。情急之下史蒂文找其他供应商连夜供货，解决燃眉之急。

六万元虽不是大金额，但餐饮部从未弄错过，何况举行宴会的客户是北半球酒店的 VIP 客户，整个酒店都很重视这起假酒事件，若是供应商的问题，勒令与供应商解约，终止合作；若是酒店内部员工所为，总经理 David 说必须予以开除。

史蒂文找供应商、采购部职员和仓库管理员谈话，查找监控记录，顺藤摸瓜才发现原来采购环节出了问题，事情越闹越大。史蒂文怀疑采购经理收受了各类酒水供应商的贿赂，拿回扣，而且还伙同仓库那名与他关系暧昧的女职员做假账。

史蒂文晚上在家吃饭时漫不经心、闷闷不乐。

他说，平时的餐厅酒水他一般不逐一品鉴，只有大客户的宴会酒水他会提前抽样、亲自品鉴确认，否则出错了影响酒店声誉得不偿失。那个品性败坏的采购经理理应被开除，但是他白天拿着监控室的录像带去找 David，David 虽然气愤，却说大事化小，小事化了，让他适可而止，没有十足的证据不要妄加猜测，给采购经理予以工作失职的警告惩戒吧。至于仓库的那名女员工，开除。

史蒂文快被那个采购经理折磨疯了。

我不忍看见男友为中国人的裙带关系愁眉不展。第二天，我瞒着史蒂文，向金融大鳄向木公先生求救，帮忙找到了上海采购经理的高管表亲，那是一个香港绅士。

我精心打扮，靓丽而优雅地敲响了这个香港高管办公室的门，因为有向先生的介绍，香港高管对我多了几分热忱。我还随手带了一份我亲手做的点心作为见面礼送给他，他很喜欢，赞不绝口。

他这样成功的男人是不缺少金钱财宝的。若送一般礼品，再名贵也吸引不了他的兴趣，何况我也买不起。

一番寒暄过后，我故作柔弱地说："有件事情难以启齿，想请您帮帮忙。我的男友史蒂文为您表亲的工作表现很苦恼，整晚都睡不着觉，我爱他，所以瞒着他来找您，希望得到您的帮助。"

他不解，眉头紧锁地看着我。

我接着说："我听说先生您在北半球酒店德高望重，雷厉风行，谦谦君子，众人皆服。我的男友一直很敬佩您的酒店管理方式，总是在我面前赞许您，将您视为他学习的榜样。我想，自然您是不希望看到您的亲戚趾高气扬，打着您的旗号在酒店里做一些有损您声誉的事情。比如，不服从上司的管理，比如收受贿赂，甚至偷盗。我的男友管不了他，很是懊恼……"

香港人语气平和地说:“谢谢姜小姐告诉我这些。真是不好意思,让你见笑了。很高兴认识你,你的男朋友很幸福,特别是你做的点心很好吃。放心,我会让你的男朋友睡个好觉的……有时间吗?我正好要去趟北半球酒店,顺便在那里请你吃个晚餐,作为你送我手工饼干的答谢。”

我有些受宠若惊,虽然我断定他会碍于颜面让他的表亲从此消失在史蒂文的视线里,但我没想到他会邀请我共进晚餐,还是在史蒂文管理的餐厅。

晚上的北半球酒店有些喧闹,香港人订了靠窗的位置坐下,那里很私密,可以看到整个外滩的夜景。尽管我已经到过北半球酒店无数次,但还是有些紧张。我担心史蒂文看到会生气,时不时地四处张望。

当史蒂文与往常一样在酒店巡视时,他还是惊讶地看见了我。他疑惑地径直向我走来,香港人背对着他。“Angel,你怎么在这?也没事先跟我打个招呼。”

香港人扭头,站起来主动和史蒂文握手,史蒂文才幡然醒悟,站在他面前的是他上司的上司。

香港人说:“史蒂文,你不介意我和你的女友一起共进晚餐吧?我们已经是好朋友了。你真是个幸运儿,找到这么美丽的姑娘。”

史蒂文傻傻地笑笑,走到我身旁吻了我一下,在我耳边轻声说:“怎么跟我上级吃饭都没告诉我,晚上该你写检讨了。”

然后,他退后一步,准备离开,礼貌地对香港人说:“打扰您晚餐了,祝两位用餐愉快!”

吃完晚餐,我去史蒂文的酒店办公室找他,他正在处理最后几封邮件,整理第二天早上餐饮部例会的工作内容。他看见我进来,起身抱起我坐到他腿上,醋意浓浓地质问我:“我只知道你和David认识,你什么时候和我上司的上司成好朋友了?”

“怎么,小瞧我啊?我就不能认识几个高大上的人吗?”我故弄玄虚,朝他翻白眼。

他知道我的软肋,开始挠我痒痒,拉开我连衣裙的拉链。“你不说,小心我在办公室对你施暴，我很粗野的。”

“好啦，好啦，我投降，是向先生帮的忙。”我拗不过他，坦白告诉了他一切。

他听完吓了身冷汗，问我：“你不怕香港人丢面子更加给我难堪么？”

我自信地告诉他：“不会。”

一个位高权重的老男人面对一个柔弱又有教养的女子往往都会有怜惜之情，这叫怜香惜玉。何况，他更会顾及全局，那是大颜面，绝对不会为了一个扶不起的阿斗表亲，而丢了他本人在北半球酒店多年建立的威望。

第二天，史蒂文的餐饮部不见了那个上海男人的踪影，仓库里无缘无故多了五箱洋酒，偷梁换柱的事件也平息了。从此，史蒂文的失眠症算是治愈了，而香港人也成了我和史蒂文的好朋友，他对史蒂文的工作给予了更多的关注和支持。

2011 年底北半球酒店的员工年会上，史蒂文意外中了一等奖，一台 Apple 笔记本电脑。他兴高采烈地把电脑拿回家秀给我看，说这么多年他从来没中过奖，感谢上帝，让他体会到了中大奖的快乐。

而我，泼了盆冷水给他。

50% 的概率是他确实运气好中奖了，50% 的概率是公司提前安排的。我煞有介事地告诉他，我每年都“被安排”中奖，这叫老板们的“变相奖励”。不管是中国企业，还是外资在中国的企业，只要在中国的水土上，还是既来之则安之，入乡随俗吧！

他憋了嘴，失望地瘫在床上。他彻底被中国人的“潜规则”、“面子工程”搞晕了。

我拉起他，让他坐好，又劝慰他说：“别那么伤心，你要更开心才对，这说明你领导心里有你，他们器重你，公司认可你。不然，除了我，谁会平白无故刻意送你惊喜？看在领导们费尽心思奖励你的份上，继续像一个斗士一样为你的北半球酒店卖命吧！”

他说，不过我还是很喜欢这张红桃 K。

我从他手里接过那张扑克牌。

他说，我们抽奖是抽扑克牌，作假的可能性应该很小吧，我抽到了红桃K，所以中了一等奖。

我说，哇噻，那你真是运气好，我刚才的话飘过，飘过，一定要飘过。我还以为是领导抽中的号码在你手里，亲爱的，你是幸运的。

他说，真的吗？那这张红桃K你一定要留着，把我的幸运红桃K送给你。钱包呢？放在钱包里吧。

我说，为什么喜欢红桃K？我没见你玩过扑克啊。

他说，红色的纸牌象征着白昼，黑色的纸牌象征着黑暗，而红桃，英文叫Heart，代表智慧与爱情，K是扑克里最大的牌，英文就是King，代表国王。红桃K指的是法国著名的君主查理大帝，又叫查理曼大帝，出生在740年左右，他几乎统治了整个西欧和部分中欧地区，是欧洲历史上的伟大君王，你要知道一个法国人能让罗马人称为他们的皇帝是不容易的。查理大帝也是四张K里唯一没有留胡子的国王。

我目不转睛地看着他。

他说，别用那么崇拜的眼神看着我啊，不打扑克，并不代表不了解扑克。知道为什么扑克有54张牌么？

我摇摇头。

他说，你看，你喜欢玩扑克却不知它背后的内涵。这里面大有学问，因为一年有54周，所以扑克牌就是54张。每张扑克牌上的点合计是364个点，加上小王的一个点是365天；如果再加上大王的一个点就是闰年的366天。

我说，小王和大王是什么意思？

他说，你仔细看小王是单色的，所以代表月亮，只有一个颜色；大王是彩色的，代表太阳。

我捧着他的脸亲了一下，说，史蒂文，你怎么知道这么多？怪不得西方人喜欢用扑克算命。

他说，那你要不要接受我送你的红桃K呢？

我把红桃K放进了钱包里，说，这么幸运的一张牌，又代表着智慧和爱情，我当然要当宝贝存着咯。

第 19 章
十年后的生日蛋糕

2011 年农历十月二十五是我的 27 岁生日，距离我的 18 岁生日已十年。时间可以冲淡一切，所以我早已遗忘了自己的生日。大学里，与鹏程相爱的那几年，他为了不刺激我从不提起我的生日，甚至他为了我也从不过生日。我的父母更是小心谨慎，担心生日的话题会让我悲伤地想起 18 岁生日，所以他们也从不提及。

生日曾是我的魔咒，就像车祸是史蒂文的魔咒一样。

但是，2011 年，因为史蒂文，我重新爱上了我的生日，他是我的心理医生。

我的肚子“咕咕”叫了，一边看着电视，一边催着厨房里的史蒂文，“饭好了吗？亲爱的，我饿了。”

“我米其林餐厅的大厨朋友教了我一样菜式，你先吃吃零食，马上就好。”史蒂文从厨房里探出头来，给了我一个飞吻，继续在厨房里忙得不亦乐乎。

“Angel，你帮我看着锅里，五分钟关火，我下楼拿点东西。”史蒂文慌慌张张地跑到楼下他的公寓。

我有些好奇地追了下去。

“不准过来，说好了让你待在楼上帮我看着锅里，小心糊了。”史蒂文迎面挡住了我，把我挡在了他公寓的门外。

“什么情况嘛，你拿什么东西还不能给我看，这么神秘。不会里面藏有女人吧？”我愈发好奇。

“哎哟，什么乱七八糟的，待会儿你就知道了，你先上去帮我看着锅里，注意五分钟后把火关了，今天我有惊喜给你。”史蒂文神秘地跟我说。

我爬着楼梯回到了20楼的公寓，继续看电视，等着几分钟后关掉灶台的煤气，想必他也玩不出什么花样。

手机电话铃声响了，是史蒂文。我说：“你搞什么鬼啊，楼上楼下还打电话。”

史蒂文问我：“Angle，煤气关了没有？关了就下来。”

我挂了电话，觉得史蒂文今天有些反常，关上门，哼着歌走下楼梯去了他的19楼公寓。

我敲门，他没有给我开门，公寓里没有任何动静。直觉告诉我，他不会出事了吧？我慌张地输入公寓密码，打开门冲进客厅。客厅里的顶灯、落地灯全关掉了，取而代之的是十几根带着玫瑰香味的蜡烛。屋子里安静得只有左拐和右拐“喵喵”的叫声。从客厅的地毯到餐厅一路撒着红色的玫瑰花瓣，我喜出望外地顺着花瓣的指引走进了餐厅。

餐厅的墙壁上是史蒂文用便签纸贴出的“love”，每张便签纸上都画着一张笑脸，写着一句生日祝福：

兰，生日快乐，今天你27岁了。

兰，生日快乐，天使有了翅膀要学会飞翔。

兰，生日快乐，祝你永远像今天一样美丽。

兰，生日快乐，身体健康。

兰，生日快乐，梦想成真。

兰，生日快乐，愿你拥有真正的快乐。

兰，生日快乐，万事顺着你的倔强。

兰，生日快乐，我爱你。

……

我数了数，足足有99个便签条，99句不同的祝福语，99张笑脸。

餐桌子上放着一个欧式烛台，烛台里偏黄的烛光足以照亮整个餐厅。烛台下方押着一个A4纸大小的浅蓝色信封，上面写着："兰，请打开。"

我走到餐桌旁坐下，抬头伸长脖子望望厨房，没有看见他，我的心似乎要被这个男人俘虏了，不知道信封里史蒂文给我写了些什么。

我小心翼翼地颤抖着双手打开信封，生怕疏忽撕破了信封，我幸福地笑了，开心到无法言语。

信封里面是史蒂文去年在冰川上跟我合影的照片。我原以为我和史蒂文只是萍水相逢，却不承想一年后，命运会安排我在上海公寓的电梯里遇见他，我更忘了那张照片是用他的专业相机所拍。他今天把它冲洗出来送给了我，这是多么珍贵的礼物。

这一幕让我想起了我的初恋戚鹏程。

那一年，鹏程也是在武汉的南湖河畔送给我一份特殊的礼物：一封情书的告白，他还精心制作了一份简报册，每一页都粘贴着他收集的关于我在校报上发表的文章，那本简报册我一直保留着。史蒂文说，不要扔掉，也是一份美好的记忆，扔掉物品容易，心里放下才最难。

"史蒂文，你在哪里？"我抑制不住自己的喜悦，迫不及待地想见到他。

这时，客厅的音乐想起，我听见是James Blunt的经典歌曲You Are Beautiful。

我向客厅跑去，看他拿着一束白玫瑰和一个礼物盒站在客厅中央，说："兰，生日快乐！"

我呆呆地站在原地，如果不是他给我的惊喜，我都忘了今天是我的生日。

毕竟我已10年没有过生日。

他一步步向我靠近，说着下面的话：

"Angel，我知道你畏惧生日，你在为奶奶去世的事情自责。我理解你的痛苦。当年车祸发生时，我妈妈用身体护住了我，但她却永远地离开了。那些年，我每天都在内疚，是不是自己害死了妈妈。可是，我在你的帮助下才明白，无论妈妈在天堂还是在人间，她都不希望看到我沮丧的样子。她用自己的生命保护了我，那是母亲的本能。如果她知道我这些年一直活在自责苦闷的心灵救赎中，那么，她一定会后悔曾经那样去做。每个父母都希望自己的儿女找到自我，健康、快乐的活着。所以，Angel，你生日那天收到奶奶离世的消息纯属巧合，你没有见到她最后一面也不要悔恨。奶奶一定不希望你连自己的生日都不愿意快乐地度过，你的爸爸妈妈更加不希望看到你还在悲伤。我想给你一个完美的生日夜晚。兰，祝你生日快乐，今天将是一个美好的开始。”

史蒂文的那些温暖的话，句句贴近我的心窝，字字铿锵有力，我不知道怎么辩驳，我也无法抗拒。这个男人身上似乎充满了无限的能量，总是让我在迷茫的人生方程式里找到解题答案。

如果鹏程是让我学会了遗忘痛苦，那史蒂文是让我学会了直面痛苦。一个老外能记住我的农历生日已属不易，还能让我从生日的魔咒中走出来更是不易。

我对自己说，此人此情要珍惜。

“史蒂文，我现在唯一确定你不是贱男，你是我的好汉，superman!”我潸然泪下，紧紧地搂住他的脖子，一往情深地望着他，那张脸我好像一辈子也看不烦、看不厌。

史蒂文抹去我脸颊上的泪水，说：“只要你愿意，我永远都是！我爱你，Angle，生日快乐!”

“谢谢！……那么史蒂文大厨，我饿了，我们什么时候开始吃饭?”我的肚子再次尴尬地“咕咕”叫了，在他耳边轻声问他。

“吃饭，吃饭，马上开饭。”史蒂文说，楼上公寓的厨房里还有他精心准备的晚餐。

他匆匆上楼端下一锅他熬好的浓汤和香喷喷的海鲜意大利面，又走进他的厨房端出一个大盘子，那是他精心做的生日蛋糕，也是我最讨厌的巧克力蛋糕，外观上唯一不同的是上面用白巧克力写着LAN，中间有一层杏仁薄饼和一层芒果泥。

“你不知道我不爱巧克力么?”我突然变脸有些生气。

“当然知道，就像你不爱生日一样。所以我才特意向我们酒店的西点大厨请教，做一款特别的巧克力生日蛋糕给你吃，让你爱上我做的巧克力。”史蒂文说。

“你别得意太早，我先尝尝。”其实我心里已是满满的幸福味道。

“不行，别动。先插好蜡烛许完愿才能吃蛋糕。”史蒂文打了下我伸进蛋糕的手。

“好，好，好，大厨辛苦，今天一切听大厨的。”我侧过身，体贴地给史蒂文捶捶背，揉揉肩。

史蒂文点生日蜡烛的间隙，让我打开生日礼物看看喜不喜欢。

我摇摇小盒子，还有点沉，说：“你不会送我一颗蓝色海洋之星吧？我可不要当泰坦尼克号里的露西。”

“海洋之星寓意不好，你即使要，我也不送。我可不想你跳海，生死离别。”史蒂文说。

我拆开礼盒上的蝴蝶结丝带，打开盒子，里面是一块经典款的 Balmain 女士手表。

“好漂亮，你什么时候买的？你怎么知道我需要块手表？”我兴奋地晃动着那块手表。

“啊哈，我就知道你会喜欢。前些天我们在 lost heaven 餐厅吃饭，你不是在电话里跟朋友说让对方在瑞士给你带块 Balmain 手表吗？你们虽然说的是湖北方言，但基本意思还是听懂了。我看到你的表情有些失望，估计是人家没时间给你去买表。所以，我就碰碰运气，让欧洲的同事买了一块快递过来的，正好赶上你的生日。”

“史蒂文，你太爷们儿了，你要把我宠坏了。”我说，“要不，你把银行卡也给我保管呗。”

他说：“等你嫁给我之后，银行卡归你管，我向上帝发誓。你嘴巴里说的那些中国男人的优点，我也可以做到。”

“真的假的啊？你们西方男人都小气得不得了，竟然舍得给我买手表，不愧是好汉。”我说。

我以为史蒂文给我的第二轮惊喜已经结束，没想到还有第三波。

几分钟后，我许完愿，正准备吃史蒂文制作的巧克力蛋糕，手机铃声响了，是陌生的号码发过来的生日祝福短信，我很纳闷，跟史蒂文讨论这是谁。

史蒂文喂了我一口蛋糕，说："无论是谁，能记住你的生日都应该礼貌地给予回复。平白无故的人也不会记得你的生日啊。"

当我诧异地准备回复"谢谢"的间隙，手机里又进来一条短信，也是生日祝福，然后整个手机在十几分钟内被几百条生日快乐的短信轰炸。

我受宠若惊，心花怒放，喜极而泣！在客厅里乱蹦乱跳，喊道："疯了疯了，这是怎么回事啊？这是要让我兴奋死的节奏吗？"

史蒂文坐在沙发上，一脸神秘的样子，不知道葫芦里卖什么药，他对我说："Angel，你知道吗？生日当天收到的祝福越多，你的幸福快乐就会越多。"

我走到他面前，托起他的下巴，端详着他，疑惑地问："爷们儿，先别得瑟，跟姐说实话，不会又是你策划的吧，怎么办到的？"

原来，史蒂文是幕后导演。

晚上，北半球酒店有一对新人的婚礼，涉及到20桌酒席，200多个宾客。史蒂文作为北半球酒店餐饮部的运营总监，他请新郎和新娘在晚宴的环节帮他一个忙，增加一个小环节：将爱传递。

他拜托新郎官在晚宴上号召所有的来宾给他的女朋友发生日祝福的短信。因为他说，他的女友有十年没有过生日了，他想给她一个惊喜，找回十年失去的所有生日祝福。

于是，2011年农历10月25日晚上7点，我意外地收到了200多条陌生人的"生日快乐"短信。

那晚，我关上灯，像平日一样安抚史蒂文睡觉，只是多了份感激，我确定自己无可救药地爱上了这个男人，只是不曾告诉他。

我说，我该拿什么来回报你？

他说，拿你的快乐和幸福来回报。

我说，那我现在已经开始回报你了，我觉得自己是世界上最幸福的女人。

他说，那就永远幸福下去，幸福的时刻越多越好。

我说，那你得再接再厉，每天给我这样的惊喜才行。

他说，你是不指望我长头发了吧？每天这样，我得死多少脑细胞啊，你高兴了，我脱发了。

我说，没事，我不介意。我喜欢光头，酷！有点好莱坞影星杰森斯坦森的硬汉味道，多帅啊。

他说，魔鬼的一面暴露了，我就不能对你太好，太贪心了。

我说，那我得把你一点点吃得骨头都不剩，这么美味的肉不能让其他女魔鬼抢了去。你掉几根头发连腥味都没有，不够解馋啊，呕心沥血地对我好才叫真的好。

哈哈哈哈，我们都笑了。

我说，人的内心很容易躁动、狂野而散乱，就像今晚你为我点燃的满屋的蜡烛一样容易受到强风所动，摇曳闪烁，变幻不定。也许只有关上门窗，让蜡烛周围的空气安定下来，火焰才会安静地燃烧。

他说，也许我和你，对于彼此而言，就是那扇稳定内心火焰的门窗。

我说，所以，你来了，让我心里的尘埃落定了。

他说，所以，你来了，我的心静了，能睡个好觉了。

我说，你什么时候学会诗情画意了。

他说，每个人都是天生的诗人，哪怕不识谱不认字的人，当爱靠近时也会不食人间烟火，富有才气和雅兴。

也许我和史蒂文，正如佛曰：“万发缘生，皆系缘分！”偶然的相遇，蓦然回首，注定了彼此的一生，只为了眼光交会的刹那。

他吻了吻我的额头说，晚安，Angel，今天你不用刻意等我入睡，放心，睡吧！希望今天你能比我先睡着。

我说，你盯着我睡觉，我好不习惯哦。

他说，你都看我那么多次了，我就不能看你一回吗？

我说，别闹了，还是你先睡吧。

他说，那一起闭上眼睛睡觉。

我说，好，谢谢你给我过生日。

他说，傻瓜，客气什么。

我说，史蒂文？

他说，嗯？

我说，我爱你。

他说，这是你第一次跟我说我爱你。

我说，我说了吗？

他说，说了，很清晰的三个字。

我说，哦，那是梦话，我已经睡着了。

他说，哦。

第 20 章
洋女婿到丫姑镇过年

“兰，兰？你想什么呢？时间不早了，我们收拾下回丫姑镇吧。”史蒂文的叫唤声让我从追忆的无边思绪中惊醒，他带着四岁的小侄子去肯德基对面的广场玩了一圈回来了。

县城的广场上有个简易的游乐园，他陪着小侄子在里面蹦蹦跳跳了一两个小时，玩碰碰车，骑旋转木马，还到广场上的体育用品店给小侄子买了一双溜冰鞋。他说，他要教小侄子学会轮滑。

我怕冷，独自坐在县城的肯德基里喝着热咖啡，望着玻璃窗外的他们发呆。我有些慌张，因为上洗手间的间隙，我接到了渡边社长的电话，那个电话如雷轰顶，让我不知不觉思绪万千，想到了十八岁到二十六的那段青春年华，想到了与史蒂文的相识相恋与相知，突然有些想念武汉的 590 路公交车、有些想念 July 姐和 Melody、有些想念于军。

从郢中县城回丫姑镇高丰村的路上，我忍着眼泪一一拨通了 July 姐、Melody 和于军的电话，提前给他们拜个早年。但是，我没有打给戚鹏程，因为我不知道他在哪里，也不想让他知道我在哪里。

渡边社长在电话里说，墨兰，我现在在日本，你的家在湖北，离武汉不远吧？

我说，不远，社长您有什么事尽管吩咐。

他说，好，那你帮我安排下，春节后，来上海前代替我看望一个武汉的老朋友，你认识。他也想见见你。我三月份再去看他。

我说，哦？可以的，谁呢？

他说，就是……实在不知道怎么告诉你比较好，说来话长，难以启齿，就是戚氏集团的戚总啊。

我没想到多年后听到"戚氏集团"这个名字，还是被这个爆炸性的消息击溃了，也似乎带走了我骄傲的灵魂。

直到这一天我才知道，我当初做实习记者时能采访到渡边先生是鹏程的爸爸安排的；我能到上海进渡边公司上班也是戚总安排的……这让我不得不质疑我自己引以为傲的工作能力，我能在渡边公司获得提拔，这也和戚总有关吧？

我在问自己，这算是戚家对我的补偿和施舍么？

虽然渡边一再解释说，墨兰，我知道你和戚总儿子的关系，但并不是因为戚总我才聘用你，我也确实是看中你的才能。

我说，所以这么多年，我都活在戚总的监视之下吗？我还要感激他对我的馈赠吗？

渡边说，这……墨兰……要不这样吧，如果你不愿意见戚总，那就算了，我来回复他。你不要多想，我还是很感谢戚总能够把你介绍给我的，你也没有让我失望，所以，你千万不要有心理负担。我和戚总一直隐瞒，就是担心你会胡思乱想。

我说，您的意思我还要感谢他给了我工作机会吗？他当初只是为了让我彻底死心，离开他的儿子，越远越好。

渡边说，他也是在弥补他对你的伤害。

我说，伤害？弥补？他是您朋友，当然您为他讲话。在我心里，他就是个魔鬼。

渡边说，可你不仅是我的员工，也是我的朋友，我对你的器重你应该了解。

我说，社长，您知道我这一刻的心情吗？今天我才知道我和您的相识也是建立在戚氏集团的基础上的，您让我怎么接受这个现实？

渡边说，墨兰，你应该了解戚总有癌症，这几年都是靠药物在维持，好转、恶化、再好转，现在有些恶化了，估计最多还能活两年吧，他也受了不少罪，我们这些老朋友看到他人消瘦的模样都是感慨。我认识他的时候是渡边公司刚到中国开拓市场，我们在飞机上头等舱里相识，到如今已经有十年的交情了，他给了我很多帮助，是个重情重义之人。我从来没见他这么脆弱过，你可知道他的儿子戚鹏程因为你的事情，更加恨他，一直都没有回国，这也算是对他的惩罚了吧？请你理解一个做父亲的苦衷，他当初也是无奈的选择，哪个父亲不希望自己的儿子幸福？

我说，那他要见我做什么？让我帮他劝他儿子回国么？

渡边说，我也不是很清楚，可能想跟你说对不起，面对死亡，人很多事情都想通了。

我说，社长，我不想见他，我已经有了自己新的生活，我和男友史蒂文很恩爱，所以请他放心，请他不要再继续监视我，我根本就不会惦记他的儿子和他的家产。他和他儿子的关系我也帮不了他，我不想再听到有关于戚氏集团的任何消息，也不想和他们有任何瓜葛。如果，真如您所说，他要和我说声对不起，那没有必要。请他停止对我的打扰，就是对我最大的仁慈。对不起，社长，让您为难了。

渡边说，没关系，墨兰，是我该说对不起，感到很抱歉和羞愧。其实，跟你坦白了也是一件好事，请你相信我对你的期许和认可，这与戚氏无关，不要影响今后的工作状态。新年快乐！

我说，社长，我明白，也谢谢您多年的关照，新年快乐！

一路上，我尽量掩饰我的心神不宁，我不打算告诉史蒂文刚才渡边来电的电话内容，让我们快乐地过个春节吧。可是，想到我在上海的这么多年都是被戚氏安排的，连我崇敬的渡边社长都和戚氏有关，所有的一切似乎是幻影，不真实，太残忍。

我的内心越挣扎，越煎熬。

春节之后怎么办？我应该在渡边公司继续待下去吗？我该怎么面对渡边社长和来之不易的部长职位？

小侄子和史蒂文还沉浸在游乐场的快乐氛围里，显然我的四岁小侄子已经被史蒂文收买。史蒂文拍了我一下，兰，你怎么了？想什么呢？

我说，没事，可能昨天晚上没睡好。

他说，那要不我来开车？

我说，不用啦，我可哄不来小孩，我宁愿开车。

我问小侄子，爸爸妈妈你更喜欢谁？

他不假思索地回答，喜欢妈妈，爸爸脚臭，睡觉也不洗脚，总是给我闻他的臭袜子。

我又问他，喜欢姑姑还是更喜欢光头叔叔？

他晃了晃小脑袋回答，以前喜欢姑姑，现在喜欢光头叔叔多一点。

史蒂文听到哈哈大笑，直夸小侄子聪明。

我故意板着脸说，怎么这么快就变心了呢？姑姑伤心咯。

小侄子噘起小嘴，委屈地像是要哭了，说，可是……可是叔叔给我买玩具了，教我学轮滑了，你没有呀。

史蒂文假装咳嗽了两声，让我赶紧哄哄小侄子。

我说，宝贝不哭哈，姑姑不伤心。姑姑最喜欢你了。

小侄子问史蒂文，光头叔叔，王八蛋是什么？

史蒂文尴尬地说，这是骂人的话，小孩子不能讲。

小侄子又问，我知道是骂人的话，妈妈经常说爸爸是王八蛋，可是为什么是骂人的话呢？妈妈说她也不知道，你们老外知道么？

史蒂文无言地挠挠头。

我说，王八蛋来自于古代人的“忘八端”，你看音是一样的，但是随着时间越来越长啊，人们就不说“忘八端”，说成“王八蛋”了，所以忘记八端的人就叫王八蛋。

小侄子又问，可是……可是什么叫八端呢？

我说，八端啊，就是人要有八个很好的品德，比如说善良、孝顺父母、帮妈妈做家务、有好吃的点心要和小朋友们一起分享，也就是说，你要做个乖孩子，姑姑和光头叔叔要做个好人。如果你不是乖孩子，我们就叫你小王八蛋。

小侄子灵光一闪说，如果姑姑和光头叔叔不是好人，我就叫你们大王八蛋。

史蒂文搂着小侄子开怀大笑，说，小家伙太聪明了，变相骂我们呢。

车子从公路转上丫姑镇通往高丰村的路上，我们经过一个热闹非凡的村庄，小路边的一户人家在办寿宴，“乡村大舞台”搭到了路边，路上噼里啪啦的鞭炮和烟花爆竹挡住了我们的去路，我们停车等着鞭炮放完。

史蒂文问我，这户人家在干吗？好热闹，怎么还有乐队演出？

我好像忘记了刚才与渡边先生那通悲伤的电话，被震耳欲聋的乐队声拉回到现实世界，我得意地回答史蒂文，以前爸爸妈妈那个年代看场电影、看场戏都稀罕，要跑好几里地，往往只能看个“剧终”。现在经济条件好了，咱们乡村里天天唱戏，办喜事的人家请乡村乐队助兴，让县里、镇里的乐队在家门口搭个舞台，唱一两天大戏给乡里人看。有民歌、流行歌曲、小品、乐队，还有青春洋溢的舞蹈，虽然歌手都是民间艺人，有的都唱跑调了，也没人在意，就纯粹图个热闹。现在中国的农村生活是越来越丰富了，我爸都想回来养老了。你问小侄子，他奶奶是不是每天晚上都和村里的大妈、奶奶们在村东头的稻场里跳广场舞？

小侄子说，我奶奶可会跳舞啦。每天都跳“伤不起，真的伤不起，我想你想你想你想到昏天黑地，电话打给你，美女又在你怀里，我恨你恨你恨你恨到心如血滴”。

小侄子兴高采烈地摇头晃脑，用稚嫩的声音唱起了2011年王麟的神曲《伤不起》，史蒂文也跟着哼起来。

“哈哈，我真是伤不起！”我笑得上气不接下气。

“幺幺，我也伤不起。”小侄子嘻嘻哈哈地学着我的话。

“知道‘伤不起’是什么意思么？”史蒂文摸了摸小侄子的头问他。

小侄子“咯咯”地傻笑：“不知道，啥意思啊？”

“就是经不起伤害，经不住折腾，你姑姑任性的时候经常让我伤不起，你淘气的时候也让我伤不起。”史蒂文自鸣得意地大笑一声，补了一句。“加拿大的中国大妈也跳广场舞，不过，我倒是觉得娱乐活动，跳跳健康，开心就好。”

哪里有鞭炮声哪里就有疯子孝元，在回家的小路上我们碰见了孝元，他的烘笼里装满了那户摆寿宴的人家给的寿饼点心，还有一碗盘龙菜。

小侄子大声叫孝元的名字，我按了几声喇叭，车子缓缓在他身边停下，史蒂文按下窗户，小侄子抓了一把糖，还有一只肯德基的鸡腿递给疯子孝元，孝元咿咿呀呀地点头笑个不停。

“哟，你今天真大方，鸡腿都舍得给孝元啊？”史蒂文问小侄子。

“我和他是好朋友，上次我们村的周子寒抢了我两颗弹珠，就是孝元让周子寒还给我的。他们都怕孝元，我不怕！”小侄子炫耀道。

丑媳妇要见公婆，洋女婿也总要见丈母娘。转眼春节快到了，时间切换到一天前，2011年底腊月二十八日，我心惊胆战地带史蒂文回湖北老家过年，将“左拐”、“右拐”两只猫托付给小美帮忙看管。

史蒂文说他迫不及待地想见见未来的岳母大人。正好，我的父母也要考察下他。我们都回到了郢中丫姑镇的家乡，虽然爷爷奶奶已不在世，但父母是注重郢中传统文化传承的人，每一年的春节，他们都要千里迢迢从西安回到郢中的丫姑镇过年。

腊月二十八的上午我和史蒂文从上海飞到了武汉，堂哥在机场接上我们，一路说笑着行驶在武汉天河机场回郢中丫姑镇高丰村的路上。

堂哥说，史蒂文很有趣，他喜欢这个妹夫，如果会打麻将就更好。

史蒂文说，这个新年他要学会中国的湖北麻将。

堂哥又跟他开玩笑说，如果史蒂文能输几张百元大钞给他，会更“顶”他获得岳母大人的芳心。

史蒂文说，是变相送红包的意思吗？

堂哥伸出大拇指，直夸他觉悟高。

史蒂文说，墨兰和我特别交代过了，打麻将只能输不能赢。

我说，人生最痛苦和快乐的事情之一，是陪三姑六婆们打麻将，只能输不能赢，这叫变相孝敬，以至于我多次怀疑我的智商；人生最痛苦和快乐的事情之二，是陪我老爸看拳击赛，看了这么多年还是没看懂，可谓用“心”良苦。足球赛至少有二十几个帅哥可以欣赏，拳击赛？My god！就像我老爸永远看不懂《快乐大本营》一样。但是，只要长辈们开心就好，我们用心陪伴着，他们就会很幸福。

堂哥说，今年不让你痛苦了，史蒂文上场，“麻将”走起！

这两个大男人一个用蹩脚的中文，一个用乡土气息浓厚的湖北普通话竟然一路上说说笑笑三个小时，天南地北聊得相当尽兴，动辄伴随车载音响哼唱几首流行歌曲。

我捂着头在车里睡大觉，一早起床赶飞机没休息好，犯困迷糊状态很差，被这两个男人的齐声歌唱惊醒，听见堂哥和史蒂文跟着音响一起唱《爱的供养》：“我用尽一生一世，来将你供养，只期盼你停住，流转的目光，请赐予我无限爱，与被爱的力量，让我能安心在菩提下，静静的观想……”

我对这两个男人的嗓音自信度佩服得五体投地，说，你们两个疯了吗？把车里当KTV啊，怎么这么开心，一路上叽里呱啦吵死了，聊什么呢？

堂哥问，哟，醒啦？妹夫的中文歌唱得不错啊。

史蒂文说，其实我只会这一首中文歌，当然《两只老虎》除外。

堂哥问，谁教你的？不像墨兰的风格啊。

史蒂文说，墨兰有几个晚上，通宵让我陪着看穿越古装剧《宫》，那个女主角叫什么？“青砖”？

堂哥说，估计杨幂知道你管她叫“青砖”，她会想用砖头拍死你，是“晴川”吧。

史蒂文说，对，对，就是晴川，一言难尽，墨兰罚我写了不少中文词，什么福晋、奴婢、什么非分之想，我是终生难忘。

堂哥说，哈哈，这确实像我妹妹的风格。

车子在服务区停下，我们给车加油，休息上洗手间。史蒂文下车后震惊了，这么多人？我们各自排了二十几米的长队进了洗手间，大堂哥趁排队等候的功夫抽完了一根烟。

史蒂文刚进洗手间就给我打来电话小声抱怨说，男厕所脏得很，没有厕纸，我拉不出来，怎么办？

我说，你当这是你们北半球酒店的厕所啊？你叫下堂哥，看堂哥身上有没有带纸巾？

史蒂文说，我不知道他在哪个位置，这里好吵，我大声叫他拿纸多丢人啊。

我说，你等会，我还在排队呢，女人上厕所的队伍人数是你们男人的两倍，我电话堂哥让他给你拿。

回到车里，我们继续前行，行驶在回家的高速公路上。下雨了，像是雨夹雪的征兆。我说，春运大家都赶着回家，老天保佑不要下雪，前方不要堵车才好。

堂哥说，难讲，来的路上好几起车祸，堵了一个多小时，生怕你们在机场等我等的着急。

史蒂文说，那我们慢点开，安全第一。他潜意识中握紧了车顶的扶手。

我说，今年我们运气好，即便现在下雪也不会结冰，否则高速封路，我们就惨了。去年回家过年就碰上下雪天，我和爸爸妈妈从西安开车回家往年 8 个小时的路程走了一天一夜，26 个小时全靠啃面包和方便面，堵在路上想上厕所都没地方，大自然和田野就是露天厕所。

史蒂文说，刚才外观那么豪气的服务区，厕所里怎么没有纸巾？

大堂哥说，人多啊，再多纸巾也用完了，你们上海也做不到公共洗手间有厕纸吧，就别提我们这些小城市、小乡镇了。很少公共厕所有免费纸巾提供的。

史蒂文说，我们酒店倒是每层好几个厕所，但一楼的厕纸用得特别快，远远超过其他地区的酒店。一楼经常有外滩参观的游客去上厕所，没法控制人流，后勤部的主管说经常有人把厕所的擦手纸和厕纸整包拿走。

我说，不稀奇啊，何况你们酒店的纸巾那么奢华，我都想拿。我有个同学的妈妈还是个公司老总，但是有怪癖，厕所、酒店里的餐纸、厕纸统统拿走，他们家住着豪宅却从来不买纸巾。我同学每次见他妈妈进厕所拿整卷厕纸装进包里就生气，让她不要拿，但是他妈妈不拿心里就发痒，还是偷偷跑回去拿。这不是勤俭持家，这是心理上的一种疾病。

堂哥说，这年头什么奇怪的人都有，对于一些精神疾病的患者，比如幻想症，他说他看见某个情景了，你说你没看见，他会认为你有病。不过，也有可能他是对的，他有超能力确实看见了，我们错了，只因我们是凡人。我们不能因为我们没看见就去否定他。

史蒂文说，有道理。

我说，堂哥你还记得我们小时候撕书当厕纸吗？

史蒂文说，你们撕书擦屁股，那多硬啊？

堂哥说，有书给你撕完擦屁股就不错了，谁还嫌弃硬？我们小时候村里人穷，节约，舍不得买草纸，更舍不得买餐巾纸，吃完饭用手擦擦嘴，再把手洗干净，就省了一张餐巾纸。一条毛巾用七八年，老人们擦脚的毛巾都不买，用废旧衣服裁成一块布擦脚。上厕所没有纸，孩子们写完的作业本撕完了，就撕自然课本，撕完自然课本再撕思想品德课本，然后撕语文课本，语文撕完了最后撕数学课本。不爱学习的孩子撕得也挺解恨的，比如我，哈哈。

史蒂文问，为什么先撕自然课？

堂哥说，因为数学、语文课最重要，算考试成绩的，其他两门算辅修课。

我说，提到撕书当厕纸我就来气，他和小堂哥还撕过我的《安徒生童话》当厕纸，为这事气得我哭了好几天，我还记得撕的是“美人鱼”那一篇。

堂哥说，小姑娘们都喜欢看那些梦幻的童话故事，跟我们放牛还带本书看，你说你是不是装金，明显找“撕”吗？你小堂哥急用，我就随手一撕，谁知道撕掉的是美人鱼还是白雪公主，还是拇指姑娘？你为这事哭着回去跟爷爷奶奶告状，爷爷拿着扫帚满院子追我，骂我，一顿打，把我屁股打得痛了好几天坐不了板凳。

我说，那你可以给小堂哥摘树叶啊。你小时候在树林里放牛拉粑粑不是嫌灌木的叶子小，让我摘树叶、红薯叶给你擦屁股么？

大堂哥尴尬得脸红的像猴子屁股。他说，你这丫头能不能给你哥留点丫姑镇男人的尊严？这种糗事怎么记得这么清楚？

史蒂文说，哈哈，我们户外旅行的时候怎么没想到有效利用树叶？

我说，你怎么不说衣服也别带了，也直接改成树叶遮体呢？

史蒂文说，哈哈，我是没问题的，环保啊。

我们到达高丰村大伯家的时候已是傍晚。大伯家是前几年刚盖的两层小洋楼，也是大堂哥结婚的新房。史蒂文按照事先跟我在上海的公寓里演练的场景，紧张地跟家人们一一问好，并递上礼物。他给爸爸和大伯带了上等的洋酒，给妈妈和大妈准备的礼物尤为细心，是羊毛衫。私下里，他还单独送给妈妈一对铂金的珠宝吊坠耳环。

这个洋女婿的见面礼让大家庭的长辈们很欢喜，初次印象算是合格。

晚上的饭桌上，妈妈精心地准备了满满一桌子我爱吃的湖北菜。史蒂文无意识地在每盘菜里放了勺子，方便每个人夹菜。他不习惯中国人吃饭时每个人的筷子在同一个盘子里夹来夹去，在五星级酒店做管理的他对就餐礼仪很讲究。他认为同吃一盘菜是恋人间的亲密之举，再说很多人用不同的筷子夹同一盘菜也不卫生。

史蒂文的举动让大伯和大妈有点尴尬，我冒了身冷汗。父亲是不介意的，堂哥们、嫂子们也都是见过世面的人，纷纷站起来为史蒂文解围，竖起大拇指同意史蒂文的做法。

妈妈对史蒂文的这个举动有些生气。她把我拉到楼上的一间卧室里坐下，跟我唠叨个不停，好像史蒂文劣迹斑斑、罄竹难书。

她说，史蒂文不应该当着众人的面吻我，跟我打情骂俏，成何体统。

她说，史蒂文没有进厨房帮她端菜，没有眼力劲儿。

她说，她不喜欢史蒂文的光头，像进过监狱坐过牢的。

她还说，她最不满意的是史蒂文的中文并不流利，更不懂湖北话，将来不能跟他们沟通。她希望她的女婿会打麻将，能跟亲戚们打成一片。

更让我无奈的是，她说，父亲姜国庆喜欢喝老白干，史蒂文是个高级红酒品酒师，对于白酒他是不沾的。对于喝酒这件事情，父亲倒是也不在意，反倒母亲抱怨起来：“你父亲跟女婿连杯酒都喝不上，多没意思。”

其实，我知道，妈妈嘴里所有的不满都是借口，他们是不舍得把苦苦养大的我嫁给一个老外，将来漂洋过海去了加拿大，他们今后想看我一眼都难。

还有大妈见到史蒂文之后的三问，让我的母亲范知音五味杂陈，整宿没睡好觉。

大妈第一问，姜家奶奶就这么一个孙女留后，你们也就这么一个宝贝女儿，以后有了孩子姓姜，还是姓史？

妈妈说，人家英文名字叫史蒂文，不是姓史，姓琼卡斯。

大妈说，哟，咋还姓“穷”呢？还是“穷滴要死”，这姓不好听，一定要姓姜。

妈妈无语。

大妈第二问，都说老外有钱，史蒂文一个月赚多少钱？在上海买房子了吗？姜家女儿可不愁嫁，我们兰儿不能倒贴。

妈妈说，租的房子，跟兰儿一样在外企上班，做管理，比兰儿赚得多一些。

大妈说，光上班那点工资怎么行，上海房子多贵啊，两个人以后结婚了还租房子啊，你没看那部电视剧叫什么，《蜗居》？夫妻俩要挤那么小个房子，三天两头为房子吵架，以后他们有了孩子都没地方落脚，万一房东不租了，还要再找房子搬家，没个安身地方总归心里不踏实。难不成你和国庆准备掏钱给他们买房买车？

妈妈无语。

大妈第三问，兰儿爸爸那生意打算今后咋弄？兰儿接班后，史蒂文当老板合适吗？加拿大那么远，背景要好好查查，知根知底，别连家底都让人骗了。

妈妈说，孩子们都有自己的事业和想法，也不能强求。兰儿能去西安接班是最好不过，可是这丫头好像对她爸的生意不感兴趣，等她念完工商管理学硕士再说吧。

大妈说，你和国庆辛苦一辈子，起早贪黑，好不容易东山再起打下来的江山，老了不是等着他们接班，你们抱孙子享清福么。兰儿不愿意接班，史蒂文一个外国人更不懂你们的生意，这事要好好合计合计。

妈妈无语。

丫姑镇上从来没有出现过洋人，也没有谁家的子女带过洋人回家。第二天腊月二十九日上午，史蒂文和我们一家人走在镇上的集市添置年货，之后便出现了我开篇提到的丫姑镇集市上“错把史蒂文当明星”的混乱情节。

我担心史蒂文的焦虑症复发，于是向他提议说，顺着家乡的小路一起走回去吧。

在丫姑镇通往高丰村的那条熟悉的乡间小路上，我挽着史蒂文的胳膊讲起了我童年的那些往事，聊到了爷爷奶奶和爸爸妈妈的故事。

小路两旁的柏杨树依然挺拔，麦田依然绿油油看不到边际。只是，小路已变成平坦的水泥路，一侧的河水不再清澈，部分河段被成堆的白色垃圾覆盖；另一侧的沟渠在冬天里已经干涸，寒冷的冬日里看不到牧童，也不见老黄牛在里面悠闲泡澡的画面。靠近村庄的菜地里白色的大棚蔬菜一座挨着一座，远远看去，波浪起伏。

沿途还修建了一个砖厂，白色的烟囱在大年三十这一天依然冒着灰黑色的浓烟。砖厂旁边的池塘里全是废水，附近的植被基本被完全损坏，稀稀拉拉的，像是营养不良，萎靡不振。

史蒂文从砖厂大门的缝隙里往里面瞅，说，兰，你看这个砖厂不达标啊，严重污染了环境，没人写举报信么？你们应该找镇长管一管，把砖厂关掉。

我说，想必镇长是默认的，毕竟这么大个砖厂经济收益是显著的，经济和环境比起来，现在的中国人，特别是地区政府，往往选择经济。

旁边的河道里一股恶臭袭来，史蒂文尖叫道，呀，一头死猪！

我说，快走吧，恶心死我了。

他说，怎么没人捞起来呢？

我说，是不是也要和镇长写封信让人来捞死猪啊？

他说，当然啦，加拿大人绝对会这么做，还要把水净化一下。

我说，这里不是加拿大啊，镇长不管这个。

他说，镇长不管那就找市长啊。

我说，为了一头死猪去找市长？

他说，当然啦，这头死猪污染了河流，要是它身上携带病菌怎么办？那问题就更严重了。

我说，你赢了，你是对的，但咱们市长不管这个，镇长不管要找村长。

除夕下午，像往年一样，我们一家人去了爷爷、奶奶的墓地去祭祖，只是这次多了史蒂文。远远的我们望见疯子孝元和他的哥哥姐姐也在墓地里，他坐在她母亲的坟墓上咿咿呀呀地笑个不停，看见我父亲飞快地向我们一行人跑过来。我的父亲、大伯走过去给疯子孝元和他的哥哥发了两根香烟，寒暄问候了几句。

高丰村的子女无论飞多高、走多远，无论在村里还有没有亲人、家业，过年都会到祖坟上来磕几个响头，放几挂鞭，烧几把纸钱祭祖。

奶奶的墓地很独特，因为奶奶是虔诚的基督教信徒，笃信耶稣，所以墓碑上方有个醒目的十字架，这在村里的墓地里很罕见。为了尊重奶奶的信仰，我们不能给奶奶烧纸钱、放鞭炮，专门到市区里买了束鲜花来探望奶奶，祝愿奶奶在天堂那边一切安好。

在奶奶的墓地前，史蒂文拉着我的手面向奶奶的墓碑，说，奶奶，我爱墨兰，谢谢您培养了一个 Angel 给我，一定要让她答应嫁给我。兰，我们结婚吧！

我踩了一下他的脚，说，胡说什么呢？别把结婚当歌唱，以后不靠谱的话别用中文讲，回头让爸爸妈妈听见多不好，又要问东问西了。

他说，难道我用英文和奶奶说吗？你不是说奶奶斗大的字不识一个吗，她能懂英文？

我说，纯心找茬是吧？老兄，有人在墓地里求婚的吗？

他说，你不是要严肃的环境吗？我觉得在奶奶的墓地面前表达我对你的爱意就挺严肃，也很浪漫。

我说，巴嘎！你真是绝无仅有的“怪咖”，要不是家里人都在这，我都想踹你两脚。这一幕让我刻骨铭心地想飙泪啊，我姜墨兰第一次被求婚竟然在牛粪旁的油菜地里，第二次被求婚竟然在墓地。

他说，你这是说我是你的唯一的意思么？还是有创意？

我说，对！唯一！伤不起的唯一！

他说，怎么还伤不起呢？我是诚心的。我今天来墓地的路上一直在想在奶奶的墓碑前向你求婚。

我说，老兄，咱能别这么随意行么？"结婚"这么美好的词语从你嘴巴里说出来，太随意了。

他说，我是认真严肃的啊，是随心，不是随意。

我说，随心和随意有区别吗？

他说，有啊，当然有，你瞧你中文都没学好。随心是依据心意的意思；随意是随心所欲，带有一种无所谓的态度。

我说，哟，你觉得你一个老外教训一个中国文科生中文没学好是啥意思？

他说，可我说的是事实啊，不信你查字典，找那个旁边有个"煎锅"形状的百度搜索一下。

我说，搜你个头，不依不饶了是吧？我倒想把你放在煎锅里煎了。你怎么老喜欢惹我？奶奶的墓地里咱能表现得恩爱一点，甜蜜一点，和谐一点么？

他说，我们不够恩爱吗？奶奶应该知道我们在打情骂俏吧？这是幽默。

我说，好，好，好，你真幽默，你太幽默了，你绝对幽默，都到卓别林级别了。上辈子欠你的，找了你这么一个"怪咖"，我爱你容易吗？我得需要多少勇气、多少忍受力、多少精力啊？

他说，那我们结婚吧，我把你的勇气、忍受力、精力都还给你，消耗我的勇气、忍受力、精力就行。我只是要让天堂的奶奶听见，嫁给我，也让爸爸妈妈，还有你的家人们做个见证。

我又踢了他一脚，拽着他的胳膊，不准他单膝跪地，说，有完没完？你把结婚当经念呢，你不准跪地，我都说了，你要用心挑个浪漫点的地方，要有钻戒、要有白玫瑰花、要有求婚仪式，你这随意得也太极端了，昨天是在牛粪味熏翻天的油菜地，今天在奶奶的墓地里，我不喜欢，不喜欢，太难受了，难受死了。史蒂文，咱能别这么随意么？好歹求婚您正式一点、浪漫一点、perfect 一点，OK？

他说，怎么要求这么多“点”？

我掐了他一下，说，还有皮肉上疼一点。

妈妈说，你们两个唧唧歪歪什么呢？走吧，我们去爷爷那里。

爷爷的墓地里长满了杂草，大伯、父亲、堂哥们拿着铁锹给墓地修整、培土，我和母亲用双手一根根地拔着坟上的杂草。史蒂文一脸严肃的样子，这看似中国乡村里平常且温馨的一幕让他百感交集。知道爷爷喜欢打“上大人”纸牌，喜欢热闹，我们给爷爷烧了很多冥币。父亲说，希望爷爷多赢点，输了也别气坏身体，儿子、孙子孙女烧给他的钱足够用了。

放完鞭炮，从大伯、爸爸开始，我们按照辈分分别面向爷爷的墓碑磕了几个响头，问候他老人家新年好，提前给他拜年了。史蒂文也模仿着我的样子和我一起给爷爷磕头拜年，虽然他信仰上帝，但他尊重中国人的传统习俗。

他说，怎么没有带“上大人”纸牌呢？

我说，你要干吗？

他说，爷爷不是喜欢打“上大人”纸牌吗？我们应该给他烧一副牌祭奠他。

我说，不错，不错，你彻底获得爷爷的欢喜了。放心，去年烧过纸牌给他了。

他说，那应该打烂了吧？哪里有卖的？我们明天再来烧一副牌给爷爷好不好？

我感动得要哭了。

父亲听见说史蒂文的提议很好，是我们疏忽，让大堂哥骑着摩托车走近路赶紧去镇上给爷爷买一副新的“上大人”纸牌回来烧。

史蒂文听到“摩托车”三个字眼睛都绿了，自告奋勇说，不麻烦堂哥了，我和兰去吧，我会骑摩托车。

大伯说，那你小心点，把这件军大衣穿上，天冷。

史蒂文套上大伯的军大衣，戴上头盔，麻利地骑上停靠在墓地旁小路上的摩托车，帅气地转了个圈，对我说，上来吧，让你见识下什么是车技。

一路上，乡间小路上的风“飕飕”地刮，我紧紧抱着史蒂文。有段路坑坑洼洼的，我像坐过山车一样，叮嘱他当心。

他兴奋地说，有时间我们一起去玩滑翔吧。

我说，好啊，怎么突然想玩这个？

他说，想和你一起去自由地飞翔，就像现在自由地行驶在路上！

说着他几乎站了起来，我慌忙拉住他说，你好好开车，太危险了！

他说，没事，我十五岁就会开摩托车了，没有束缚，没有闭塞的空间，你不觉得吹着风很舒服吗？我都不想戴头盔。

我说，老兄，你疯啦？我鼻涕都冻住了，眼泪都吹出来了，糟糕透了。我为这个决定后悔了一万年，我们为什么有四个轮子的车不选择，而要骑两个轮子的？

他说，摩托车走乡间小路多快啊，这一米宽的路四个轮子的车能开吗？

我说，可我觉得风好大，你说话我都听不清楚。

他说，那我慢点开，好些了吗？

我说，再慢点。

他说，减速了，现在呢？

我说，再慢点。

他说，时速已经降低到每小时 10 公里了，自行车都超过我们了。虽都是两个轮子，至少烧油的要显示一些速度上的优势吧？

我说，到了镇上我要喝一碗热腾腾的豆腐脑。

他说，行！两碗都行。

我说，到了镇上你不能取下头盔。

他说，为什么？

我说，你昨天集市上骚乱还不吸取教训啊？

他说，我今天穿军大衣应该没人觉得我是老外吧，我也想喝豆腐脑。

我说，那就在脑海里“想一想”吧，具体行动我代劳咯。

中国人的传统习俗传承了数千年，祭奠祖先是从古到今一辈辈人言传身教的优良传统。

父亲说，无论身处何方，过年总得带着老婆、孩子回家看看，那是我们的根。直到现在，父母虽远在他乡，但每年一次的祭祖活动却风雨无阻，从未间断过。每次去墓地祭祖，我都会在爷爷奶奶的坟墓前静静地待一会儿，跟天堂的他们说说话，追忆我远去的童年。

除夕的晚上，郢中人过年不怎么吃饺子，擅长做蒸菜。郢中人逢年过节的饭桌上必有16道菜，其中有一半都是蒸菜，俗称“剁菜”（谐音）。这些花样万千的蒸菜让史蒂文瞠目结舌。

他说：“在郢中人眼里，几乎无所不能蒸。”

比如蒸‘盘龙’（郢中当地的名吃）、蒸辣排骨、蒸香肠、蒸扣肉、蒸干鱼、蒸熟鸡、蒸豆皮、蒸红枣、蒸南瓜丸子、蒸糯米肉丸子、蒸莲藕、蒸黄鳝、蒸牛肉等等，出笼时热气腾腾，冬天吃蒸菜暖胃暖心。

大妈和母亲做菜的时候，会叫上嫂子们和我在一旁学习。母亲说，这些厨艺也要一辈辈传承下去。我们这些孩子现在都住到了城里，见多识广，习惯了城里的生活，但不能忘了祖辈们的习俗。

母亲常常挂在嘴边上的话：“即使品尝过天下美食，也不如故乡的五谷杂粮。”

史蒂文也在一旁凑热闹，他用摄像机拍摄下了整个过程。丫姑镇的乡村生活在他眼里每天都是惊喜，一切都是新鲜，特别是他钟爱的美食。他总结说，这次过年的旅程，让他理解了“念祖、归根、团圆、和合、传承、鄂商”这些似懂非懂的高大上词汇，中文理解力更上一层楼。

他对蒸菜的口味赞不绝口：“应该把这些蒸菜放进上海北半球酒店的菜单里。”

他还憧憬说：“兰，如果哪一天我们老了，就到蒙特利尔开一家蒸菜馆，把湖北的郢中名菜介绍到加拿大去，我管经营，你管掌勺，生意肯定红火。”

我觉得那是世上最美的诺言。

这些蒸菜均是调好作料，或先做成腌制品，一碗一碗装好放在大蒸笼里蒸熟，然后将碗拿出倒扣在盘子里。所以，新年里郢中人饭桌上的每道蒸菜的形状都是圆形，象征着团团圆圆。蒸出来的食材，不仅有独特的美味，而且含有丰富的营养价值。

从我记事起，我们家的年夜饭除了小盘各类蒸菜外，几十年没有变过——标准的三格比磨盘还大的蒸笼格子。大蒸笼是只有过年才能吃到的美食，也是我家庆祝团圆的传统。当大妈和妈妈拿出直径为60厘米的大蒸笼时，史蒂文再次惊呆了。

我在一旁告诫他说："晚上一家人就吃这一个蒸笼，你别想着再给每个盘子里放个勺子。"

一格蒸笼里是纯素，以白菜垫底。白菜上面放白嫩的匀茓匀称的豆皮、粉嫩的莲藕、土豆、南瓜等素菜。

另一格是荤菜，同样白菜垫底，上面放些已腌制过的新鲜猪肉、排骨、牛肉等荤食，也可根据喜好夹杂土豆片、莲藕片。猪肉选取四斤左右的五花肉，先均匀地切成一片一片，每片需肥瘦有间，再放在容器里拌上特制的调料腌制片刻。我和史蒂文洗好手，学着妈妈的样子将肉片层层叠叠摆在蒸笼里。他兴奋地说，这像玩塔罗牌，只是猪肉太软，倒不了。

妈妈给我们两人做了个示范，让我们将猪肉紧贴蒸笼的外圈，围成一个大圆形垒放在白菜的上方。然后，她走出厨房去帮父亲扶着梯子，贴对联，贴福字，贴门神画，挂灯笼。史蒂文屋里屋外地跑，他不想错过中国人传统新年里的任何一个筹备细节。他还好心地提醒父亲"福"字贴倒了，父亲告诉他："'福'字就得倒着贴，取谐音，表示福到了。"史蒂文恍然大悟。

腌制过的五花肉每片上面都粘有少量米粉，香味扑鼻，史蒂文连续几次咽下口水。我笑他馋，他掐了下我的脸，结果我的脸上都是米粉和作料味道，我追着他在厨房里打闹，他围着圆桌边跑边做鬼脸。

灶台旁边的大妈用怪异的湖北普通话笑着呵斥我们："你们两个'孝元'啊，还是两三岁吧，30岁的人了还在上幼儿园过家家吗？过来看着灶台里的火，我来做菜。"

大妈熟练地在蒸笼格子的中间均匀地撒些腌制的排骨、莲藕。她对史蒂文说，兰儿喜欢吃土豆，所以每年的蒸笼格子她会在肉片之间夹些土豆片。

第三格蒸的是白米饭，先扑上一层荷叶，再将淘洗干净的米散在蒸笼里，出笼时就像饭店里的木桶饭一样香喷喷的，还伴有荷叶的清香。这三层蒸笼格子里的饭菜熟透的时候，谈不上十里飘香，但百米以内是闻得到的，让人垂涎三尺。

史蒂文感慨说，爱就是这蒸笼格子里的香味。

我说，它会逐渐散去。

他又说，但香味已经渗透到骨肉里，熟了就会随着热气自然溢出来啊，即便菜凉了香味依然还在，你根本无法阻止。

史蒂文的话让我不由想起作家阿来的小说《尘埃落定》里，麦其土司和他的“傻瓜”儿子有一段关于“爱是什么”的对话：

“告诉我爱是什么?”

“就是骨头里满是泡泡!”

“你这个傻瓜，是泡泡就会消散。”

“它们会不断冒出来。”

一家人围坐在餐桌前迫不及待地等着大妈宣布开饭。大妈会先从厨房端出第一格素菜，给家人先尝尝鲜，开开胃，十分钟后她又去端出第二格荤菜。吃荤菜蒸笼格子的间隙，大伯和父亲会去庭院里放鞭炮，别以为孩子们也会从桌子上下来去凑热闹，鞭炮跟蒸笼格子比起来在那一刻显得淡然无色。但是，鞭炮对于史蒂文也是新鲜的，他拉着我起身，兴奋地帮父亲拆开鞭炮的包装盒，拿出打火机点鞭炮，那鞭炮摊在地上足有5米长。一家人停下手中的筷子，幸福地看着屋外庭院里的鞭炮飞舞。嫂子们捂住孩子们的耳朵，院子里的狗也跑进房子里东躲西藏。

爆竹一声除旧岁，这一声声鞭炮声，象征着团年饭开始，家人团聚了。每逢春节有几个人会心甘情愿地对家人说：“今年春节我不回家了。”史蒂文说，恐怕对于中国人来讲，这是世上最难以启齿的话。

中国人的春节就好比加拿大人的圣诞节，我看着激动万分的史蒂文，明白这次春节对于七八年没有回过加拿大过圣诞节的他来讲，意味着太多、太多。

家里的所有人在除夕夜吃一个大蒸笼，在郢中人看来象征和谐与美满。我是看见大蒸笼就馋得可以忘记身材、忘记烦恼、忘记门外世界的人，就连蒸笼里的米饭我也能吃两大碗，“开吃！什么三围、身材，统统滚蛋！”

鞭炮声刚停，疯子孝元就出现在大伯家的大门口，可爱的小侄子跑到庭院里，响亮地叫了声：“孝元，你来，你来。”疯子孝元笑呵呵地摆摆手，大妈起身进厨房端出一碗热气腾腾的蒸肉和蒸菜给孝元：“听到鞭炮就来了，耳朵还挺尖，这是专门给你留的。”父亲又让史蒂文帮忙倒了一杯白酒端出去给孝元，祝他新年快乐。

孝元端着酒和蒸肉转身，乐呵呵地走了。

史蒂文问我：“孝元去哪里过年？”

我说：“他哪里也不去，我们家他也不来，很奇怪他从来不进大房子里，对室内环境很恐惧。他的哥哥姐姐曾多次回来接他去城里过年，他死活不走。每年这个时候都到我家来讨酒喝，然后回他家的牛圈里守着他母亲的烘笼一个人开心地吃饭。”

史蒂文大口喝完杯里剩下的红酒，小声对我说：“兰，我们真幸福，我爱你，此生有你足矣。”

我说，“哟，怎么突然这么感伤，这么爱我啊，大过年的，来，咱俩喝一个，我也爱你。”

我说完“噗哧”笑了，差点喷饭，又给他倒了一小杯红酒。

“真酸！”大堂哥听到我和史蒂文的甜蜜对话，突然说。

“什么酸，我今天没怎么放醋啊。”大妈不明白发生了什么，以为大堂哥挑剔，嫌她做的蒸笼格子酸。

“奶奶，不酸，反正我吃不酸，爸爸说酸，明天让他做饭。”小侄子像个小大人似的说，他是模仿大妈平时训斥大伯和大堂哥的语调和话语。

哈哈哈哈，众人哄堂大笑。

爷爷奶奶在世时，大伯和父亲严格要求我们家里吃饭是有规矩的，长辈不入上坐，晚辈绝对不能先入座；长辈不动筷子，晚辈绝对也不能动，以示晚辈对长者的尊敬。

现在爷爷奶奶不在人世，父亲说我们家大伯和大妈不入席，谁也不准动筷子。吃完饭，若长辈、客人没有离席，一定要先跟长辈、客人打招呼，说“我吃好了，您慢吃”才能离开。

这个严明的家教从爷爷奶奶那辈一直传到我的小侄子。看见四岁的小侄子用稚嫩的声音跟大伯、父亲说这样礼貌的话，我仿佛看到了小时候的我，被家教、家风的传承所感动。

史蒂文也逐渐学会了我们祖辈传下来的这些规矩，他说这套就餐礼仪在中国的乡村里尤为显得尊贵，让他刮目相看，丝毫不逊色于英国贵族那套礼仪背后的文化。

大年初一来了。一大早，听着噼里啪啦的鞭炮声醒来。

往往我是大家庭里第一个起床的人，虽然除夕夜家里的女人们围坐在电视机前吃零食，看央视《春节联欢晚会》到半夜，但丝毫不影响我早起的节奏。我起床梳洗后的第一件事情就是给长辈们拜年，要压岁钱。

昨晚男人们打了一夜的麻将“守岁”，终夜未眠，等着凌晨12点准时放鞭炮，辞旧迎新，庆祝新年的到来。几百年来，高丰村附近的十里八乡都选择在凌晨不约而同地齐放鞭炮，那一刻天空中烟花怒放，宛如白昼。史蒂文和堂哥们在庭院里竞相点燃烟花爆竹，快乐得像个三岁孩子。

他在凌晨拉我走到庭院里一起放鞭炮和焰火，激动地吻了我，还吻了小侄子们，拥抱了堂哥们，准备拥抱嫂子们时，嫂子们吓得害羞地躲进了屋子里。

他说，他很爱丫姑镇，很爱我们这个大家庭。

大伯是父亲唯一的哥哥，我们一家人回丫姑镇老家过年大多是住我大伯家。早些年爷爷奶奶健在的时候，堂哥们会牵着我的手，先去给爷爷奶奶拜年，作磕头礼，讨压岁钱。如今，爷爷奶奶都不在了，我必须第一个起床去给大伯大妈拜年，作拱手礼，这是家规。

清晨，我悄悄溜进堂哥的房间叫醒沉睡中的史蒂文。丫姑镇的习俗里没有结婚的恋人走亲戚不能同房。所以，春节的那几天，史蒂文和大堂哥住一个房间，我和大嫂住一个房间。对于这个习俗，史蒂文虽然认为封建落后，但还是给予了尊重。其实，他是担心开灯睡觉的习惯会被家人嘲笑，更怕影响到大堂哥休息，万幸的是大堂哥睡眠质量很好，属于打雷都轰不醒的类型。而且，高丰村过年的习俗里人们主张长夜不熄灯“守岁”，把家里每个房间的灯都打开，即便猪圈、牛圈里的灯也要开一夜，让光亮从除夕一直延续到新的一年，也是个好兆头。

我悄悄问他：“昨晚上输了多少钱给堂哥们？”

他骄傲地说：“小瞧我，我赢了他们五块钱。”

我用湖北方言讽刺他说：“你像个苕，这么照业滴才赢了五块钱，有么好炫滴？”

他竟然听懂了第一句，知道我说他傻，捧着我的脸霸道地强吻我，不得不说我的堂哥们真是语言方面的好老师。

大堂哥翻了个身说：“你们两个太恶心了，大清早别把嘴皮子亲烂了，要亲热出去哈。”

我隔着被子给了大堂哥一拳，拉着迷迷糊糊的史蒂文起床去给大伯大妈拜年。若是堂哥们抢了先，先上楼给我父母拜了年，就坏了规矩，我会被认为是没有礼数的孩子。

我陪着史蒂文去洗手间梳洗，叮嘱他初一洗漱的水绝对不能倒掉，更不能泼在庭院里，统一倒在庭院里的大木桶里存储。

他问：“为什么？岂不是好脏！那我上厕所要不要水冲？冲厕所的水也存到木桶里？”

我说：“要不是初一打人、骂人是禁忌，我真想让你看看我魔鬼的一面。冲厕所的水怎么存？把下水道堵住吗？‘水’意味着财，你把水泼出去，意味着散财，我老爹做生意最忌讳这一点。千万不要当着他的面泼水，要不我们俩小命难保。”

“我是想问，我现在想上厕所怎么办？”史蒂文急得像热锅上的蚂蚁。

"快去楼下，后院的茅房。"我忍俊不禁。

"茅房?"史蒂文诧异地望着我，像是憋不住了。

"哎呀，就是厕所，走走走，我带你去，我怕你掉茅坑里了，我还得用钉耙捞你上来。"我慌忙领他下楼去了茅房。

虽然进入2012年我就28岁了，但是按照当地的习俗，未婚的晚辈都是孩子，都需一律发红包，我们家一直延续着这个传统。大妈见到我牵着史蒂文的手给她和大伯拜年，说:"你们也新年快乐。兰儿，你要是30岁都还没结婚，那就占大便宜了，我和你大伯要给你发红包到你30岁。大妈还是希望你尽早找个婆家。"说完，她看了一眼史蒂文。

史蒂文会意地笑笑说:"大妈，您放心，不会给您这个机会的。"

28岁的年纪还有压岁钱，是多么快乐的一件事情，仿佛自己还没有长大，还可以肆无忌惮地跟长辈们撒娇、哭闹。

问候完大伯大妈，我拉着史蒂文快步跑到父母的房间里，给爸爸妈妈拜年。母亲说父亲昨晚上跟村里人打了一宿的麻将，早晨5点才躺下睡觉。一年难得回故乡一次，丫姑镇的男人们用打通宵麻将的方式联络感情。

母亲给了我和史蒂文一人一个大红包，像是至少两千块的样子。父亲的红包他在睡觉前已经包好交给了母亲。我们两人拿着红包，蹑手蹑脚地出去，悄悄关上门，心里美滋滋的。

压岁钱的多少无关紧要，可这个过程却让春节里的孩子们充满无限的期待和乐趣，而史蒂文入乡随俗，第一次拿到中国人新年里长辈给的红包，他在庭院里乐得手舞足蹈，抱着我转了好几个圈。

他拍了几张和红包的合影，只留下红包袋做纪念，里面的几千块压岁钱算充公，放进了我的口袋。

他说:"老婆管钱，这也叫入乡随俗。"

按照我们丫姑镇的习俗，给家人拜完年后，然后是出门拜"跑年"，就是到村里的各家各户拜访一圈，祝贺新年好，全部乡邻走访完才能回家吃新年的第一顿饭，那场景甚是热闹。平常不走动的人家在大年初一也要相互递根香烟、发点糖果、喝杯热甜茶。

史蒂文和大堂哥作为大家庭代表到村子里挨家挨户拜跑年的时候，堂哥告诉他即便不抽烟，对方给烟也要接着，不能拒绝，这是规矩。于是，他来者不拒，丝毫不客气。

村里的大婶、姑娘们往史蒂文的大衣口袋里塞了不少糖果，男人们则给他递了不少烟，一路上他喝了三十几杯甜茶，起初五六杯他都实诚的一饮而尽，频繁找厕所，后来堂哥说他是个“苕”，小酌两口就行。

回到家的时候，他开始炫耀他的战利品。只见他手里抓了两大把香烟，耳朵上也夹了三四根，合起来有四十多根的样子，滑稽地不知该怎么办，再配上他的巴宝莉大衣和围巾，那模样就是一个丫姑镇版本的洋屌丝。

我说，亲爱的，你火了！

他说，怎么火了？

我说，我把你这模样发到网上，你肯定火了，肯定大红大紫，以后跟你混了！

他说，你不是一直跟我混么？

我说，那你哪条道上的啊？

他说，哪条道？你是说街道么？你考我呢？我们耀江公寓不是在上海吴淞路上么？

我说，哪跟哪儿啊，我是说黑社会，你属于哪个黑社会组织？你不是说我一直跟你混吗，“哪条道上”的意思就是哪个黑社会组织，或者哪个权力机构。

他说，哦，有意思，这个我得记下来。我是……我是……

我说，编，编，继续编啊。

他说，我就是我，来自琼卡斯家族。

大妈刚好从旁边经过，她一本正经地说，史蒂文，我还忘了跟你说了，你们家这个姓不好，咋还“穷卡死”呢？我们丫姑镇乡下话就是“穷得要死”或者“穷去死”。

哈哈哈哈，众人皆笑，史蒂文不知大妈所云，我笑得前胸贴后背。

大伯在屋里找了两个空烟盒，让堂哥指点史蒂文大致区分下品牌，分类装进烟盒里，贵点的中华、熊猫牌香烟要与红双喜分开装。春节里若家里来了客人可以把中华、熊猫牌香烟给客人们抽，差点的香烟大伯装进了自己的口袋。

堂哥说，长得帅就是有面子。

我说，你别给自己脸上贴金了，臭美！

堂哥说，我是说你的史蒂文。

我说，那还差不多，怎么了？傻笑什么呢？

堂哥说，你没看见出去跑了一圈，我只拿回来烟，史蒂文烟没少拿，口袋里还装满了糖果。早知道，咱家年货糖果也不用花钱准备了，直接派史蒂文到村里跑一圈，什么烟啊、糖啊、小美女啊啥都有了。

我和堂哥哈哈笑个不停。

史蒂文问我笑什么。

我说，亲爱的，你赚大发了！在丫姑镇，男人拜跑年馈赠一根烟，女人拜跑年馈赠糖果或点心。你这次既享受了男人的待遇，也破天荒地享受了女人的优待。

史蒂文听完，赶紧把糖果全掏出来分给我和嫂子们，正儿八经地跟我们说："我是男人！我是男人！"

大年初四是高丰村特别的喜庆日子，整个村子沸腾了。这次新年，胡红梅的哥哥胡大叔在外务工的小儿子胡彪要结婚了，男方和女方家人商量选初四这个吉祥的日子办婚礼。村里的乡亲们，包括我们家都要去随礼道贺，喝喜酒，吃喜糖。

由于胡大叔和我大伯阮国明是村里结拜的好兄弟，所以初三一早我的大妈、母亲、两个嫂子作为家族女性成员被邀请到胡大叔家里作为后勤团的成员帮忙备菜，标准的十六道菜，其中一半是蒸菜。这也是史蒂文第一次参加中国乡村的婚礼。虽然史蒂文在北半球酒店的宴会厅里见证了大大小小的奢华城市婚礼，他也了解中国的礼金风俗，但是正宗的乡村婚礼却从未参加过。

丫姑镇的婚礼习俗是要吃两天三顿的婚宴，如果婚礼的正席是初四，那么初三晚上亲朋好友们就要来访祝贺，一直吃喝到初四中午。初三的晚上这顿饭当地叫作“朝席（chao xi）”。家族至亲的人则从初三中午开始庆贺，到初五吃完早饭，意为“扫厨”（把宴席剩下的美味都吃掉，厨房打扫干净）后才回程，一般三天。

现代的高丰村婚礼“高大上”了许多，镇上请来的乡村乐队在庭院里搭台演唱，老人们、孩子们搬着小板凳坐在戏台前，像小学生上课一样看着节目。史蒂文也即兴地跑上台唱了几首英文歌，咿咿呀呀的外文让高丰村的乡亲们摸不着头脑，但他们还是高兴地频繁鼓掌。他的表演让胡家的婚礼更加热闹了。

胡大叔说，让史蒂文和迎亲的队伍一起，初四早上去隔壁镇新娘的家里接亲，老外接亲会让胡家人倍儿有面子，这也是婚礼的亮点。他们十一点之前必须接亲到家，不能错过吉时。

原打算婚礼用车到镇上去租赁，但是我大伯阮国明说，找朋友们借吧，能省就省点，结婚要花钱的地方多。

于是，我父亲的车也“被借”做婚车了。

虽然三部婚车都是黑色，但是款式品牌均不同，乡下人也不介意，重头戏还是着装鲜艳的秧歌队和接亲的轿子。

初四一早天蒙蒙亮，胡大叔的儿子胡彪就叫醒了史蒂文、堂哥们，浩浩荡荡的三部车去镇上的婚庆店扎花，装饰车子，他们顺路接回了摄影师，匆忙吃着早饭。

我兴奋地问史蒂文，秧歌队呢？轿子怎么没看见？

他煞有介事地讲述男人们的计划，他说，怕来不及，等会中途会合，他们一卡车人呢。我们先到离新娘的村口最近的公路上停车，让迎亲的轿子、秧歌队、唢呐敲锣打鼓先进去，接出新娘，坐轿车回来，到高丰村口再上轿子。兰，你知道吗？听说新娘 128 斤，没减肥之前 135 斤，幸亏没安排我去抬轿子，不然好辛苦。

我说，抬轿子四个人，胡彪那么瘦小，把新娘从房间里抱到轿子里，再从轿子里抱到车里才辛苦呢。

他说，胡彪说这次婚礼没有跨火盆的环节，哎，有些遗憾。

我说，你懂得还真多，还知道有跨火盆？

他说，这两天上网细心研究的啊，我十几年没做过“伴郎”了，必须做好“伴郎”的工作。

我说，他们也是闹着玩的，如今哪里还有人严格地按照旧风俗嘛，早已中西合璧了。

他说，我今天看起来怎么样？昨天晚上兴奋地没睡着。

我说，坦率讲，我怕新郎官有点羡慕嫉妒恨，你比他还帅。

他说，是吗？那会不会抢了他的风头？我们加拿大伴郎不能比新郎还帅。

我说，丫姑镇也一样，要不你去换我爸的西装穿？

他说，那不行。我还是穿这一身吧，你爸那大肚腩，裤子我穿不了。再说，我和新郎胡彪的风格也不一样，他穿的是清朝结婚的服装，我穿的是现代西装。

我说，你臭美吧，低调点咯，紧跟着堂哥，我怕你丢了，更怕你被女方的伴娘们为难。

史蒂文匆匆吃完一碗“碱面”，这是丫姑镇的早餐主食，然后跟着新郎胡彪、堂哥们开动车子出门接亲了。他们出发前，庭院里燃放着鞭炮。

父亲上前叮嘱他，烟、糖果、红包都带够了没有？红包新郎说给就给，别瞎给啊，这里面都是两块、五块、十块，最多的二十块。

史蒂文认真地听着，把红包分类塞进自己的西装口袋里。

车子出发了，我还是很担心他会出洋笑话。

十点半，远远地听见了村口的鞭炮声、锣鼓声、唢呐声，我飞快地往村口跑。村口围满了看热闹的乡亲们，疯子孝元也在人群里凑热闹，人们拦住新娘的轿子和秧歌队讨喜糖，孝元也咿咿呀呀地找新郎胡彪要糖吃。

史蒂文下了车，混在火红的秧歌队里手舞足蹈，他嚷嚷说他今天发糖发到手软，他的西裤上都是泥巴。

我问，什么情况？摔跤了吗？

他说，姑娘们让我们跳绳，四个伴郎要一起跳满八个才算圆满，我摔了好几跤。而且，还让我们每人唱一首情歌。

我问，还好啦，不算为难，唱歌是你的拿手好戏啊。

他说，我唱了，但是她们说英文歌不算。

我问，那你唱的什么？

他说，《爱的供养》啊，就是那天回来和堂哥在路上唱的那首中文歌。

我无言，无法想象他在新娘家人面前唱《爱的供养》是怎样滑稽的情景。

他又说，我的衣服口袋都快扯烂了。红包一个不剩，根本不是我发完的，是被抢完的。

我无言，无法想象那个被中国乡村姑娘们搜身、哄抢的壮观场面。

他又凑到我耳边神秘地说，新娘过来时他家人给了我们一个行李箱。

我笑笑，说，我知道。

他说，那里面装的都是钱。

我笑笑，说，我知道。

他说，有意思，新娘的亲戚们给的“喝茶钱”，喝茶还给钱？

我说，当然，等会他们回家，还有第二波“喝茶钱”呢。新娘要给胡大叔他们家前辈亲戚们敬茶，这些亲戚都要喝口茶，然后给喜钱。

他说，这个习俗好，岂不是我们结婚的时候亲戚们也要给我们“喝茶钱”？

我说，你想得美，那我家亏大发了。到你家，你家的亲戚们不给“喝茶钱”，凭啥我们家亲戚就要给？

他哈哈大笑。

史蒂文牵着我的手，跟着欢快的迎亲队伍向胡大叔家里走去。

鞭炮声再次响起，爆竹足有五六米长，噼里啪啦响个不停。史蒂文捂住我的耳朵，把我护在身后，担心鞭炮纸屑弹伤我。

在鞭炮声中新娘顶着红盖头将头伸出了轿子，胡大叔走到轿子前背起了新娘，将她背进新房。

史蒂文激动地问我，为什么不是新郎胡彪背着新娘进新房？

我说，在我们乡下，结婚的规矩就是公公背着或者抱着新娘进新人的房间交给新郎。新娘从出娘家们到新房这段路程里，脚绝对不能落地，否则就是犯了大忌，不吉利。

他说，怎么没有拜天地就进洞房呢？

我说，此处省略一万字，你上网看的都是旧时的步骤，太繁琐，规矩太多，现在有些人家都省略了结婚仪式怎么好玩怎么来。等会儿激动人心的时候要到了，新郎会带新娘出来给前辈们敬茶，讨“喝茶钱”。

他说，哦，拜天地拜父母讨不到那么多喝茶钱，所以就改成敬家族里所有前辈的大场面了。

我说，聪明！有见地！喝茶每人至少给两百，上不封顶，估计新郎新娘又能拿到十万“喝茶钱。”

他说，哇噻，太兴奋了，那还等什么，我们也赶紧结婚吧，我喜欢丫姑镇的结婚仪式。

我无言以对。

喝完茶后，人们入席吃正餐了，这时候婚礼的另一个高潮掀起。

庭院里的乡村乐队主持人开始号召大家点歌。

史蒂文大喊一声《爱的供养》，我赶紧拉住他，别瞎喊，喊了要给钱的。

史蒂文马上闭上了嘴巴，悄悄问我，点歌也给钱？乐队的演出费用不是统一给了三千块么？

我说，这额外的“点歌钱”也是给新人的，算作亲友们除了礼金、喝茶钱之外，赞助新人今后生活的一种方式！

他说，怎么又是钱，这结婚的吸金能力太强了。

主持人走近了史蒂文，说，刚才这位外国亲友说点歌《爱的供养》，我们换一首行不行？我们演员不会唱啊。还有，你不要逃啊，“点歌钱”还是要赞助给新人的。

史蒂文尴尬地问，给多少？

主持人说，当然多多益善咯。

我赶紧掏了200元递给了主持人，主持人大叫一声，姜家大小姐和女婿点歌了，给大家开了个好头，200块，上榜！

史蒂文说，上榜？什么意思？

我指着房子门口的红纸，上面写了赫然醒目的三个大字：点歌榜。

我说，每个点歌的亲属都会上榜。

他感慨说，这招太毒，不给“点歌钱”不行啊，给少了还没面子。

比起三轮礼金大战，史蒂文最疑惑的是和一桌子不认识的人吃了几顿饭，人们一个劲地吃，也不怎么说话，吃不完的还有人拿着塑料袋打包。饭后的人们开始组建牌局，“上大人”牌局、斗地主牌局、麻将牌局，整个小洋楼的楼上楼下、庭院里外合计摆了八场牌局。

他问我，有乡村乐队，人们为什么不跳舞？

我说，那是你们西方婚礼，我们不跳舞，我们喝酒、吃饭、打牌、聊天。

第 21 章
寻找西藏男人次旺

我没有向渡边先生辞职，也没有把渡边和鹏程爸爸的关系告诉史蒂文。从老家郢中回到上海之后，我像什么也没发生过一样依旧努力的工作。

也许埋藏也是出于爱，我不想给我和史蒂文的关系带来负担。其实，我更怕他问我，你还爱鹏程吗？答案是对于爱情，我们是无解的。

有时候，当你以为自己不爱一个人了，另一个你爱的男人或女人已经出现在你的生命里，但不经意的提及原来那个人的名字，你仍然会莫名的心慌、缺氧、烦躁，也会不确定、不淡定、不笃定。

有一种爱是道晚安之后，还想道晚安，这是迷恋的甜度。

有一种爱是不能见，但并不代表不思念，这是虐恋的苦度。

有一种爱是藏着，隐着，只怕他会拒绝，只怕自己会伤心，这是暗恋的酸度。

有一种爱是你跳，我也跳；你疯，我也疯；你向左，我绝不向右。这是热恋的辣度。

鹏程对于我，饱尝虐恋的苦度；

史蒂文对于我，体味热恋的辣度。

咖啡虽苦，但还是有很多人钟爱它；辣椒虽辣，但还是有很多人不辣不欢。

世间最难写的字就是“爱”字，人的双手可抓万物，但最难是抓“心”。

2012 年夏初，史蒂文的父亲病重，肾癌晚期，弥留之际史蒂文牵着我的手赶回了加拿大的蒙特利尔。他白发苍苍的父亲被病痛折磨得骨瘦如柴，看见我却努力撑起身体，露出慈祥的笑容，拉着我的手说："你是兰吧？真是个漂亮的天使，祝你们幸福。"我不敢看他深陷的眼神，偷偷地抹去眼角的泪水。

我对史蒂文说："原谅爸爸吧，好好陪陪他。"

因为史蒂文 15 岁时就搬出家，与他父亲很少往来，他为 10 岁那年母亲索菲亚车祸的悲剧耿耿于怀、恨透了他父亲。他曾告诉我，那天他父亲打了母亲索菲亚一巴掌，索菲亚很伤心摔门离开家，拉着门口玩耍的他开车离开了。

史蒂文不知道大人们发生了什么，他只是坐在副驾驶上呆呆地望着流泪的妈妈不敢出声。在一个十字路口，侧面横冲出来一辆大卡车，索菲亚为了保护他，用整个身体护住了他。最后，索菲亚出血太多，死在了史蒂文面前，这件事情成了他挥之不去的梦魇。

在病房里，史蒂文的父亲跟我们讲了 20 年前的那天跟索菲亚吵架的真实原因，那是另一个撕心裂肺的版本。史蒂文走出病房趴在我身上痛哭流涕，懊悔至极。

原来，并非他想象的那样是他的父亲打了他母亲索菲亚，导致索菲亚伤心而出了车祸，而是索菲亚背叛了他的父亲，爱上了一个中国的西藏男人，提出了离婚。索菲亚对他父亲说要舍弃这个家庭去中国。这个晴天霹雳让史蒂文的父亲五雷轰顶，打了索菲亚一巴掌。索菲亚由于羞愧，义无反顾地摔门而出，结果出了车祸。

史蒂文从十岁开始就误解他的父亲，痛恨他父亲二十年，但他的父亲却为了保留孩子们对母亲的美好记忆，隐瞒了真相，这是多么伟大的父爱。这声迟到的"对不起，爸爸，我爱你！"让史蒂文的爸爸在人生最后的日子里走得平静、安详。

参加完史蒂文父亲的葬礼，在回中国的飞机上，我对史蒂文说："我们应该去找那个西藏男人，问问妈妈跟他发生了什么，找回一些关于妈妈在西藏的记忆。”于是，我们回国后不久就踏上了西藏的旅程。

我们从索菲亚曾任职的研究所老同事的口中得知，有个叫次旺的西藏男人跟索菲亚的关系很好，每天的探测工作他们两人是一组。次旺是一个大学英文老师、摄影爱好者，也是当时考察队的一名翻译，兼向导。

听说，有一次索菲亚跟次旺在一个检测点测绘，却不小心掉进了冰坑里，次旺为了救她，连同测量设备也滑了下去。他们的藏犬急得嗷嗷叫带着考察队的其他人营救了他们。那条藏犬本是索菲亚在西藏工作时收养的流浪犬，她离开西藏前，把它送给了次旺。

幸运的是，感谢互联网时代，我们没费多少力气就在西藏大学的拉萨校区找到了次旺教授。史蒂文有些愤怒，很想冲进次旺教授的办公室去揍他两拳。我拉住了狂躁不安的史蒂文，让他冷静。

我礼貌地敲响次旺教授办公室的门。

老先生的办公室极其简洁，却到处挂满了他的摄影作品。与其说他是一名英语老师，不如说是一个摄影老师。

次旺教授戴着无框的老花镜，好奇地看着陌生的我们，问我们喝什么茶？找他有什么事情？

我连忙起身接过教授手里的茶杯，说：“先生您客气了，我们是想跟您打听一个人，一个叫索菲亚的加拿大女人。”

次旺坐在我们对面的书桌前，听到索菲亚的名字，他的嘴唇在微微颤抖，眼睛里闪烁着泪花，他摘下眼镜，努力掩饰自己的悲伤。他问我们：“你们是谁？”

我指着史蒂文说：“打扰您了，他叫史蒂文，我叫姜墨兰，索菲亚是他的妈妈。我是他的女朋友。我们想来找找索菲亚在西藏的足迹。”

史蒂文听我介绍完，情绪有些激动，双眼已经红润，手上的拳头攥得很紧。我靠近他坐着，握住了他的手，轻声说：“亲爱的，一定要放松！先听次旺先生怎么说。”

次旺教授神情凝重地看着史蒂文从脖子里取出的CS黑石项链，忍不住流下了眼泪。接着，他从抽屉里取出一张保存完好的老照片，就是史蒂文十岁那年索菲亚寄回加拿大的最后一张照片，她手举冰柱站在普诺岗日冰川上，酷似胜利女神。

次旺说，这是索菲亚离开西藏前，他为她拍的最后一张照片。

他与索菲亚相爱在1990年9月，那是索菲亚来中国的第二个月。他被领导安排跟索菲亚分进一个组，次旺是科学家的翻译和向导，而索菲亚是科学家的助理。次旺经常陪着索菲亚测绘、外出采购、与当地藏民沟通。

长相俊美、性格直爽、爱好摄影的藏族汉子不知不觉地吸引了索菲亚，而索菲亚的风趣、随性、美丽也让次旺的心蠢蠢欲动，他们像是在普诺岗日冰川的示意下找到了知己，每天都有讲不完的话题。

闲暇的时候，次旺会教索菲亚骑马，带索菲亚去县城的集市上逛街。有一次马脱缰绳，索菲亚差点从马背上摔下来，是次旺冲过去不顾危险接住了索菲亚。

索菲亚在牧区收养了一只流浪的藏犬，无论走到哪里都带着。有一次，他们两人被安排到一个较高的点去监测，索菲亚不小心滑倒溜进了一个很深的冰坑，次旺为了救她，也滑了进去。藏犬在冰川上哀伤地汪汪叫个不停，机警地跑回到了冰川下的大本营帐篷里咬住科学家的裤脚往外拽，人们才知道索菲亚和次旺发生了意外。

那个冰坑面积不到八平米，但足足有五十几米的深度，像冰川上的一处小山谷。它的一侧有个洞，洞里冒出热气。次旺说，那是温泉。

冰坑若是山坡，他们可以试着爬上去，可是冰面由于太滑根本没有爬上去的可能，何况索菲亚的脚受伤了。他们只能焦急地等待救援。

这就是传说中的冰川情人谷。

次旺好奇地扶着索菲亚向洞口走去，借着洞口的日光他们往洞里瞅。洞口的不远处有一对恋人的尸骨紧紧挨在一起，十指相扣。索菲亚吓得尖叫，浑身发抖。

次旺紧紧抱住了索菲亚，安慰她不要怕，让索菲亚就在洞口待着，他勇敢地往里面小心翼翼地走去。

他回过头对索菲亚说："这里恐怕是冰川的情人谷，只有相爱的人才会找到这里，我们与这里有缘。"

索菲亚看着次旺的背影，像是冥冥中爱上了这个叫次旺的藏族男人。

洞里很黑，他们看不清尽头，索菲亚害怕地叫住了次旺，不让他再往更深处走。

次旺对索菲亚说，相传这里曾是藏王的一位公主和一个奴隶相爱殉情的地方。他们的尸骨旁有两块闪亮的一模一样的类似吊坠的石头，那是他们的定情信物。他们的爱情后来感动了神灵，冰川之神允许他们厮守在这里，过着没人打扰的甜蜜生活。他们在这里守候几百公里的冰川、羌塘地区的物种、族人的繁衍。他们祝福来冰川上祈福的恋人。

等待救援的三个小时里，虽然有高原阳光的照射但仍然寒冷无比，索菲亚的嘴唇冻得发紫。次旺搂着索菲亚暖身，唱起了藏歌，跟她讲古老的西藏传说，鼓励她一定要坚持住。

索菲亚悲伤地说："这是你第二次救我的命。你真傻，你怎么能跟我一起跳下来？"

次旺安慰她："我听见你'啊'的一声尖叫，一定是断了胫骨，我怎么放心你一个人在这冰冷的山谷里？不要担心，藏犬是草原上最有灵性的动物之一，它一定能回去找到大本营的人们来营救我们。就算藏犬找不到，到了收班时间，若我们没回去，大本营的同事们也会回来找我们。所以，千万不要害怕。我在这里陪着你。"

索菲亚看着次旺，次旺看着索菲亚，两人双目相遇的瞬间，他们知道他们相爱了。

索菲亚有些拘谨的往外挪动自己的身子，不敢靠近次旺，她说："你知道吗？你是第一个真心对我好、懂我的男人。"

索菲亚的父亲在她十二岁时就因病去世。她的继父嗜酒如命，经常背着她妈妈虐待她。16 岁那年，她不堪打骂逃出了家，上了寄宿学校。

20 世纪 70 年代末的世界是癫狂的，1970 年代石油危机后，世界格局开始打破。布雷顿森林体系瓦解了，资本主义世界的美国霸权地位被打破了，日本崛起了，美、欧、日三足鼎立形成，第三世界发展了，中国的年轻人疯了，欧洲的年轻人疯了，美国的年轻人疯了，加拿大的年轻人也疯了。

嗑药、吸毒、乱性、嬉皮文化、女权运动、摇滚乐都是那个狂躁年代北美文化的代名词。16 岁时，索菲亚出于对性的好奇，爱慕一个酒吧的摇滚乐手，她把自己的处女之身献给了这个摇滚男，还跟着他染上了毒瘾。可是，摇滚男一个月后就抛弃了她，觅得新欢，跟别的女孩混在一起。索菲亚伤心地去找他复合，他说他很烦索菲亚整天缠着他，让他失去自由。索菲亚不死心，仍然去酒吧找他，她说她爱他。这个摇滚男却在众人面前骂她是“贱货”。

后来，在一个同学的生日派对上，索菲亚认识了她同学的化学老师，这个老师比索菲亚大 14 岁。喝醉酒的两人在她同学的卧室里亲热，发生了一夜情，于是 17 岁的索菲亚怀了这个老师的孩子，那时的她非常害怕。

索菲亚对次旺说：“我的丈夫跟你一样是老师，但胸无大志。他是虔诚的天主教徒，所以他很负责任地跟我结了婚，于是我生了第一个儿子。年少的我还没明白什么是爱情，就稀里糊涂当了妈妈。”

“20 岁时生完史蒂文，我才开始思考自己想要什么样的生活。我不想我的儿子们长大后取笑我，于是我又考进大学开始读预科班。我的丈夫只希望我做一个本分的妻子，他说我不可能成为科学家。”

次旺开始怜惜这个加拿大女人，油然而生的想去保护她的欲望更加强烈。他走到山洞里捡了两块相似的火山石，打磨平，拔出腰间的短刀，工整地刻上 CS 送给索菲亚留作纪念。那是次旺、索菲亚名字的首字母大写。

他说：“索菲亚，想做什么就去做吧，你会幸福的。人的视野和胸襟应该像我们广袤的草原、庄严的冰川一样宽广，像天空的雄鹰一样自由。”

他给索菲亚讲了一个故事。

他说，佛陀时代生活着一个少妇，她的第一个儿子在一岁半左右就病死了。少妇伤心欲绝，抱着儿子的尸体在街上奔走求救，希望有灵丹妙药能救活她的儿子。人们认为她疯了，都叫他疯婆子。后来，她千辛万苦找到了无限慈悲心的佛陀。

佛陀说，只有一个方法可以让你解脱，拯救你的痛苦，让你的儿子起死回生。那就是到城里向任何一户没有亲人死过的人家要一粒芥菜子带回来给我。少妇听完佛陀的话，很开心，她擦干眼泪进了城。可是，她走过了一家又一家，每户人家都告诉他，我们家里已经有很多至亲过世了。少妇终于认识到佛陀的真正用意，她去佛陀那里做告别，抱着儿子的尸体去坟场，她对佛陀说："根本找不到这样的芥菜子，悲伤让我盲目，我以为只有我一人受到死亡的折磨。"

后来，这个少妇在坟场处理完儿子的尸体后，又回到了佛陀那里。

佛陀问他，你为什么又回来呢？

少妇说，我想知道这个世界上有什么东西是不死的。

佛陀说，宇宙间只有一个永不改变的法则，那就是一切都在改变。

索菲亚紧握着次旺为她雕刻的CS火山石，听完次旺的劝慰，她轻轻吻了次旺的脸颊，靠在次旺的肩膀上，什么也没有说，但平生她第一次觉得内心很富足。

次旺说，藏族人敬仰自然与神灵，不要去惊扰冰川的宁静，更不要去打扰在冰川情人谷跳崖的那些恋人。所以，他们获救后并没有跟人说起山谷里的事，倒是各自默默珍藏着刻有CS的火山石。

索菲亚养伤的日子里，次旺每天给她煮酥油茶，擦藏药，她要出门，他就会不假思索彪悍地抱起她，哪怕是上厕所，也是把她抱到一个隐蔽的地方再转身离开，等索菲亚叫他的名字朝他吹口哨，他再跑过去把索菲亚抱回来。

后来，他多次开着车，带着索菲亚去了消亡的古格王朝。他们穿梭在古格城堡的洞穴里、庙宇间、土林深处。次旺说，那里的日出和晚霞最美，就像索菲亚金色的头发一样美。

次旺在古格王朝旧址拍下了大量的日出日落，大部分的镜头里都有一个女子的背面，她远远的在土坡上看日出，那个背影就是索菲亚。他们在土林里做爱，说尽了人间的甜言蜜语，那里只属于他们。

次旺说，他只想给予索菲亚所有的爱，索菲亚是他的草原格桑花，她值得拥有一个男人对她无所保留的爱。

临走前，索菲亚依依不舍，不想回国，可她想念她的两个儿子。她要来中国重新做自己，跟她的丈夫协议离婚。

次旺说，我在拉萨等着你。

次旺还说，快回来啊，我们一起去普诺岗日冰川举行婚礼，我要在那里娶你做我的妻子，让冰川见证我们的爱情。

可是，这一等就是一辈子。

索菲亚回去后，不舍两个可爱的儿子。她在电话里跟次旺说，她不知道如何向她的丈夫提出离婚，她怕她的儿子们有了继母，继母会虐待他们，就像她的继父对她的无情打骂。她的内心很痛苦，她需要时间去跟孩子们讲清楚大人们的事情。

次旺劝她不要急，不要伤害孩子，不要委屈了自己，慢慢来，他会一直等着她。

次旺在电话里对索菲亚说的最后一句话是：“这辈子如果注定要和你分离，我也依然爱你。”

悲惨的事情发生了，索菲亚回国后的第二月就出了车祸，永远的离开了这个世界。从此，次旺痛不欲生，睹物思人。

当我们怀着沉重的心情，听完索菲亚和次旺教授的故事，准备起身离开次旺教授办公室的时候，饱含泪水的次旺教授从脖子上取下一根项链，那是跟索菲亚一模一样的火山石项链。随着岁月的流失，石头表面已经磨润光滑，但上面镌刻的 CS 还是依稀可见。

他将项链戴在了我脖子上。他说送给我们，那项链本应是一对，祝我跟史蒂文幸福，将爱传承下去。

史蒂文的心如刀绞，数度哽咽，他终于开口了，他对次旺先生说，我这条 CS 火山石项链是妈妈在车祸现场临终前挣扎着取下来放到我手上的，这也是她临终前做的最后一件事情，只说了两个字："收好！"可见，我妈妈爱您有多深啊，哪怕在死的最后一刻，也希望我告诉您，对不起，她无法兑现她的诺言，回到您的身边，但她爱您，至死不渝。我一直不知道这条火山石项链对妈妈意味着什么，为何她如此珍视，多年来我把它带在身边作为幸运石，陪伴我成长。谢谢您告诉我们这些，我们会好好保管它们，也谢谢您这么爱我妈妈，她在天堂一定生活的很快乐。

我们听说，次旺教授终生未娶，他的同事们认为他或多或少有神经病，行为怪异。只有我和史蒂文知道他只爱过索菲亚一个女人，而且用尽一生在等待，倾其所有在爱。

索菲亚离世后，他一个人生活、旅行、摄影，用零碎的索菲亚的照片拼凑成一系列的摄影作品，获奖无数。

现在他已皈依佛门，研究学术，心无旁骛，已无他求。

我问史蒂文："如果回到你十岁那年，你知道次旺这么爱索菲亚，你会让妈妈走么?"

史蒂文说："会，因为我也爱她。她很棒，即便她有不幸的童年，即便她年幼无知犯了诸多错，即便她劣迹斑斑，即便她不爱爸爸，她也依然很棒，对吗?"

我说："她是世上最了不起的妈妈。如果索菲亚还在世，她一定会成为一名很棒的科学家。"

第 22 章
突如其来的二次伤害

这个世界上若有再见倾心，也会有同样的悲剧反复发生在一个人身上，让人始料未及，无能为力，这也是天意。

2012 年 5 月我们从拉萨回来后，我意外收到了同济大学 MBA 的录取通知书，而我最应该感激的人就是史蒂文。想起他陪我奋考的无数个夜晚，我在书房里学习，他帮我做晚餐，煮咖啡，做家务，补习英文，这个怪咖老外俨然是我生活里的老师。

他说，他就喜欢我这样“神经质”的强势女人，即便我是一朵带刺的玫瑰，他也甘愿被扎，用他的柔情融化我身上的刺。正如母亲说的那句话“情人眼里出西施，一个萝卜一个坑”吧。

1 月份 MBA 全国统考的那天，大考场没有暖气，临窗的同学还开着窗户，我穿着羽绒服冻得两手发紫，答完题走出考场的时候，远远地看见史蒂文在考场外的草坪上焦急地徘徊、等待。

他飞奔过来把他脖子里的围巾取下来给我戴上，说：“手怎么冰凉？冻坏了吧，考场没空调么？”还没等我回话，他就把我冰冷的手放进了他大衣里面，穿过他的衬衣，贴近他胸口的皮肤，用他的体温来温暖我冻僵冻紫的双手。

我挣扎着想把手抽出来，说，你疯了？不冷么？

他说，别动，这样手暖和起来快。

我说，你要“感动中国”么？呀，怎么办，感动死我了，感动得鼻涕都要流出来了。

他说，别骗我了，你这明明是冷得流鼻涕，来，擦擦。

他一只手握着我的手腕不放，担心我把手从胸口抽出来，另一只手从口袋里掏出纸巾帮我擦掉鼻子上的鼻涕，又整理了下我散乱的头发。

我说，你们法裔男人都这么浪漫么？

他说，浪漫？主要是我不喜欢看女人冻疮的手，牵着这样的手外出多没面子。另外，你的手冻坏了，谁给我按摩？

我说，你顺着我的话说，会掉你的肉，还是放你的血啊？

他说，不会掉肉，也不会放血，只是会失去一些乐趣。

我说，我是你的开心果么？刺激我你就开心了？

他说，有点，不能让你太得意。

那一刻，我觉得冬天不再寒冷。

我们去停车场提车，打算一起去吃火锅，这时 Jason 的电话来了，他急得像热锅上的蚂蚁。

Jason 说，墨兰，不，姜部长，Sally 怀孕了！我的妈呀，怎么办？

我说，啊？别急，慢慢说，你怎么知道的？别叫我妈，叫我妹。

Jason 说，哎呀，我的妹啊，你现在是部长啊，又是我们的顶头上司，我不找你找谁啊。前些天我和 Sally 一起吃午餐，我就发现她不对劲，老是呕吐，还开玩笑她是不是怀孕了。她斩钉截铁地回答没有，况且冬天她穿得厚，我也看不出来她肚子大了。今天她哭着找我陪她去堕胎，急死我了，我从来没陪女人干过这种事情，怎么办？怎么办？要不你陪她去呗？

我说，她为什么要堕胎？她不是没男朋友吗？她怀的谁的孩子？赶紧找那个男人去呀。

Jason 说，我也问她了，不知道哪个男人真缺德，她死也不说，现在还在我家里哭呢，你说她一个乡下姑娘到上海闯荡这么多年，忍辱负重算是 Catherine 有良心，走之前提拔她，给她做了品牌推广经理。现在未婚先孕了，那男人又不愿意娶她，她两个妹妹还要上学都靠她支持，真是悲催得让我想飙泪。我最怕女人给我说肝肠寸断的辛酸史，我脆弱的心脏负荷不了啊。你让她怎么办嘛，我的宝贝兰儿啊，要不你过来一趟？

我说，晴天霹雳，晓得了，晓得了，我现在过来，你先稳住她的情绪。

史蒂文问我怎么回事？他说堕胎是一种罪过，跟杀人没有区别，要遭上帝惩罚的，中国女人怎么可以随便堕胎，还有电视里竟然还有人流手术的广告。成年人要为自己的行为负责，而不是人流去扼杀子宫里的小生命。

我指了指路旁的电线杆，说，咯，电线杆上贴的都是人流小广告，还有夜总会小姐。看出来了你是激进的反堕胎人士，如果我怀孕了，你要不要孩子？

他说，还用问，当然要，多多益善，求之不得。

我说，如果是个意外呢？我是说你和别的女人有了一夜情，然后那个女人怀孕了。

他说，不可能，我还怕被你抽呢，你多凶啊，我可不想再挨你一巴掌。

我说，只是如果，万一酒后乱性呢？一切皆有可能啊。

他说，那也应该生下孩子，我会负责的。孩子是无辜的，人流比生产更伤害一个女人的身体，而且也是对新生命的残害，我是绝对不会让女人去堕胎的。不过，这种事情绝对不会发生在我身上。

我说，Sally 的事情没那么简单。两个月前一个周末我去办公室取我的 U 盘，当我走到办公区域的时候，我发现 Catherine 的办公室里灯是亮着的，当时我心里还疑惑 Catherine 是从来不会周末到公司办公的，何况她正在和陆家嘴那家咖啡店的老板如胶似漆的恋爱，怎么会有空周末进公司。于是我好奇地走过去想和她打个招呼，知道我看见什么了么？

他说，和 Sally 有关？

我说，聪明！我从落地玻璃窗的间隙里看见 Sally 和销售部部长相马先生正在 Catherine 的沙发上翻云覆雨的滚床单。当时我都惊呆了，但我还是冷静地转身悄悄离开了，也没跟任何人说。

他说，哦，天啦，你不是在销售部做过一段时间么？你是说 Sally 怀了你老上司相马先生的孩子？

我说，可能，我只是猜测，我不知道他们在一起多久了，但是那个日本老男人快 50 岁，孩子都大学毕业了，明显是婚外恋。要是当时 Catherine 知道 Sally 和一个男人在她的沙发上偷情，她估计会气得把沙发从楼上直接扔下去，也会把 Sally 开除。

他说，你是说 Sally 是小三？

我说，我们先到了 Jason 家再说吧。

走进 Jason 家，我看见 Sally 正坐在客厅的沙发上痛哭流涕，她飞奔过来抱着我哭得更撕心裂肺了。对于这个曾经陷害我的女孩，也是我曾经最好的工作闺蜜，现在是我的下属，我不知道该用什么样的身份和面孔出现在她面前。我之所以同意 Catherine 对她的提拔，并不是我念旧情，而是 Sally 在我成为渡边社长的助理后直接跟我坦白了她的苦衷。她说她当时趁机拿走发布会上的几袋礼品，全是授意于 Catherine。我是 Catherine 的眼中钉，她要在工作和友情之间做一个选择，她迫不得已选择了工作。因为她走出大山，依靠大专学历走到上海找到这份薪水不错的外企工作太不容易了，她无论如何也要珍惜。

我没有怀疑 Sally 的致歉词，事实上真假对我来讲没有任何意义，我不会因为是真的而去憎恨 Catherine，也不会因为是假的而去质疑 Sally 的人品。她的努力程度和工作表现相比部门的其他几个“白骨精”而言要优秀，她升职是应该的。职场如战场，没有硝烟的战争里每天火药味十足。部长们就像渡边王国的文臣武将，女人们就像后宫的三千佳丽，每个人想的都是上位、权力、欲望、报酬、竞争那些事。Sally 的小手段、小心机不足挂齿。

可我没想到，她的心思远比我想的要深，她与相马部长上床了。我在想，如果我是 Catherine 会如何处理这件事情？

我安慰她坐下，说，哭是不能解决问题的，如果你让我帮你，就告诉我实情，我们一起想办法，这是谁的孩子？

她欲言又止，我示意 Jason 和史蒂文让我们单独待一会儿。

Sally 说，我是瞒不过你了，是相马部长的孩子。

我说，你怎么和他好上的？你脑子里想什么呢？他是有家室的人，何况一个日本老男人能给你什么？

她说，我怕你升职之后报复我，给我难堪，甚至开除我，所以就想调到其他部门以防万一……公司只有销售部最大，所以就……

我说，所以就去勾引相马？你真是聪明反被聪明误！我的心眼有你想的那么小吗？你知道你最致命的缺点是什么吗？过于小心谨慎，过于自卑，如果你大气一点，胸襟和视野开阔一些，你的职场会很顺利，日子也不会过得这么苦。

她说，那我现在怎么办？他说他是喜欢我的，墨兰，不，部长，我是真心爱他的，我进公司后就喜欢他，我也不想给他找麻烦。

我说，你真是笨到家了。相马是什么人，整个公司都知道。他年薪百万的销售部长，虽然年龄大了点，但还算风流倜傥，多少女同事和客户想勾搭他啊，他爱哪一个了？他老婆是渡边社长的表妹，你觉得他会为了你和他老婆离婚么？醒醒吧，我的好妹妹！公司里的日本男人什么德行你不知道啊？有几个晚上不去花街柳巷寻开心的。相马他知道你怀孕的事情吗？他什么意见？

她说，他知道，给了我十万块分手费，让我把孩子打掉，息事宁人。他以后不想和我有任何瓜葛，还让我辞职，工作的事情他会帮我再安排。

也许是出于对这个笨女人遭遇的同情，也许是出于对相马这种玩弄职场女性的男人的憎恶，我说，不要再找他了，孩子我陪你去做手术，静养一个月，工作的事情我帮你想办法，渡边公司不要待了，社长知道了也会把你开除。即便我不说，你和相马先生低头不见抬头见，你也受不了。千万不要做傻事，不要因为这样的男人耽误自己一辈子。

北半球酒店办公室有几个文职在招聘，我让史蒂文问问他们酒店的人力资源经理，是否可以给 Sally 一个文职类的工作。Sally 的英文很好，也擅长和客户沟通，到酒店客服部培训后做客服经理还是能胜任的。可是，我的怜悯之心却又害了 Sally，她没有回大山，而是离开了上海，伤心地回到了她的故乡小城。

她这样的女孩是注定不适应魔都上海的生存环境的，她有野心，但不够聪明，常常自以为是；她有清秀的脸蛋，但却不舍得包装自己，穿着廉价的“七浦路”衣服；她抗压能力很强，但却急于求成；她很勤奋，但却是蛮干；她最怕选择，不够果决，因为她有一颗异常矛盾的心。

一个月后，Sally在北半球酒店上岗了，史蒂文告诉我客服部对她的工作评价还不错，三个月后可以转正。Sally的精神状态也逐渐好转，她说北半球酒店的北美文化比较随性和宽松，不像日资企业那么压抑，所以她很喜欢新工作、新环境和新同事，没过多久她就从失恋和堕胎的阴影中走出来。

可是，有一天她到我家来做客，无意间认识了她的老板——黄金单身汉David。她重蹈覆辙，鬼迷心窍地再次成了男人私欲的牺牲品。

那天，Sally拿到北半球酒店发放的第一个月薪水，她高兴地说要请我和史蒂文吃饭，送我一份礼物作为酬谢。我说，那晚上叫上Jason到我家来吃饭吧，礼物就免了，钱省下来给妹妹们做学费吧，我们家有个爱做饭的大厨，不过今天我做饭，咱们吃湖北菜。

晚上，Sally和Jason如约而至，在厨房里跟我聊天。

Sally说，我还是喜欢北美人的企业，自由些，也不用加班，渡边公司太压抑了，没日没夜的。

Jason说，你是解脱了，我和墨兰还在牢狱之中呢。

我说，注意思想高度啊，应该说痛并快乐着。

Sally说，领导在这里站着呢，你敢说渡边公司是牢狱？

Jason说，不过，墨兰，你和Catherine完全两种人，你的管理方式看似柔和，实质比Catherine还狠。

我说，怎么讲？

Jason说，今天给我们一颗桃吃，夸我们两句，我们明天就得还你一个西瓜，否则良心上过不去啊。

我说，哟，比喻得还挺恰当，那也只是对有良心的人管用。

Jason，今天渡边社长批评你，你没责备我们，说一句“大家都知道，这周高管例会上因我们某位同事的工作失误，我被渡边社长责骂的事情吧，我不追究谁的责任。我们部门从今天起责任捆绑制，古代有酷刑叫连坐，我也主张连坐，一个人的失误，我们团队集体承担。请下班前帮这位同事想出解决办法，想不出谁都不准下班，我也不下班。”宝贝兰儿啊，我不得不说，你太英明了，你这就是变相折磨我们，集中精力投入工作，献计献策。谁都不敢出差错，推卸责任也无济于事，反正出了事故“一起连坐”，谁都不想拖团队后腿，被其他人嘲笑。

我说，这才叫团队。在日本公司工作这么久，跟着日本人必须学会他们的敬业精神和团队精神。人家嘲笑我们中国人一人是龙，两人是虫，事实上我们中国员工也是不争气，暗自较什么劲，暗什么算，哪天销售部、业务部、财务部这些重点部门的部长是我们中国员工，那才说明我们牛，我们才有资格和他们对擂。

客厅似乎有人说话，我说，Jason 去看看，是不是史蒂文回来了？怎么好像有人说话的声音，他是不是带朋友了？

Jason 说，遵命，我的女王陛下！

不到五秒，他跑回厨房，对我和 Sally 神秘地说，大帅哥带了一个老帅哥回来了，正在门厅换鞋呢，棕黄偏白的头发，是我喜欢的那一款，身材很有型哦。

他话音刚落地，史蒂文已经走到了厨房门口，挽起袖子准备来帮忙做饭：“兰，David 来了，今天热闹哦，大家都在呢。”

Jason 八卦地问，David 是做什么的？

Sally 激动地问，是我们总经理 David 吗？

史蒂文回答，对啊。你还不认识吧？走，我给你介绍一下。

Sally 慌乱地让 Jason 帮她整理仪表，说，我今天看起来还算美吧，哎呀，早知道，应该穿那件绿色晚礼裙的。

我说，没这么夸张吧？见你们老板用得着惊艳亮相吗？要不去我洗手间补个妆？

Sally 说，好啊好啊。

Jason 说，好什么好，你是来感谢墨兰的，还是来相亲的啊，不准跟我抢，

David 是我的。

史蒂文说，David 还真不是你的，他喜欢女人。

Jason 失望地叹了口气。

我说，行了行了，怎么在我家里上演争风吃醋宫廷剧了呢，你们俩还没认识 David 就变成情敌啦。帮我铺桌子，准备开饭，我做了一大锅莲藕炖排骨。

史蒂文说，我最爱吃你做的莲藕炖排骨了，过年回家跟你妈学习了几天，厨艺大涨啊，所以让 David 来尝尝你做的湖北菜。

当餐厅里，Sally 见到 David 的时候，麻雀变凤凰的美梦再次在她心中燃烧，让她片刻都得不到安宁，第二天她鬼使神差地走进了 David 的办公室。

当史蒂文告诉我，David 和 Sally 在约会时，我震惊了，暴跳如雷。

我说，这女人疯了吧她？你怎么不拦着她啊？她不知道 David 什么人，你还不知道吗？

史蒂文说，这个怎么拦？我也不能整天守在 David 办公室门口不让她进去吧？

我说，不行，我得去找她，这女人真是笨到家了。

史蒂文说，你别急啊，我和 David 说过了，Sally 是你的朋友，让他适可而止，别太过分。

我说，哎呀，David 哄女人那可是一等一的高手啊，Sally 在他面前还没过招，David 就把她锁喉灭了。不行，我得找她去。

我到北半球酒店找到 Sally，叮嘱她，你要专心工作，David 的风流韵事写成小说几卡车都装不完，几天几夜也看不完，他是不会对你这样的女生动真情的，不要玩火自焚。

她说，你是说我很差吗？

我说，你怎么好心当驴肝肺呢？你明知道我不是那意思。你不了解 David，他这样有钱的老外玩弄的中国女人、外国女人太多了，他把男女关系当消遣，不会对你认真的，回头受伤的只会是你啊。

她说，我运气没那么背吧？你就不能盼我好么？与其劝我离开 David，不如帮我劝他对我们的关系认真啊。

我说，我怎么说你才明白呢？

她说，墨兰，我忍很久了，我比你早进公司一年，为什么你能有锦绣前程，我就不可以？为什么你能得到幸福，和史蒂文恩爱我就不可以？

她的话让我觉得不可理喻，这个女人的变化远超出我的预料。

史蒂文认为，或许从来我就不曾认识真正的 Sally。

两周后，意料之中的结局，David 和 Sally 吵架，他们分手了。Sally 不想分手，尽力挽留，但 David 这头狮子是绝不会为了一只小鹿停留的，最多只当是饱食一顿。

Sally 对于他连大餐都算不上，充其量只是一顿中式快餐。

Sally 愚笨地告诉部门的同事他和 David 正在谈恋爱，本是想在同事们面前炫耀，让同事们对她刮目相看。同事们不相信，她便大秀她和 David 亲密的合影照，虽不是艳照门，但同事们将信将疑。风言风语很快传到 David 耳朵里，虚荣心害她过早地结束了她和 David 的关系，也让她再次丢了工作。

David 轻蔑地告诉史蒂文，这次算破例，他和女职员在办公室里发生了恋情。他在 Sally 身上花了不少钱，买了两个 prada 的奢侈品包，看在墨兰的面子上还给了她五万分手费。当然，他也让 Sally 没有通过酒店工作的试用期。

Sally 伤心地离开上海回老家之前，我心神不宁地放下手上的工作，匆忙地跑出办公室去火车站送了她，在那里见了她最后一面。我问她，回去多久？

她说，你不恨我么？还盼着我回来么？

我说，恨？从何说起？

她说，那就是同情我咯？

我说，你想多了，只是我身边的朋友一个个离开了上海，我有些难过。

她说，出来这么久，也没混出什么名堂。总想出人头地，从来没回去好好陪陪爸爸妈妈，想静一段时间。两个月，小半年，也许不回来了。

我说，David 的话虽不中听，但他有句话我记得很清楚，大概意思是要嫁给国王，首先要把自己训练成王后，因为只有王后才配得上国王，国王才会娶她。灰姑娘的故事只有童话里才有，你是想做笼中的金丝雀，还是自由飞翔的麻雀？我们都是平凡的麻雀，还是找个靠谱的男人，踏踏实实地生活吧，咱们还年轻，从头再来又是新的人生。

她终于忍不住抱着我哭了很久很久，上火车时，跟我说，墨兰，对不起，等我回来！

这是继 July、Melody 之后，第三个离开上海的闺蜜。如今，我的这些朋友们，除了 Jason 是上海本土人，只有我孤身一人在这个城市顽强地存活下来。我不知道这样的故事是不是每天都在上海上演，是不是每天都有人卷起铺盖、背起行囊离开上海失望地回到家乡，是不是每天都有人在被上海的情仇爱恨所困扰，是不是每个人离开上海时都有一个朋友去送行，让离开不那么哀伤？

纵使我知道在地球的某一个角落，抑或很多时刻，都比我这一刻要难过，但我仍然觉得 July、Melody、Sally 在上海的故事让我的内心像是受了酷刑，遍体鳞伤。

July 姐来上海了，我没有让她订酒店，而是说服她住在我的公寓里，就像当初我们在静安公寓一样。她不是来见向先生，也不让我通知向先生，她说她着急钱用，要卖房子。

我和史蒂文去机场接 July 姐的时候，远远地看见她穿着一袭米白色长裙、套着浅蓝色的针织衫、踏着帆布鞋优雅地走来，与我跟史蒂文描述的妖娆妩媚的 July 大相径庭。

史蒂文问，这是传说中的 July 吗？

我说，她已经找到了人生的第三极，这才是最真实的她吧。

与 July 拥抱的时候，我发现她身体清瘦了许多，飘卷的青丝上已有了几根白发，心里不免酸楚的淌下几滴泪来。

她问，怎么了？见我就哭啊？有这么想我吗？

我说，我真是想死你了，巴不得你从此不走了，来待几天啊？

她说，一周吧，卖完房子办完手续就回丽江，不能离开阿辉太长时间，否则他会想我的。

史蒂文上前帮 July 拿行李，她说，你要加油哦，把墨兰这丫头娶回家。争取下次我来上海就是喝你们的喜酒，不要让我等太久哦。但是，你不要到光秃秃的油菜地里，更不要到墓地里去求婚咯，女人嘛总归喜欢浪漫点，我们墨兰要求不高。

史蒂文说，这么丢人的事兰儿也告诉你，唉，我的名誉就这么毁了。我今天专心给女士们当司机和厨师，你们好久不见慢慢聊。

时间过得真快，转眼阿辉的弟弟已经大学毕业要结婚了，女方家长要求男方出钱在深圳买新房，这是笔不菲的支出。阿辉的农村父母是没有任何积蓄的，迫不得已阿辉弟弟向 July 姐开口借钱。July 不想阿辉弟弟的爱情和婚姻被扼杀在女方父母阻挠的摇篮里，她和阿辉的虐心之恋绝对不能让阿辉弟弟重演。

她坚定地对阿辉弟弟说，我是你的嫂子，你哥也不知道哪天才能醒来，你不找我找谁呢？放心筹备找楼盘吧，钱我过几天打你卡上。

我说，所以你要把你上海的房子卖掉去给阿辉弟弟在深圳买婚房，你傻啊？你怎么管这么多？你已经对阿辉不离不弃，还照顾了他爸爸妈妈，他弟弟和父母不知道你照顾一个植物人的痛苦吗？你会拖累自己一辈子的。

July 说，这就是一条不归路，你只会说我，换作是你，你会做出什么选择？一走了之，就没有后顾之忧吗？可能内心一辈子都不会安宁吧。我人生最快乐的日子是阿辉给我的，我那么爱他怎么忍心离开他。

我们三人开始沉默不语，史蒂文全神贯注地开车，我依靠着 July 姐的肩膀，她凝望着窗外。几年不见，上海的变化让她觉得这个城市很陌生。我不知道她在想什么，她那瘦弱的身板如何去支撑她与阿辉一生一世的相守，命运又为何让这样一个善良的痴情女子遇到这么多波折，阿辉应该会醒来吧？

我悄悄背着 July 给向先生打了电话，邀请了向先生来我家吃晚餐，至少除了阿辉，还有一个男人如此爱她，渴望见到她。

晚餐是史蒂文精心准备的，他说他要为我爱的女人做一顿丰盛的欢迎晚餐。我摆餐盘的时候，July好奇地问，晚上吃饭除了我们三个还有别人吗？怎么四个？

我说，给你相亲啊！

她说，乱讲，姐才离开上海两年多，你就翅膀硬了，敢欺负我了，唉，世态炎凉。

我说，猜猜，给你一个惊喜！

她说，是Melody？她又来中国了？

我说，不是，她恐怕是再也不会来中国了，她前几天MSN上跟我秀恩爱，说让我们有空去菲律宾找她玩，她父母安排她和当地一个华侨相亲，对方家庭殷实，离异有孩子，但是看中她了，最近两个人打得火热，哪里有空理我们。

她说，那我们一定要去菲律宾喝她的喜酒，太不容易了。所以，结婚肯定不是早晚的问题，而是那个人到来得是不是恰到时候。有些人结婚早不也离了，或者离婚进行时么？该是你的就是你的，挡都挡不住；不是你的，也强求不来。

我说，今天来的是一个大帅哥，我们朋友，上次帮了我和史蒂文一个大忙，还没来得及感谢他，今天恰好他有空，你别介意哈，他差不多快到了。

门铃响了，我跑去开门，向先生拿着礼物站在门口。我"嘘"了一声让他不要出声，带他蹑手蹑脚地走到餐厅，July抬头看见他，从椅子上缓缓站起来，局促地说了三个字："你来了？"平日豪爽的向先生也拘谨地只回答了一个字："嗯！"

史蒂文招呼向先生入座，问他喝什么酒，举杯寒暄起来。

向先生说，我这些年在中国待的时间长了，倒是习惯喝白酒，不怎么喝红酒了。有白酒吗？

史蒂文说，我太爱你了，就怕你不喝，五粮液、茅台、水井坊随便挑。

向先生说，你们俩在家还喝白酒啊。

我说，根本没人喝，史蒂文的上司哥们喜欢喝，每次来都带一两瓶白酒，他一个人又喝不完，前天还剩了大半瓶茅台。

向先生说，那太好了，就喝那半瓶茅台吧，不要浪费了。

July 说，少喝点，你每天饭局喝酒不嫌腻啊？

向先生说，今天心情好，不喝酒怎么行。没事，喝二两尽兴。

那天晚上，我们四个人谈天说地，聊得很开心，史蒂文是个很会调节气氛的人，一直在讲旅行中的逸闻趣事，他还做了为我设计的“LAN 字牌”巧克力蛋糕作为饭后甜点。

他得意地对向先生和 July 说，墨兰从来不喜欢吃巧克力，这个世界上怎么会有女孩子讨厌吃巧克力，就像男人不喝啤酒一样无法理解。所以，在她生日那天，我根据她的喜好设计了这款墨兰牌巧克力蛋糕。

向先生说，湖北女人都很刚烈，你能掳获她的芳心不是一般人。

我说，那是，在 July 姐的传授下我看男人的眼光能差吗？我们家史蒂文长得又帅，厨艺又好，脾气又好，还能陪我疯、陪我闹，我能不爱他吗？

史蒂文说，咦，你这头一次夸我呢，赶紧多说两句，我爱听。

July 说，你倒是这张嘴越来越利索了，机关枪似的，噼里啪啦。

我说，哎哟，本来我要发自肺腑地发表一翻关于感谢向先生的演说的，被你们一说我忘词了。

July 说，哦？感谢他什么？随便说呗，你正儿八经的模样挺吓人的。

我说，你们太讨厌了，我主要是想感谢向大哥买下了静安公寓，那里有我、Melody 和 July 姐我们三人美好的青春回忆。感谢向大哥让我们依然相信爱情，不管 July 姐你信不信，反正我和史蒂文旁观者清，向大哥对你是情深深、雨蒙蒙、意切切的。还要特别感谢向大哥介绍史蒂文的香港老板给我认识，帮史蒂文度过了职场难关。我们敬向大哥！我们爱死你了。

向先生说，客气了你们，跟你们在一起，我感觉自己年轻很多，在这里坐着聊天比那些饭局舒服多了。

July 说，那你真得少喝点，否则就成饭局了，小酌怡情，大饮伤身。以后改喝红酒吧。

向先生说，哦，好，你还是关心我的。

我和史蒂文相视一笑。

饭后，我和史蒂文收拾餐桌，向先生和July姐站在阳台上欣赏外滩的夜景聊天。

向先生说，你来怎么不告诉我？

July说，墨兰什么时候长了张大嘴，我都没发现。

向先生说，不要怪她，你也瞒不住我。她若不说我也会知道你卖房的事情，要是你来上海了都没见上一面，你知道我会更难过。

July说，我不想给你添麻烦。

向先生说，你说这句话，就是给我最大的压力和麻烦。与其说是我对你用情太深，不如说是你太有情有义，如果你自私一点，只要多一点自私，对阿辉自私一点，对我自私一点，你就会快乐一些，我也不会这么痛苦。有困难可以跟我说，为什么要卖掉上海的房子？

July说，对不起，我忘了那是你给我买的房子，我应该先征求你的同意的，可我不需要你施舍的怜爱。

向先生说，时至今日，你还是认为我对你的怜爱之心大于迷恋么？

July说，说这些都没有意义了，谢谢你曾经那么爱我。只是，我不想亏欠你太多，请不要逼我。

向先生说，那卖吧，这里是静安公寓的房产证，你这几天抽空去办一下手续。浦东的房子你卖掉，静安公寓的房子过户到你名下，我本来也是买来送给你的。这不是施舍或馈赠，就当是我对你的感情，不要拒绝和辱没它。若不能接受我的爱，也请把我当作最好的朋友，至少要接我的电话，至少下次来上海要记得告诉我，至少不要对我视而不见。

向先生走后，史蒂文收拾完厨房回楼下他的公寓休息，我和July姐躺在床上几乎聊了一晚上。我问她，你一点都不爱向先生么？你就骗骗你自己吧，骗不了我们的眼睛。

她说，我对阿辉有爱，对向先生有情，一个女人同时爱上了两个男人，这是多可怕的一件事情。

我说，所以，你是爱向先生的，你很纠结。

她说，向先生从来没有嫌弃我的妓女身份，他给我的不仅是豪车豪宅，而是重生的机会。他让我重新找回了一个女人应该有的自信和尊严，所以这样的男人我怎么会不爱他。可是阿辉怎么办？我每天都在问自己这个问题，向先生没有我，还有很多女人可以选择，他还有自己的孩子，一辈子都花不完的金钱。可是，阿辉呢？他除了我什么都没有了。要不是为了救我，他也不会瘫倒在床上，至少我要等他醒来。有些爱是要放弃和隐藏的。

我说，可你为阿辉牺牲了那么多？

她说，也抵不过他用他的生命来保护我啊，我照顾他不仅是因为我自责，而是我确实爱他。墨兰，不要跟我一样爱上两个人，这是世上最难的选择题。无论选择哪一个，都会对另一个有亏欠。

我说，如果阿辉醒不过来呢？

她说，没有这个假设，他会醒过来的。我相信他会醒过来。

July 在上海的这一周我们一起去了静安公寓，她的房间还是原来的样子，可见向先生是经常去静安公寓小坐的。我们没有请保洁阿姨，而是让史蒂文帮忙拆下了窗帘、被单，三个人在屋里打扫、清洗，忙活了一天。

史蒂文告诉我，阿辉一定会醒过来，而且会让 July 和向先生在一起，他会祝福他们。

我说，那岂不是更虐心么？

他说，怎么叫虐心呢？July 有两个人男人爱多幸福啊。她守候了阿辉这么多年，我要是阿辉，看着有另一个男人给自己心爱的女人幸福，而这又是自己无法给予的，我会更开心。

我说，你们男人都这么伟大么？爱不是自私的么？你们男人舍得把自己心爱的女人让给别的男人？

他说，男人动起真情来，比女人爱得更彻底，无私到你难以置信。多少男人为了女人倾家荡产，甚至杀人放火，不惜一切代价，你以为这些都是虚构的小说啊？

我说，只可惜动真情的男人太少了。

他说，你面前就有一个啊。

我说，谁？你？

他说，当然是我。

我说，说来听听，你怎么动真情了，要怎么不惜一切代价的彻底地爱我？

他说，娶你呗。

我说，攒够一千斤黄金准备找我妈兑换姜家千金小姐了？

他说，没有。

我说，那你这么得瑟？哪里来的自信我非嫁你啊？

他说，虽然不是百分百的把握，但也有百分之两百了。你二，我有药医治你，天仙配啊，你不嫁我嫁谁啊。

我说，孝元！

他说，怎么骂人呢？

我说，我骂你了吗？孝元是我叔啊？

他说，你别欺负我不懂，你刚才那声“孝元”是骂我神经病的意思。

2012 年 8 月 13 日是我和史蒂文相爱一周年的纪念日。他说，我们去普诺岗日冰川吧，9 月份我开学后，又要忙工作，恐怕两三年是没时间去普诺岗日冰川了。如果幸运，我们能找到传说中的情人谷。

可是，上天似乎并不眷顾我们这对情侣，在去上海虹桥机场的路上，我们的车被追尾发生了车祸。那时，我来不及恐惧已经晕死过去，而驾驶座上的史蒂文扑过来想抱住我的头，却被车震甩开。

在车祸现场他看着副驾驶上满脸是血、昏迷的我，他瞬间崩溃了。他捶胸顿足，号啕大哭，呼喊我的名字，几乎丧失了理智。直到救护车赶到，把我送进了急诊室，他还是不让医生检查他的伤口，他固执地要等我醒来。

我的父母从西安赶到上海医院的时候，史蒂文坐在我的病床边不吃不喝，目光呆滞地握着我的手。他的外伤并不重，但听力模糊了。医生说，由于他小时候发生过车祸，脑部有病根，这次的车祸可能会导致他左耳失聪，即便手术顺利，也会影响听力。母亲本想大骂他，可听到医生的诊断，他们开始怜悯这个孩子。

相比失聪，更让人揪心的是他得了重度抑郁症，医生明确地告诉我的父母，史蒂文在两次车祸过后造成的心理创伤远远大于身体上的伤害，这种精神压力下会有自杀倾向。他又开始整晚的梦见车祸、流血事件与死亡，他无法控制他焦虑的情绪，要靠药物来稳定情绪。我昏迷的那几天，史蒂文要么是坐在我的病床边，一哭就是一天，要么是焦躁不安地在房间里来回走动，喋喋不休地说："对不起，Angel!"

他又开始主观臆断地认为是他曾害死了他妈妈，而现在又害我躺在医院里。同样是车祸，同样是他挚爱的女人，一个死在他面前，一个昏迷不醒，他觉得他是该死的魔鬼。即便医生告诉他，我的伤情并不严重，他也无法接受这个现实。他打翻了病房里所有的器皿，在我的父母面前不停地忏悔，医生给他打了镇定剂，情绪才舒缓。无论我父亲如何开导他，他都固执地心意已决，跪求我的父母好好照顾我。

原本不太喜欢这个洋女婿的母亲范知音看到他自责、痛苦，如今自愿离开我，对他压抑的愤怒也转为平静了。母亲固然清楚这个加拿大男人爱我，宠我，疼我，但是她更希望我找一个门当户对的上海男人平安的过日子，不要去普诺岗日冰川冒险，更不要漂洋过海去加拿大生活。所以，当我醒来时，史蒂文不见了。枕边只有他的那条 CS 火山石项链和一张纸条，上面写着："Angel，forget me！I'm your devil，not Mr right."

他的电话关机了，我以为他死了，可医生和交警告诉我，他只是受了轻伤。

父亲说，史蒂文的前妻来上海了。

我不相信。

我想拔掉针管去找他。父亲呵斥道："你不去找他，就是对他最仁慈的决定。"

"那你们告诉我，他到底怎么了？"我在病房里歇斯底里地吼道。

"昨天早上，他老板 David 到医院办理出院手续，说是他前妻来上海好几周了，要把他接回加拿大。他跟戚鹏程一样没脸见你，这个男人不值得你爱，他前妻怀了他的孩子。几个月前你们一起回加拿大见他爸爸，他和前妻背着你私会有染，而我的女儿啊，你都蒙在鼓里。”母亲言辞犀利地说。

我绝望地望着父亲，希望他跟我说，这一切不是真的。

但父亲却扭过头摸着眼角的泪痕说：“兰儿，忘了史蒂文吧。咱们从头开始！”

我没有哭，也没有继续闹，也许是急痛攻心，肝肠寸断，这个坏消息让我的大脑刹那间一片空白，停止了思考。我只是一意孤行地认为我是世界上最悲惨的女人。

父母用这种事情欺骗我，让我极度伤心，我实在无法说服自己。

两周后，我出院了。

在医院的门口我遇见了从瑞典赶回来探望我的于军。见到他的那一刻，我才认识到自己的存在，靠在他的肩膀上泪如雨下。

回到家，楼下的公寓已经紧锁，故人已去，我们的两只猫“左拐”和“右拐”也不见了踪影。史蒂文竟然连两只朝夕相处的猫都狠心地带走了。物业说，史蒂文先生前几天已经打包行李回国了。

于军陪着我去了北半球酒店的总经理办公室。David说：“史蒂文和他的前妻詹妮弗复合了，詹妮弗确实怀孕了，前段时间一直住在北半球酒店等着史蒂文和你分手。他请了半年长假和詹妮弗一起回加拿大了，等加拿大的酒店职位有空缺，我会帮他把他的人事关系转过去。这么多年他漂泊在外，连个像样的圣诞节都七八年没和家人一起度过。你知道，他父亲死后，他懊悔不已，一直想找机会回国踏踏实实地生活。他的童年很不幸，所以他不能让他的孩子没有父亲。”

我准备起身离开的时候，David叫住我，说：“Angel，我很遗憾，但是史蒂文确实对你是真心的，他比谁都爱你，请记住这句话。”

我回到耀江20楼的公寓。一年前，我罚史蒂文将我的中文名字誊写100遍，那张写满我名字的A4纸镶嵌在镜框里，一直摆在我的书桌上。我记得那天，一个32岁的男人像一个花季的男孩，躲在北半球酒店管理层的办公室里一笔一划地抄写我的中文名字。

他说，“墨”字笔画多，最难写，他几乎练习了上百遍才对字体满意。

我的书桌上还有史蒂文忘了拿走的记事本。我翻开它，2012 年 8 月 13 日那天，他用英文写着：“在普诺岗日冰川向 Angel 求婚。”

原来，两周前他是想在我们爱情开始的地方向我求婚。

我一个人静静地坐在书房里，欲哭无泪。怎么也想象不出，一个两周前计划向我求婚的男人，幻想我们的孩子如何聪慧、漂亮的男人，期盼我们未来美好生活的男人，会在一周前离我而去。就像戚鹏程当年那样，不辞而别，甚至等我醒过来再见我一面的勇气都没有。

史蒂文明知道鹏程给我带来的痛苦，可他还是重演了一遍那段撕心裂肺的往事。他确实如他所说，是我的魔，一个 devil！

但是，我还是放不下，我怎么能放下？

于军陪着我从郢中的丫姑镇散心回来后，非但没有减轻我的痛苦，反而让我回忆起史蒂文和我回家乡过年的情景。

我登录了史蒂文携程、雅高达账号，我知道那些账户的密码就是我们相爱纪念日，110813。雅高达上有他的机票和酒店信息，原来他在泰国的清迈，而不是加拿大。我知道事情肯定没有那么简单，史蒂文一定有难言之隐，或许他在为车祸的事情自责。

我买了从上海去清迈的机票去挽回我的爱情，来不及收拾任何行李，拿着他留下的 CS 火山石项链放进手提包里，马不停蹄地赶往清迈。八年前我跟鹏程分手的时候，见他一面比登天还难，留下一生的遗憾。现在即便史蒂文要跟我分手，我也想听他亲口跟我说，我不想再有任何悔恨。

我找到了清迈古城里史蒂文入住的民宿旅馆，在他房间门口的长椅上等着他。民宿老板对我说：“你的朋友很古怪，不爱说话，每天早出晚归，有时候深夜回来醉得不省人事，今天骑着租来的电动车一早出门，去了清迈以西 16 公里外的素贴山。”

我坐在长椅上，听着寺庙里此起彼伏的钟声，内心渐渐平静下来，不知不觉躺在长椅上睡着了。傍晚时分，耳边响起楼道里的脚步声，那声音我再熟悉不过了，是史蒂文的脚步。

我起身看见他向我走近。他没有惊讶，反而生冷地一边拿出钥匙开门，一边问我，“你怎么来了？”

我不知如何作答。

“我跟你已经分手了。”他继续着他的冷漠，板着一张憔悴的臭脸。

“分手我同意了吗？你说了不算。”我强忍着泪水，其实已心碎。

“我已经不爱你了，我那天带你去普诺岗日冰川就是要跟你从哪里开始从哪里散的。”史蒂文继续他的残忍，句句刻薄，字字锥心。

“胡说！你在骗我，你的记事本上赫然写着‘求婚’两个字。”我大声说。

“我从来没骗过你，那是半年前写的，事情总是会变的。我跟你的父母都解释得很清楚。”史蒂文冷酷地对我说。

“那詹妮弗她人呢？她现在怎么没和你在一起？”我质问他。

“我不能有个人空间吗？我安静地待几天不行吗？你以为我愿意发生这种事情吗？前段时间她提出与我复合，因为她怀了我的孩子，你让我怎么办？你走吧，我这辈子对不起你，也没脸见你。再说，你也根本不想和我结婚，我喜欢孩子，而你不愿意这么早生孩子。”史蒂文的话语变得无耻。

我一巴掌打在他的脸上，发泄我内心的愤怒：“这是我给你的第三个巴掌，也是最重的一次，一年前的那巴掌是同意交往，这次是同意分手。”

他就像冰冷的冰柱一样站在原地一动不动，准备让我打个够，那双深邃的蓝眼睛和那冷酷的表情第一次让我恐怖和害怕。他明知我的第一段恋情因鹏程和芊芊的事情我深受打击，如今，他竟然用同样“劈腿”的方式终结了我们的爱情。

第二天一早，我伴随着清迈古城寺庙的钟声醒来，隔壁寺院的僧人们齐声诵经的声音顿时让我安静释然许多。我穿好衣服，订了回程的机票。

若他已不爱我，我待在这里纠缠已无意义；若他还爱我却有难言之隐，我逼他也是折磨他。

等飞机的几个小时里，我包下一辆 TUTU 车环绕在清迈的古城里。泰国司机带着我穿梭在清迈城大大小小的庙宇。那天，我只想静一静，漫步佛寺，冥想感悟，寻找内心世界的一份安宁。

走进古城外西侧的松德寺，整个院落里只有我一个游人，金色的佛塔在周围白色建筑的衬托下尤为光芒。伴着一丝凉意的微风和绵绵悠然的钟声，我静静地坐在佛塔前碧绿的草坪上听着舒缓的音乐，耳机里传来梦璟 SAYA 的《问佛》：

我问明台如镜，是否从不屑连理
我问传情青鸟，为何各自双飞翼
情局与虚实对弈似无处堪避
因我慕恋痴迷终身陷贪嗔迷局

纵情深，缘已断往事休提
可放下，却又谈何容易
司轮回掌六道普天释极
问你，是否当真知晓情意

谁曾渡世人情怯，又设欢聚别离
谁明了缘散风起，不语天机
为何明知晓结局，却还空允我期许
你可知那是我半生欢喜

去机场前，我仍然不知不觉地回到了史蒂文入住的民宿旅馆。我让司机停车，走进旅馆，快步到前台，托民宿老板交给史蒂文两样东西，那条本属于他的 CS 火山石项链和一张字条：

即便曲终人散，缘尽缘灭，但也不要忘记我们曾经真挚的爱过。
你从来不酗酒，作为高级品酒师，味觉是你最重要的感知，把它戒了吧。

还记得你说过的那句话吗？A man has to be crazy for once，for a journey，a love story，or a dream！

所以，我无悔也无恨。

还记得我说过的徐志摩的那首诗吗？一生至少该有一次，为了某个人而忘了自己，不求有结果，不求同行，不求曾经拥有，甚至不求你，爱我，只求在我最美的年华里，遇到你。

所以，此生遇见你，已很感激。

一路走好啊，答应我，做个真正快乐的人！

第 23 章
咖啡吧里的经济适用男

李毅是我在公寓楼下咖啡屋里认识的一个 IT 经济型适用男，他用温水煮青蛙的暖男方式追了我大半年。李毅的家离我所住的公寓大概五里路的距离。他每天上下班都似乎非常顺路的经过我家楼下的小美咖啡屋去买杯咖啡。

每天早上 8 点半，咖啡屋的门口总是停着他那辆大众宝莱。除了买杯咖啡，他还会跟咖啡店的老板娘小美说：“小美姐，这是给姜小姐的花，麻烦你帮我交给她，祝她今天好心情。”截至目前，我已经收到李毅的 192 支玫瑰花，一天都没落下过。

李毅就像他自己设计的程序一样每天早晨准时出现在小美咖啡店，似乎上海的早高峰也不能阻止他前进的步伐。

小美已经习惯了李毅的出现，每天早上 8 点半为他调试好他钟爱的蓝山，等着门口的铃铛响起。小美不用抬头就知道，那是李毅来了。她热心地问道：“李先生，你还没追到姜小姐呢？”

“姜小姐最近还是一个人下来买咖啡吧？没有什么男人出现在她旁边一起来坐坐？”李毅腼腆地说。

小美咯咯地笑了，逗他说：“李先生每天一杯咖啡的贿赂好像不够哦。姜小姐也是我们的常客啊，她的行踪我不能随便透露。”

“那我今天起开始买两杯，姜小姐那杯我预付，等会她来买咖啡，就说已经有人买单了。”李毅不习惯被人调侃与我有关的话题，手心紧张得冒汗，非常严肃地回应了小美。

其实，我和李毅认识大半年，他从来没当着我的面说过："墨兰，我喜欢你。"只是这样默默地每天一枝玫瑰花，每天打探我的行踪，每天在微信朋友圈里了解我在做什么。偶尔会给我点个赞。

我有时候都会忘记他的存在。习惯了他的花，就像习惯了喝公寓楼下小美咖啡屋的卡布奇诺一样。

只是，从第192天起，我开始意识到有个叫李毅的上海男人不仅每天给我送一支红玫瑰，而且每天给我买一杯咖啡，就像史蒂文在时，小美每天的"买一赠一"。他的执着在当今社会里实属罕见，实在是一个有意思的男人。于是，偶尔我会答应他一起晚餐。偶尔，我生病的时候他会煲好汤，送到咖啡屋，软磨硬泡地让小美送上楼给我。他是绝对没有勇气按响我家门铃的，好像很怕我嫌他烦，或者生他气。

在我们认识快300天的时候，时间慢慢靠近2013年8月13日。我突然很想去普诺岗日冰川走一走看一看，那不仅是我魂牵梦萦的地方，也是一个叫史蒂文的加拿大男人的梦，我们曾在那里相遇，而他打算2012年8月13日在冰川之巅向我求婚。

所以，如果今生有什么地方是最值得我向往和眷恋，普诺岗日冰川就是其中之一。

李毅虽然内向，但也喜欢旅行，听说我要去藏北自驾旅行，他表示了极大的兴趣，也提出了一起同行的要求。

我答应了他。

2013年9月，李毅、我，还有6个上海驴友，我们一行飞到拉萨，租了两部越野车，联系好藏族司机，开始了西藏大北线的旅行，目的地是普诺岗日冰川。

经过一路的奔波我们终于到达双湖小县城，入住在四川老板娘开的双湖宾馆。去冰川的程序很繁琐，但我已非常熟悉。我和藏族司机带上所有驴友的边防证、身份证到双湖的旅游局、林业局、公安局报备，在许可文件上盖好几个章，经得政府有关部门允许，我们才能进入国家级羌塘自然保护区的普诺岗日冰川。双湖县公安局特意安排一名民警作为向导陪同，以免发生安全隐患。

第二天清晨，天气不错，透过旅馆的玻璃窗我隐约看见远方的天空中出现几抹绚烂的朝霞。没有下雪这是大幸。

我在迷糊中享受着温暖的被窝，让意志与懒惰做斗争，挣扎着几点起床。李毅敲响了我房间的门，说："墨兰，起床没？旅馆旁边200米处有个包子铺，还有稀饭喝。"

听见稀饭和包子这两个词，我一跃而起。"马上，五分钟，等我！"

我迅速从迷糊状态转换到清醒频道，跳下床去开灯，"Amily，起床，有包子。"我兴奋地叫了下驴友Amily，"哎哟，李毅，怎么没有电？"

"这里白天不供应电，别慌，我把手电筒给你。"李毅在门外体贴地说。于是，我打开门，迅雷之势拿过李毅手里的电筒，又"砰"的一声关上了门。

Amily羡慕嫉妒恨似地说："你男朋友真好！我男朋友估计还在睡大觉，等着我送早餐呢。"

我说："他还不是我男朋友，还在考验期。"

"啊，这种男人你还犹豫啊？脑子坏掉啦你，这是极品男人啦。"Amily有些不相信。

"墨兰，你把门打开，我到楼下找老板娘拿了瓶热水给你。"李毅再次敲门了。

"什么老板娘给的，就是他天没亮在楼下烧的。墨兰，这么好的男人还不嫁？"门外还有个男高音，我打开门原来是李毅的室友从门口经过。

"你们两个小点声，别吵着其他房间的人睡觉。门都快被你们敲破了。"我用责骂的声音掩饰内心的一丝欢喜。

"行行行，我不催，你去刷牙洗脸，兑点凉水哈，开水太热，别烫着。你的保温杯在哪里？我给你冲杯牛奶。"

听着李毅唠唠叨叨的话，我的头有点晕，被人关心的感觉飘乎乎的。"喏，电视机旁边，你真像个妈，我又不是三岁小孩。"我一边梳头一边嘟囔着，不想放下高傲的姿态。

“哎呀，李毅，见者有份，你给墨兰的热水我也搭个福气，洗洗脸。顺便，gentleman，麻烦你帮我也冲杯牛奶吧。”Amily 噘着嘴巴跟李毅发嗲，手里提起了热水瓶。

“行，墨兰说了算，不过得先给我们家墨兰冲好牛奶，还有多余热水的话我再给你冲。”李毅腼腆地笑着，“不要怪我小气，而是这里热水实在比食用油还金贵。”

“墨兰，瞧，你忍心让我羡慕嫉妒恨吗，我男朋友要是天没亮起来去给我烧热水，我就磕头烧高香了。”Amily 坐在床上向我撒娇。

“我最受不了上海女人撒娇，鸡皮疙瘩都起来了。来，拿去！反正我也用不完，李毅跟你开玩笑的。”我把热水瓶递给了 Amily。

“你怎么知道楼下有包子铺？”我一边换鞋，一边问李毅。

“昨天晚上你们睡太早了，我出去溜达了一圈。见你晚饭没怎么吃，就到超市给你买了些零食今天路上吃。从超市回来遇到旅馆老板娘，她跟我说旅馆旁边就有包子铺，还有鸡蛋和稀饭。所以，我今天早起到楼下转转，打探一下。本想让你多睡会，外带回来给你吃，怕包子冷了，你胃不好，吃凉的怎么行。所以就来敲你门了。”李毅的话暖暖的，让我的心酸酸的。

“我说什么来着，你们两个别把我当空气啊，是让我嫉妒地去撞墙么？我真是个可怜的人儿呀，呜呜呜。”Amily 掐了我胳膊一下，嗲声嗲气地两只手握成拳头，放在双眼旁边做哭的动作。

“亲爱的 Amily，我知道你嗲功了得，可我心脏不好。这里海拔 5000 米，我求你别刺激我了。快点，时间差不多了，现在没有什么比包子、稀饭更有诱惑力的。”这些天，一路上我们的食物很单一，除了辛辣得哭爹喊娘的川菜，就是食不甘味的藏餐。

上海人不爱吃辣，大部分同志宁愿吃藏餐的面、糌巴和饼干，喝点酥油茶、甜奶茶和青稞酒。我是湖北人，平时不怕辣，但顿顿吃川菜，我的胃也受不了。何况频繁的出差和繁重的工作压力导致我被胃病折磨，医生不建议吃辛辣的食物。但是，我更不太习惯吃藏餐，总觉得吃不饱，所以李毅在班戈县城买了很多馒头，让我就着牦牛肉酱吃。

说时迟那时快，我们三个“叮叮哐哐”地下了楼，只想着包子，也忘了楼里还有其他的驴友正在休息。

“你告诉其他驴友包子的事情了吗？”我轻声问李毅，像是“包子”这个词是关乎到国计民生的头等大事。

“已经在微信群里发短信了，我看你没回复，就知道你们两个还没醒。放心，大家都有饭吃。”李毅停下脚步，细心地帮我戴上防风衣上的帽子，“天这么冷，头上一定要记得戴帽子，别着凉。等会上来，绒线帽一定要戴上，保暖。”

“你都不戴，还让我戴？”我瞥了他一眼。

“行，那等会儿上楼我把绒线帽戴上，你也必须戴。”李毅用命令似的口吻细声地跟我说。

“遵命！李总！”我朝李毅做了个敬礼的姿势。

包子铺只有五六平方米，里面有四张小桌子，一个10岁的藏族小姑娘是服务员。老板是她的爸爸妈妈。妈妈在后面厨房里做包子，爸爸在和面。

小服务员羞涩地用汉语跟我们说：“请坐！你们想吃什么？”

我们挑了一张靠房间里面的桌子坐下，风呼呼地刮着，门口的位置实在太冷。“小朋友，给我们来三碗稀饭，三个鸡蛋，还有十个包子。”李毅对藏族小姑娘说。

小姑娘腼腆地转过身去厨房告诉她的爸爸，把我们的话用藏语重复了一遍。然后，倚靠在另一张桌子旁摆弄着她的头发。

“小朋友，你上几年级了？今天不用上学吗？”我揉搓着冰冷的手打量着这个可爱的小姑娘。

“三年级，我们9点才上课呢，学校就在斜对面。”小姑娘回答。

“你好乖、好漂亮哟，小老板！”一路上，Amily凡是见到藏族小朋友就说乖、漂亮，这是她的必杀技。

一个纯朴的藏族女人从厨房里走了出来，端出三碗稀饭和三个鸡蛋给我们。她用不太流利的普通话介绍说：“包子有牛肉的，还有白菜的，都是一块钱一个，你们要几个？”

“先各来五个吧。”李毅看着我和Amily求认可，我们点了点头表示赞同。

“李总说了算咯，姐妹两个今天听你的！”我拍了拍李毅的肩膀，把一旁的小朋友逗乐了。

“小朋友笑什么？”李毅问小老板。

“哥哥姐姐是在谈恋爱吗？”小老板脱口而出。

“小孩说的都是真话，小妹妹你真是太可爱了，总结精辟。”Amily越说越来劲了，给了小姑娘一个飞吻。

说是稀饭，不如说是米汤，只有几粒米，凑合着吃了。在这面积10万平方米，却只有1万人口的不毛之地，寒冷的早晨能有滚烫的米汤喝也不错。

包子上来了，热气腾腾，香味扑鼻。李毅拿起筷子给我夹了一个，又给Amily夹了一个，“先尝尝好不好吃，好吃咱再来十个打包带走，路上饿了吃。”李毅的上海绅士范十足。

“李总想得周到，真会过日子！”Amily竖起了大拇指。

“好吃到爆，你快尝尝！”我也不知怎么了，潜意识地把咬了一口的包子夹到了李毅的嘴边。他愣住了，我也尴尬地不知如何是好，就好像刹那间我把他当作了史蒂文。

李毅停顿了三秒，一口吃下了我咬了一口的包子，扭头偷笑。

Amily故意大声呼呼地喝了口米汤，一边嚼着包子，一边若无其事地低着头说：“我什么都没看见哈。真是闷骚的两个人，绝配！”

我脸红了，闷声不响地只想赶紧吃完这顿该死的早餐。那一幕似曾相识，却仿佛已久远。我以为自己可以忘记，原来它挥之不去，从不曾离开。

史蒂文喜欢喂我吃东西，一起共进晚餐的时候，总是先给我夹菜。看电视的时候，会为我准备好黄瓜味道的乐事薯片、削好时令水果，还有他让北半球酒店的西点师傅为我做的新鲜蛋糕。我依偎在他怀里，他不厌其烦地一片一片、一勺一勺地喂着我吃。若吃板栗，他会剥好递给我。我记得有次他跟我调侃说：“我若去参加剥板栗壳的大赛，应该能得冠军。但是，我剥壳的速度似乎永远赶不上你吃的速度呀，看来还需加强训练。”慢慢地我也习惯了，吃到好吃的东西，也会不知不觉地喂给他吃。无论是在家里，还是公共场合。

有时候我在家里的书房熬夜加班，敲打着电脑键盘做项目方案，史蒂文会把咖啡煮好端到书房给我，递到我嘴边让我尝味道。如果我说苦了，他会帮我加点糖；如果我说甜了，他会说“那我喝这杯，再给你调一杯”；如果我说烫，他会尝尝，然后将杯子放在桌边说，“Angel，等会凉一点再喝，别熬太晚。”然后静静地走出书房，帮我带上书房的门去客厅看他的电视。

那些年，日子细水长流，点滴中充满了温情与浪漫。我们不富有，但却相知相惜。我逐渐习惯了史蒂文带给我的一点一滴的温存。他对我的好，似乎就像天空里的繁星点点，数也数不清。我贪婪地接受他的爱，也毫无保留的爱着他。

爱上一个人，心就会乱，判断也会失衡，只会看见这个人的好，别的男人或女人都会在你的世界里被屏蔽掉，这就是爱情的味道。

吃完早饭，驴友们8点半准时上车向羌塘保护区出发。在警察向导带领下，经过三个多小时石子路、泥巴路的颠簸，趟过几条干涸的河流，穿过一望无垠的旷野，向着蓝天的方向奔去。

渐渐地我们看见了壮观的普诺岗日冰川轮廓，整个车子沸腾了，因为不敢相信，普诺岗日冰川就近在咫尺。这是我第二次来普诺岗日冰川，幸运之神再次让我见到了它。这里位于羌塘西北部的双湖特别区东北部90公里，属国家级羌塘保护区的核心区，离109国道大约640公里。说到那些天我们的行程体会，除了泥泞、颠簸，就是饥肠辘辘与疲惫。

我们从那曲镇出发，途经班戈县、双湖区，其中沙石路就有550公里。我和李毅一起感受藏北的寂静与辽阔，感受古格王朝遗址的恢宏与神秘，感受扎达土林的落日余晖与粗犷之美，感受藏北那一措再措、一山又一山的原野风情。

但我一直有个心结，如果李毅是史蒂文，该有多好。

越野车在羌塘保护区行驶，沿路有成群的藏羚羊从我们的车前飞驰而过，还有野驴、野牦牛在草地上安静地吃着草。中国联通、中国移动、中国电信在这里依然与 2010 年一样，是毫无用武之地的摆设。唯一的区别是驴友们手里的手机从 Iphone3G 到了 Iphone4S 时代，他们盼着 Iphone5 上市。

藏族人对大自然里的山峦、湖泊、冰川是怀有敬畏之心的。在冰川脚下，藏族司机和向导面对普诺岗日念起了经文。我不知道具体他们在念什么，但是却能感受到信仰的庄严与力量。

李毅走在前面探路，让我尽量踩着他的脚印走。走过冰川融化形成地一段黑乎乎的石头路，他爬上一个山坡，选好一个位置固定好，把登山杖递给我，“墨兰，握着登山杖，我拉你上来。”我望着他，就好像看见了三年前的史蒂文。

“没事，有我呢，一鼓作气别犹豫。”李毅的眼神很坚定。

走到那个小山坡的最高处，几乎整个羌塘保护区都尽收眼底，仿佛伸手便可触碰到蓝天与云朵。阳光洒在冰面上，晶莹剔透，宛如仙境。我想起了故乡的冬天，奶奶的烘笼，也想起了索菲亚和次旺。

这时，旁边的李毅打断了我的思绪，突然拉起我的手，单膝跪地，对我深情地说：“墨兰，做我女朋友吧！让普诺岗日冰川见证我对你的爱情，就像这冰川一样亘古不变。”

“谁说冰川亘古不变，不晓得温室效应，全球气候变暖，总有一天，南极北极也会没了。”我背过身去不敢看他，我的心很慌，说话有点结结巴巴的。李毅出乎意料地向我告白，让高傲的我犹豫不决。

“我管不了那么多，我只求你答应我，让我在有生之年，能够爱你。不求像冰川一样持久，我也活不了那么久。”对于这样一个实在的 IT 男，说话方式也那么实在。

“起来吧，你膝盖不觉得凉啊。”我这次并没有感动。

“你答应我再起来。”李毅执拗地跪地不起。

“快起来啦，等会儿其他人来了，看见多尴尬。”我有些生气。

“来了才好，也让他们见证我对你的心。我是认真的，从来没有一个人能让我如此着迷。墨兰，我每天都盼望这一刻快点到来。白天想，做梦都想。

所以，不要拒绝我，好吗?”突然，李毅大声地朝着山峦之巅大喊我的名字，不远处传来驴友们的欢呼声：“答应他！答应他！答应他!”这帮人像是串通好的，都被李毅收买了么?

“起来，起来，我答应你，别闹了。”我跺着脚，皱着眉，扶他起来。

李毅站起来，紧紧抱住了我，当他吻我的那一刻我没有躲避。李毅像个骑士一样在普诺岗日冰川向我正式的告白，宣布了我们的爱情。

而这本应该属于史蒂文和我。

我，从来不曾告诉李毅，我对普诺岗日还怀有一份特殊的情感。我之所以来到这里，并不仅仅是为了完成一次冒险的旅程。

我不知道史蒂文现在在哪里，过得好不好，是否也有一个人在爱着他。他曾用他的火焰融化了我封锁已久的心，又用冰冷的海水冻住了我的心。

我尝试过恨他，但我不能。

就像徐志摩说的那样，人的一生里，总有一个人曾经让我们忘记了自己，不求拥有，不求结果，甚至不求你爱我，只愿在人生最美好的年华里遇见你，说声，我爱你。

我们曾经说尽了人世间的幸福爱恋、忠贞誓言，但如今劳燕分飞、各奔东西，不知他在哪里。

如今，上天似乎跟我再次开了个玩笑，一个爱我的男人在这冰川之巅向我告白，让普诺岗日冰川不得不再次印刻在我心里，不能忘记，也无法忘记。

回双湖县城的路上，我问李毅会不会继续给我送玫瑰花，他说：“只要你喜欢，我会一直送下去。”

我又问他，为什么选择在这里跟我告白。

他说：“普诺岗日是个特别的地方，很少有人会在这里向喜欢的人告白或者求婚吧？特别的惊喜、特别的冰川，配得上特别的你。”

好熟悉的话，那个叫史蒂文的男人也曾经在他遗落的记事本里这样写道：

我很想带Angel去一个地方，可繁忙的工作总是让我们两个凑不到一起旅行的时间，有时候我很讨厌酒店的工作，因为每天我都要工作到很晚，周末也不能陪她。我很想给Angle一个幸福的未来。她是那么优秀，那么独特。

今天又让Angle等了我三个小时，去lost heaven餐厅的时候，看见她趴在餐桌上已经睡着，我很自责。她看见我只是轻声说："Honey，菜都凉了，我让服务员再热一下。饿了吧？客户投诉的问题都解决了吗？"她没有任何抱怨地让我先吃饭，在过去的三个小时里也没有电话催过我，我该如何感激生命里的相遇。

人生能遇见这样一个天使，是上帝对我的眷顾吧。

我搂着她，对她说："谢谢你，Angel。"心里想着，一定要带她去我们最初相逢的普诺岗日冰川给她一个绝无仅有的浪漫的求婚仪式，这是天使应该拥有的惊喜。

从普诺岗日冰川回来后的一个深夜，电话响了，是警察局来的电话。我迷迷糊糊地起床，开着车去派出所保释David，他半夜喝醉酒和酒吧里的一个女郎搭讪，被女郎的男朋友打了。

我问他，你怎么好意思让我来保释你？你说你祸害多少女人了，你迟早会栽在女人手上。人家小伙子给你一拳，你倒是好，把人鼻子打歪了。

他说，那小男孩鼻子整形过的，不经打，一打就歪。这么丢人的事情，以前都是找史蒂文帮忙，如果我让助理来派出所处理，明天肯定上北半球酒店的头条，整个酒店的员工非笑掉大牙不可。找其他上海的朋友，也丢面子，思来想去只有找你帮忙了。反正你知道我什么德性，在你和史蒂文面前我不怕丢人。

他见我不吭声，意识到史蒂文是我敏感的名字，又赶紧说，对不起，确实有些想念史蒂文了，也不知道这哥们最近在干吗，人间蒸发了一样。他最近和你有联系么？

我说，没有，他那么狠心地和我分手，可能和他的前妻正在甜蜜的哄孩子吧。你们铁哥们儿都不联系，怎么会和我联系？

他说，你一定很恨他吧。

我说，谈不上，只是我们以后能不要提他么？不然，请你下车，自己打车回家。

两个月后，这个不省心的David出大事了。又是一个深夜警察局的电话，只不过不是因为他骚扰女青年被打，而是让我大吃一惊的间谍案，他被牵涉进一起重大的跨国公司商贿案，已被上海国家安全局请去协助调查。

David可能是加拿大间谍？我真想敲晕我自己的头昏死过去。

李毅陪我去警察局谈话，面对庄严的警徽，我如实地告诉警察我对David的评价，他是个中国通，但除了喜欢女人、打高尔夫也没有别的兴趣爱好。由于北半球酒店职位的关系，他会认识上海的政要和商界领袖，但是从来不跟我和史蒂文说太多细节。

我焦急地问道，警察同志，我的前男友史蒂文也是商业间谍么？

警察回答，哪里有那么多间谍，别紧张，我们也只是了解下情况。David说2011年12月1号晚上是在你家度过的？

我肯定地说，对，没错。

警察说，你怎么记这么清楚？

我说，因为那天是我前男友史蒂文的生日，我在家给他开了一个派对，David也参加了。

警察说，他什么时候走的？

我说，他没走，整晚上都睡在我前男友家的沙发上。喝醉了，还有另外一个法国男人，他们两个没走，男人们看球赛看到半夜两点多，就躺在沙发上睡着了。我让他们到房间去睡，他们说沙发上睡着也挺舒服。

警察说，这个时间你确定么？

我说，晚上六点左右到半夜两点的时间我确定他在我家，至于睡着后去哪里了我就不知道了，但是我早上起来，他和法国男人还在呼呼大睡。我前男友给他们做的早餐，吃了早餐我们四个人一起离开的家。对了，你们可以去我们小区看下监控录像啊，电梯里都有摄像头。怎么了？

警察说，知道了，谢谢你。如果真如你所说，他的问题没那么严重。麻烦你看一下记录然后签个字。

我说，他犯什么事情了？怎么还涉嫌间谍呢？怪吓人的，我可是一颗红心向祖国，他要真是间谍，我对他也不客气。

警察说，回去等消息吧。

后来，David 从警察局里出来，我才知道虚惊一场。一家矿产行业的央企老总是他的朋友，经他引荐给了另外一家跨国集团的老总，因这家跨国公司涉及长期有针对性、有组织的收集中国能源机密，破坏了中国矿产行业的安全，在谈判过程中牟取巨额利益。央企老总也收受了跨国公司近千万贿赂，被指控涉嫌从事间谍活动和窃取国家机密。David 作为他们“共同的朋友”被警察带走协助调查，但显然这个色鬼对央企老总和跨国公司老总的私下合作一无所知，他也没拿过中间人的介绍费，只是偶尔他们会一起去夜总会消遣，都是对方签字买单。2011 年 12 月 1 日晚上，他们在夜总会有重要机密交易，对方称好像有 David 在场，一般都是他们三个人在夜总会玩，具体当事人也记不清了。

警察问 David 是否知情。David 却义正词严地说，那天晚上央企老总给他电话让他去他们常去的夜总会，他当时在我家庆祝史蒂文的生日，所以根本没去参加聚会，对那天晚上的事情并不了解。

David 从警局出来后，我追着他打，“巴嘎，我这辈子就进了两次警察局，一次是你好色被打，我去保释你；一次是你涉嫌什么间谍案，让我录口供，气死我了。你就不能消停点吗？要不是看在史蒂文的面子上，我再也不想见到你。还有，以前 Sally 也是被你逼的回县城里去了，真是气死我了。”

David 说，前两件事情确实是我不对，给你添麻烦了，我道歉，但是说到 Sally 的事情，我骗她了吗？我跟她交往的时候说得很清楚，我不可能和她在一起，可她竟然在酒店里跟其他同事说我是她男朋友，趾高气扬，企图拴住我，我才气死了。要不是因为是你朋友，我根本就不会给她分手费。

我脱了高跟鞋就往他身上扔过去，吼道，巴嘎，以后别让我见到你！

David 把鞋捡起来，递给我说，穿上吧，我下个月工作期满后就回加拿大待段时间，你想见我也不知道何时才能再见，我会去蒙特利尔找史蒂文，要不要我带个话给他？

我冷静了下来，说，就说我很好，也谈了新的男朋友叫李毅，是个 IT 男，对我很体贴，让他放心，祝他和他的小家庭幸福吧。其实，你什么也不要说最好，他不会在乎了吧。

David 说，你应该比我更了解他。他那么爱你，我们都看得出来。就像我爱我的前妻一样。

我说，你还懂爱么？你也爱过人？

David 说，我都可以给你当叔叔了，你们中国人不是常说人不可貌相，海水不可度量吗？我前妻不是离婚了，是死了。

我说，史蒂文一直跟我说你妻子因为你劈腿，所以跟你离婚了啊。

他说，六年前我和她去超市购物，那里发生了抢劫案，劫匪拿她做了人质，当时她已有了八个月的身孕，我无能为力，眼睁睁看着她惊吓过度，孩子和她送去医院的时候抢救无效永远地离开了。然后，我就离开了那个伤心的地方来了中国，在北京、上海陆陆续续待了六年，我的儿子今年 18 岁了，一直和我的父母生活在一起。他最近电话里说，爸爸回家吧，我们都想你，你还想错过我的毕业典礼和今年的圣诞节么，妈妈的去世不是你的过错，请原谅自己吧。我听完感动得都哭了。

我惊讶而自责地半晌没有说话，空气也瞬间凝结了，我们选择了沉默。我想伸手去安抚这个有着强大外表的男人，但是我又把手缩了回来，抱歉地说，对不起，你把自己藏得好深，误会你这么多年，史蒂文从来也没跟我说过。

David 说，是我不让他说的。所以，兰，救赎自己吧。你难过，史蒂文也应该很难过。上帝会保佑你。

我说，嗯，就像史蒂文说的听从第三极的呼唤。

David 说，那是什么？

我说，我和他在世界第三极的普诺岗日冰川相识，相爱。他说，世界有第三极，人也有，自我是南极，他我是北极，本我是第三极，共存共荣。在海拔 5700 米的世界第三极能听见灵魂深处的声音，有机会你可以去试一下。

第 24 章
一款《寻找墨竹》的游戏

戚鹏程从美国回来了，还带回了连续两个季度在美国 App 下载排行榜前几名的《寻找墨竹》手机游戏。游戏的广告铺天盖地，出现在上海的户外 LED 屏，还有数以万计的写字楼、公寓楼的电梯等候厅视频媒体里。

有一天晚上，我跟李毅从超市购物回来，在地下停车库等电梯的间隙无意看到《寻找墨竹》的楼宇广告。我整个人像丢了魂似的，心不在焉。直觉告诉我，他梦想成真了，他回来了。我的思绪飘到了 2005 年的夏天。

那时候，我们的爱情很纯真。

在湖北咸宁的星星竹海，鹏程望着浩瀚的竹林，第一次跟我提到“墨竹”这个名字，他建议我今后写文章用“墨竹”做笔名。

他说，竹子比兰花更像我。

他还说，“墨竹”是属于我们两个人的秘密。

2007 年大四我们分手前，鹏程每天埋着头打游戏。他曾对我说，他要开发一款属于我们的游戏。“墨竹”是这个游戏的主角，她是一个失踪的古国公主，就隐世在星星竹海里。世界被恶魔控制，城堡已成废墟。出生时被秘密送出宫殿的墨竹公主是拯救世界的希望，她手中有拯救世界的法宝。一个武侠带着使命去找她，过关斩将，铲除魔兽、渡过险河、跨过湖海、翻过群山，才在星星竹海找到墨竹，并爱上了她。然后，武侠和墨竹公主一起开始了拯救人类，创造完美世界的冒险历程。

只有我知道，那是鹏程八年前就在企划开发的一款游戏，我只当是他哄我开心的甜言蜜语，从未当真过。

没想到他成功了，他是在暗示寻找我么？还是在纪念我们曾经的美好？

我扔下手里的购物袋给李毅，精神恍惚地转身跑出了公寓，在一个个写字楼、公寓楼穿梭，一遍遍看着《寻找墨竹》的广告片。

上海的夜晚，霓虹灯闪烁，十字路口的巨幅 LED 显示屏也在播放着《寻找墨竹》。我像是身处一个绝境的峡谷，广告片从四面八方像洪水猛兽般向我侵袭，逼得我没有退路。

我站在天桥上大喊："戚鹏程，你个王八蛋！"

这一声嘶吼，把我压抑八年的情感发泄了出来，唤醒了我对鹏程的爱与恨。我瘫坐在天桥上，卷曲着身体，声泪俱下，原来我是这么恨他。

李毅不明白我发生了什么事情，他在天桥上找到我，静静地坐在我的旁边，等着我的头去依靠他的肩膀，等着我哭累了跟他一起回家。

那些天，楼宇电视、户外大牌上一遍又一遍循环播放《寻找墨竹》的广告片。我的世界也逐渐被《寻找墨竹》的游戏轰炸，办公室里的同事们开始玩《寻找墨竹》的游戏，工作餐的间隙也在谈论有关游戏的话题。我把助理叫到我的办公室，让她通知整个公司的人，禁止玩《寻找墨竹》游戏，禁止在公司谈论《寻找墨竹》的话题。从普诺岗日冰川旅行回来后，我和 MBA 同学合伙创立了一家互联网公司，还在起步阶段，这是创立以来我第一次在办公室莫名其妙地发火。

我的心愈发忐忑不安了！

坐在办公室里，我不由自主地在百度里输入"寻找墨竹"这四个字，百度新闻里出现了无数条戚鹏程的信息。我点开一个新闻链接，这是一个媒体专访。

专访现场的他西装革履，风度翩翩，还是那么帅，留一口精致的胡子，遮住了他下巴上的那颗小痣。他的眼睛炯炯有神，透着爆棚的自信和运筹帷幄的成熟感。

他对主持人说他是一个完美主义者，为了这款游戏精工细作八年，不断的否定，再肯定，再否定，只为出精品。他的互联网公司主营游戏开发与销售，还涉及游戏线下衍生产业。目前已启动美国上市计划。

他变了，不再是那个整天穿着 T 恤、牛仔裤，骑着自行车载着我在校园里风花雪月的大男孩了，也不再是武汉 590 路公交车上帮我抢位置的棒球帽。

唯一不变的是，他在采访中说他每天都要打一两个小时的游戏，而且是穿着各种 COSPLAY 的服装走火入魔的玩游戏。我很难想象这个成熟的男人穿着 COSPLAY 的服装，以动漫人物的戏剧性造型坐在家里玩游戏的模样。

我留意到采访的最末端记者问他："听说您年纪轻轻，已有一个美满幸福的家庭，有个可爱的儿子，您如何在百忙之中协调与儿子、爱人的关系呢？您会教您的小孩玩游戏吗？"

他说："我的儿子很乖，知道爸爸很忙。我工作的时候他也从不打扰我。所以，我尽可能每天在他睡觉前回家，给他讲几段童话故事。我倒是不主张小孩子玩网络或手机游戏，他妈妈会常带他参加户外活动，认识大自然。我们还是尊重孩子的兴趣吧，家长要注意引导，不能让孩子沉迷于游戏。家庭和谐是我事业最有力的支撑，我非常感谢我的太太对我多年的支持。"

我看到这些冠冕堂皇的报道，思绪复杂而烦乱。我不知道他说的是真是假，但看到他今天的成功与自信，我还是坚信当初离开他是明智的选择。

不久后的一个周末，我意外地接到了鹏程爸爸的电话。

他说，墨兰，我知道你恨我，但我也是要死的人了。叔叔想拜托你最后一件事情，不要出现在鹏程的世界里，你想要什么叔叔都给你。他已经有了孩子和完美的家庭，你的出现将会给他带来伤害，没有任何意义。

他还说，这些年鹏程这小子他跟我怄气，咬着牙在美国白手起家打拼出了自己的事业，但是如果他为了你抛弃了芊芊，那芊芊就什么都没了。她的爸爸已被逮捕，可能判无期到死也出不来。芊芊的妈妈深受刺激，至今昏迷不醒。叔叔也不瞒你，没有她爸爸幕后支持，也没有我们戚氏的今天。芊芊是我名正言顺的媳妇，你明白一荣俱荣，一损俱损。她爸爸现在官至副部级宁愿判死刑也会保住戚氏集团少受牵连，这个人情债我还不起，鹏程也还不起。所以，叔叔恳求你不要让鹏程找到你，即便找到了，也不要让他留恋。

那天，挂完电话，我冷笑了一声。八年后的戚家还是那么自私，我在他们眼里依然是多余的。我不是憎恨戚叔叔，也不是唾弃权力背后的阴谋，我是笑我自己的无能为力，鹏程只不过是他们财富创造过程中的牺牲品。

他一定比我还痛吧。

晚上，我在电视上看到了芊芊的厅长爸爸钱权交易的重大新闻。原来她爸爸半年前被中央调查组带走审问，正在接受组织调查。经最高人民检察院审查，涉嫌滥用职权、受贿犯罪，依法决定对其立案侦查并采取强制措施，案件侦查工作正在进行中。经中央纪委审议并报中共中央批准，决定开除其党籍、开除公职处分；将其涉嫌犯罪问题及线索移送司法机关依法处理。

那一刻，我瘫坐在客厅的地板上，毫不犹豫地决定，此生不见鹏程。

有些缘是注定的孽缘，有些爱比不爱更要命。

我们生活在一个婆娑的现实世界，婆娑即遗憾。若没有遗憾，上天给我们再多的快乐我们也会觉得不快乐，给我们再多的幸福我们也会觉得不幸福。

也许鹏程和我对于彼此而言，就是今生的遗憾。

鹏程回国后，还是千方百计地从老同学那里找到了我的联系方式。虽然，我在微信群里几乎恳请所有的老同学不要告诉鹏程我在哪里。可我忘记了，戚家想在地球上找到一个人，哪怕掘地三尺也会找到；他们若想消失，也可以八年无踪无迹。

他的名字突然出现在“微信”里的时候，我心乱如麻，不知道是选择“接受”，还是视而不见。

我不停地骂着他，辗转反侧，无法入眠。

第二天一早，我收到了他的一封电子邮件，没有任何内容，只是一张石头的照片，那是十年前我们在咸宁的星星竹海刻下诺言的岩石。

我挣扎着对自己说：“冷静冷静，这不是你们两个人的事情，你不能再去想他、爱他，不要再卷入那场无休止的权欲漩涡里。即便你不爱李毅，你也不能选择鹏程。”

我魂不守舍地做早餐，频繁地犯低级错误。煎鸡蛋盐放多了，煮稀饭忘了开火，面包也烤煳了。我匆匆喝完一杯牛奶拿着车钥匙准备出门。

这时，一个陌生的电话来了，电话那头播放着一首熟悉的音乐《老鼠爱大米》：

我听见你的声音，有种特别的感觉，

让我不断想，不敢再忘记你，

我记得有一个人，永远留在我心中，哪怕只能够这样的想你，

如果真的有一天，

爱情理想会实现，我会加倍努力好好对你，永远不改变…

不管路有多远，一定会让它实现，

我会轻轻在你耳边，对你说，对你说，

我爱你，爱着你，就像老鼠爱大米……

我的泪水像暴雨一般哗哗地流了下来，湿透了我的衣襟。这是十年前，他向我告白的那个晚上在大学的南湖边弹着吉他为我唱的歌。可十年了，神曲不再流行，从《老鼠爱大米》已变成了《小苹果》，就像我对他的感情，已被岁月覆盖。

他说话了。

虽八年不见，但他醇厚的声音，还是刺激了我的耳膜。“兰，是我。你还好吗？”

我慌乱地挂了电话。

电话铃声再次响起，一遍又一遍，我坐在餐桌旁的椅子上焦躁地捶着桌子，索性把电话丢进了垃圾桶，大口地咬着烤焦的面包，心如刀绞，却始终没有接听。

他是我的初恋，但却不是我的归依。

如若再见他，只会是纠缠与忏悔吧。高傲的我又怎会去做他的情人或第三者？

上班的路上，我超速差点连闯两个红灯。交警大哥拦住我的车，望着驾驶座上眼睛红润的我，本想批评教育却改口说："跟男朋友吵架啦？专心驾驶，男朋友没了可以再找，还是命要紧。"

我勉强笑笑，调整情绪，朝他挥挥手，说了声"谢谢"，踩下油门，继续出发。

可就在公司写字楼的电梯口，有位穿着考究、身材挺拔的高个子男士站在那里，专心致志地看着楼宇视频广告里的《寻找墨竹》。

他那熟悉的面孔和身影是无论岁月如何蹉跎，时光如何变迁，我都无法遗忘的。

我想逃，踩着8厘米的高跟鞋拼命地往外跑，这个男人快速追上我，死死拉住了我的胳膊，对我说："兰，好久不见，你要躲我一辈子吗？"

"戚鹏程，你个王八蛋，你到底想干吗？"我推开他，举起手里的包向他打过去，冲他吼道，包里的物品撒了一地。

他不由分说地搂住我，紧紧地把我抱在怀里，任凭我打骂。路上的行人匆匆走过，没有人会在早高峰的时间驻足观看情侣间的吵闹戏码。

我努力克制失控的情绪，平复愤怒，推开他，请他放过我。

他温柔地说，我回国的第一天什么也没干，在武汉来来回回坐了五趟590路公交车，一天就这么过去了。

我的心在滴血，原来本以为忘记了的情感，被他再次无情地从内心的某个角落里唤醒。

他继续说，我还去了咸宁的星星竹海，找到了刻上我们名字的那块石头。还记得那个洗脚妹雪琴吗？如今她已经是画家了，景区里陈列了好多她的画。墨兰，她也在找你，很想感激你，所以她在景区陈列了一组叫《寻她》的画作。其中有幅画是你穿着睡袍站在洗脚城的走廊里，忧伤的脸庞看着窗外，阳光均匀地洒在你身上，我在旁边安抚你，抚摸着你的长发，你知道吗？这一幕被雪琴看见了，于是她便画下了它。那幅油画太美了，以至于我看到那幅画时就情不自禁地想起了那一天，宛如昨天，你的每句话、每个动作我都历历在目。如果不是那幅画，我都不记得雪琴这个洗脚妹了。兰，也是雪琴帮我从景区管理处买下了我们刻字的那块石头，如今就放在我的办公室里。“若要寻爱，星星竹海”，你都忘了吗？

我的身体在颤抖，是啊，那是多么美好的一天，我和鹏程在竹海里追逐、疯闹，许下一生一世的诺言。

无论我多么强忍，我的泪水还是不争气地流下来，他心疼地用手抹去我眼角的泪水。

我说，你怎么可以对我和芊芊都这么残忍？你怎么可以当年不辞而别，连分手都没有勇气跟我说？你怎么可以说离开就离开，杳无音信八年，现在说回来就回来？

理智告诉我不能软弱，何况我已决定不再爱他。

鹏程不敢看我的眼睛，吞吞吐吐地说，我……

我又疯了一样一口气反问了他好几个问题，我想我的内心是恨他的，爱有多深，恨就有多深；爱有多浓，恨就有多浓。我问他，你把那块破石头放在你的办公室是在侮辱芊芊，还是挑衅你生命垂危的父亲？还是想继续羞辱我，让我做你的情人吗？你爸爸都快奄奄一息，芊芊的爸爸也得到报应，还有你的儿子都六岁了，你怎么还可以这么自私地想着儿女情长？你一点都没变，依然这么幼稚，这么自私，这么不可理喻。

鹏程一声不吭地注视着我，他的脸在抽搐，眼神很迷茫，显然我的回答让他快要崩溃。我们的世界似乎停止了呼吸，他的眼睛里布满了血丝，他握紧了自己的拳头，他在压抑自己锥心碎骨的情绪，终于他舒缓了口气，平和地对我说：“兰，你冷静点听我说，不是你想的那个样子，我有难言之隐，我也……”

我打断了他。

我告诉自己不能心软。我不能让他说服我回到他身边。“别说了，我不想听，戚鹏程，我告诉你，回不去了，我现在很幸福，我的男友很爱我，拜托你离开我，就像八年前消失在我的世界里一样。我求求你放过我，行不行？不要以为你有钱买回那块石头，就也能买回我的心。我对你的心在八年前就已经死了，彻底死了。”

我甩下他，捡起洒落在地上的钱包、手机、钥匙，泪如泉涌地离去，边走边跟李毅打了电话。

我哽咽地说："李毅，我想离开上海，我们去欧洲旅行吧，我的心好乱！"

李毅什么也没问，连忙回应："好，你别哭，我现在就订机票和酒店。"

在去机场的路上，我给鹏程写了封长长的邮件，发到他的手机邮箱里，给我们的爱情打上了句点。

My boy 还是戚总，

我已不知该如何去称呼你。

佛曰：每一颗心，生来就是孤单而残缺的，多数人带着这种残缺度过一生，只因与能使它圆满的另一半相遇时，不是疏忽错过，就是已失去拥有它的资格。

我从不对你撒谎，我的灵魂也一直赤裸在你面前。而你，却在八年前悲伤地背叛了我们的爱情。那些隐瞒与欺骗，夹杂着权欲的阴谋与自私。

可最终随了你的心，你一走了之，杳无音信。其实，只要你说："兰，你等我。"我想我会一直等下去，即便海枯石烂。

可你，连"分手"都没有勇气跟我说。这是对我最大的羞辱。

你曾对我讲，我的过去你不能参与，但未来你要与我同行。不管遇到多少风雨，你都会陪着我。但实际上，当困境来临时，你还是害怕地离开了，什么话也没有留下，一走就是八年。

也许你会说，那时的你言不由衷，身不由己。

但你对我的爱，确实刺骨而寒冷，已把我的心撕得粉碎。

现在你回来了，还是带着荣耀而归，但你却又狠心地唤醒我沉睡的伤心记忆。

这不是爱，而是继续着你的自私。

我知道《寻找墨竹》意味着什么，但那只是童话里的愿望。

没有芊芊对你悉心的照顾，没有你儿子的陪伴，你不会有今天。你过去的八年我没有参与，怎么有权利去分享你今天的成就与喜悦？

这么多年也许你依然爱着我，并为这份纯真的爱在努力，但我无法再爱复杂的你。

你不能说走就走，说来就来，让我省去中间八年的记忆，无休止的透支我对你的感情。

每一款游戏都有生命周期，你要不断地创新、完善才能让玩家不遗忘它；你可知，情感也一样？

我已努力去遗忘我们的过去，把它埋在内心最隐蔽的位置，只因我痛的时候你已远去。我们都明白：你越爱一个人，你赋予他伤害你的能力就越强。

现如今，我早已不是你的大米，我不想再被你遗弃与伤害。

你走后，我爱上了一个加拿大男人，一个可以带我去飞翔、去做梦的男人。他从不规避我们之间的矛盾。

他跟你最大的区别就是，他让我喜欢上了生日，正视我们人性的脆弱；而你只是让我遗忘它，不去触碰，甚至你为了我，也从不过生日。

我在你的生命里，芊芊也在你的生命里。八年前你选择了她，现在也请不要抛弃她。

我与你只是一段雾水情缘，只当云淡风轻了，一切过眼云烟。

一旦失去爱，我们所面对的就只剩下爱的纪念品和执念的伤疤。所以，只求，今生放过我，也放过你自己。

继续做一个让我骄傲的男人吧！我宁愿远远地祝福你，让我们的爱情在八年前的五一节打上句点。

只有美好，没有残缺。

墨竹

2014 年 3 月

第 25 章

塞纳河畔的求婚

2014 年 3 月的一个早晨，李毅和我飞去了法国巴黎。我像出笼的鸟儿欢喜雀跃，逃离了上海的灰蒙蒙的雾霾天，逃离了似烟似雾的名利场，更重要的是逃离戚鹏程的世界。

在巴黎的日子是悠闲而散漫的。

每天早晨，李毅为我煮好咖啡，煎好鸡蛋端到我的面前，甚至牙膏都会帮我挤好，洗澡水的温度也是调节的恰到好处。

他是个细心的上海男人，能嫁给这样的经济适用男，过着单纯简单、细水长流的日子也未尝不是一件好事，我的心也平静了许多。

每天下午我们会一起骑着租来的自行车去蒙马特高地上的“画家广场”，广场附近有一家小咖啡吧，我们在那里品尝老板现磨的咖啡，喝着下午茶，看着巴黎街头的人来人往。偶尔会走到广场上安静地看一下午画家们的现场做画，轻声讨论每个画家的风格，八卦猜测他们过去的情感故事，抑或坐在山顶“白教堂”门口的草坪上俯瞰整个巴黎，晒晒太阳，喂喂鸽子。

我这样的女人很难爱上李毅这样温文尔雅的上海男人，但却无法阻挡李毅身上的柔情和体贴。他很难猜到我心里想什么，但绝不窥探和打扰。

他唯一做的就是陪伴与倾听，像个绅士一样在我需要依靠的时候出现在我面前，我想那就已足够。

到巴黎的第五天，我们在香榭丽舍大街吃完晚餐，漫步在塞纳河畔。

停靠河边的一艘游艇正在办主题为love的派对，里面播放着惠特妮·休斯顿的著名歌曲I will always love u。这是我第一次看见李毅幽默、大胆的一面。

他问我："兰，你想过去看看吗？"

我漫不经心地说："随便，莫非你想？"

不料，他朝游艇里的金发女郎、法国帅哥们挥手，说："嗨，哥们儿，这是我女朋友，我们能加入你们吗？"

"好啊，欢迎，赶紧上来吧！"游艇里的俊男靓女们欢呼了起来。

还没等我缓过神来，重新认识这个腼腆、木讷却无比执着的男人，就被两名穿着超短裙的金发女郎拉上了游艇。

这时，游轮上的乐队突然开始演绎一首我熟悉的英文歌：

fall in love at a coffee shop，by Landon Pigg. 两个天使打扮的宝贝走到了我的面前，拉着我的手叫我闭上眼睛做个游戏，他们要给我一个惊喜。

李毅被几个男孩起哄，拉到了游艇的另一头，不见了踪影。

我任由女孩们摆布，她们用黑布蒙上了我的眼睛。这首歌应该是我跟李毅最初在咖啡店认识时播放的音乐，其实我不敢肯定，我是说，也许。但我知道一年半前的那个周末下着小雨，失恋的我一个人坐在小区楼下的小美咖啡店里看着日本经营之圣稻盛和夫的《活法》，试图从各类励志书籍中去寻找到一些心灵鸡汤和灵魂解药。

史蒂文果决地离开了我，那段时间我的心像被掏空了一样，不知道他为何要选择他的前妻，背弃我们的爱情。他明明知道，我最悲愤的事情就是我的初恋男友戚鹏程曾酒后乱性，跟芊芊有了一夜情，然后一句解释都没有，离开了我的世界。

那天，咖啡店里还有个人就是李毅，他正在噼里啪啦地敲着键盘，打破了咖啡店的宁静。

我被这嘈杂的声音打扰得有点心烦，让店员把音响的声音略微开大一点，我喜欢看书时身边环绕着音乐。那时，我清晰记得正好播放fall in love at a coffee shop.

李毅抬起头，看了我一眼，我微微低下了双眸，不过谁叫他打扰我看书呢？

“小姐，对不起，是不是我打扰到你了。”李毅小心翼翼地问我。

“有点，你敲键盘的声音太大了。你跟电脑有仇啊？”我毫不客气地如实回答。

“实在抱歉啊，我约了客户15分钟后在这里见面，结果发现今天出门太匆忙，几个通宵做好的程序设计竟然没copy进来，回公司也来不及了，客户等会还要赶飞机，现在只能亡羊补牢，先把设计思路图做出来给他看看。”李毅说。

“你跟客户解释下，回头发到他邮箱里不行吗？”我好心提醒他。

“我还是把工作做细一点，跟客户面对面讲述他会理解的更透彻。我想尽量让客户满意，少点疑问。”李毅说完，又噼里啪啦地埋头敲打着键盘。

我看他脸红了，不知道是他本来就太腼腆，还是被我责备后有点不好意思，我也没心思继续聊下去。

耳边突然听见李毅叫我的名字：“墨兰，可以睁开眼了。”我猛地从追忆中回过神来，黑布被李毅解开。

李毅西装革履地出现在我眼前，没有他那副标志性的框架眼睛，没有了破旧的牛仔裤，没有了帆布鞋。我有些恍惚了，绕着他看了一圈。这个英俊潇洒、充满魅力的男人真的是李毅吗？

“你这是刘谦在变魔术吗？还是我进入了幻觉？”我取笑他说。我承认我从来没有仔细审视过李毅的脸，他有着高高的鼻梁，硬朗的方形脸颊，还有一对浓郁的剑眉，眼神非常坚定而自信。

“李毅，你搞什么啊？化装舞会吗？还是湖南卫视在拍《变形记》？”我又拍了他几下，忍不住笑出声来。

“墨兰，嫁给我。I love you！I always love you！”

就在那一刻，李毅单膝跪地在我面前，手里拿着一枝我最爱的白玫瑰、一张银行储蓄卡和5克拉钻戒，以上海男人的方式认真地向我求婚。

游轮里的人们起哄尖叫、吹着口哨，我面前的背景板上播放着李毅精心制作着我们相恋的VCR，还有他收集的我从小到大的照片。

幸福如此突然，我不知道该怎么办。

我甚至不确定我是否爱这个男人，就像我不确定我对于军的感情。

我有些恐惧，恐惧让我只想逃离那里，就像逃离鹏程的世界。但密密麻麻的人群把我包围着，一起鼓掌用英文说着 Yes Yes Yes……两个小天使也拉着我的衣袖用蹩脚的中文跟我说："答应他吧，墨兰小姐，我们代表爱神告诉你，他很爱你。"

我的耳朵里嗡嗡作响，只看见李毅无比渴望的眼神。

我不知道我是如何说出了 Yes。也许只是我太累、太想告别一个人的生活了。

李毅激动地抱起了我转了好几个圈，这时游轮上的音乐明快起来，有人"砰"的一声开了瓶香槟，俊男靓女们围着我和李毅跳起了双人舞，庆祝我们这对新人的求婚仪式成功。

"花了多少钱？你哪里来的这么多钱？"回酒店的路上，我质问李毅背地里藏了私房钱，这可不是上海男人的好品德。

"不算钻戒，小十万吧"李毅说。

"什么？十万？你平时小气的连必胜客的披萨都不舍得吃。"我惊讶地说。

"好了，墨兰，只要你开心就好，我们家你主外，我主内。我永远忠诚地服侍于我的墨兰女神！"李毅开始进入未婚夫的角色。

"那你整容花了多少钱？"我调侃他。

"整容？我哪里整容？"李毅有些疑惑。

"你这么帅，我怎么从来没发现？就怪你每天把自己往丑里装，你以后必须每天这么帅。不然，我那些同事又要笑话我说一朵鲜花插在牛粪上了，不是花儿眼瞎，就是花儿脑残。"我像哥们似的搭在他肩上。

"行，行，你说什么我都答应你。"李毅牵着我的手说。

"这卡里有多少钱？没有千儿八百万的，我不嫁哈。"我继续着我的霸道与强势。

"咦，不要耍赖，你已经答应了，做人讲诚信哈，不嫁也得嫁，这是工资卡，表明我的决心。至于多少钱，自己回去看，密码就是你生日，绝对让女神为我骄傲!”李毅眉飞色舞的样子就像奥林匹克竞技场上的运动员冠军。

可是，那个长着一对翅膀、整天飞来飞去，胖乎乎、雪白娇嫩的爱神丘比特，似乎并不眷顾我们。传说，他有一张金弓、一支金箭和一支铅箭，被他的金箭射中，便会产生爱情，即使是冤家也会成佳偶，而且爱情一定甜蜜、快乐；相反，被他的铅箭射中，便会拒绝爱情，就是佳偶也会变成冤家，恋爱变成痛苦、嫉恨掺杂而来。

恐怕丘比特再次胡乱射出了他的金箭和银箭，他将金箭射进了李毅的心脏，却将铅箭射中了我。

消失在我面前一年半的史蒂文总是在地球的某个角落一遍一遍翻看我的微博、微信。他发现我发布在社交媒体的照片里，一直戴着他送的 Balmian 手表。

他坚信，我并没有忘记他。

从抑郁症病痛中康复的他，在 David 的微信朋友圈看到了我在登机前发布的机票照片。他得知我会去法国，萌生了在法国与我不期而遇的念头。

于是，我走到哪里，他就跟到哪里，期望能远远看我一眼。

但，一连好几天，他都没有勇气出现在我的视野里。

直到那晚，他目睹了李毅在塞纳河畔向我求婚的场面。

第二天早晨，我和李毅的房间收到一张小卡片和一顿丰盛的早餐。原来是小旅馆的老板得知李毅求婚成功，特意送来祝福我们的爱心早餐。

我唱着轻快的歌起床，对李毅说：“一睁眼就有免费的早餐吃，李毅同志，这是多么幸福的人生啊。”

李毅去卫生间洗漱。我穿着他的衬衣和我的牛仔裤下床，走到餐桌前挽起袖子准备开吃。餐盘中间的一块巧克力蛋糕让我惊慌失措。那是我再熟悉不过的样式：蛋糕上有个英文字母 LAN，中间夹着一层杏仁薄饼和一层芒果泥，餐桌上还有一只绽放的白玫瑰插在花瓶里。

“李毅，你确定这不是你点的么?”我深呼吸，调整情绪，问卫生间里的李毅，我不想让我的未婚夫看出我的异样。

“旅馆老板送的呀，怎么了？”李毅回答。

怎么会这么巧，难道是史蒂文做的吗？我犹豫不决地拿起蛋糕尝了下，不，这不是巧合，这是史蒂文专为我设计的巧克力蛋糕的味道。

我像疯了一样，瞬间失控，光着脚丫直接冲出了房间。

“厨房在哪？”我揪住走廊里一个客房服务生的衣服问。我跑到了厨房，那里没有史蒂文的影子；我又跑去了餐厅，还是没有史蒂文的影子。

我慌张地环视着四周。

李毅不知道发生了什么，穿着浴袍，拿着拖鞋跑出来找到了我，脸上都是剃须泡沫。

我又连忙跑进厨房去问厨师：“早餐是谁做的？能带我去见他吗？求求你带我去见他，求求你！”

厨师疑惑不解地说：“蛋糕和花瓶里的白玫瑰是一位房客先生送的。他说是你们的朋友，你们求婚成功要给你们惊喜和祝贺。他说小姐你一定会喜欢的。”

“那位先生是不是光头，戴顶休闲帽、蓝眼睛的加拿大人，个头大概一米七五的样子？”我追问道。

“对对，我还夸他厨艺不错，很健谈，是加拿大人，法语相当流利，只是有只耳朵听力不太好，戴着助听器。”厨师向我们描述史蒂文的容貌特征。

“那他人呢？”我越发焦急。

“早上做完早餐就退房走了。”厨师说。

我没有心情在法国继续待下去。我跟李毅讲述了实情，告诉了他所有我和史蒂文的故事。我不知史蒂文为何会突然出现在巴黎，为何会跟踪我，为何会失去听力。李毅烦乱地掀翻了房间的餐桌，将那块巧克力蛋糕踩得稀巴烂，然后默默地收拾行李带我回国，却怎么也不肯收回他送给我的 5 克拉求婚钻戒。

我知道这个脾气温和的上海先生对我很愤怒，这次大发雷霆，是对我彻底失望了。他问我，墨兰，你爱过我么？

我不知如何回答。

他说，那我在你的世界里又算什么？

我还是不知如何回答。

他说，你对于我是一段刻骨铭心的爱恋，而我对于你却只是个过客，替代品，备胎。

我说，不是的，不是的，不是这样的。

他说，那又是怎么样的？你有那么一刻、一分钟、一秒钟爱过我么？

我不知如何回答。

他说，墨兰，你和史蒂文也好，和戚鹏程也罢，你们回不去的，覆水难收。这个世界上没有可以回得去的感情，他们如果真爱你，为什么当初自私地纷纷离你而去，而只有我愿意娶你，愿意奋不顾身地爱你。你难道不明白吗？

我还是不知如何回答。

他说，如果你舍不得，如果你放不下，如果你……如果你坚持要去找史蒂文，那么我们分手吧。

我流着泪转身离开。

他抓住我，说，这就是你的决定吗？

我说，嗯。

他说，好，看来我在你的世界里只是场意外。

我说，对不起。

他说，都是我一相情愿。

我说，李毅，我是想嫁给你的，我以为史蒂文不会回来了，可现在他突然出现了，还戴了助听器，我不能不管他，我必须弄清楚他当初为什么离开我。

他说，然后呢？你知道你有多残忍吗？

我说，对不起，对不起，对不起。

他说，墨兰，我们分手吧。我一直认为虽然你从来没说过你爱我，但总有一天会被我的诚意打动，昨天你答应我求婚的时候，我觉得我是世界上最幸福的男人。我以为你也是爱我的，只是你倔强地从来不说。可现在，我什么都明白了，即便你嫁给我，你的心还是在他那里。我放你走，祝你们幸福。

十几个小时的飞行里，我们虽然并排坐着，可他始终闭着眼睛，对我一言不发。

走出上海浦东国际机场，我失去了人生的方向，拨通了父亲的电话。这两周的生活糟透了，我的初恋戚鹏程回来了，上海男人李毅跟我求婚了，但史蒂文又出现了，我该怎么办？

第 26 章
回到丫姑镇

2014 年 3 月底 4 月初，又是郢中油菜花开放的季节。从巴黎回来后，我直接转机飞到武汉，迫不及待地想回到丫姑镇的高丰村见到父亲。

自从 2013 年春节过后，父亲的大多数时间都在丫姑镇度过。他辞去了公司董事长的职务，全权交由母亲管理，又带着大堂哥去了西安，辅助母亲经营公司的生意。而我，2013 年 9 月和李毅普诺岗日冰川旅行回来后，继承了爷爷和父亲的衣钵，结束了打工生涯，开始了艰难的创业历程，成了第三代小鄂商，游走在上海的鄂商圈子里。不同于父亲的传统行业，我拿出所有的积蓄，凭着多年管理工作的积累做了一次冒险，和同济 MBA 的两个同学一起创立了一家互联网公司，将私人衣橱顾问网络化，线上顾问服务和线下顾问服务相结合，致力于帮助中国人，特别是天下女人合理规划衣橱，购置衣物。渡边社长也是我公司的投资人之一。

父亲说，我的骨子里有两种血液，一种是商人，随了爷爷和他；一种是文艺女青年，随了奶奶。无论我是商人，还是文艺女青年，他都支持我的决定。

辞职后的父亲做了一个反常的决定，他承包了高丰村东口的池塘，还修葺了池塘旁边的老宅，盖了一座三层楼的乡村别墅。2014 年春节后，他又到镇政府去找镇长，申请承包丫姑山的一处荒山植树造林，那里是 60 年前爷爷的土匪窝。

母亲不理解父亲，说他折腾一辈子了，怎么还不累，让我劝劝父亲。

我说，父亲不是折腾，就像早些年从美国回丫姑镇养老，开了家孤儿院的张老先生，他们只是老小孩，想家了吧。

母亲又说，人的一生很奇怪。上半辈子拼命做加法，下半辈子拼命做减法；年轻时总想往外面飞，越高越好，老了总想往家里跑，越近越好。

我说，那可能是父亲在知天命的年纪有了一种内心的定力，他不再为了世俗的眼光而飞，也不会为了外界的干扰而落。他是打算逍遥游了。“举世誉之而不加劝，举世非之而不加沮，定乎内外之分，辩乎荣辱之境，斯已矣。”

母亲见我摇头晃脑地背诵着庄子的《逍遥游》，敲了下我脑袋笑笑说：“他倒是逍遥快活了，我们娘俩还得撑起这个家。”

由于姜家多年的变故，让晚年的母亲愈发变得小心谨慎，凡事未雨绸缪。即便父亲回了丫姑镇，她也要坚持待在西安经营公司。她说，那是父亲折腾的资本。

我问母亲，这么多年，您和爸爸的婚姻没出现过裂缝么？

母亲说，怎么会没有？世上哪里有完美无瑕的事情。那时候你小，我们都怕影响你。还记得 1997 年夏天你爸的长途运输车出车祸的事情么？

我点点头。那次车祸，父亲的合伙人司机王叔叔死了，父亲的抑郁症就是那时候犯下的。

母亲说，死的那位司机王叔叔的老婆，李阿姨，她是你爸爸的初中同学，高丰村隔壁村的，他们算是青梅竹马。后来，李阿姨的父母不同意他们交往，嫌你爸他们家穷、家庭成分不好，所以媒婆就把李阿姨介绍给了王叔叔。谁会想到十几年后，王叔叔和你爸成了合伙人。王叔叔到死都不知道李阿姨和你爸以前谈过恋爱，我也是后来王叔叔死后，你爸对李阿姨孤儿寡母关心得太频繁、太过分了才起的疑心。

我说，您怀疑爸爸？

母亲说，他供李阿姨的儿子上大学，我没觉得有什么不妥。但是，有次无意之中听说李阿姨和你爸以前谈过朋友之后，我心里就不是滋味了，开始怀疑他是单纯的自责，还是另有私情。

我说，后来呢？

母亲说，有一次我去银行办事，在一家餐厅里看见你爸爸的身影，当时纳闷我们家好几家餐厅，他怎么在外面吃饭。我就跟着他进了餐厅，里面等他的竟然是李阿姨。我当时很生气，就扭头回了家等着你爸。晚上我也没有做饭，我问他去哪里了？他神情凝重地说只是见了一个朋友谈点事情。我问他什么朋友？他回答一个普通朋友。我心里想，事情没那么简单，至少你爸对我撒谎了。然后，我就向他直说我看见他和李阿姨在一起了。你爸愣了几秒只回答了一句话，我什么也没说，就心里敞亮进厨房做饭了。

我说，我爸说什么了？

母亲说，你爸对我讲，我就是怕你胡思乱想，我和她即使有私情也是遇见你之前的事情，陈芝麻烂谷子了，她得了肺癌，不敢对儿子讲，不敢对亲戚父母讲，更不敢跟老王年过古稀的爹妈讲，你说怎么办？

我说，您当时怎么想的？

母亲说，李阿姨有癌症，又早年死了老公，上有老下有小，一个苦命的女人，我怎么和她争风吃醋？不如大气一点，和你爸一起帮他们孤儿寡母克服难关，让她人生的最后日子里过得舒服一些。虽然，我心里知道你爸对李阿姨是有感情的，但是女人吃醋是不能解决问题的，只会增加不必要的矛盾，让婚姻变得越来越糟。

我说，您是最聪明的妻子，所以爸爸那么爱您，还给您盖了这么美的乡村别墅。

父亲盖的别墅颇具北欧风情，在整个丫姑镇的小洋楼里独树一帜，首屈一指，即便是漆黑的夜晚，借着庭院的灯光看，那一砖一瓦都很别致。二楼阳台上的花儿争相开放，十分扎眼，散发着淡雅芬芳。

这楼是父亲专门为母亲范知音盖的。前几年我带母亲去瑞士度假，回国后母亲总是跟他念叨奥地利、瑞士的乡村房子多么漂亮，门口、阳台花团锦簇，绿树成荫。所以，父亲就萌生了在老宅的地基上盖新楼养老的念头。

他说，高丰村不比瑞士的乡村差！

2013 年春节，父亲回乡祭祖的时候看到村东头的池塘已经干涸，荒废不堪，成了村里的垃圾场。他很辛酸，愁绪万千。然后，大年三十的下午他跑到村长家，花了一万块承包了十年池塘。

村长和大伯都说他疯了，虽然有钱也不能这样花，要一个破池塘干什么？

他一本正经地跟村长说，他要让池塘恢复到以前的朝气，让他的孙辈们和高丰村的孩子们多一个玩耍的地方，能在夏天看到满塘的荷花，能游泳和钓鱼虾，能摘菱角和莲蓬，就像他们小时候和墨兰小时候一样。

父亲是一个执行力很强的人，他说干就干，咨询了一家武汉的水务净化公司，邀请他们委派技术人员来给他做专业指导，还顺便诊断了村西头一直通向镇里的那条小河。沿途的砖厂虽然已经被勒令关停，烟囱里没有了黑烟，但是周围的植被和河流严重污染。小河里死一般寂静，长满了杂草，即便有生灵，也漂的是死鱼死虾。河流对人来讲是洗涤和止渴的；对鱼儿来说，河流是它们的家。

2013 年春天，父亲在池塘里播下藕种。夏天时，池塘里的水质已经很清澈，水灵灵的荷花像高丰村等待出嫁的姑娘，接天莲叶无穷碧，映日荷花别样红，娇艳欲滴，却又争相开放。我的两个小侄子兴奋地在池塘里扑腾扑腾学会了游泳。

大伯和父亲用荷叶给他们做帽子遮太阳，剥开莲蓬给他们当零食。他们说，大爹爹和小爹爹都是好爹爹。

2013 年底，父亲的池塘第一次“满堂彩”，高丰村像过节一样，村民们不用到集市上去买莲藕了。大伯家还宰了一头猪，留一半肉过年，另一半肉炖了排骨莲藕汤。村里的老人、孩子们人手一碗。

湖北的莲藕收成一般分为两次，第一次收获是入秋，此时的莲藕鲜脆可口；而年底是吃莲藕的最佳季节，那时的莲藕经过了莲花开放，口感更粉糯香醇。父亲的池塘坚持在年底采藕，一来为了口感，二来为了年货储备。

出藕采收的那天，父亲到市里买了一台自动挖藕机，他让村长在村委会的广播里喊，谁家想吃莲藕，到村东头的池塘里领取。大伯和几个村民用拖拉机连续拖了好几车藕到镇上，卖给收藕的商贩，剩下的全部都分给了乡亲们。

父亲说，一台挖藕机顶 10 到 20 名熟练挖藕工人，不仅效率高，而且挖藕无遗漏，不伤藕体，它会冲掉莲藕周围的污泥，让莲藕自动浮出水面。作业时，挖藕机浮在水面上，两个人推着就能操作。

我笑言，其实父亲是一个种地的高手，假如他不从商，在家乡养殖、种地当农民，也能将日子过得红红火火，有滋有味。

我从没见过父亲那么开心过。父亲用 Facetime 与我面对面视频，现场直播莲藕采收的盛况，满头白发、满脸泥巴的父亲笑得合不拢嘴。池塘边站满了五六十个看热闹的乡亲们。大伯、大妈，还有几个村民在帮忙捡藕、发藕。高丰村五十多户人家，每家每户都能分到一袋莲藕过年。嫂子们在家大锅大锅地炖排骨莲藕汤，等着出锅后分给村里的老人、孩子们，当然还有疯子孝元，这叫“同乐”。

挖藕的现场，我看见疯子孝元也抱着他母亲的烘笼站在池塘边，混在人群里笑呵呵地看热闹，等着领藕。

大伯跟他说：“你要藕干啥？瞎凑热闹，你又不做饭，等会到我家去吃现成的莲藕炖排骨。”

疯子孝元不理会，执拗地排队，板着脸咿咿呀呀地伸出手来，坚持找父亲要一袋藕。

父亲喜上眉梢，对大伯说：“好，好，好，给孝元一袋，同乐同乐！就当他代表他们家来领的。”

父亲说，冬天里的莲藕要注意抗冻，他事先做好了保护措施，以防池塘里剩下的一点莲藕受损。年货不够的乡亲随时可以去池塘里挖。郢中人过年的宴席上“无盘龙菜不成席”，其实“无藕也不成席”。

我知道，采藕的那一刻父亲比谁都快乐。

西安的老客户见到母亲问：“姜老板去哪里了？最近怎么失联了？”

母亲笑着回应：“老姜不按常理出牌，扔下公司回了湖北乡下当农民，整天开着宝马，扛个锄头开荒去了”。

众人都不信，以为母亲在开玩笑，但确实那正是我的父亲姜国庆。

世上最疼爱我的男人是父亲，最孤独的男人也是父亲。

我有个神经质的父亲，所以他也生了一个神经质的女儿。多年来，父亲从不夸奖我多棒，但我知道他的内心早已为我骄傲到内伤。

我曾问过父亲：“为什么现代人特别容易迷茫、焦躁，患抑郁症的人越来越多？为什么爷爷奶奶、你和妈妈都遭遇过那么多人生的大起大落，却还能抱有一颗热爱生活、积极乐观的心？”

父亲说：“父辈祖辈们日子不太平，每天都在上‘挫折教育’课，所以当不幸与灾难降临时，不会因为事发突然而手足无措。现代人物质和精神环境都要优越，抗压能力自然弱一些，所以容易得抑郁症。但是，不要把抑郁症想象得很可怕，就像人的身体头疼脑热一样，人的心也会感冒、发烧、流鼻涕啊。爷爷抑郁过，我也抑郁过，每个人都会不同程度的抑郁、焦虑、恐慌，但是要有自我修复的功能，而这功能来自于我们对生活的反思和正向引导，让心的功能强大到可以对生活的一些不幸免疫，抵御‘心理流感’的入侵。”

人总是生活在是非、麻烦、福祸之中，所以才会有情仇爱恨，我们在麻烦中解决问题，加深人与人之间的感情。父亲说，如果有一天，我不再麻烦他，那他和母亲也就失去了做父母的价值。所以，每次遇到棘手的问题，我总是会第一个想到父亲和母亲。

我常自嘲说我就是一个十足的女神经，平凡地穿过人山人海，做快乐事，成自由人，享人间大爱。这也是父亲对我的期许。

我从武汉机场打出租车花了一千大洋才回到高丰村。夜已深，父亲在老宅的别墅门口等着我，我见到父亲时扑过去，抱着父亲哭得像个婴儿。我们这些孩子再大，在父母眼里始终都是孩子。

父亲抚摸着我的头，帮我提着行李，扶我进到院子里。他端出一碗为我炖了几个小时的排骨莲藕汤，看我吃得香喷喷的样子，他欣慰无比，疲乏全无。我们父女两人在丫姑镇的乡村别墅里，聊着父亲的农民生活。

我崇拜地问父亲：“为何想在丫姑镇度过余生，只是想落叶归根吗？”

父亲的话让我的内心翻滚而沸腾，他说：“世上大多数人一辈子都在准备、准备、准备，准备长大、准备买房子、准备结婚、准备生子、准备升官发财、准备死亡，只是对下一辈子没做准备。我只想在我的余生为我下辈子、为我们姜家下辈子多积德。你能健康快乐，就是祖上几辈人积累的福报。”

我又问他：“您怕死吗？”

父亲疑惑地看着我：“怎么突然这么问？刚见面就咒你老爹死啊？”

我撑着腮帮子说：“哪有？您借我十个胆我也不敢啊，我盼着您长命百岁呢。您刚才说准备这个、准备那个，说到准备死亡，我突然想到那年登上海拔5700米处的普诺岗日冰川，我和史蒂文都有个体会，海拔再高一点，停留时间再长一些，我们可能会缺氧窒息，死亡离我们非常近。史蒂文说人类最恐惧的死亡其实很简单，上一秒在呼吸，下一秒大口喘气，接下来永远停止了心跳，所以珍惜生命，活着有馒头吃就是幸福。”

父亲若有所思地说：“史蒂文说得不全对，还有一样东西更让人恐惧。”

我不解，期待父亲的答案。

“死容易，活着难。最怕活着的人痛不欲生，生不如死，内心饱受煎熬与折磨，寻死寻活的那个过程。”父亲的眼睛里透着睿智的光芒。

我说：“这就是史蒂文说的人生第三极。”

父亲问：“什么是第三极？”

我说：“就是一种活法，生是南极，死是北极，找到灵魂深处的自己，就是幸福的第三极。”

父亲转而又问我：“丫头，你恨史蒂文吗？”

我不假思索地说：“不恨，我一直觉得他是爱我的，他离开我肯定是为我好。”

父亲问：“那后悔跟他在一起吗？”

我说：“他那年和我回家过年的时候，即兴跟我求婚了，第一次是在村东头的油菜地里，第二次是在奶奶的墓地，您说这个怪咖是不是很随意？因事发突然我都拒绝了，如有后悔，我应该在那一刻答应他的，可能我们之间的故事就是喜剧。谁知道为了给我特别的惊喜，第三次求婚的路上酿成了我们的悲剧。”

父亲追问：“你还是选择相信他是去普诺岗日向你求婚的，不相信他和前妻复合的事情？”

我说：“我选择相信美好，自欺欺人也好，掩耳盗铃也罢，只是让记忆里的自己不那么难过。他说是就是，他说不是就不是。我担心的是他的病情复发了怎么办，一个遭遇两次车祸的人，心理上的创伤应该难以治愈吧。他那么讨厌我出现在他的世界里，那我就离开。他若想骗我，总是可以找到一万个理由来骗我的，我相信我痛苦，我不相信他会痛苦。最好，他是真的和前妻有了孩子幸福地生活下去，他是那么喜欢孩子，想拥有一个自己的小家庭，应该是个好父亲吧。如果那不是真的，他当初宁愿编造谎言伤害我，也不愿意我靠近他，而是独自承受，可见他内心是多么痛苦。”

父亲起身拍拍我的肩，欣慰地说：“早点休息吧，丫头长大了。”

第二天清晨，我早早起床给父亲做早餐，下了两碗他爱吃的面条。我问父亲：“您还记得1993年您的饮料厂破产以后，您和妈妈大吵一架，然后深夜您给我下的那碗面条么，吃完我们走了两个小时的乡村小路去外公家找妈妈。”

父亲正蹲在院子里的磨刀石旁磨着镰刀，他停下手里的活儿，仰着头想了想，尴尬地笑笑说：“你这丫头怎么想起那天晚上的事情了？”

我说：“因为那是您给我做的第一碗面条，特别香。”

父亲听完在院子里开怀大笑，又摇头感叹岁月如梭。

我问：“您今天准备去干吗？”

他说：“去丫姑山种树，现在正是种树的好时节，春意盎然，树苗成活率高，兰儿你也一起去帮忙。”

我从没去过故乡的丫姑山，那是海拔只有700米的小山。虽然我已去过喜马拉雅山、冈仁波齐山、阿尔卑斯山、瑞士铁力士雪山、普诺岗日冰川，征服了世界上一座座高山，到达海拔5700米，但小时候父亲很忌讳我谈到山，特别是丫姑山。

吃完早餐，我怀着猎奇的心理跟随父亲一起开车，去了离高丰村 70 里外的丫姑山，我很期待曾经有个尼姑庵、有个土匪窝的丫姑山是什么模样，那是我童年时最渴望见到的山。可是，当父亲的宝马车缓缓行驶在乡间的水泥路，飞驰在柏油路，慢行在石子路，最后颠簸在一段坑洼不平的土路，终于到达丫姑山时，我失落得满心苍凉。

原来这里已成一座荒山，奶奶讲述的那个碧叶青干、繁花似锦，飞禽走兽众多的丫姑山早已成为过去式。虽有一些稀稀拉拉的植被，但根本谈不上是森林。山上大片大片的树木已被砍伐殆尽，只剩下了孤独的木桩，周围杂草丛生，荆棘遍野。

丫姑山附近有一些村民在这里开荒种植果树。父亲说，桃树、橘树是普遍种植的果树，属于经济性林木，春节过后满山都是桃花香，堪比“桃花源”。我远远的望着半山腰的果园，阳光下似乎有无数颗小小的青桃，等着成熟，盼着入市。那青桃的模样就像小时候炭火盆旁大人们递给我当小球踢的棉花果子。

早些年在原来破败的寺庙原址上改建的度假山庄也成了废墟。父亲说，山上的树都快没了，游客来度假山庄看光秃秃的石头么？

父亲在靠近土匪窝的山底停车，熟练地挽起裤腿，换了双轻便的解放鞋，从后备箱里拿出几把磨好的长柄镰刀和铁锹带着我上山。我向他竖起大拇指，憋不住笑他是当农民的料，霸气的农民范儿，开着宝马车开荒的土豪农民。

他却严肃地对我说：“你也是农民的女儿，丫姑镇的子女。”

浓浓春意暖，播绿正当时。

山上已经有父亲雇来的十几个当地农民在劳作。大部分人挥着镰刀在开荒，割掉齐腰的草丛，切断横七竖八的草藤，无数只虫子围着他们在飞舞，草丛里陆陆续续爬出来一些蚯蚓、蟋蟀、蚂蚁、蜈蚣之类的爬行动物。

我吓得往后连忙退，问他们会不会有蛇。

村民说，有，但是不用怕，因为这年头不是人怕蛇，而是蛇怕人。他们把割下的藤蔓和野草堆成一堆，再用绳子捆起来带下山给牛羊吃。

还有一部分村民在已开垦的山坡上植树，旁边放着几大捆小树苗，那是今天计划要完成的活儿。山坡上一片热火朝天的景象。

村民们还用石棉瓦、木板和塑料布搭了间简易棚休息。父亲让我从简易棚里拿些水出来分给村民们。他指着眼前承包的二十亩荒山，颇有指点江山的味道，他对我说："一步步来，先把爷爷的土匪窝这一片的树种起来，然后咱们再扩建。"

朴实的乡亲们说，我的父亲正干着造福子孙万代的大事，他们都是丫姑山附近的村民，闻讯自愿过来帮忙的，但是父亲客气，还是坚持付给他们工钱。

突然，我发现我的父亲那么让我骄傲。

小时候，被村民们瞧不起，跟着土匪爷爷乞讨借粮，躲在木柜里惧怕被人丢石子、被人打、被游街的父亲姜国庆，在56岁的年纪成了丫姑镇村民们心中的英雄，赢得了他们的尊敬。

我帮着父亲给植树造林的乡亲们发放瓶装水，喝完的水瓶再回收，拿起铁锹也学着父亲的模样挖坑、回填、栽植、覆土，这是我们父女俩第一次在一起劳作。

午间十分，远处传来我两个小侄子叫"小爹爹、幺幺"的声音，原来是两个嫂子带着孩子们来给村民们送午饭。

我看着六岁的大侄子帮着父亲扶着树苗，四岁的小侄子认真地踩着小脚给树苗覆土，听父亲跟他们讲小树苗变成参天大树，演化成森林的故事，我偷偷地潸然泪下。那是喜极而泣，快乐的泪水。

小侄子问父亲，小爹爹，这里会有灰太狼和喜羊羊么？

父亲说，会！

小侄子开心地鼓掌，问，会有松鼠么？

父亲说，会！

小侄子又问，那老虎呢？

父亲说，咱这山太小，老虎看不上，回头让幺幺（姑姑）带你去动物园看。

小侄子有些遗憾，又问，那孙悟空会来这里么？

父亲想了想，说，山那边的桃子熟了，孙悟空就会来偷吃的。

小侄子瞪大眼睛说，孙悟空会把桃子都吃完的，小爹爹你会让警察来抓他吗？

……

我昂起头看着蓝天里的白云朵朵，天堂里的爷爷奶奶，一定很欣慰吧。百年后的姜家人活得无比坦荡与骄傲。

夕阳西下，父亲开车带着我和两个侄子回家。一路上，父亲跟孩子们讲着小时候爷爷奶奶曾跟我讲过的那些年代久远的故事。孩子们听得入迷，就像我小时候一样陶醉在童话般的故事里。

我想，这也是一种传承。

若干年后，我肯定也会跟我的晚辈们继续讲述被军阀炮弹炸死的祖爷爷和丫姑山的寺庙，告诉晚辈们土匪爷爷是从日本人手里抢走奶奶成了亲，还有稻场里播放的电影《小花》让我的父母结缘。

当然，我还会告诉他们郢中的楚文化渊源，武汉的590路公交车，我眼里的上海男人和女人，以及普诺岗日冰川上的爱恋。

父亲开车进车库，我牵着小侄子们的手一起唱着我儿时的童谣《娃哈哈》，拿着钥匙去开门。奇怪的是，门口放着一个大型行李箱。

“爸，我妈也回来了吗？”我大声叫着父亲。

“谁？没听说啊？你妈在西安啊。”父亲停好车，走进客厅，瞅了一眼我提进屋子的行李箱，说：“兰儿，去村东头的油菜花地，有人在等你。就是大伯家的那块地，爷爷和奶奶相遇的地方。”

我眉头紧锁，不解地看着父亲，愣在原地不动。

父亲脱下满身泥土的外套，走到屋外去抖了两下灰，神秘地说：“去吧，爸爸不会害你，知道谁会对我女儿好，也知道我女儿想要什么。他两周前还在我这里住了几天，帮了我不少忙，是个好女婿。”

我像是触电一样飞奔出门，向着村东头油菜花地的方向跑去。

金黄的花蕊如发，温柔的春风如梳，微风拂过，梳妆少女们的金色秀发，阵阵飘香，沁人心脾。那些花儿像向日葵一样阳光，似醉莲一般娇羞。翠绿的茎叶，或黄或青，或浅或深，在金色的花海里若隐若现；夕阳下的油菜花海，或动或静，或艳丽或清雅，在晚霞的映衬下增添了几分妩媚多情。

还有几对蝴蝶在花丛中流连飞舞，三两只蜜蜂在追逐采蜜，村民们开着手扶拖拉机也准备收工了。远处的绿堤上，几个放学回家的孩子追着风筝跑进了油菜花地里。

我在田间地头四处张望，找寻他的影子。

一个熟悉的身影躺在长满青草和野花的田埂上，他戴着休闲帽，塞着耳机仰望着天空，嘴里衔着油菜花，一只手放在后脑勺当枕头，另一只手里摇摆着一根黑色的吊坠项链，嘴巴里不着调地哼着歌。

我轻手轻脚地走近那个人。

原来，他也在这里！

这时，电话铃声响起，我停下了脚步，来电显示是一个陌生的手机号。

我说，喂，请问哪位？

对方说，是墨兰吗？我是芊芊。

我屏住了呼吸，这是一个熟悉而又残忍的名字。

她说，不要挂我电话，好吗？鹏程失踪了。

我说，他……不在我这里。

她说，我知道你刚从国外回来，我也知道你出国前鹏程去上海找你了。我想说的是，如果可以，我们能约个时间见一面吗？我去上海见你。

我说，芊芊，我觉得没有这个必要吧。

她说，不，我只想和你说对不起，我和鹏程其实已经在美国协议离婚了，但是为了不影响鹏程公司的上市计划，所以没有递交法院，也没有告诉我们的父母，离婚协议书也在鹏程那里。这么多年过去了，我还是败给你了，现在我想把他还给你，算是一种解脱，他是爱你的。

我一声不吭。

她说，能帮我找到鹏程吗？他在上海见你之后就失踪了，昨天好不容易接通他电话，他好像喝醉了，他爸爸和我妈妈还在医院里的病床上，客户、合伙人都在找他，我实在不知道怎么继续隐瞒他的失踪，我担心他出事。

我声泪俱下，说，咸宁，星星竹海，快，试着给度假村的酒店打电话，他应该在那里。

可是，我该怎么办？转身默默地离开去咸宁，还是迈开脚步走近田埂上的那个男人？

2014 年 12 月 31 日完稿

后 记

写书的整个过程让我想起一种花，

有一种树叫白槐，它开放的花叫白槐花。

在我的母校武汉工商学院的一角就有几棵白槐，我甚是喜欢。

世人这样评价它，

不似牡丹，华丽富贵；

不似玫瑰，娇艳妩媚；

不似荷花，孤芳自赏；

不似杏花，白得有些轻薄；

更不像室内的盆栽见不得半点风雨；

这就是白槐花。

一点都不娇贵，质朴得让人仰望，在自己的舞台做自己最好的榜样。

愿做白槐花，寻得自在心。

特别送给所有和我一样走在梦想之路上的人们：勿忘初心，勿忘追梦，勿忘第三极！

图书在版编目（CIP）数据

第三极：我在海拔 5700 遇见你 / 张艳华 著. —北京：东方出版社，2015. 4
ISBN 978 - 7 - 5060 - 8160 - 3

Ⅰ. ①第…　Ⅱ. ①张…　Ⅲ. ①长篇小说—中国—当代　Ⅳ. ①I247. 5

中国版本图书馆 CIP 数据核字（2015）第 089841 号

第三极：我在海拔 5700 遇见你
（DISANJI：WO ZAI HAIBA 5700 YUJIANNI）

作　　者：张艳华
责任编辑：简以宁　杨　灿
出　　版：东方出版社
发　　行：人民东方出版传媒有限公司
地　　址：北京市东城区朝阳门内大街 166 号
邮政编码：100706
印　　刷：北京市大兴县新魏印刷厂
版　　次：2015 年 6 月第 1 版
印　　次：2015 年 9 月第 2 次印刷
印　　数：10001—13000 册
开　　本：710 毫米×1000 毫米　1/16
印　　张：23. 25
字　　数：247 千字
书　　号：ISBN 978 - 7 - 5060 - 8160 - 3
定　　价：39. 00 元
发行电话：（010）64258117　64258115　64258112